Kyss by rowohlt POLARIS

Marie Niehoff, geboren 1996, hegt schon seit ihrer Kindheit eine Faszination für fantastische Geschichten. Diesen darf vor allem eines nicht fehlen: Romantik. Wenn sie nicht gerade schreibt, malt sie, kreiert Moodboards, kümmert sich um ihre unzähligen Zimmerpflanzen oder legt Tarotkarten. Unter anderem Namen hat sie bereits Bücher im New-Adult-Genre veröffentlicht, mit «When The King Falls» und «The Queen Will Rise», der Vampire-Royals-Dilogie, legte sie ihr Fantasy-Debüt vor. Beide Bände stiegen unmittelbar nach Erscheinen auf die *Spiegel*-Bestsellerliste ein, Band 2 erreichte sogar Platz 1. In ihrer neuen Dragonbound-Trilogie, beginnend mit «Burning Crown», ist auch sie dem Drachen-Hype verfallen. Auf Instagram und TikTok ist sie unter @marienie.schreibt zu finden.

MARIE NIEHOFF

BURNING CROWN

Roman

Kyss

Dieses Buch enthält potenziell triggernde Inhalte. Wenn du dich darüber informieren möchtest, findest du auf unserer Homepage unter www.endlichkyss.de/burningcrown eine Content-Note.

Originalausgabe
Veröffentlicht im Rowohlt Taschenbuch Verlag,
Hamburg, November 2024

Mottozitat aus «Sin» von Forugh Farrokhzad,
Selected Poems of Forugh Farrokhzad – Edited and Translated
by Sholeh Wolpé, Fayetteville, 2010
Sensitivity-Reading Nora Bendzko
Sensitivity-Beratung Anya Omah

Covergestaltung SO YEAH DESIGN, Gabi Braun,
Coverabbildung Shutterstock
Klappenillustration © Yasu Art Studio
Satz aus der Quadraat Pro
bei Pinkuin Satz und Datentechnik, Berlin
Druck und Bindung CPI books GmbH, Leck
ISBN 978-3-499-01412-3

FSC
www.fsc.org
MIX
Papier | Fördert
gute Waldnutzung
FSC® C083411

Für Emy,
die mich auch ohne Worte versteht.

I have sinned a rapturous sin
in a warm enflamed embrace,
sinned in a pair of vindictive arms,
arms violent and ablaze.

FORUGH FARROKHZAD, SIN

PLAYLIST

Tommee Profitt, Fleurie – Soldier
UNSECRET, MØØNWATER – Only The Beginning
Klergy, Valerie Broussard – The Beginning of the End
BEGINNERS, Klergy – Dangerous Game
Ganyos – Cross My Heart (Hope to Die)
Ely Eira – Secrets Kill
Jonathan Buchanan, Michael Lister – Arise Like Fire
Astyria – The Games We Play
2WEI, Edda Hayes – Blindside
Isamar – Set Us Free
Christian Reindl, Power-Haus, Dream Harlowe – Fighter
Forts, 2WEI, Tiffany Aris – Still Here
UNSECRET, Erin McCarley – Feels Like Falling
Kendra Dantes – Insane
Rachel Taylor – Light A Fire
Saint Middleton, PYPR, UNSECRET – Time Is Running Out
Klergy – World on Fire
Astyria – Illuminate
Ursine Vulpine, Annaca – Without You (Extended)
Generdyn, Ruth Simard – Let It Burn

KAPITEL 1

SOLDIER

CASSIM

Vielleicht gibt es wirklich keine beschissenen Götter mehr. Zumindest keine, die mir gnädig sind.

Schon mein ganzes Leben lang versucht das Schicksal, mir dieses Wissen einzuprügeln, und auch heute erinnert es mich wieder mit ausgestrecktem Zeigefinger daran. Es hält mir meine Machtlosigkeit vor, als hätte ich vergessen, dass sie existiert. Als läge sie mir nicht schon seit meiner Geburt wie eine Schlinge um den Hals, bereit, mir jeden Moment die Luft abzudrücken.

Kalter Nieselregen peitscht mir ins Gesicht, mischt sich mit dem Angstschweiß in meinem Nacken. Der Wind zerrt an meiner Kapuze, und das Bedürfnis, mir die zu enge fremde Uniform vom Leib zu reißen, wird immer stärker.

Aber ich kann jetzt nicht aufgeben. Das konnte ich noch nie.

Hinter mir ist das Armeecamp in die Stille der Nacht gehüllt. Es fühlt sich an wie die Ruhe vor dem Sturm. Ein letzter Moment des Friedens, bevor meine Taten sich wie ein Inferno durch die tristen braunen Zelte brennen werden. Sofern ich erfolgreich bin. Denn es ist nicht mehr lang bis Sonnenaufgang. Mir läuft die verdammte Zeit davon.

Zum wiederholten Mal löse ich meinen Blick vom Lagerfeuer vor mir und starre in die Dunkelheit dahinter. Noch immer regt sich nichts, und allmählich wird meine Unruhe unerträglich. Sie hätten schon vor Stunden hier sein sollen. Wenn sie nicht bald kommen, ist unser gesamter Plan ruiniert. Noch eine Chance wie diese werden wir so schnell nicht kriegen. Wie soll ich das den anderen erklären? Nachdem ich ihnen Hoffnung gemacht, ihnen Freiheit versprochen habe?

Ein Geräusch lässt mich erstarren. Ich lausche angestrengt und versuche, das Knacken des Feuers und das Heulen des Windes um mich herum auszublenden. Habe ich es mir nur eingebildet? Oder war das wirklich ...

Ja.

Da ist es wieder. Lauter jetzt, weil es stetig näher kommt. Das vertraute Schlagen von Schwingen.

Ich stehe auf, und just in diesem Moment erhellt eine Feuerfontäne den Nachthimmel. Die karge Mooslandschaft vor dem Camp wird in orangefarbenes Licht getaucht. Nasse Schuppen blitzen in der Dunkelheit auf.

Mein Herzschlag beschleunigt sich, doch ich bemühe mich um Ruhe. Jedes Anzeichen von Nervosität könnte mich verraten. Und dann stirbt nicht nur unser Plan, sondern ziemlich sicher auch ich.

Links und rechts in der Ferne erheben sich zwei weitere Feuerfontänen. Es sind unsere Wachen, die etwas außerhalb des Camps stationiert sind und mit ihrem Signal dem nahenden Boten die Erlaubnis zur Landung geben.

Langsam trete ich um das Lagerfeuer herum, sodass ich das Licht der Flammen im Rücken habe. Dann ziehe ich mir die Kapuze tiefer ins Gesicht. Die Jacke der fremden Uniform spannt an meinen Schultern, sodass ich bei jeder Bewegung Angst habe, sie könnte reißen. Ich kann nur hoffen, dass der schwere Wollumhang und die Dunkelheit reichen, um alles Verräterische zu verbergen.

Die Flügelschläge sind nun so nah, dass ich trotz des Windes den Luftstoß spüren kann, den sie verursachen. Trotzdem sehe ich den Drachen erst, als er fast direkt vor mir ist.

Der Feuerschein bricht sich auf den Schuppen und lässt

es aussehen, als würde ein Funkenregen vor mir niedergehen. Ein Kopf mit langen gewundenen Hörnern löst sich aus der Dunkelheit. Ledrige schwarze Schwingen stemmen sich gegen den Wind. Orangerote Augen fixieren mich. Und dann setzen zwei gigantische krallenbesetzte Pranken fast geräuschlos auf dem Boden auf.

Mit einem Mal ist die Luft wie geladen. Magie vibriert zwischen uns – eine Urgewalt, die nur darauf wartet, entfesselt zu werden. Aber jedes noch so kleine Körnchen von ihr liegt in den Händen des Mannes, der soeben aus dem Sattel steigt.

«Entschuldige die Verspätung», brummt er zur Begrüßung und zieht so meine Aufmerksamkeit auf sich. Er klettert ungelenk über einen der Flügel und bleibt dabei mit dem Stiefel an der empfindlichen Membran hängen. Der Drache kneift vor Schmerz die Augen zu, doch der Reiter scheint es nicht einmal zu bemerken. Ich beiße mir auf die Zunge und verbiete mir jeglichen Kommentar.

Wie so oft.

Wie immer.

Gehorsam ist das Einzige, was uns momentan am Leben hält. Aber Wut und Hoffnung halten uns zusammen. Also konzentriere ich mich weiterhin auf Letztere. Stelle mir vor, wo ich morgen sein könnte, wenn ich jetzt Ruhe bewahre.

«Der verdammte Gegenwind hat mich Stunden gekostet», faselt der Fremde weiter und kommt endlich auf dem Boden an – zum Glück, ohne seinem Drachen noch irgendwelche ernsthaften Verletzungen zuzufügen. «Heute verzichte ich mal auf den Met, Daryn. Ich will hier weg, bevor das Wetter noch schlechter wird.»

Er lacht. Ich hingegen versuche, mir mein Zähneknirschen nicht anmerken zu lassen. Sie trinken zusammen?

Verdammte Scheiße. Ich dachte, ich könnte mich ohne größere Probleme als der übliche Bote ausgeben. Ich habe nicht erwartet, dass sie mehr als ein paar Worte wechseln. Warum bin ich davon ausgegangen, diese Dumpfbirnen würden ihre Aufgaben ernst nehmen?

So wird das nichts. Kurswechsel.

«Alles klar», erwidere ich, und der Fremde, der sich soeben zu mir umgedreht hat, stockt mitten in der Bewegung.

«Du bist nicht Daryn», stellt er überrascht fest. Er mustert mich und kommt näher, sodass ich im Schein des Feuers sein Gesicht erkennen kann. Blaue Augen, buschige Brauen und ein schlecht gestutzter Bart, durch dessen Lücken seine weiße Haut durchschimmert.

«Daryn liegt flach», erkläre ich schlicht. «Hat vermutlich zu viel gesoffen. Ich übernehme heute für ihn, und nichts für ungut, aber ich würde es ebenfalls begrüßen, wenn wir das schnell hinter uns bringen könnten.»

«Scheiße.» Der Bote runzelt die Stirn und stiert mich weiter an. Im Halbdunkel kann er vermutlich nicht viel erkennen, aber es macht mich dennoch nervös. Ist er misstrauisch geworden? Oder habe ich ihn mit meiner leicht ruppigen Antwort verunsichert? «Mit wem trinkt der Hund mir denn fremd?», fragt er jetzt und lacht. Es klingt unecht. «Richte ihm aus, dass ich nächstes Mal eine Entschädigung erwarte.»

Bei den Göttern, kann dieser Typ nicht einfach die Klappe halten und wieder abhauen? «So gut kenne ich ihn nicht», erwidere ich genervt. «Die Nachricht?» Ich strecke auffordernd meine Hand aus.

«Nicht so zum Scherzen aufgelegt, was?», witzelt er weiter, doch ein leicht verlegener Ton schleicht sich in seine Stimme. Er öffnet seinen Umhang und holt einen Umschlag aus seiner Jackentasche. «Hast noch was vor heut Nacht?», fragt er. «Wartet jemand Besonderes im Zelt auf dich?» Er zwinkert mir zu.

«Das geht dich nichts an», weise ich ihn zurecht. «Primär habe ich keine Lust, vom General für die verspäteten Informationen verantwortlich gemacht zu werden.» Ich nehme ihm den Umschlag ab, bevor er es sich anders überlegen kann, und stecke ihn ein.

«Ich kann nichts dafür», verteidigt er sich. «Wie gesagt, der Gegenwind war ...»

«Ich weiß», unterbreche ich ihn. «Schon gut. Dafür bist du immerhin umso schneller wieder zurück in deinem Lager. Guten Flug.»

Er zieht empört die Brauen zusammen, als ich ihn so abkanzle, geht jedoch nicht darauf ein. Stattdessen schüttelt er nur den Kopf. «Na dann. Sag Daryn einen Gruß. Ich hoffe, er ist schnell wieder auf den Beinen.»

«Mhm», brumme ich nur, und endlich gibt er Ruhe. Ich salutiere zum Abschied und sehe zu, wie der Soldat wieder auf seinen Drachen steigt. Er mustert mich noch einmal von Kopf bis Fuß, als läge ihm noch etwas auf der Zunge. Dann erhebt er sich ohne ein Wort des Abschieds in die Lüfte und verschwindet in die Dunkelheit der Nacht.

Tief atme ich durch. Jetzt, wo die erste Anspannung von mir abfällt, spüre ich das Hämmern meines Herzens mit unangenehmer Deutlichkeit. Das hier war der einfache Teil, und schon er lief nicht so, wie ich es gedacht hatte. Ich habe ein ungutes Gefühl, was den Rest meiner Pläne angeht. Aber wenigstens einen Lichtblick gibt es – es hat aufgehört zu nieseln.

Ich warte einen Moment, bis ich mir sicher bin, dass der Bote nicht zurückkommt, und lausche dann nach unseren eigenen Wachtposten. Ich kann sie nicht hören, und das muss für den Moment reichen. In der Dunkelheit ist es unmöglich, ihre Position auszumachen, mehr Sicherheit werde ich nicht kriegen.

Ich umrunde das Lagerfeuer und hebe die Decke über der Gestalt an, die hinter einigen größeren Steinen im Schatten liegt. Der Typ, der dann wohl Daryn sein muss, rührt sich nicht. Er hat die Augen geschlossen, und Speichel rinnt ihm aus dem halb geöffneten Mund.

«Fuck», murmle ich und taste nach seinem Puls. Das sieht nicht gut aus. Falls er an dem Betäubungsmittel verreckt, war alles umsonst. Aber seine Haut ist noch warm, und ich spüre ein stetiges, wenn auch schwaches Pulsieren unter meinen Fingerspitzen. Glück gehabt.

Ich hole meinen Beutel aus dem Versteck und ziehe die Decke wieder über Daryns Kopf. Dann gehe ich vor dem Lagerfeuer auf die Knie und besehe mir den Brief, den der Bote eben gebracht hat. Es ist schlichtes Papier, genau wie der andere, den ich vor fast zwei Monaten aus dem Zelt des Generals gestohlen habe. Der einzige Unterschied ist, dass hier das Siegel noch nicht gebrochen ist. Es besteht aus tiefem, mattschwarzem Wachs, in das eine Hand mit einer Flamme eingeprägt wurde. Das Emblem unserer Armee.

Mit der freien Hand hole ich ein sauberes Leinentuch aus meinem Beutel und breite es auf meinem Schoß aus. Dann ziehe ich das Taschenmesser aus meiner Brusttasche und schiebe die Klinge vorsichtig unter die Kante des Siegels.

Die Hitze des nahen Feuers mischt sich mit der meiner Nervosität. Binnen Sekunden bin ich nass geschwitzt, aber ich konzentriere mich auf meine Aufgabe. Das Siegel ist eine weitere Variable, die den ganzen Plan zerstören könnte. Bricht es, ist es vorbei. Und zwar nicht nur für heute Nacht, sondern womöglich für Monate. Wenn sie bemerken, dass jemand die Nachrichten sabotiert, werden sie wachsamer.

Ich versuche, mit der Klinge das Wachs vom Papier zu trennen, doch es hat sich in die Fasern gefressen, und auf der rechten Seite will es sich einfach nicht lösen. Noch dazu wird der Wind immer stärker und reißt an dem Brief. Verfluchte Scheiße.

Plötzlich gibt das Wachs nach. Ich rutsche mit der Klinge ein Stück ab, und mein Herz macht einen unangenehmen Satz.

Einen Moment lang bin ich wie erstarrt, sehe mich schon alles wieder einpacken, meine Spuren verwischen und den anderen gestehen, dass ich es ruiniert habe.

Aber das Siegel bleibt ganz. Es landet unversehrt auf dem Leinentuch, und ich atme keuchend auf. Den nächsten Fluch verkneife ich mir.

«Können wir einen Deal machen?», murmle ich stattdessen und fixiere die Flammen vor mir. Bisher waren die Götter zwar nie sonderlich hilfsbereit, aber man kann es ja mal versuchen. «Ihr hört auf, mir alles so schwer zu machen, und ich höre auf, euch eure Existenz abzusprechen. Wie wär's?»

So funktioniert das nicht, Cassim, tönt mir die Stimme meiner Mutter in den Ohren. Sie klingt gutmütig, und gleichzeitig schwingt Schmerz in ihr mit. Genau dieser Tonfall ist es, den ich bis heute jedes Mal höre, wenn ich an sie denke. Den ich unwiderruflich mit ihr verbinde. *Du kannst die Götter nicht erpressen*, erklärt sie weiter, und ich bin wieder zehn und stehe mit einem Eimer Wasser vor unserem bröckelnden Kamin.

Warum nicht?, frage ich, und noch heute spüre ich die Wut, die damals durch meinen Körper gerauscht ist. Mutters warme Hände legen sich an meine Wangen. Sie steht hinter mir, beugt sich zu mir herunter und drückt mir einen Kuss aufs Haar. Ihr Flüstern jagt Gänsehaut über meine Arme.

Wenn sie uns helfen könnten, hätten sie es längst getan, mein Glutjunge.

Ihre Worte machten mich nur noch wütender. Brachten mich umso mehr in Versuchung, die Flammen in unserem Kamin zu ertränken. Denn lieber hatte ich gar keine Götter als welche, die uns leiden ließen.

Ich schüttle die Erinnerung ab. Schlucke sie herunter, gemeinsam mit all dem Schmerz, dem Hass, der Verbitterung. Und der Frage, was meine Mutter wohl denken würde, wenn sie wüsste, dass von ihrem *Glutjungen* nichts als Asche übrig ist.

Mit zitternden Fingern öffne ich den Brief, und mein Blick fällt zuerst auf die Unterschrift. Ich erwarte bereits die nächste Komplikation. Stattdessen durchströmt mich Erleichterung. Es ist dieselbe Signatur wie die, die ich seit Wochen heimlich übe.

Immerhin.

Alles andere wäre jetzt auch reichlich beschissen gewesen.

Missmutig werfe ich einen Blick zum Feuer und hebe eine Braue. «Das heißt noch gar nichts», lasse ich die Flammen wissen.

Ich komme mir lächerlich dabei vor, aber gleichzeitig habe ich das Gefühl, es wenigstens versuchen zu müssen. Und sei es nur für meine Mutter, die bis zu ihrem Tod mit jeder Faser ihres Seins an unsere alten Götter geglaubt hat. Vergeblich.

Kopfschüttelnd widme ich mich wieder dem Papier und lese den Rest der Botschaft. Mit jedem Wort zieht sich mein Magen weiter zusammen.

Wir wussten, dass wir ein Risiko eingehen. Aber mir war nicht klar, wie groß es wirklich ist. Die Zahlen so zu sehen, schwarz auf weiß, und zu wissen, dass wir uns freiwillig dieser Gefahr aussetzen, lässt mich unweigerlich an meinen Plänen zweifeln. Vielleicht machen wir doch einen Fehler. Je länger ich darüber nachdenke, desto mehr fühlt es sich an, als würde ich uns direkt ins Verderben führen. Der Preis, wenn wir scheitern, ist zu hoch.

Und dennoch ... es ist der einzige Weg in die Freiheit. Der einzige Weg, meine Versprechen zu halten.

Ich öffne wieder meinen Beutel und hole die restlichen Utensilien heraus. Ein leeres Blatt Papier, Tinte und einen Federkiel – alles innerhalb der letzten Wochen nach und nach aus dem Zelt des Generals entwendet. Ich beschwere die Originalnachricht mit einem Stein, damit der verdammte Wind sie nicht wegweht, und beginne, eine neue Version zu fälschen.

Es ist nicht perfekt, dafür hatte ich viel zu wenig Zeit zum Üben. Manche der Buchstaben sehen nicht ganz so aus, wie der eigentliche Verfasser sie geschrieben hätte, und an einer Stelle verschmiert die Tinte leicht, weil der Sturm mir Dreck über den Brief weht. Aber die Unterschrift sieht ihrem Vorbild täuschend ähnlich, und ich hoffe einfach, dass das reicht.

Es *muss* reichen.

Ich warte einen schier endlosen Moment, bis die Tinte getrocknet ist. Dann falte ich den Brief und widme mich dem Wachssiegel. Missmutig betrachte ich die Flammen vor mir, die wild im Wind tanzen. Soll ich es riskieren ...?

Ich schaue mich noch einmal um, suche die Dunkelheit nach Bewegungen ab. Seit Stunden begehe ich ein Verbrechen nach dem anderen, aber das hier ist schlimmer. Gefährlicher. Niemand in Eldeya darf je erfahren, dass ich meine eigene Magie besitze.

Tief atme ich durch. Eine kleine Flamme erscheint auf meiner Fingerspitze, und sofort beginnt der Boden zu vibrieren. Wie immer fühlt es sich an, als würde irgendetwas tief unter der Erde zum Leben erwachen. Ein Ungetüm, das weder ich noch irgendjemand sonst kontrollieren könnte. Ich weiß nicht, was das bedeutet, aber es ist ein zusätzlicher guter Grund, meine Magie verborgen zu halten. Ich habe Angst davor, was ich wecken könnte, würde ich weiter gehen.

Eilig schmelze ich die Unterseite des Siegels an, bis es weich und biegsam ist. Dann drücke ich es fest auf das Papier, halte kurz inne und stelle dann erleichtert fest, dass es tatsächlich hält. Das Vibrieren im Boden ebbt ab. Es war so leicht, dass vermutlich nur ich es gespürt habe, aber ich schaue mich trotzdem noch einmal um und lausche.

Stille.

Nur mein Puls pocht mir unangenehm laut in den Ohren.

Eilig verbrenne ich die Originalnachricht und stopfe den Rest meiner Utensilien zurück in den Beutel. Ich schiebe ihn wieder unter die Decke, werfe einen letzten prüfenden Blick auf Daryn und eile mit der gefälschten Botschaft ins Camp.

Der Wind weht mir jetzt entgegen und reißt an meinem Umhang. Ich nehme es als Anlass, mir die Kapuze tiefer ins Gesicht zu ziehen und meinen Gang zu beschleunigen. Am Horizont ist schon ein heller Schleier zu erahnen, aber noch regt sich zwischen den Zelten nicht viel. Nur hin und wieder jagen mir entfernte Schritte Gänsehaut über die Arme.

Auf halbem Weg zum Zelt des Generals beginnt es erneut zu regnen, diesmal heftiger. Donnergrollen erklingt in der

Ferne, und vereinzelt durchzucken Blitze die Dunkelheit. Ein paar der Soldaten kommen aus ihren Zelten, um einen prüfenden Blick in den Himmel zu werfen, aber niemand hält mich auf. Ich bin nur ein Bote, der eine Nachricht überbringt. Zumindest wirkt es so. Der General muss mir lediglich ins Gesicht schauen, um zu bemerken, dass das nicht stimmt. Gleich wird sich entscheiden, ob heute andere ihr Leben lassen oder nur ich.

Das Zelt kommt in Sicht, und ich senke den Kopf. Mein Herz rast, und ich muss mich bemühen, meine Atmung zu kontrollieren. Wenigstens gibt mir der immer stärker werdende Regen einen guten Grund, die Kapuze aufzulassen, während ich auf die beiden Wachen am Eingang zugehe.

Vor ihnen bleibe ich stehen und salutiere. Aus den Augenwinkeln nehme ich wahr, wie sie es erwidern, doch ich wage es trotz der Dunkelheit nicht, den Kopf zu heben. Stattdessen öffne ich meinen Umhang ein Stück weit, sodass sie das Papier mit dem schwarzen Siegel sehen können.

«Eine Botschaft für den General», verkünde ich knapp.

Sie geben den Eingang frei, und ich zögere nicht. Eilig schiebe ich die Zeltklappen beiseite, ziehe dabei gezwungenermaßen meine Kapuze ab und trete ein. Den dunklen, bitterkalten Vorraum durchquere ich mit zwei zielsicheren Schritten, aber ich kann nicht anders, als dabei einen Blick zur Seite zu werfen. Zu dem schmalen Schlaflager in der Ecke, aus dem mich ein Augenpaar beobachtet.

Meine Brust wird eng. Noch eine Person, die sich auf mich verlässt.

Ich betrete den Hauptraum und werde sofort von wohliger Wärme empfangen. Das Zelt des Generals ist deutlich größer als die der niederen Ränge. Zusätzlich zu dem für Armeeverhältnisse beinahe luxuriös anmutenden Schlaflager aus dicken Fellen und den fein säuberlich aufgeschichteten Basaltsteinen, mit denen der Raum beheizt wird, findet sich hier auch ein Schreibtisch. Eine Öllampe wirft ein schummriges Licht auf die Wände und erhellt General Harlows Gesicht, der am Schreibtisch sitzt und gerade eine Karte studiert. Er sieht nicht auf, als ich hereinkomme, und ich senke eilig den Blick.

«General», grüße ich mit leicht verstellter Stimme und salutiere. Dann ziehe ich den Brief aus meiner Tasche. «Eine Botschaft für Sie.» Ich trete an seinen Tisch und lege das dicke Papier darauf ab.

Der General hebt leicht den Kopf, und ich erstarre unweigerlich.

Ich sollte mich umdrehen, bevor er mein Gesicht sieht und fragt, was mit dem eigentlichen Boten passiert ist. Doch ich will keine hektische Bewegung machen und so sein Misstrauen wecken.

Mein Herz rast. Panik rauscht durch meine Adern und verhindert, dass ich normal atmen kann.

Beruhig dich. Er kennt nicht jedes Gesicht im Camp.

Und wenn doch?

Langsam mache ich einen Schritt rückwärts. Ich rechne fest damit, dass der General jeden Moment zu mir aufsieht. Stattdessen greift er nur nach dem Brief und bedeutet mir mit einer müden Handbewegung, zu gehen.

Ich unterdrücke ein erleichtertes Aufatmen. Wieder salutiere ich, wende mich ab und verlasse zügigen Schrittes das Zelt. Im Vorraum folgt mir erneut ein Blick aus braunen Augen. Wir tauschen ein flüchtiges Nicken, bevor ich mir die Kapuze wieder über den Kopf ziehe und nach draußen trete.

Die beiden Wachen halten mich nicht auf, und ich schaue

mich auch nicht noch einmal nach ihnen um. Es gibt keinen Grund, noch mehr zu riskieren, nur um irgendwelchen Höflichkeiten Genüge zu tun. Meinetwegen können sie sich morgen bei Daryn beschweren. Bis dahin sind wir längst über alle Berge. Wortwörtlich.

Aber obwohl das Schwierigste jetzt geschafft ist, will sich keine Erleichterung bei mir einstellen. Wie auch, wenn nach wie vor so viel schiefgehen kann?

In der Ferne erklingt erneut dumpfes Donnergrollen. Ich beschleunige meine Schritte ein letztes Mal, ignoriere meine zitternden Knie.

Als ich wieder am Lagerfeuer ankomme, hat der Regen die Flammen gelöscht. Im Schutz der Dunkelheit reiße ich mir Daryns Uniform vom Leib, tausche sie mit meiner eigenen und ziehe sie ihm wieder an.

Er wacht nicht auf, aber sein Puls hat sich normalisiert. Ich mache mir eine gedankliche Notiz, nächstes Mal eine etwas geringere Dosis des Betäubungsmittels zu verwenden, und drapiere eine halb leere Schnapsflasche in seiner Hand. Mit einem letzten prüfenden Blick versichere ich mich, dass ich nichts liegen gelassen habe. Dann schnappe ich mir meinen Beutel und verschwinde zwischen den Zelten.

Wenn Daryn in ein paar Stunden aufwacht, wird er hoffentlich denken, er hätte zu viel gesoffen und seine Schicht deshalb verschlafen. Natürlich wird er sich fragen, was mit der Botschaft passiert ist, die er in Empfang nehmen sollte, aber er wird sich zu sehr vor den Konsequenzen fürchten, um jemanden darauf anzusprechen – erst recht nicht den General. Bis herauskommt, dass der Brief abgefangen wurde, ist es längst zu spät.

Mittlerweile ist der Himmel deutlich heller geworden. Der Sonnenaufgang kommt viel zu schnell, was sich in einem nervösen Flattern in meiner Magengrube niederschlägt, aber eine letzte Station habe ich noch vor mir.

Auf halbem Weg zu meinem eigenen Zelt bleibe ich an einem heruntergebrannten Lagerfeuer stehen und rüttle den Soldaten an der Schulter, der dort völlig durchnässt an einen Zeltpfeiler gelehnt im Sitzen eingeschlafen ist. Ich würde ja sagen, sie hätten ihn ablösen sollen, aber so, wie ich ihn kenne, hat er sich mit Händen und Füßen dagegen gewehrt.

«Ruben.»

Er öffnet müde die Augen und blinzelt mich an. Kaum dass er mich erkennt, beginnt er zu strahlen, und mein Herz zieht sich schmerzhaft zusammen.

Ruben ist gerade mal siebzehn und so voller Hoffnung, dass es wehtut. Als er vor einem Monat neu in unsere Einheit kam, waren sich die anderen nicht sicher, ob wir ihm trauen können. Aber mir war vom ersten Moment an klar, dass ich ihn nicht opfern kann. Für keine Freiheit der Welt. Er ist so verdammt unschuldig. Er erinnert mich daran, wofür wir kämpfen.

Wenn ich Ruben ansehe, ist da nichts mehr von dieser lodernden Wut, die mich immerzu begleitet. Keine Rachegelüste mehr, kein Hass auf die Götter oder unseren Hochstapler von einem König.

Wenn ich Ruben ansehe, dann verspüre ich wieder Hoffnung. Ein Gefühl, von dem ich dachte, es wäre mit meiner Mutter gestorben.

Er ist so schnell hellwach, dass selbst ich mit meinen acht Jahren Armeeerfahrung beeindruckt bin. Der Junge wird ein großartiger Soldat. Für einen anderen König. «Du bist da!», flüstert er aufgeregt. «Scheiße, ich dachte, sie haben dich erwischt! Hast du es geschafft? Hat alles geklappt? Fliegen wir?»

Normalerweise würde ich ihm jetzt sagen, dass er die Klappe halten soll. Nicht weil er mich nervt, sondern weil uns wer weiß wer hören könnte. Aber nicht heute. Aus irgendeinem Grund bringe ich es nicht über mich, ihn zurechtzuweisen. Ich sehe die Botschaft aus dem Nachbarcamp wieder vor mir. Die Gefahr, die ich so bereitwillig für unsere Freiheit akzeptiert habe, nur um mich jetzt immer wieder zu fragen, ob es die richtige Entscheidung war.

«Wir fliegen», bestätige ich leise. «Ich habe nur so lange gebraucht, weil der Bote zu spät kam. Gib den anderen Bescheid. Sag ihnen, sie sollen besonders vorsichtig sein. Es werden mehr Soldaten da sein, als wir dachten.»

Rubens Augen werden groß. «Noch mehr?»

Meine Kehle wird eng. Ich bin für diesen Jungen verantwortlich. Aber ich kann nicht für seine Sicherheit garantieren. Das wusste er von Anfang an, und dennoch ...

«Wenn du es doch nicht riskieren willst ...»

Ich bin mir nicht sicher, was genau seine sonst hellbraunen Wangen nun rot färbt – ob es Scham ist oder doch Empörung. So oder so, Ruben scheint nicht daran zu denken, mein Angebot anzunehmen. «Auf gar keinen Fall! Ich komme mit.»

«In Ordnung.» Es steht mir nicht zu, seine Entscheidung zu hinterfragen. Also nicke ich nur hinüber zum Rest des Camps. «Dann gib den anderen Bescheid. Wir sehen uns auf dem Rüstplatz.»

Ruben steht auf, zögert jedoch. Ich sehe, wie er schluckt. Weil unter all der Überzeugung eben doch eine dicke Schicht Angst verborgen liegt. Ich kenne das Gefühl nur zu gut.

«Glaubst du, wir schaffen es alle?», haucht er kaum hörbar.

Einen Moment lang schweige ich und lasse nur das Prasseln des Regens die Stille zwischen uns füllen. Was soll ich darauf schon antworten? Ich bezweifle, dass die Wahrheit es besser macht. «Ich glaube, manche Dinge sind es wert, für sie zu sterben», erwidere ich schließlich ehrlich.

Ruben presst die Lippen zusammen und nickt. Ich klopfe ihm auf die Schulter, und dann bleibt meine Hand dort liegen. Will sich nicht ganz von ihm lösen. Ihn noch nicht ganz seinem Schicksal überlassen, wie auch immer es aussehen mag.

Unsicher schaut er zu mir auf, und kurz entschlossen ziehe ich ihn an meine Brust.

Sofort schlingt er beide Arme um meine Mitte. Ich kann spüren, wie angespannt sein gesamter Körper ist. Trotzdem bin ich mir nicht sicher, wer diese Umarmung gerade mehr braucht – er oder ich.

«Wir schaffen das», flüstere ich ihm zu. «Für die Krone.»

«Für die Krone», wiederholt er heiser und löst sich wieder von mir. «Bis später.» Er wendet sich ab, ohne mir noch einmal ins Gesicht zu sehen. Vermutlich will er seine Tränen verbergen. Dabei würde ich ihn nicht für sie verurteilen. Eher beneiden. Meine eigenen habe ich so effektiv zu unterdrücken gelernt, dass ich mittlerweile das Gefühl habe, irgendwann an ihnen ersticken zu müssen.

Ein letzter Blick gen Himmel sagt mir, dass ich viel zu spät dran bin. Mit zugeschnürter Kehle und schwerem Herzen mache ich mich auf den Rückweg zu meinem Zelt.

Zu meiner Erleichterung brennt drinnen noch kein Licht. Ich habe es tatsächlich geschafft. Meine Aufgabe ist erfüllt. Und was nun passiert, liegt außerhalb meiner Kontrolle.

Leise schiebe ich eine der Zeltklappen auf, husche ins Innere und verstecke den Beutel mit der Feder und dem Tintenfässchen unter meinem Schlafsack. Vermutlich hätte ich diese Beweise verschwinden lassen sollen, aber ich wollte nicht riskieren, dass mich jemand dabei erwischt. Das Versteck hat mir wochenlang gute Dienste erwiesen. Es wird auch heute Nacht noch ausreichen.

Erst als nichts mehr von meinem Beutel zu sehen ist, schäle ich mich aus der triefend nassen Uniform. Der Regen prasselt lautstark auf das Zeltdach und beruhigt meine rasenden Gedanken. Wenn alles gut geht, stehen nur ein paar Stunden zwischen mir und meiner Freiheit. Und eventuell bekomme ich sogar noch ein wenig Schlaf.

«Wo warst du?»

Lieutenant Walshs eisige Stimme lässt mich erstarren. Ich bin schon oberkörperfrei und drehe mich langsam zu ihm um, mein nasses Unterhemd noch in der Hand. Über das Geräusch des Regens muss ich überhört haben, wie er reingekommen ist. Er steht im Durchgang zwischen dem Hauptzelt und dem kleinen Vorraum, in dem ich schlafe, und hält mit einer Hand die Zwischenplane auf.

In der Dunkelheit kann ich sein Gesicht nicht erkennen, doch ich weiß trotzdem, was ihn lenkt. Kann es bereits an seiner Haltung ablesen.

Wut. Abscheu. Der krankhafte Wunsch nach Gewalt.

«Ich konnte nicht schlafen», lüge ich.

Er macht einen Schritt auf mich zu, und ich ziehe instinktiv die Schultern hoch. Die Durchgangsklappe fällt hinter ihm zu, und auf einmal wird der Raum winzig. Erdrückend. Ich kann nicht atmen, wenn Walsh so vor mir steht. Kann nicht denken, wenn sein Blick auf mir ruht.

«Und?», fragt er harsch. «Warum verlässt du dann das Zelt?»

«Ich wollte einfach ein bisschen frische Luft schnappen.»

Walsh baut sich vor mir auf. Er ist ein paar Zentimeter

kleiner als ich, doch es tut der Angst, die er in mir schürt, keinen Abbruch. Dabei ist es nicht mal eine Angst im eigentlichen Sinne. Ich empfinde nichts als Abscheu für diesen Mann. Aber mein Körper weiß mittlerweile, wie er auf ihn reagieren muss. Er rechnet mit Schmerzen, wenn er ihn sieht, begibt sich sofort in Abwehrhaltung und wappnet sich für das, was Walsh tun wird.

«Habe ich dir das erlaubt?»

Ich weiß bereits, dass ich verloren habe. Ich wusste es schon in dem Moment, in dem ich seine Stimme gehört habe, aber ein naiver Teil von mir hat noch gehofft, die Nacht ohne einen seiner Ausfälle zu überstehen. Doch spätestens mit seiner letzten Frage ist klar, dass er nicht wieder schlafen gehen wird, ohne mir seine Dominanz bewiesen zu haben.

«Nein», antworte ich durch zusammengebissene Zähne, und der Schmerz ist da, noch bevor ich das Wort ganz über die Lippen gebracht habe. Walshs Faust trifft mich in die Magengrube, und ich krümme mich stöhnend zusammen.

Es gab eine Zeit, da habe ich versucht, mir nichts anmerken zu lassen. Ich habe jeden Muskel angespannt und mich darauf konzentriert, Walsh so wenig Befriedigung wie möglich zu schenken. Erfolglos. Denn es sorgte nur dafür, dass er immer härter zuschlug, bis ich blutend und röchelnd vor ihm lag und nicht mehr anders konnte, als ihn um Vergebung anzuflehen.

Seit ich mitspiele, tut er das seltener. Aber selten ist nicht nie, und ich muss mich täglich fragen, wann wieder ein Moment kommt, in dem ihm ein paar Schläge nicht mehr reichen. Vielleicht heute. Bei meinem Glück genießt er dieses letzte Mal in vollen Zügen, ohne zu realisieren, dass er mich danach nie wieder anrühren wird.

Wer weiß – womöglich ist das der Preis dafür, dass vorhin alles funktioniert hat. Vielleicht helfen uns die Götter normalerweise nicht, weil sie nicht geben können, ohne auch zu nehmen.

«Es ist alles Teil ihres Plans», würde meine Mutter sagen. *«Sie haben dich stark gemacht, damit du für sie kämpfen kannst, mein Glutjunge. Aber kämpfen bedeutet auch leiden.»*

Dieser traurige Tonfall in ihrer Stimme ... Weil sie jeden Schmerz, den ich empfunden habe, mitempfunden hat.

«Es wird nicht für immer sein.»

Wie oft sie diesen Satz gesagt hat. Wie oft ich ihn mir in Erinnerung rufen musste ...

«Verzeihung», knurre ich, richte mich ein Stück weit auf und bekomme prompt noch einen Schlag ab. Fuck.

«Auf die Knie», fordert Walsh hart.

«Aber wir müssen später ...»

«Ich sagte, auf die Knie!», brüllt er und schneidet mir damit das Wort ab. Er stößt mich grob an der Schulter, sodass ich über meinen Schlafsack stolpere und rücklings auf dem harten Zeltboden lande. Walsh baut sich vor mir auf und schaut mit starrem Blick auf mich herab. «Dachtest du, du hättest mit dem Einsatz später einen Freifahrtschein? Du wirst fliegen, selbst wenn ich dich blutig schlage. Das passiert, wenn du dich mir widersetzt, Cassim. Es ist nicht mein Scheißproblem, dass du diese Lektion einfach nicht lernst.»

Heiße Wut flutet meinen Körper. Alles in mir schreit danach, diesem Wichser an die Gurgel zu gehen und ihn einfach zu erwürgen. So lang zuzudrücken, bis seine geheuchelte Überlegenheit mit ihm erstickt. Mal sehen, wer dann um Vergebung bettelt.

Stattdessen rapple ich mich widerwillig auf und knie

mich vor ihn. Ich sage kein Wort. Ich schaue ihn nicht mal an. Ich sammle meine Kräfte, statt zuzulassen, dass er mir noch mehr nimmt.

Es wird nicht für immer sein.

«Geht doch. Gib mir deinen Gürtel.»

Sämtliche meiner Muskeln spannen sich bei diesen Worten an.

Wir wissen beide, was jetzt passiert. Und obwohl ich diese Folter schon tausendmal über mich ergehen lassen habe, zittern dennoch meine Hände, als ich meinen Gürtel öffne und ihn Walsh reiche.

Es wird nicht für immer sein.

Es wird nicht für immer sein.

Es wird. Nicht. Für immer. Sein.

Doch als das nasse Leder zum ersten Mal meinen nackten Rücken trifft, verliert der Satz jegliche Bedeutung.

KAPITEL 2

ONLY THE BEGINNING

YESSA

Der Regen hält mich wach. Er und meine Sorgen, die ebenso penetrant auf mich einprasseln, immer und immer weiter.

Zum wiederholten Mal wälze ich mich auf dem ungewohnten Schlaflager herum und ziehe mir eines der Felle über den Kopf. Als ich vorhin aufgewacht bin, war es stockfinster. Mittlerweile ist es im Zelt merklich heller geworden. Der Morgen graut, aber ich will noch nicht aufstehen. Der Tag, der uns bevorsteht, macht mir mehr Angst, als er sollte. Und allein ist es noch schwieriger als ohnehin schon, meinen Mut zusammenzunehmen.

Ich schäle mich aus dem warmen Schlaflager und husche mit einem der Felle auf dem Arm durch das halbdunkle Zelt. So leise wie möglich öffne ich die Klappe zum Vorraum, und eisige Luft schlägt mir entgegen.

Unter dem Schlafsack zu meinen Füßen kann ich kaum mehr als einen Umriss ausmachen. Schnell lege ich mich dazu, vergrabe mich wieder unter meinem Fell und atme einen nur allzu vertrauten Duft ein.

Das Bündel bewegt sich, und ein roter Lockenschopf kommt zum Vorschein. Livia blinzelt mir entgegen. «Yessa?», murmelt sie verschlafen.

«Schlaf weiter», flüstere ich.

Sie reibt sich die Augen. «Komm mit in den Schlafsack.»

«Schon gut. Er ist sicher zu eng.»

«Wenn da Typen mit gefühlt zwei Metern Schulterbreite reinpassen, werden wir es wohl zu zweit schaffen.»

Ich protestiere nicht länger. Genau deswegen – um mich

von Livs Nähe beruhigen zu lassen – bin ich schließlich hergekommen. Mit klammen Fingern öffne ich den Schlafsack ein Stück weit an der Seite und klettere mit hinein. Sofort umfängt mich Wärme, aber statt zu verschwinden, wächst das merkwürdige bedrückende Gefühl in meiner Brust noch weiter.

Was ist das? Heimweh? Eine Captain hat kein Heimweh. Auch nicht, wenn sie diesen Rang erst seit ein paar Tagen trägt und noch keine Ahnung hat, ob sie ihm wirklich gewachsen ist.

«Du machst dir zu viele Sorgen», behauptet Liv und schlingt einen Arm um mich. Ihr Körper ist spürbar wärmer als meiner. Einer der vielen kleinen Beweise, dass wir nicht gleich sind, obwohl wir es gern wären. Nicht einfach Schwestern, sondern Halbschwestern. Nicht einfach Soldatinnen, sondern Drache und Reiterin.

«Du hättest bei mir schlafen sollen», übergehe ich ihren Kommentar und knöpfe den Schlafsack wieder zu. Es bleibt ein kleiner Spalt, durch den ich die eisige Luft spüren kann, aber mit Livia an meiner Seite ist es eine willkommene Abkühlung.

«Wir wollten kein Risiko eingehen, schon vergessen? Wer weiß, wie die Gepflogenheiten hier im Camp sind. Wenn jemand reinplatzt und uns erwischt, sind wir geliefert. Außerdem war es heute gar nicht so kalt. Den Regen habe ich lieber als den verfluchten Schnee.»

Sie hat ja recht. Es war das einzig Vernünftige, heute den sichereren Weg zu gehen. Mir gefällt es trotzdem nicht.

«Ich kann aber nicht schlafen ohne dich», beschwere ich mich und vergrabe das Gesicht an ihrer Schulter.

Livia schnaubt leise.

«Was?»

«Na ja. Das sah irgendwie anders aus, als ich vor zwei Stunden zu dir ins Bett krabbeln wollte, weil ich auch nicht schlafen konnte.»

Mir entkommt ein ersticktes Lachen. «Wir sind erbärmlich.»

Livia schüttelt vehement den Kopf. «Wir sind der ganze Stolz unserer Mütter!», widerspricht sie mir mit gespieltem Ernst. «Sie werden es lieben, dass ihre Töchter selbst nach sieben Jahren in der Armee kaum eine Nacht getrennt verbringen können.»

«Noch mehr würden sie es lieben, wenn wir wieder nach Hause kämen», erwidere ich seufzend.

«Das wäre auf jeden Fall einfacher», gibt Livia zu. «Aber wir wollten es nicht *einfach*. Wir wollen etwas verändern. Und mit deinem neuen Rang sind wir diesem Ziel wieder ein Stück näher gekommen.»

«Unserem Rang», verbessere ich sie. «Ohne dich hätte ich das niemals geschafft.»

«Sehr schmeichelhaft», sagt sie schmunzelnd. «Aber nicht wahr. Du gibst nicht auf, bis du erreicht hast, was du dir in den Kopf gesetzt hast. Deswegen ist es auch einfacher, dir zu helfen, als sich endlos von dir nerven zu lassen.»

«Also bin ich eine Tyrannin», lache ich leise.

«Du hast es erfasst.»

«In dem Fall bin ich ja wie gemacht für den Rang der Captain.»

Ich habe den Satz kaum ausgesprochen, da legt sich ein schweres Gewicht auf meine Brust. Das Wort Tyrannin mag scherzhaft gemeint gewesen sein, aber es fasst nur allzu gut zusammen, was man in der Armee von mir erwartet.

Erbarmungslosigkeit. Brutalität. Hass.

Genau das macht dieses ganze System aus, das König Ylving seit fünfundzwanzig Jahren aufbaut und das nach und nach unsere Heimat befällt wie eine tödliche Krankheit.

Wir wollen dagegen kämpfen, von innen heraus etwas verändern. Das ist der Grund, weshalb wir hier sind. Weshalb wir uns überhaupt freiwillig für den Armeedienst gemeldet haben, obwohl unsere Mütter uns angefleht haben, es nicht zu tun. Der Grund, warum ich meine Angst nicht gewinnen lasse und sie jedes Mal aufs Neue herunterschlucke, egal wie groß sie wird. Ich könnte nicht mit dem Gedanken leben, nichts zu tun, während den Drachen im Land alles genommen wird. Erst der Thron, dann ihre Rechte und nun langsam, aber sicher auch ihre Freiheit. Doch dafür muss ich mich dem System erst einmal fügen. Die Rolle der Tyrannin spielen, obwohl ich es hasse, dass Livia in diesem bitterkalten Vorraum schlafen muss, während ich im beheizten Zelt liege. Dass niemand erfahren darf, wie eng unsere Beziehung wirklich ist. Dass ich allein die Kontrolle über die Magie zwischen uns habe, obwohl sie schon immer dafür gedacht war, geteilt zu werden.

Mir wird übel, wenn ich darüber nachdenke, dass ich all das zulasse. Was bringt mein Wunsch nach Veränderung, wenn ich das System auf dem Weg dorthin selbst immer weiter festtrete?

«Du bist nicht wie sie», flüstert Livia, die mal wieder ahnt, was in mir vorgeht.

«Ich weiß», erwidere ich.

Nur bedeutet *anders* nicht gleich *besser*.

Schweigen hüllt uns ein. Wir liegen aneinandergeschmiegt da, schließen die Augen und lauschen dem prasselnden Regen. Fast ist es wie früher. Als Kind bin ich bei jedem Unwetter zu Livia ins Bett gekrabbelt, weil ich mich vor dem Donner gefürchtet habe. Nur dass dies nicht unser Zuhause ist, nicht mal unsere gewohnte Umgebung, sondern ein völlig fremdes Armeecamp. Voller fremder Soldaten, vor denen ich mich in nur wenigen Stunden beweisen muss.

Unser erster Tag im neuen Camp, der erste Tag als Captain. Ich wünsche mir fast, ich hätte diese Beförderung nie bekommen.

Allmählich erklingen draußen immer mehr Stimmen. Das Camp wacht auf, und wir sollten aufstehen, damit uns niemand erwischt. Dass Livia meine Halbschwester ist, weiß der General zwar, aber er denkt, unser Vater hätte uns ganz im Sinne der Armee erzogen. Ich gebe die Befehle, Livia befolgt sie. Eine strenge Hierarchie, die niemals gebrochen wird. Denn auf Beziehungen zwischen Reitern und Drachen steht in der Armee die Todesstrafe. Damit sind im engeren Sinne romantische Verbindungen gemeint, aber bereits eine private Unterhaltung könnte uns teuer zu stehen kommen, ganz zu schweigen von unserem Schlafarrangement. Dass wir all das jahrelang verborgen haben, würde vermutlich reichen, um uns zu Verräterinnen zu erklären und uns hinrichten zu lassen.

Uns bei unserer Rekrutierung zu trennen, stand allerdings außer Frage. Lieber riskiere ich mein Leben, als Livia irgendeinem fremden Reiter zu überlassen, der sie behandelt wie Dreck.

Schritte erklingen plötzlich direkt neben dem Zelt, und wir zucken beide zusammen. Doch sie entfernen sich schnell – vermutlich war es einer unserer Nachbarn, der gerade aufgestanden ist. Ich atme einmal tief durch und wappne mich innerlich schon mal für die Kälte draußen. Und für alles, was heute noch auf uns zukommt.

«Hast du Angst?», flüstere ich in das Regenprasseln hinein und löse mich von ihr, um sie ansehen zu können.

Mittlerweile ist es hell genug, dass ich das Grün ihrer Augen erkennen kann. Zusammen mit den goldenen Sprenkeln, die dort schimmern und die nur mir vorbehalten sind. Sie sind ein Zeichen der Bindung zwischen Reiter und Drache. Nur der gebundene Partner kann sie sehen. Und sie erinnern mich seit nunmehr sieben Jahren daran, was wir bereits alles durchgestanden haben.

«Ich muss keine Angst haben», antwortet sie mir lächelnd. «Ich habe doch dich.»

Auf dem Rüstplatz herrscht das reinste Chaos. Dreißig Reiter und ihre Drachen haben sich dort versammelt und stehen sinnlos im Matsch herum. Der Regen hat aufgehört, aber dichter Nebel verbirgt die Berge, die sich unweit des Camps in den Himmel recken, und ein harscher Wind weht über die ungeschützte Fläche.

Trotz des ungemütlichen Wetters unterhalten die Reiter sich angeregt – offenbar ohne dass jemand auch nur auf die Idee kommt, etwas für den bevorstehenden Einsatz vorzubereiten. Die Sättel liegen unberührt auf den Transportwagen, und die Drachen sind allesamt noch in ihren menschlichen Gestalten, sodass nur ihre Kleidung verrät, wer zu ihnen gehört und wer nicht. Denn während die schwarzen Uniformen der Reiter je nach Rang aufwendig mit Goldstickereien verziert sind, sind die der Drachen schlicht gehalten.

Ein weiteres Symbol für unsere angebliche Überlegenheit, die nur deshalb besteht, weil die Drachen weder Zugriff zu Magie noch zu Waffen haben. Sie werden voll und ganz von ihren Reitern abhängig gemacht.

Tausend Jahre lang haben sie dieses Land regiert. Und nun ist von dieser einstigen Macht nicht mehr übrig als eine Erinnerung, die manchmal zwischen den Zelten hindurchweht. Ein Flüstern, das von besseren Zeiten erzählt. Zeiten, in denen Familien wie unsere noch nicht als Abschaum angesehen wurden.

Livia steht neben mir und mustert mit zusammengepressten Lippen das versammelte Banner auf dem Rüstplatz. Sie hat ihren Umhang eng um sich geschlungen, um dem Wind zu trotzen, aber da sie darunter nackt ist, hilft es nicht viel. Für die Verwandlung muss sie ihre Kleidung ablegen, weshalb es gängig ist, dass die Drachen mit so wenig wie möglich auf den Rüstplatz kommen. Normalerweise erspare ich ihr das, besonders bei diesen Temperaturen, aber sie hat darauf bestanden, um den ersten Eindruck von mir so harsch wie möglich zu zeichnen. Jetzt ist ihre sonst weiße Haut rot von der Kälte, und sie reibt sich die zitternden Hände.

Ich wünschte, ich könnte sie mit meiner Magie wärmen. Aber wir stehen so nah bei den anderen, dass es auffallen könnte.

«Erkennst du irgendeinen Plan?», murmle ich ihr zu. Wir stehen am Rand des Platzes neben einem der Ausrüstungszelte – noch unbemerkt von der Truppe. Schon seit ein paar Minuten beobachte ich die Soldaten und frage mich, ob das ein schlechter Witz sein soll.

«Ich glaube nicht, dass es einen gibt», erwidert Livia kaum hörbar. «Sicher, dass das keine Ausbildungstruppe ist?»

Frustriert schüttle ich den Kopf und beobachte zwei der Reiter dabei, wie sie sich lachend in den Schwitzkasten nehmen, als wäre das hier ein verdammter Spielplatz und nicht die Vorbereitung auf einen lebensgefährlichen Auftrag. «Das geht ja gut los.»

«Dann musst du dir Gehör verschaffen.»

Ich werfe ihr einen Blick zu, aus dem sie ohne Frage sämtliche meiner Emotionen herauslesen kann. Sich Gehör zu verschaffen, bedeutet in der Armee, keine Rücksicht zu nehmen, brutal vorzugehen, andere zu erniedrigen. Das ganze System basiert auf einem Machtgefälle, das ich kaum abstoßender finden könnte. Denn nur allzu oft kommen Strafen nicht dort an, wo sie sollen, sondern werden in Frustration weitergereicht – meist an die Drachen.

«Ich vertraue dir», sagt Liv leise, als hätte sie meine Gedanken gehört. «Und wenn du es schaffst, dass die anderen es auch tun, hast du alles richtig gemacht.»

«Ich gebe mein Bestes», verspreche ich ihr. Wobei ich ehrlich gesagt keine Ahnung habe, wie man mir vertrauen soll, wenn ich gefühlt nicht weiß, was ich tue.

«Gut. Könnten wir jetzt dazu kommen, dass ich mich endlich verwandele? Ich erfriere.»

Ich atme tief durch. «Ja. Wird auch Zeit, dass jemand dieses Trauerspiel beendet. Was hältst du von einem großen Auftritt?»

Livia verkneift sich ein Schmunzeln. «Nach dir, *Captain*.»

Ich verdrehe gespielt die Augen, setze mich aber in Bewegung. Livia folgt mir mit den obligatorischen zwei Schritten Abstand. Außerhalb unseres Zelts sind wir nicht mehr gleichgestellt. Hier gibt es kein sanftes Lächeln mehr, keine Zuneigung, nicht einmal ein Mindestmaß an Respekt. Zumindest von meiner Seite aus. Liv muss jedem meiner Befehle Folge leisten und darf keinen von ihnen je hinterfragen. Obwohl das abgesprochen ist und wir es schon seit Jahren so handhaben, fühlt es sich trotzdem jedes Mal an, als würde ich sie verraten. Mich über sie stellen, obwohl ich kein Recht dazu habe.

Wir nähern uns dem Banner, aber selbst jetzt schert sich niemand von ihnen um uns. Ein paar drehen die Köpfe, doch falls sie die Bestickung auf meiner Uniform bemerken, ignorieren sie sie geflissentlich. Vielleicht wirke ich zu nett. Zu unschuldig. Zu jung. Ehrlich gesagt ist mir egal, was der Grund für ihre Ignoranz ist – sie macht mich wütend. Ich habe Jahre damit verbracht, mir diesen Rang zu erarbeiten, und diese Leute treten ihn mit Füßen.

Hinter mir kann ich Livias Verwandlung spüren. Meine Magie flackert auf wie eine Flamme, in die Öl gekippt wurde, und ich lasse eine Hitzewelle explosionsartig über den Rüstplatz rauschen. Sie bringt das Banner abrupt zum Schweigen, und ihre Köpfe fahren genau in dem Moment zu mir herum, in dem ich stehen bleibe und Livias Pranken hinter mir auf dem Boden aufkommen.

Sämtliche Blicke ruhen nun auf uns. Manche wirken irritiert, andere noch belustigt. Doch keiner sagt mehr ein Wort.

«Habe ich jetzt Ihre Aufmerksamkeit?», frage ich harsch und mustere die Gruppe Soldaten vor mir. «Oder muss ich zu anderen Mitteln greifen?» Ich lasse meine Magie noch einmal aufflackern und merke, wie sich einige der Soldaten versteifen.

Aus den Augenwinkeln sehe ich Livias smaragdgrüne Schuppen aufblitzen. Sie scharrt mit ihren Krallen ungeduldig im Boden und untermauert meine Drohung mit einem Grollen.

Mittlerweile sind wir gut in diesem kleinen Einschüchterungsmanöver. Wir haben früh gelernt, dass man sich in dieser Armee nur Respekt verschafft, wenn man Macht demonstriert. Und vor allem den Eindruck erweckt, diese auch nutzen zu wollen.

Bisher konnte ich es zum Glück immer vermeiden, mich

mit irgendwelchen grausamen Bestrafungsmethoden durchsetzen zu müssen, doch das könnte sich mit dem neuen Rang ändern ...

Noch immer starrt mich das Banner reglos an. Ich verziehe abfällig den Mund. «Wenn ihr schon nicht zu einer Antwort fähig seid, dann salutiert wenigstens», fordere ich sie auf. «Oder hat mir der General einen Haufen unfähiger Rekruten zugeteilt?»

Endlich kommt Bewegung in die Menge. Sie raffen sich zusammen und schaffen es tatsächlich, vor mir fast synchron zu salutieren. Vielleicht gibt es ja doch noch Hoffnung ...

Ich lasse den Blick über die Männer und Frauen wandern, kann jedoch auch aus der Nähe niemanden mit der Uniform eines Lieutenants erkennen. Als General Harlow mir vorhin unseren heutigen Auftrag erteilte, hat er mir gesagt, dass ebendieser mich dem Banner als neue Captain vorstellen und den ersten Einsatz begleiten wird. Doch offenbar ist in diesem Armeecamp auf nichts und niemanden Verlass. Dann muss ich die Dinge eben selbst in die Hand nehmen.

«Warum stehen Sie hier sinnlos rum, statt mit den Vorbereitungen anzufangen?», will ich mit scharfer Stimme wissen. Ich fixiere einen jungen Reiter mit zerzausten dunklen Locken und hebe erwartungsvoll die Brauen.

Er räuspert sich, offensichtlich überrumpelt davon, dass ich ausgerechnet ihn anspreche. «Lieutenant Walsh ist noch nicht da ...» Sein Blick huscht über meine Uniform. «Captain», fügt er dann stockend hinzu.

Ich ignoriere sein Zögern. «Und was tut das zur Sache? Muss er Ihnen erst erklären, wie man eine Truppe abflugbereit macht? Warum liegen die Sättel nicht bereit? Warum ist die Ausrüstung nicht geprüft?»

Wieder ein beklommenes Räuspern von dem Soldaten. Seine eben noch blassen Wangen laufen rot an. «Lieutenant Walsh möchte nicht, dass die Arbeit ohne sein Kommando begonnen wird, Captain.» Diesmal geht ihm mein Rang leichter von den Lippen. Der Rest seiner Aussage hingegen bringt mich zum Schnauben. Was ist das denn für ein Quatsch?

«Dann wird das für Sie alle eine ganz schöne Umstellung», verkünde ich. «Denn ab jetzt bin ich hier verantwortlich. Und ich erwarte, dass eigenständig alle Vorbereitungen getroffen werden, ohne dass ich erst bitten muss. Verstanden?»

«Ja, Captain», tönt es einstimmig.

Geht doch. «Gut. Dann an die Arbeit. Die Erlaubnis zur Verwandlung ist hiermit erteilt. In einer halben Stunde erwarte ich Sie alle abflugbereit.»

Mein Herz rast ein wenig, als ich mich vom Banner abwende und Livias Umhang vom Boden aufhebe, den sie vor ihrer Verwandlung eben abgelegt hat. Ich streiche den Stoff mit den Fingern glatt und atme einmal tief durch. Livia tritt näher zu mir heran, und ich lege eine Hand an ihre Flanke, damit sie mit mir sprechen kann.

«Beeindruckend», tönt ihre Stimme durch meine Gedanken, und ich verdrehe die Augen.

«Verarsch mich nicht», erwidere ich.

«Tu ich nicht. Das war sehr gut.»

«Wir sollen mit diesen Leuten gleich in den Krieg ziehen», erinnere ich sie.

«Es ist nur ein simpler Eliminierungsauftrag», versucht Livia mich zu beruhigen. *«Und anscheinend kommen sie ja auf Trab, wenn man sie entsprechend anleitet.»*

Missmutig beobachte ich, wie der Rest des Banners alles

bereit für den Abflug macht. Ein paar der Drachen haben sich nun verwandelt – wenn auch mit weit weniger Aufhebens als Liv – und werden von ihren Reitern gesattelt. *«Das hier wird schwieriger als gedacht»*, stelle ich fest.

«Ach was. Sie sind auch nicht schlimmer als unser Banner im letzten Camp.» Belustigung dringt zu mir durch. *«Das Schwierigste für dich wird wahrscheinlich, dass du ohne deinen Schatz Arschen auskommen musst.»*

«Nenn ihn nicht so», beschwere ich mich. Ich lasse Livia los, bringe ihren Umhang ins Ausrüstungszelt und gehe rüber zum Sattelwagen, um mir einen der Ledersättel zu holen. Diese sind zwar so konstruiert, dass man sie allein tragen und aufsatteln kann, wiegen aber trotzdem gefühlte Tonnen. In der Regel helfen sich die Reiter deshalb untereinander, doch ich werde an meinem ersten Tag als Captain sicher nicht diejenige sein, die zu schwach ist, um es allein hinzukriegen.

Ich hieve einen der Sättel aus dem Wagen, trage ihn rüber zu Livia, die sich auf den Boden sinken lässt, und lege ihn nah neben ihr ab. Dann werfe ich die Riemen über ihren Rücken und umrunde sie, um den Sattel von der anderen Seite an ihrem gigantischen Körper hochzuziehen. Leider bin ich ihr so nah genug, dass sie diese nervige Unterhaltung weiterführen kann.

«Arden, Arschen …», säuselt sie in meinem Kopf, während das Leder quälend langsam über ihre schimmernden Schuppen gleitet und ich mir ein angestrengtes Keuchen verkneife. *«Ich höre keinen Unterschied.»*

«Ich weiß, dass du ihn nicht magst.» Ich ziehe ein letztes Mal an den Riemen, bis der Sattel seinen Platz in der Mulde zwischen Livias Schulterblättern findet und ich meine Arme einen Moment lang entspannen kann. *«Aber es tut jetzt sowie-*

so nichts mehr zur Sache, weil ich ihn nicht wiedersehen werde. Und bevor du es sagst – nein, ich vermisse ihn nicht. Ich kannte ihn kaum. Er war nur ein Zeitvertreib.»

«Ein sehr lauter Zeitvertreib …»

«Livia», beschwere ich mich, und ein Kichern hallt durch meine Gedanken.

«Das ist meine Rache für die schlaflosen Nächte.»

«Du bist unmöglich.» Ich widme mich wieder der Vorbereitung, zurre den Sattel fest und überprüfe unsere Ausrüstung. Dabei habe ich stets ein Auge auf den Rest des Banners. In der kurzen Zeit, die mir vor dem Abflug bleibt, ist es unmöglich, die Leute gut genug kennenzulernen, um sie einschätzen zu können. Was auch der Grund ist, weshalb General Harlow mir den eigentlichen Lieutenant an die Seite gestellt hat. Und ausgerechnet der taucht jetzt nicht auf.

«Meinst du, es ist Schikane?», frage ich Livia im Stillen. *«Dieser Auftrag. Ganz nach dem Motto: Lassen wir die Neue die Scheißarbeit erledigen?»*

Als Captain ist es eigentlich nicht meine Aufgabe, ein einzelnes Banner zu leiten. Auch wenn es nach der Versetzung in ein neues Camp durchaus Sinn macht, um meine Leute kennenzulernen.

«Wirkt zumindest so», bestätigt Livia meine Vermutung. *«Vermutlich will der General dich testen.»*

«Das fängt ja toll an», brumme ich.

«Lass dich nicht verunsichern, diese Spielchen kennen wir doch. Erledige einfach den Auftrag, dann kannst du den General immer noch zur Rede stellen.»

Mir entweicht ein frustriertes Schnauben. *«Klar. Ich lege mich mit dem General an.»*

«Nein, er hat sich mit dir angelegt», widerspricht Liv sanft.

«Ich hasse diese Dominanzspielchen», murre ich.

«Ich weiß. Wir beide.»

«Wer hat euch erlaubt anzufangen?», donnert eine wütende Stimme über den Platz. Ein Mann um die vierzig stapft auf das Banner zu. Er hat kurzes sandfarbenes Haar und blaue Augen, die wütend die Truppe mustern. Die Bestickung seiner Uniform zeichnet ihn als Lieutenant aus, und kaum dass die Reiter ihn bemerken, salutieren sie vor ihm. Hier funktioniert das mit der Disziplin also.

«Die Frage ist doch eher, wer Ihnen erlaubt hat, zu spät zu kommen», erwidere ich kurzerhand und gehe zu ihm hinüber. Sein Blick findet nun mich, aber mir ist klar, dass er nur so tut, als würde er mich zum ersten Mal sehen. Sicher hat er mich schon beobachtet, bevor er seine Ankunft so großspurig angekündigt hat.

Ich mustere erst ihn und dann flüchtig den Mann, der mit etwas Abstand hinter ihm stehen geblieben ist. Groß gewachsen, breit, kurz geschorene schwarze Haare. Sein Drache, zweifelsohne. Das verrät bereits der schlichte Umhang. Aber ich bleibe an seinen Augen hängen.

Sind das goldene Sprenkel in dem warmen Braun? Sie erinnern mich unweigerlich an Livia. Nur dass ich sie bei ihr erst seit unserer Bindung sehe. Ich wüsste nicht, dass ich so etwas schon mal bei jemand anderem wahrgenommen hätte.

Der Mann hebt eine dunkle Braue, und ich merke erst jetzt, dass ich ihn einen Moment zu lang angestarrt habe. Wie kann man sich von ein paar Sprenkeln derart aus dem Konzept bringen lassen? Vermutlich ist es einfach seine normale Augenfarbe.

Eilig reiße ich mich von seinem Anblick los und widme mich stattdessen dem Lieutenant. «Walsh, richtig?», frage ich. Aber mein Herz ist verräterisch aus dem Takt geraten. Kleinigkeiten wie diese reichen, um den Leuten Munition gegen mich zu geben. In unserem alten Camp hat sich Livs und mein Familienverhältnis herumgesprochen, und ich bin oft genug deswegen mit Misstrauen oder Spott behandelt worden. Ich sollte es also besser wissen. Ich habe nicht vor, hier schon wieder meine Autorität untergraben zu lassen.

Walsh überragt mich um ein paar Zentimeter und schaut so abschätzig auf mich herab, als wäre ich ein Dreckspritzer an seinem Schuh. «Und Sie sind?», will er wissen.

Sofort wandelt sich meine Verlegenheit in Wut. «Sie wissen genau, wer ich bin», antworte ich eisig. «Noch ein Fehltritt, und ich schließe Sie von diesem Auftrag aus.»

Walsh entweicht ein ersticktes Keuchen, und mir entgeht nicht, dass sein Drache sich bei meinen Worten versteift.

«Wie bitte?», will der Lieutenant wissen.

Unbeirrt halte ich seinen Blick. «Ich kann keinen Reiter gebrauchen, der nicht einmal pünktlich auf dem Rüstplatz erscheinen kann. Ich hoffe, bei Ihren anderen Aufgaben erweisen Sie sich als tauglicher. Abtreten.»

Eben noch hatte sein Gesicht die Farbe von gebleichtem Leinen. Jetzt läuft er verräterisch rot an. Er öffnet empört den Mund, erwidert dann aber doch nichts mehr. Stattdessen wendet er sich schnaubend ab und stapft hinüber zum Sattelwagen, ohne auch nur zu salutieren.

Die Reaktion ist völlig respektlos, doch ich weiß auf Anhieb nicht, wie ich damit umgehen soll. Ihn noch mal zurückpfeifen? Es einfach durchgehen lassen? Ich entscheide mich für Letzteres, gehe zurück zu Livia und verfluche mich selbst dafür, die Situation nicht souveräner gemeistert zu haben.

«Schau nicht den Falschen hinterher», rät Liv mir. *«Das kannst du dir nicht leisten.»*

Sie hat es also auch gemerkt. Großartig. *«Ich war nur irritiert von seinen Augen»*, murmle ich und zurre den Sattel fest.

«Oje. Vielleicht hast du doch Arschen-Entzug ...»

«Ach, halt die Klappe.»

«Ich versuche nur, auf dich aufzupassen.»

«Jaja. Keine fremden Drachen anstarren, ist notiert.»

«Der Lieutenant ist ein Arschloch», wechselt sie das Thema.

Ich halte inne, und gemeinsam beobachten wir, wie Walsh zwei der anderen Reiter anblafft, ihm zu helfen, und dabei konsequent vermeidet, in meine Richtung zu schauen. Sein Drache jedoch dreht sich noch einmal um. Sein Blick findet meinen, und er zieht unzufrieden die Brauen zusammen. Irgendetwas an mir scheint ihn zu stören.

Ich will mich gerade wieder abwenden, als er seinen Umhang fallen lässt, um sich zu verwandeln. Es dauert nur ein paar Sekunden, bis aus seiner nackten Haut Schuppen geworden sind. Weiß wird zu einem tiefen Schwarz und der junge Mann zu einer Naturgewalt.

Schon in seiner menschlichen Gestalt war seine Statur einschüchternd, aber jetzt ist er riesig. Er streckt seine gigantischen Schwingen dem grauen Himmel entgegen, und das fahle Licht schimmert dunkelrot durch die Flugmembranen. Doch es ist weder der Anblick seines nackten Körpers noch seine Drachengestalt, die diesmal meine Aufmerksamkeit fesselt. Sondern das, was ich während der Verwandlung für den Bruchteil einer Sekunde an seiner Schulter gesehen habe. Einen durchgebluteten Verband.

Bevor ich zögern kann, habe ich mich bereits in Bewegung gesetzt. Vorsicht hin oder her – einige Dinge müssen von vornherein klar sein. Zum Beispiel die Tatsache, dass keine Drachen mit offenen Wunden in einen verdammten Kampfeinsatz geschickt werden. Und primär wüsste ich gern, woher er diese Verletzungen überhaupt hat.

«Was war das?», will ich wissen und stelle mich Walsh und seinen beiden Gehilfen in den Weg, die gerade den Sattel hochgehievt haben.

Der Lieutenant verzieht genervt das Gesicht. «Was war was?»

«Das.» Ich weise auf einen Fetzen des blutigen Verbands, der ein paar Meter weiter auf dem matschigen Boden gelandet ist. «Ihr Drache ist verletzt.»

Ich zucke zusammen, als sich plötzlich die Spitze eines schwarz geschuppten Drachenschweifs um meine Beine legt. Im selben Moment tönt eine Stimme durch meine Gedanken – tief wie ein Donnergrollen und zugleich sanft wie flüssiger warmer Honig, der um meine Sinne fließt. *«Mir geht es gut, Captain.»*

Gänsehaut jagt mir über die Arme, und ich erschaudere.

«Ich mag es nicht, wenn man mich anlügt, Soldat.»

«Es ist nur ein Kratzer», behauptet Walsh jetzt und wirft seinem Drachen einen warnenden Blick zu.

«Es ist verantwortungslos», erwidere ich und versuche, diese fremde Präsenz am Rande meines Bewusstseins auszublenden. «Es ist Ihre Aufgabe, für seine Gesundheit zu sorgen. Wurde das untersucht? Wurde er zum Flug freigegeben?»

«Es ist nichts», wiederholt der Drache nun schärfer, und sein Tonfall irritiert mich maßlos. Da ist kein Hauch von Respekt in seiner Stimme. Nur Wut. Was fällt ihm überhaupt ein, auf diese Art ein Gespräch einzugehen?

«Das entscheidest nicht du», weise ich ihn zurecht, doch davon lässt er sich kein bisschen beeindrucken.

«Wer sonst?», will er wissen. *«Es ist mein Körper, oder nicht?»*

Ich wirble zu ihm herum und fixiere ihn mit meinem Blick. Walshs Antwort auf meine Frage nehme ich kaum wahr. Dass es nur irgendeine Ausrede ist, höre ich bereits an den ersten zwei Wörtern. *«Die Verletzung ist genau da, wo der Sattel sitzt»*, stelle ich fest. *«Wir sind den ganzen Tag unterwegs. Inwiefern ist das nichts?»*

Ihm entkommt ein Grollen, und kurz blitzen seine Reißzähne auf. *«Bitte lassen Sie mich fliegen, Captain»*, sagt er nun mit hörbar unterdrückter Wut. Oder ist es Verzweiflung?

«Ich versuche nur, dir zu helfen», erwidere ich ruhig.

«Ich brauche keine Hilfe», spuckt er aus. Und fügt dann ein *«Danke»* hinzu, das so zerknirscht klingt, als würde ihm das Wort sämtliche Schuppen von der Haut zupfen.

Irritiert runzle ich die Stirn. Während meiner Zeit als Lieutenant ist es schon des Öfteren passiert, dass ich Drachen aus dem Dienst gezogen habe, weil sie verletzt waren. Ihre Reiter waren davon nie begeistert. Dafür waren die Drachen umso dankbarer für das kleine bisschen Erholung. Aber ihm scheine ich damit wirklich keinen Gefallen zu tun. Ich verstehe nur nicht, warum.

«Sprichst du immer so respektlos mit deinen Vorgesetzten?», frage ich kühl.

«Verzeihung, Captain», grollt er.

«Das war eine Frage.»

Er zögert. *«Nein, Captain.»*

«Dann hoffe ich, dass es das letzte Mal war.»

«Jawohl, Captain.»

Irgendwie kaufe ich ihm das nicht ab. Aber ich will ihm zumindest die Chance geben, dieses Versprechen zu halten. *«Erzähl mir von der Verletzung»*, fordere ich ihn auf.

«Es ist nur eine kleine Wunde.»

«Und warum wurde sie nicht behandelt?»

«Weil sie nichts Ernstes ist.»

Ich kann nur den Kopf schütteln. Warum will er unbedingt so in eine Schlacht? Um jemandem etwas zu beweisen? Aus reinem Pflichtbewusstsein? Oder doch, weil Walsh ihn dazu drängt?

Sämtliche meiner Instinkte verlangen danach, jetzt hart zu bleiben und ihn ins nächste Krankenzelt zu schicken. Aber ich möchte mich nicht über seinen Willen hinwegsetzen. Genau das ist es, was die anderen Reiter tagein, tagaus tun. Und wenn ich dieses Muster wiederhole – egal ob aus einer guten Absicht oder einer schlechten –, wie soll ich dann für die Drachen in diesem Camp etwas zum Positiven verändern?

«Mir geht es gut», sagt er wieder, seine Stimme plötzlich sanfter. Kein Donnergrollen mehr. Nur noch Honig. Und als er ein *«Bitte»* anfügt, werde ich weich. Denn es klingt so flehend, dass mein schlechtes Gewissen endgültig siegt.

Ich werfe einen finsteren Blick zu Walsh, der mich wütend anstarrt und offenbar darauf wartet, dass ich ihm wieder meine Aufmerksamkeit schenke. Die beiden anderen Soldaten beobachten uns mit einer Mischung aus Faszination und Irritation. Dass so etwas mit dem Drachen statt dem Reiter ausgetragen wird, ist unüblich geworden. Und ich werde deshalb vermutlich einige Sprüche zu hören bekommen.

Widerwillig wende ich mich wieder dem Drachen zu und mustere seinen Körper. Erst aus der Nähe erkenne ich, dass seine Schuppen gar nicht schwarz sind. Stattdessen haben sie im Licht einen tiefroten metallenen Schimmer. Und leider verbergen sie jegliche Verletzungen.

Ich kann nicht einschätzen, wie schlimm sie wirklich

sind. Also muss ich wohl oder übel meinem Bauchgefühl vertrauen. Und das vertraut skurrilerweise ihm.

«Wie lautet dein Name?», frage ich ihn.

«Cassim, Captain», antwortet er, und ein Hauch Frustration sickert zu mir durch. Er hat keine Lust auf diese Unterhaltung. Trotzdem reißt er sich jetzt zusammen. Mich wundert nur, warum er es nicht von Anfang an getan hat. Vielleicht wollte er austesten, wie weit ich ihn gehen lasse. Oder irgendetwas hat ihn so sehr aufgewühlt, dass er sich nicht unter Kontrolle hatte.

«Ich erwarte, dass du nach dem Einsatz einen der Heiler aufsuchst. Ich will einen Bericht über den Zustand der Wunde.»

Ein Aufatmen. *«Ja, Captain.»*

«Und ich hoffe sehr, dass dein heutiges Verhalten nur an deinen Schmerzen lag und sich in Zukunft bessern wird. Haben wir uns verstanden, Cassim?»

Wieder sickert eine Emotion zu mir durch. Doch diesmal kann ich sie nicht deuten. Sie ist zu flüchtig, zu zurückhaltend. Er wollte sie mich nicht spüren lassen, so viel ist sicher.

«Ja, Captain», verkündet er, und ich trete von ihm zurück.

«Beeilt euch mit dem Aufsatteln», fordere ich Walsh auf und ignoriere seinen verärgerten Gesichtsausdruck. «Wir sind spät dran.»

«Jawohl, Captain», tönt es von den beiden Reitern. Walsh hingegen schweigt.

Ich lasse es ihm durchgehen – schon wieder. Für eine weitere Diskussion mit ihm habe ich jetzt nicht auch noch den Nerv. Mein Herz rast – vor Wut und Nervosität gleichermaßen. Aber leider ist das Rauschen in meinen Ohren nicht laut genug, um die Worte zu übertönen, die mir über den Platz folgen.

«Hab ich es euch nicht gesagt?», verkündet Walsh halblaut. «Der General hat uns ein drachenliebendes Miststück als Captain zugeteilt.»

Lass sie reden, höre ich meinen Vater sagen. Wie schon so oft in meinem Leben. *Was sie von dir denken, ist bedeutungslos.*

Warum tut es dann trotzdem so scheiße weh? Es hat keinen Tag gedauert, bis dieses Misstrauen uns eingeholt hat.

«Was war das denn?», will Livia wissen, als ich wieder bei ihr ankomme. Die Skepsis ist ihr anzuhören. *«Lässt du ihn ernsthaft mit der Wunde fliegen?»*

Sie hat es also auch gesehen. Ich habe es mir nicht eingebildet. Aber die Entscheidung ist bereits gefallen.

«Cassim sagt, er will fliegen.»

«Warum? Kann er das überhaupt mit der Verletzung? Das sah schlimm aus.»

«Ich schätze, das werden wir gleich herausfinden», erwidere ich nur.

Als Antwort bekomme ich ein unzufriedenes Grollen. *«Dieses Camp gefällt mir immer weniger. Ich hoffe, er weiß, was er tut.»*

Das hoffe ich auch ...

Um mich von den Gedanken an Cassim abzulenken, prüfe ich ein letztes Mal meine Ausrüstung und den Sattel, bevor ich eine Runde über den Rüstplatz drehe. Ich nehme mir die Zeit, alle Namen zu erfragen, mich bei Drachen und Reitern nach dem Stand ihrer Vorbereitungen zu erkundigen und ihnen unsere Mission zu erläutern. Auf Walshs Unterstützung verlasse ich mich weder hier am Boden noch in der Luft. Es ist mehr als deutlich, dass er jede Chance nutzen wird, um mir zu schaden. Vermutlich ohne Rücksicht auf Verluste. Also mache ich mich persönlich mit seinem Banner vertraut und versuche, mir so viele Details wie möglich einzuprägen.

Viel helfen wird es binnen dieser kurzen Zeit allerdings

nicht mehr. In der Luft sind unsere Kommunikationsmöglichkeiten stark eingeschränkt. Da die Gedankenübertragung nur bei Berührung funktioniert, ist sie mir nur mit Livia möglich. Für den Rest des Banners muss ich mir mit Rufen, Feuersignalen oder einer Knochenpfeife behelfen.

Heute sollte Walshs Haltung kein allzu großes Problem darstellen, da der Auftrag mit wenig Risiko verbunden ist. Bei zukünftigen Einsätzen kann das allerdings ganz anders aussehen. Als Captain fliege ich normalerweise mit mehreren Bannern, deren Lieutenants dafür sorgen, dass meine Befehle von ihren Soldaten umgesetzt werden. Früher oder später muss ich mich also auf Walsh verlassen können. Und das, obwohl er ungefähr so vertrauenswürdig ist wie ein qualmender Vulkan.

Ich widme mich Walsh zuletzt. Die anderen sind mittlerweile alle abflugbereit, und auch er zurrt gerade die letzten Gurte fest. Missmutig mustere ich den Sattel auf Cassims Rücken. Hoffentlich war die Wunde wirklich nicht so schlimm, wie der Verband vermuten ließ. Sonst wird dieser Flug für ihn die reinste Folter.

Ich bemerke, dass Cassim mich beobachtet, und schenke ihm einen vielsagenden Blick. Ich verlasse mich darauf, dass er weiß, was er tut. Und dass er Bescheid gibt, falls es mit dem Sattel doch nicht geht. Das kaum merkliche Nicken, das er nun andeutet, sagt mir, dass er mich auch ohne Worte verstanden hat.

«Hayes», ruft eine tiefe Stimme hinter mir. Ich drehe mich um und entdecke General Harlow am Rand des Rüstplatzes. Er hat die Hände hinter dem Rücken verschränkt und mustert das Geschehen mit finsterer Miene.

Eilig gehe ich zu ihm hinüber und salutiere. «General», grüße ich. «Das Banner ist abflugbereit.»

Er verzieht leicht den Mund. Harlow ist ein Mann um die fünfzig mit wachsamen dunklen Augen, goldbrauner Haut und einem extrem hohen Anspruch an seine Soldaten. Zumindest erzählt man sich das. Und ich vermute, es stimmt, da er mir kaum diesen Auftrag zugeteilt hätte, wenn er mich nicht testen wollte. Das heute wird meine Feuerprobe. Und ich habe keinen Zweifel daran, dass ich den Rang ebenso schnell wieder los bin, wie ich ihn bekommen habe, sollte ich Harlow nicht zufriedenstellen.

Er lässt seinen Blick über das Banner schweifen und nickt jemandem hinter mir flüchtig zu. Vermutlich Walsh. Ich frage mich, ob sein Zuspätkommen mit Harlow abgesprochen war oder er sich seiner Stellung so sicher ist, dass er glaubt, sich alles erlauben zu können.

«Gut», wendet Harlow sich wieder an mich. «Wir erwarten Sie bis Sonnenuntergang zurück. Und keine Gefangenen, Hayes. Das Camp ist voll genug.»

«Verstanden, General», erwidere ich prompt und salutiere erneut. Er gibt mir das Zeichen zum Abtreten, und ich widme mich wieder dem Banner.

«Bereit machen zum Abflug!», verkünde ich laut und klettere auf Livias Rücken. Ich zurre die Gurte um meine Oberschenkel fest und warte darauf, dass der Rest des Banners es mir nachtut.

Livia spreizt prüfend ihre Flügel, und ich werfe einen Blick zu der Windfahne oben am Mast. Der Wind hat im Laufe des Morgens gedreht und bläst nun kräftig aus Richtung Osten. Gegenwind. Vermutlich braut sich ein weiteres Unwetter zusammen, denn die dichte Wolkendecke wird dort merklich dunkler, und es riecht bereits wieder nach frischem Regen. Ich habe wenig Hoffnung, dass wir trocken zurück ins Camp kommen.

Unser heutiger Auftrag ist die Eliminierung einer kleinen gegnerischen Einsatztruppe, die sich laut unseren Spähern etwa hundert Kilometer östlich vom Lager an der Grenze zu den Vulkanlanden aufhält. Es sind nur eine Handvoll Drachen mit ihren Reitern. Wenn wir sie überraschen, ist es vorbei, bevor sie überhaupt realisieren, was passiert.

Ich taste nach meiner Magie und versuche so, die Gedanken an das Leid zu verdrängen, das wir in wenigen Stunden verursachen werden. Stattdessen bleiben sie wieder bei Cassim hängen. Und bei den Zweifeln über meine Entscheidung. Der Gegenwind wird seinem Körper einiges abverlangen, egal wie entschlossen er ist. Und es wäre nicht das erste Mal, dass ein Soldat sich überschätzt. Ich selbst habe den Fehler oft genug gemacht.

Als hätte er meine Gedanken gehört, schieben sich dunkle Schuppen in mein Sichtfeld. Cassim positioniert sich schräg hinter Livia und mir, sein mächtiger Körper wie eine drohende Gewitterfront in meinem Augenwinkel. Ohne mich umzudrehen, kann ich Walsh auf seinem Rücken nur erahnen, so insignifikant wirkt dessen Größe im Vergleich.

«Auf eine erfolgreiche Mission, *Captain*», heuchelt der Lieutenant, und ich verkneife mir ein Augenrollen.

«Sei vorsichtig mit ihm», ertönt Livias Stimme in meinem Kopf.

«Du auch», erwidere ich leise.

Normalerweise würde sich jeder mit einem niedrigeren Rang als meinem davor hüten, Livia zu nah zu kommen. Doch Walsh wirkt skrupellos genug, um solche Grenzen zu missachten. Selbst ohne zu wissen, wie eng unsere Beziehung wirklich ist, ist Liv zweifelsohne der beste Weg, um mir zu schaden. Und der General hat ihm offensichtlich erzählt, dass wir Schwestern sind. Wer weiß, auf was für Ideen ihn das bringt.

Ich atme tief durch und mustere noch einmal prüfend die Drachen und Reiter hinter mir. Sechzig Soldaten legen nun ihr Leben in meine Hände. Das macht mir deutlich mehr Angst als Walshs Schikane, Cassims Sturheit oder das Misstrauen des Generals. Weil es jetzt nicht mehr nur um mich geht, sondern um sie alle.

«Bereit?», frage ich Livia und streiche unauffällig über die Schuppen an ihrem Hals. Es ist eine alte Geste. Eine vertraute. Eine, die wir seit sieben Jahren vor jedem Auftrag wiederholen, egal, wie viel sie uns kosten könnte, weil unsere Liebe zueinander schon immer ein bisschen wertvoller war als unsere Sicherheit.

Wärme prickelt dabei durch meine Fingerspitzen.

Als wolle meine Magie mich daran erinnern, wie mächtig wir zusammen sind. *Nur* zusammen. Denn auch, wenn Livia die Magie nicht kontrolliert, ist sie ihr Katalysator. Und ohne sie wäre ich nichts.

«Mit dir immer», erwidert sie.

Ich gebe den Befehl zum Abflug.

KAPITEL 3

THE BEGINNING OF THE END

YESSA

Der Sturm erreicht uns schneller als befürchtet. Schon auf halber Strecke schließen uns dichte Wolken ein. Eiskalter Nieselregen klatscht mir ins Gesicht, und der Rest des Banners verschwimmt zu kaum mehr als ein paar vage erkennbaren Silhouetten.

Die Späher, die uns vorausfliegen, um mögliche Feinde ausfindig zu machen, kann ich aufgrund ihrer hellen Schuppen die meiste Zeit überhaupt nicht sehen. Mir bleibt nur zu hoffen, dass wir sie nicht verloren haben.

Wegen des starken Gegenwinds kann ich schlecht einschätzen, wie weit wir bereits geflogen sind und ob wir vom Kurs abgetrieben wurden. Mein Kompass hilft mir in dieser Situation wenig, also tauche ich mit Livia immer wieder unter die Wolkendecke, um anhand der Umgebung den Kurs zu korrigieren.

Das Gebiet an der Grenze ist gefährlich. Unzählige Vulkane haben hier ein Gebirge geformt, das insbesondere bei schlechter Sicht tödlich sein kann. Die steilen Gipfel tauchen manchmal wie aus dem Nichts zwischen den Nebelschwaden auf und haben schon so manche erfahrenen Soldaten das Leben gekostet.

Einen Vorteil hat das Wetter allerdings. Unsere Feinde werden uns nicht kommen sehen. Selbst wenn sie einen unserer Späher entdecken sollten, wird es bis dahin längst zu spät sein, um uns zu entkommen.

Wobei ich mich frage, warum sie überhaupt hier sind. Eine so kleine Gruppe auf feindlichem Gebiet? Es sind zu viele, um Späher zu sein, und zu wenige, um effektiv angreifen zu können. Mein erster Gedanke war, dass es möglicherweise eine Falle ist, doch der nahe gelegene Stützpunkt hat das gesamte Areal abgesucht. Kein Hinweis auf Verstärkung.

Vielleicht wurden sie durch einen der Stürme in den vergangenen Tagen vom Rest ihrer Truppe getrennt und mussten notlanden. Das Gebiet an der Grenze ist dafür denkbar ungeeignet. Die Winde wehen hier besonders erbarmungslos, und die letzten aktiven Vulkane des Landes bedecken den Himmel immer wieder mit dichten Aschewolken. Von den vielen Erdbeben hier in der Region und den möglichen Felsstürzen ganz zu schweigen. Auch hundert Kilometer entfernt in den Armeecamps sind wir daran gewöhnt, dass die Erde immer wieder abrupt zum Leben erwacht.

Erneut meldet sich mein Gewissen. Vermutlich hielten unsere Feinde es für sicherer, auf unserem Gebiet Schutz zu suchen, statt bei diesem Wetter die Vulkanlande zu durchqueren.

Sie ahnen noch nicht, dass es die falsche Entscheidung war und sie den Tag nicht überleben werden. Wie so oft führen wir für unseren König seine Grausamkeiten aus. An Leuten, deren einziges Verbrechen es ist, sich gegen seine Tyrannei zu wehren. Der Landesteil hinter der Grenze hat sich vor fünfundzwanzig Jahren von Eldeya abgespalten. Direkt nachdem König Ylving den Thron bestieg.

Manchmal frage ich mich, ob es dort besser ist als hier. Ob die Leute dort wohl glücklicher sind, obwohl sie sich im gleichen Krieg befinden wie wir. Nicht, dass ich dort jemals willkommen wäre – bei all den Soldaten, die ich schon getötet habe …

«Lass nicht zu, dass es dich zerfrisst», mischt sich Livia in meine Gedanken ein, und ich seufze auf.

«Als hättest du nicht genauso ein schlechtes Gewissen.»

Ihre Stimme wird sanfter. *«Darüber reden wir, wenn es vorbei ist. So wie immer.»*

Wenn es denn je vorbei wäre. Nach jedem Auftrag sitzen wir gemeinsam in unserem Zelt und bereuen unsere Taten. Und doch wiederholen wir sie immerzu. Müssen sie wiederholen. Weil Gehorsam an erster Stelle steht und wir nur Veränderung bewirken, nur *helfen* können, wenn wir uns bis ganz an die Spitze kämpfen.

Manchmal bin ich mir selbst nicht sicher, ob es wirklich Sinn ergibt, so zu handeln. Oder ob es nicht nur eine Ausrede ist, um unsere Fehler zu entschuldigen.

«Was wäre denn die Alternative?», will Livia unerwartet wissen, und ich merke zu spät, dass ich meine Gedanken mit ihr geteilt habe. *«Von Weitem zusehen, während unsere Heimat immer mehr in diesem Hass versinkt?»*

«Ich weiß, dass es keine gute Alternative gibt. Nur habe ich trotzdem das Gefühl, nicht das Richtige ...» Ich stocke mitten im Satz, als ich im Augenwinkel eine Bewegung wahrnehme. Ruckartig drehe ich den Kopf und sehe gerade noch, wie unter mir ein dunkler Schemen durch den Nebel gleitet und in einer dichten Wolke verschwindet. Fuck.

«Feindkontakt!», teile ich Livia mit, und sofort klingt ihr Brüllen durch das Tosen des Sturms, um die anderen zu warnen.

Doch es ist bereits zu spät.

Ein paar Meter vor mir teilt ein gigantischer Feuerball den Nebel und hüllt die Silhouette eines unserer Späher in sich ein. Der Reiter hat nicht einmal mehr Zeit zu schreien. Ein Hitzeschwall trifft mein Gesicht, und Livia geht ohne Vorwarnung in den Sturzflug, rettet mich vor den tödlichen Flammen, die nur einen Augenblick später über meinen Kopf hinwegrauschen.

Ihr Manöver presst mir die Luft aus den Lungen, und ich klammere mich instinktiv am Sattelhorn fest. Mit den Riemen um meine Oberschenkel kann ich zwar nicht aus dem Sattel fallen, doch als Livia knapp unter der Wolkendecke abrupt wieder hochzieht, habe ich das Gefühl, als würde mir die Wirbelsäule brechen.

Ich atme stoßartig aus und will gerade den Befehl zum Gegenangriff geben, da zischt ein Bolzen knapp an meinem Ohr vorbei. Vor mir segelt ein brennender goldbestickter Umhang langsam in Richtung Boden. Und dahinter steigen soeben sicher hundert Drachen in den dunkler werdenden Himmel auf und verschwinden zwischen den Wolken.

Die Panik hat sich durch meinen Körper gefressen, bevor mein Kopf realisiert, was genau passiert. Einer unserer Späher ist tot. Und wir sind erbarmungslos in der Unterzahl.

«Rückzug!», brülle ich, während ich mit klammen Fingern nach der Knochenpfeife um meinen Hals taste. Ich pfeife so laut ich kann, eine knappe Abfolge von Tönen, die jeder unserer Soldaten selbst im Schlaf erkennen würde.

Rückzug. Kursänderung nach Norden.

Eine direkte Wendung zurück nach Westen wäre mir zwar lieber, aber das Manöver würde uns verwundbarer machen und ist berechenbar. Es ist sicherer, eine größere Schleife zu fliegen.

Livia führt meinen Befehl bereits aus, doch es beruhigt mich kein bisschen. Adrenalin rauscht durch meine Adern, und ich kann meinen donnernden Puls spüren. Mein Atem ist viel zu laut, übertönt scheinbar jedes Geräusch, während ich versuche, auf weitere Flügelschläge zu lauschen. Sind sie über uns? Vor uns? Oder haben wir den drohenden Tod im Rücken?

«Alles okay bei dir?», will Livia wissen und bringt uns wieder

höher. Sie fliegt schneller als eben. Sicherlich hat auch sie gesehen, in was für einer Scheiße wir stecken.

So viel zu den fünf Reitern, die wir ausschalten sollten. Wie zur Hölle konnte diese Truppenstärke unbemerkt bleiben?

Ich nehme meine Armbrust vom Rücken und lege einen Bolzen ein. Währenddessen taste ich nach meiner Magie, mache sie ebenso bereit wie meine Waffe.

Das Wetter und die damit einhergehende schlechte Sicht ist unsere einzige Chance, das Banner heil hier rauszubekommen. In der Ferne donnert es, der Regen wird stärker, die Wolken um uns herum dichter. Uns dem Kampf zu stellen kommt bei der Überzahl unserer Gegner nicht infrage, also können wir nur noch darauf hoffen, unsere Verfolger im Unwetter abzuhängen.

Ich kneife die Augen zusammen, suche den Nebel um uns herum ab und halte Ausschau nach dem Späherdrachen, der eben in den Feuerball geraten ist. Vergeblich. Er kann unmöglich tot sein ... oder?

Die Flammen haben den Reiter zweifellos getötet, aber die Drachen sind in dieser Gestalt weitestgehend immun gegen Feuer. Dennoch kann ich weder den Späher noch den Rest des Banners entdecken, und auch von unseren Feinden findet sich keine Spur mehr. Der Dunst um uns herum ist undurchdringlich, und über das Rauschen des Windes ist kein einziger Flügelschlag mehr zu hören.

Wieder nutze ich die Pfeife, diesmal für einen Befehl zur Meldung. Es dauert nur Sekunden, bis mir tiefere Pfiffe antworten. Meine Soldaten. Und dann eine Tonfolge, deren etwas höheren Klang ich dem Lieutenant zuordnen kann. Ein Befehl zum Kurswechsel nach Süden. Er lotst uns wieder zurück. Was soll das?

Ich wiederhole meinen früheren Befehl, doch Walsh hält dagegen.

«Das ist nicht sein Ernst», beschwert Livia sich.

Ich verkneife mir einen Kommentar. *«Bring mich zu ihm.»* Erneut zu pfeifen hat keinen Sinn, außer dass es unseren Feinden genau sagt, wo sie uns finden. Sofern wir ihnen jetzt nicht ohnehin direkt in die Arme fliegen. Scheiße, ich weiß nicht mal, ob das Banner nun auf mich oder ihn hört. Wir müssen dringend wieder Sichtkontakt herstellen.

Just in diesem Moment blitzt ein Hauch von Gold zwischen den Wolken auf. *«Da vorne!»*, lasse ich Livia wissen. *«Wir sind gleich bei i…»*

Ich bringe den Satz nicht zu Ende.

Wo eben noch graue Gewitterwolken waren, schließt uns plötzlich von allen Seiten Feuer ein. Und der einzige Beweis dafür, dass mein Banner noch da ist, sind die Schreie, die durch die Luft hallen.

Der Nebel lichtet sich für einen flüchtigen Moment, fortgespült von der sengenden Hitze. Ich erhasche einen Blick auf meine Soldaten, die sich in alle Himmelsrichtungen zerstreuen, um den Flammen zu entkommen, bevor ein regelrechter Bolzenregen auf uns niedergeht. Die Geschosse bohren sich in Schuppen und Flügel, Schultern und Beine. Livia weicht ruckartig zur Seite aus, sorgt dafür, dass uns erneut dichte Wolken einhüllen. Und gerade als sie Anstalten macht, wieder den vorherigen Kurs einzuschlagen, taucht ein goldener Drache vor uns auf und schneidet uns den Weg ab.

Instinktiv feuere ich meine Armbrust ab. Der Bolzen verfehlt die feindliche Reiterin knapp und wird prompt mit einer siedend heißen Feuerfontäne aus dem Maul ihres Drachen erwidert. Wie schon vorhin weicht Livia nach unten aus. Ich stelle ihr etwas von meiner Magie zur Verfügung, damit sie wenn nötig Feuer speien kann, doch solange sich unsere Gegner über uns befinden, kann sie ihnen damit nichts anhaben, da der Körper des Drachen die Reiterin vor den Flammen schützt.

Ich sehe mich um, erkenne jedoch nichts als dichten Nebel. Meine Soldaten – oder das, was von ihnen übrig ist – sind auf sich allein gestellt.

«Rückzug!», befehle ich erneut, doch es fühlt sich sinnlos an. Es gibt wohl kaum jemanden, dem unsere Lage nicht bewusst ist.

Livia bringt uns wieder höher und bremst ab in der Hoffnung, uns hinter unsere Angreifer zu manövrieren. Und tatsächlich taucht der goldene Drache kurz darauf vor uns auf.

Diesmal ist es Livias Feuer, das die Luft um uns herum zum Kochen bringt. Ich spüre, wie sie dabei von meinen Kräften zehrt, gebe ihr bereitwillig mehr und lade währenddessen meine Armbrust nach.

Die Flammen lecken an den Schuppen des goldenen Drachen und versengen die Lederuniform der Reiterin, doch sie weichen zu schnell aus, als dass Livia wirklich Schaden anrichten könnte.

Ich nutze meine Magie selbst, ziele mit einem Feuerball auf den Kopf der Fremden und wähle den Moment, in dem sie ihn mit einem eigenen kontert, um einen weiteren Bolzen abzuschießen.

Diesmal trifft er. Der Bolzen bleibt in ihrer Schulter stecken und sorgt dafür, dass ihr eigener Schuss ins Leere geht. Ihr Drache versucht, seinen Körper in der Luft so zu positionieren, dass seine Reiterin geschützt ist, doch Livia hat es bereits geschafft, ihn in Bedrängnis zu bringen. Egal, wie er sich dreht, auf- oder absteigt – sie bleibt immer schräg hinter ihm. Außerhalb der Reichweite seiner Flammen und zugleich so, dass ich freie Schussbahn auf die Reiterin habe.

Sie schleudert mir einen Feuerball entgegen, den ich mühelos mit einer Feuerwand abwehre. Die Verletzung macht ihr zu schaffen, sie kann nicht einmal mehr ihre Armbrust heben, geschweige denn zielen.

Ich spüre ein Ziehen in der Verbindung zwischen Livia und mir. Eine stille Frage, die mittlerweile keiner Worte mehr bedarf.

Feuer?, will sie wissen, und ich sende ein mentales Kopfschütteln zurück. Besser wir sparen uns unsere Magie auf und verschwenden sie nicht für einen Gegner, den ich auf leichtere Art töten kann.

Die Schuldgefühle, die mir bei diesem Gedanken den Rücken hochklettern, verbanne ich in den hintersten Winkel meines Kopfes. Sie sind ein Problem für später – falls wir das hier wie durch ein Wunder überleben.

Mit zügigen Bewegungen lade ich die Armbrust nach und versuche, mich ganz auf den Gegner vor mir zu konzentrieren. Doch es ist schwierig, wenn ich trotz des dichten Nebels genau hören kann, was um uns herum passiert. Das schmerzerfüllte Brüllen der Drachen klingt zu mir durch. Die Rufe und Schreie der Reiter. Unser Banner wird abgeschlachtet. Und ich habe sie hier hineingeführt.

Mit zusammengebissenen Zähnen lenke ich meine Konzentration wieder auf unsere Gegnerin, der Bolzen nun sicher in meiner Armbrust eingespannt, und ziele. Der Drache geht in den Sturzflug, aber Livia setzt ihm erbarmungslos nach. Die Reiterin windet sich im Sattel, um sich zu mir umzudrehen, und hebt mir eine Hand entgegen.

Ich bin mir nicht sicher, ob sie um Gnade fleht oder mir die nächste Feuerwelle entgegenschleudern will. Ich zögere nicht lang genug, um es herauszufinden. Stattdessen drücke ich ab.

Die Metallspitze bohrt sich durch die dunkelgraue Uniform der fremden Soldatin, mitten in ihren Brustkorb. Sie öffnet den Mund, aber der Wind schluckt jegliches Geräusch, das ihren Lippen entwichen sein mag. Sämtliche Spannung weicht aus ihrem Körper. Die Armbrust rutscht ihr aus der Hand und verschwindet unter uns im Nebel. Dann sackt sie leblos im Sattel zusammen.

Ein unangenehmer Schauder geht durch meinen Körper.

Der Drache lässt ein ohrenbetäubendes Brüllen vernehmen, doch Livia dreht bereits ab. Ohne seine Reiterin ist er machtlos, denn er ist lediglich der Katalysator für ihre Magie. Da ist kein Feuer mehr in seinen Venen. Und ohne ihren Geist als Anker wird er in dieser Gestalt bald den Verstand verlieren. Ihm bleibt nichts anderes übrig, als den Rückzug anzutreten. In einer weniger brenzligen Situation würden wir ihn töten, um die feindliche Armee zu schwächen, doch gerade haben wir andere Probleme.

«Bring mich zu den anderen», bitte ich Livia.

Reue dringt zu mir durch die Bindung. *«Sie sind wahrscheinlich schon tot, Yessa.»*

«Wir müssen es versuchen.»

Ein Leuchten vor uns erweckt meine Aufmerksamkeit.

«Da!», stoße ich aus, und Livia fliegt näher heran. Ich mache vier große Silhouetten aus, die miteinander kämpfen, doch schnell wird deutlich, dass nur eine davon zu uns gehört. Die anderen drei sind feindliche Soldaten, die unseren Reiter bereits getötet haben und nun auf den Drachen losgehen. Mir wird schlecht.

«Wir sollten fliehen», teilt Livia mir mit, doch ich schüttle vehement den Kopf.

«Ich kann meine Leute nicht zurücklassen.»

«Du kannst sie auch nicht retten!»

«Dann ist es meine Aufgabe, mit ihnen zu sterben.»

Wut flackert durch unseren Bund. *«Schwachsinn! Das ist ein sinnloser Tod, und das weißt du! So kannst du niemandem mehr helfen. Die Welt braucht dich lebendig.»*

Verdammt. Ich weiß, dass sie recht hat, aber …

«Ich kann nicht fliehen.»

«Du hast keine Wahl», beschließt sie und dreht ab.

«Liv!»

«Ich werde nicht zulassen, dass du …»

Ein plötzlicher Ruck geht durch Livias Körper, schneidet ihr das Wort ab und lässt uns in der Luft ein paar Meter zur Seite taumeln. Sie fängt sich mit hektischem Flügelschlagen, und ich schaue mich erschrocken um. *«Was …»*

Im selben Moment, in dem ich erkenne, was passiert, werden wir erneut gerammt. Goldene Schuppen verdunkeln den Himmel über mir. Scharfe schwarze Krallen blitzen knapp vor meinem Gesicht zwischen den Wolken auf, so nah, dass ich schon glaube, sie in meinem Hals zu spüren. In der nächsten Sekunde dreht sich die Welt schlagartig, und ich hänge mit dem Kopf nach unten. Livia hat sich auf den Rücken gerollt, um mich zu schützen. Und nun hat sie die Krallen unseres Angreifers an der Kehle, während wir in schwindelerregendem Tempo nach unten stürzen.

Ich kann nichts tun, um ihr zu helfen. Einen Drachen mit Feuer zu bekämpfen ist völlig sinnlos, und aus meiner Position heraus kann ich meine Armbrust nicht nutzen. Livias Flügel versperren mir die Sicht auf unseren Angreifer.

Wir fallen aus der Wolkendecke, und bevor ich die Umgebung richtig wahrnehmen kann, drückt eine erneute Kollision die Luft aus meinen Lungen. Sie ist heftiger diesmal.

Und obwohl Livia den Aufprall abfängt, geht er mir durch Mark und Bein.

Ich schreie auf und klammere mich am Sattel fest. Wir drehen uns unkontrolliert, weiter und weiter, und immer wieder erschüttern heftige Stöße Livias Körper. Ich brauche eine gefühlte Ewigkeit, um zu realisieren, dass wir an einer Felswand entlangschrammen. Geröll und kleinere Steine werden mit uns gerissen und fallen in den dichten Nebel, der uns auch hier zwischen den Bergen umgibt.

Ich erhasche einen Blick auf einen zerrissenen goldenen Flügel. Unser Gegner stürzt mit uns in die Tiefe, sein Fall ebenso wie meiner und Livias immer wieder gebremst von neuen Felsvorsprüngen.

Das Geräusch von Schuppen, die hart über rauen Felsen schrammen, tönt mir in den Ohren. Livias Schmerz dringt zu mir durch unsere Verbindung, scharf und heiß wie der Stich eines Schwertes, und noch nie in meinem Leben habe ich eine solche Panik verspürt.

Ich sollte tot sein.

Livias Körper schirmt mich wie durch ein Wunder immer wieder vor den Felsen ab. Verzweifelt versuche ich, mich an irgendetwas festzuhalten, um unseren Sturz zu bremsen, und reiße mir dabei meinen kompletten rechten Arm auf.

Immerhin rutschen wir nun mehr, als dass wir fallen. Mit einem dumpfen Aufprall bleiben wir schließlich zwischen zwei moosbewachsenen Felsen hängen. Dann herrscht plötzlich durchdringende Stille.

Ich atme stoßweise aus und blinzle einen Moment lang benommen dem Himmel entgegen. Regen läuft mir in die Augen, während allmählich jede Faser meines Körpers zu schmerzen beginnt. Dann erst setzt mein Verstand wieder ein. Erinnert mich an den feindlichen Drachen und zwingt mich in eine aufrechte Position. Weiter komme ich noch nicht. Meine Arme zittern hemmungslos, und ich kann meine Bewegungen nicht genug kontrollieren, um mich den Riemen zu widmen, die mich im Sattel halten.

Fuck.

Fuck, fuck, fuck!

«Liv?», bringe ich hervor. Ich schaue mich um, doch der andere Drache ist verschwunden. Wir befinden uns in einem nebligen Tal. Nur ein paar Meter weiter fällt eine steile Klippe in die Tiefe hinab, und eine deutliche Spur im Moos verrät, dass unser Gegner dort abgestürzt sein muss.

Schwer zu sagen, wie tief die Schlucht ist. Der Nebel verbirgt den Boden und macht es unmöglich, das Gebiet besser einzuschätzen. Doch vermutlich ist es egal. Nach der Kollision mit dem Berg wird der Drache uns so schnell nicht noch einmal angreifen können. Zumindest nicht, wenn es ihm wie Livia ergangen ist.

Teile ihrer dunkelgrünen Schuppen sind komplett abgerieben. Aus der ledrigen Haut darunter sickert dunkles Blut, das vom Regen weggespült wird, und sie liegt auf ihrem eingeknickten Flügel.

Mir wird schlecht. Besonders, als ich realisiere, dass ich ihren Schmerz nicht mehr spüre.

«Liv?», frage ich erneut, diesmal durch unsere Bindung, und bin erleichtert, dass diese weiterhin besteht. Sie lebt. Also gibt es noch Hoffnung.

Aber sie antwortet mir nicht. Unterdessen breitet sich etwas Warmes an meinem rechten Bein aus und tränkt meine ohnehin schon regennasse Uniform.

Blut.

Ihres …?

«Liv!», fordere ich wieder, diesmal drängender. Mein

Herz schlägt so laut, dass ich mich frage, ob ich ihre Antwort überhört habe. Dabei weiß ich, dass das nicht möglich ist. Einen Gedanken übertönt man nicht. Und dennoch ...

Es darf nicht wahr sein. Nichts hiervon. Diese ganze verdammte Mission muss ein Albtraum sein. Scheiße, vor ein paar Minuten war doch noch alles gut. Und jetzt ist meine Schwester plötzlich ...

Ich schüttle energisch den Kopf.

«Wach auf!», dränge ich Liv und versuche mit fahrigen Bewegungen meine Beine aus den Riemen zu lösen, die mich im Sattel festhalten. Mein Blick wandert dabei weiter über Livias Körper.

Der andere Flügel sieht ebenfalls schlimm aus. Dreck und Blut bedecken Livias Haut und machen es schwer, die Verletzung genauer zu erkennen. Doch was ich sehe, reicht, um zu wissen, dass die Flugmembran vollkommen zerfetzt ist. Und dass Liv uns heute nicht mehr nach Hause bringen wird. Dass sie das vielleicht nie wieder tun wird. Denn selbst wenn wir hier irgendwie lebend rauskommen, wird sie womöglich nie wieder fliegen können.

Hast du Angst?

Ich muss keine Angst haben. Ich habe doch dich.

Aber ich habe versagt. Ich habe das hier zu verantworten ...

Mir wird schwarz vor Augen. Trotzdem befreie ich mich aus dem Sattel und rutsche ungeschickt an Livias unversehrterer Seite hinunter. Leider wird mir dabei klar, dass Livias Verletzungen nicht das einzige Problem sind. Das Blut, das meine Uniform tränkt, sickert aus der Wunde an meinem Arm. Und kaum dass ich am Boden angekommen bin und mein rechtes Bein belasten will, gibt es unter mir nach.

Ich kämpfe darum, aufrecht stehen zu bleiben, aber der Schmerz kriecht meinen Körper hinauf. Erst ist es nur ein leichtes Ziepen in meinem verletzten Bein, doch binnen Sekunden entwickelt es sich zu einem Brennen, das jeglichen klaren Gedanken aus meinem Kopf zu wischen droht.

Schwer atmend sacke ich gegen Livias Seite. Das darf nicht sein. Ich muss durchhalten. Meine Schwester irgendwie in Sicherheit bringen. Sie verlässt sich auf mich ...

Ein weiterer wackliger Schritt zwingt mich in die Knie. Mein Fluchen geht in einem Schmerzenslaut unter.

Das beschissene Bein ist gebrochen.

Wir sind so gut wie tot.

«Liv», flehe ich heiser und rutsche an ihrem reglosen Körper herab.

Sie atmet noch, reagiert allerdings nicht auf meine Stimme oder meine sanfte Berührung. Und langsam, aber sicher schnürt mir die Panik die Luft ab.

Das darf nicht das Ende sein. Nicht, wenn alles, was wir bisher erreicht haben, mehr Leid war. Nicht, wenn wir diese Welt schlechter gemacht haben statt besser.

Ein Schluchzen bahnt sich seinen Weg in meine Kehle, das Geräusch so fremd, dass ich es kaum als mein eigenes erkenne. Nein, verdammt. Jetzt ist nicht der beschissene Zeitpunkt, um zu heulen.

Bleib stark, Yessa.

Reiß dich zusammen ...

«Hilfe!», schreie ich in das Unwetter über mir, aber ich könnte ebenso gut versuchen, Livia nach Hause zu tragen. Niemand wird uns hier suchen und erst recht nicht finden. Vermutlich ist der Rest des Banners mittlerweile tot. Keiner von ihnen wird den Fängen unserer Feinde entkommen sein. Es waren zu viele. Und jetzt, mit dem Sieg im Rücken, werden sie ihre Toten bergen wollen. Tote, von denen sich zumindest zwei in unmittelbarer Nähe zu Livia und mir befinden. Wenn wir nicht von hier verschwunden sind, bevor sie hier ankommen ...

Mit zitternden Fingern streiche ich über Livias Schnauze. Ihre Schuppen sind warm, ihre Augen geschlossen. Ihr Atem hinterlässt kleine Nebelwölkchen in der ohnehin diesigen Luft. «Wach auf», flehe ich sie flüsternd an. «Liv, ich brauche dich, verdammt!»

Wenn sie wieder zu Bewusstsein kommt und sich zurückverwandelt, könnte sie vielleicht laufen. Wir könnten uns gegenseitig stützen und so aus der Gefahrenzone kommen.

Ich weiß nicht, ob wir es auch nur von diesem Berg runterschaffen würden, aber wir müssen es versuchen.

Ich taste nach dem kleinen Medizinbeutel an meinem Gürtel, öffne ihn jedoch nicht. Livs Verletzungen sind so umfassend, dass ich nicht weiß, welche ich versorgen soll. Es wird nicht für alle reichen. Erst recht nicht, wenn sie in ihrer Drachengestalt bleibt.

«Ich gebe nicht auf», lasse ich sie wissen. «Und du darfst es auch nicht, hörst du?»

Eine Stimme drängt sich in meinen Kopf. Nur ist es nicht Livias, sondern die meines Vaters – ein wenig verzerrt, verwaschen mit den Jahren. Eine Erinnerung, die meine Schwester nun mit mir teilt. *«Eure Mütter würden es niemals zugeben, aber insgeheim sind sie stolz darauf, dass ihr kämpft. Eldeya braucht Töchter wie euch. Solche, die sich gegen das Gesetz stellen, die alles riskieren, weil ihr Sinn für Gerechtigkeit stärker ist als ihr Wunsch nach Sicherheit. Was auch immer passiert – ihr habt die richtige Entscheidung getroffen.»*

Ich atme zittrig ein. «Warum zeigst du mir das?», flüstere ich.

Diesmal tönt Livias Stimme durch meine Gedanken. Aber sie klingt jünger. Unsicherer als die Frau, die sie heute ist.

«Was, wenn eine von uns stirbt?», fragt sie, und ich höre mich selbst antworten. Mit einer solchen Überzeugung, dass ich mich fast nicht wiedererkenne.

«Dann kämpft die andere weiter», verkündet mein früheres Ich. *«Das hier ist größer als wir.»*

«Ich weiß. Genau deswegen frage ich mich ja, ob wir dem wirklich gewachsen sind.»

«Wir machen das immer», stellt die Yessa von damals fest. *«Alle paar Tage will eine von uns einen Rückzieher machen, obwohl wir beide wissen, dass wir es nicht mit unserem Gewissen vereinbaren können. Obwohl wir beide wissen, dass es in diesem Land ohnehin keine Sicherheit für uns gibt. Früher oder später werden sie die Gesetze ausweiten. Dann wird die Beziehung unserer Eltern verboten. Und wer weiß, was dann mit uns passiert. Erst gestern hast du es noch selbst gesagt – wir müssen kämpfen, solange wir können.»*

«Ich will dich aber nicht verlieren», haucht Livia, und ich blinzle gegen meine Tränen an.

«Wir können uns nicht verlieren. Weil wir eins sind, egal, was passiert. Okay?»

«Nein», sage ich laut. «Es ist nicht okay! Verwandle dich einfach zurück, und ich bringe uns hier raus. Hörst du? Liv!»

«Ich liebe dich», dringt ihre Stimme zu mir durch, und mir entkommt ein Schluchzen.

«Und ich liebe dich! Deswegen darfst du jetzt nicht aufgeben. Ich *brauche* dich! Ich kann das nicht allein. Ich habe doch keine Scheißahnung, was ich eigentlich mache!» Verzweifelt streiche ich über ihren warmen Hals. «Liv!» Sie regt sich nicht. Ihre Augen bleiben geschlossen. Atmet sie noch? «Liv!», schreie ich und dann wieder so laut ich kann: «Hilfe!»

Ich taste nach meiner Knochenpfeife und blase mit aller Kraft hinein. Dass ich damit auch unsere Feinde zu uns locken könnte, ist mir nur allzu bewusst. Aber es ist unsere einzige Chance auf Rettung. Irgendjemand aus unserem Banner muss doch noch leben ...

Ich habe die Pfeife noch nicht einmal abgesetzt, da erklingen über das Prasseln des Regens hinweg Flügelschläge. Ein einzelner Drache steuert auf uns zu.

Ich halte den Atem an und schaue angestrengt in den nebligen Himmel. Hoffnung keimt in mir auf und wird schlagartig erstickt, als sich das Geräusch eines zweiten Flügelpaars zu dem ersten gesellt. Noch eines. Zwei, drei, immer mehr.

Das ist nicht unser Banner.

Das ist unser Tod.

Feuer erhellt den Himmel vor mir. Ich raffe mich auf und ignoriere dabei den Schmerz in meinem Bein. Schützend stelle ich mich vor Livia und ziehe mein Schwert.

Ein gigantischer schwarzer Drache teilt den Nebel, doch er rauscht über meinen Kopf hinweg, ohne mich auch nur eines Blickes zu würdigen. Seine dunklen Schuppen schimmern rot und orange im Schein der Flammen, und ich stocke.

War das ...?

«Cassim?», rufe ich, doch er beachtet mich nicht. Ohne sich auch nur umzudrehen, verschwindet er hinter mir im Dunst.

Mir entweicht ein frustriertes Schnauben, aber ich habe keine Zeit, um mich zu ärgern oder sein Verhalten zu hinterfragen. Entschlossen wirble ich wieder herum. Aus derselben Richtung, aus der er eben kam, nähern sich die anderen Drachen. Das Geräusch ihrer Flügelschläge wird immer lauter. Jagen sie ihn? Hat er sie zu mir geführt, um sie von sich selbst abzulenken?

Ich umfasse den Schwertgriff fester, dabei ist es so sinnlos. Das Drachenfeuer wird mich bei lebendigem Leib verschlingen. Trotzdem zwinge ich mein gebrochenes Bein in eine Kampfhaltung und hebe die Waffe.

Fünf Drachensilhouetten erscheinen im Nebel. Auf ihren Rücken sitzen Reiter in den feindlichen dunkelgrauen Uniformen, zwischen ihren halb geöffneten Mäulern glimmt bereits mein Untergang.

Sie sehen mich und zögern nicht. Die Felsen vor mir werden in ein Flammenmeer getaucht. Wie eine Flutwelle kommt das Feuer auf mich zugerollt, verbrennt das nasse Moos und die kargen Büsche auf dem Boden, erhitzt binnen eines flüchtigen Augenblicks die Luft.

«Es tut mir leid», sage ich laut.

Vielleicht hört Livia es.

Vielleicht hören es die Seelen meiner gefallenen Soldaten.

Vielleicht hören es die Götter und sind mir gnädig, wenn ich gleich vor ihnen stehe und um Vergebung flehe.

Ich halte das Schwert fest umklammert und schließe die Augen.

Gleich werde ich nichts mehr spüren.

Gleich ist es vorbei.

Ein Ruck geht durch meinen Körper. Schmerz durchfährt mich. Ich verliere den Boden unter den Füßen, und die Hitze, die eben noch allumfassend war, verpufft schlagartig. Stattdessen peitschen mir Wind und Regen ins Gesicht.

Ich reiße die Augen auf. Der raue Fels des Berges zieht rasend schnell an mir vorbei und verschwindet unter mir im Nebel.

Ich fliege. *Wir* fliegen.

«Liv?», stoße ich erleichtert aus, aber gleichzeitig erhasche ich einen letzten Blick auf ihren reglosen Körper weit unter mir. Fremde Drachen rauschen über sie hinweg und nehmen die Verfolgung auf.

Nein. Was passiert hier?

Ich winde mich in den Klauen, die mich gefangen halten, und recke den Hals. Dunkelrote, fast schwarze Schuppen breiten sich über mir aus. Dunkle Schwingen teilen den Wind.

Cassim.

Er ist zurückgekommen.

Und er hat Livia dem Tod überlassen …

CASSIM

Ich weiß nicht, was ich hier tue. Geschweige denn, wie das alles so verdammt schiefgehen konnte. Es fing damit an, dass die neue Captain mir beinahe das Mitfliegen verboten hätte, und endete mit einem Massaker. Ich glaube, das Schicksal steht darauf, uns Drachen zu quälen. Gibt uns erst Hoffnung, um uns anschließend *alles* zu nehmen.

Dabei lief es doch eigentlich nach Plan. Der General hat die Echtheit meiner Botschaft nicht infrage gestellt und unser Banner für den von mir erfundenen Auftrag eingeteilt. Alle Drachen bis auf den der Captain waren eingeweiht. Und unser Vorhaben war ebenso simpel wie waghalsig.

Beim ersten Sichtkontakt wollten wir uns alle in der Luft verwandeln, um unsere Reiter abzuwerfen. Es hätte unseren Feinden schon vor dem Angriff klargemacht, dass wir überlaufen wollen, und wir wären sicher gewesen. Von unseren Reitern hätte niemand überlebt, und hätte man nach unserem Banner gesucht, hätte man stattdessen das Camp unserer Feinde gefunden.

Niemand wäre je auf die Idee gekommen, dass wir desertiert sind. Sie wären davon ausgegangen, dass wir alle getötet oder gefangen genommen wurden, und somit hätte es auch keine Konsequenzen für unsere Hinterbliebenen gegeben. Denn diese sind der Grund dafür, dass wir eine Flucht nicht auf ungefährlicherem Weg angehen konnten. Auf Desertion steht die Todesstrafe. Und da die Schuldigen meist nicht mehr vor Ort sind, um bestraft zu werden, wird sie an den Angehörigen vollstreckt. Damit auch ja niemand auf falsche Gedanken kommt.

Was genau an unserem Plan schiefging, kann ich selbst nicht sagen. Gefühlt alles. Die Sicht war zu schlecht. Unsere Gegner waren zu schnell. Bevor ich das Signal zum Verwandeln geben konnte, wurden bereits die Ersten verwundet. Ruben war direkt neben mir, als ihn ein Bolzen in den Hals getroffen hat. Er stürzte noch in seiner Drachengestalt in die Tiefe, nicht fähig, sich mit der Wunde zu verwandeln. Und er war nur einer von vielen, der soeben sein Leben ließ.

Es ist meine Schuld. Weil ich diesen Plan entworfen habe. Weil ich ihn habe fliegen lassen. Weil ich gezögert habe. Meine verdammte Schuld, dass meine Verbündeten, meine Freunde jetzt vermutlich alle tot sind.

Es fühlt sich falsch an, dass ausgerechnet ich überlebt habe. Auch wenn mein Glück möglicherweise nicht mehr lange anhält, denn ich habe eine Wunde an meinem rechten Flügel und eine tobende Reiterin zwischen meinen Krallen.

Keine Ahnung, ob es die richtige Entscheidung war, sie zu retten. Ich habe ihre Rufe gehört und den Kurs gewechselt. Der Anblick ihres verwundeten Drachen hat mir einen weiteren Stich durchs Herz gejagt. Im ersten Moment wollte ich sie einfach ihrem Schicksal überlassen, aber dann habe ich mich doch anders entschieden. Immerhin ist sie mir nützlich. Die Nähe zu ihr funktioniert als Anker, der mich davon abhält, in dieser Gestalt meinen Verstand zu verlieren. Und der Medizinbeutel an ihrem Gürtel wird reichen, um die Wunde an meinem Flügel zu verarzten. Sofern ich unsere Verfolger abschütteln kann. Es wäre hilfreich, wenn sie aufhören würde, sich wie ein sterbender Fisch in meinem Griff zu winden.

«Hör auf zu zappeln!», fahre ich sie an und fliege eine waghalsig enge Kurve um eine Felsspitze. Hinter mir ist das Rauschen der fremden Schwingen noch immer viel zu nah. Aber der Nebel zwischen den Bergen bietet mir wenigstens etwas Schutz. Ich habe in Erwägung gezogen, anzuhalten und mich zu ergeben, aber der Bolzen, der vorhin knapp an meinem Kopf vorbeigesurrt ist, lässt mich daran zweifeln, dass ich dieses Manöver lebendig überstehen würde.

«Bring mich zurück!», fordert die Captain scharf.

Ich glaube, ich höre nicht richtig. Sie muss sich bei dem Sturz den verdammten Kopf gestoßen haben.

Ich winde mich zwischen immer enger werdenden Felsklüften hindurch, meine Flügelspitzen nur Zentimeter von der rauen Steinwand entfernt. Die Verletzung macht das Manöver noch gefährlicher als ohnehin schon, und der Schmerz in meinem Flügel zieht mittlerweile in jede Faser meines Körpers. Gut möglich, dass er bleibenden Schaden davonträgt, wenn ich ihn nicht bald verarzte. Allerdings ist es nichts im Vergleich dazu, was mit dem Drachen der Captain passiert ist.

Bei der Erinnerung kriecht mir Übelkeit die Kehle hinauf. Vielleicht hätte sie sich retten können, hätten wir sie eingeweiht, aber wir konnten ihr nicht vertrauen. Niemand kannte sie. Das Risiko, dass sie uns verrät, war zu hoch. Aber das hilft leider auch nicht gegen meine nagenden Schuldgefühle.

«Cassim!», fährt die Captain mich schon wieder an, und ihre Stimme in meinem Kopf ist voller verzweifelter Wut. *«Das war ein Befehl!»*

Was stimmt nicht mit ihr?

Ich erspähe im Nebel einen Felsvorsprung, hinter dem eine schmale Spalte in den Berg führt, und handle instinktiv. Sofort lenke ich ein und steuere darauf zu. Die Lücke ist gerade groß genug, um als Versteck zu dienen, und auch wenn es riskant ist, halte ich es für die beste Lösung. Zwar sind die fremden Flügelschläge leiser geworden, doch ich vertraue nicht darauf, dass ich sie abgehängt habe. Falls sie höher fliegen, legen sie schneller Strecke zurück, weil sie die Berge umgehen. Sie könnten jeden Moment über uns auftauchen oder uns an der nächsten Gabelung abfangen.

Hektisch lande ich auf dem Vorsprung, wobei ich die Captain etwas unsanft am Eingang der Felsspalte abstelle. Mitten in der Bewegung verwandle ich mich zurück und fange sie gerade noch auf, bevor sie umkippen und in ihren Tod stürzen kann. Ich zerre sie in die Dunkelheit des Berges und ignoriere den Schmerz, der dabei durch meinen Arm schießt.

Die Captain keucht auf. Ein paar Schritte weit stolpert sie mit mir mit, dann stemmt sie sich plötzlich gegen meinen Griff, drückt beide Hände auf meine nackte Brust und versucht, mich von sich zu stoßen. Sie macht ernsthaft Anstalten, zurück nach draußen zu gehen. Ich versperre ihr den Weg mit meinem Arm und ernte einen hasserfüllten Blick. «Du sollst m...»

Ich ersticke den Rest ihrer Worte mit meiner Hand und presse sie gegen die Felswand in ihrem Rücken. «Still», zische ich und fixiere ihren Körper mit meinem, drücke uns so eng wie möglich in eine der Nischen im Fels. Keine Sekunde zu früh, denn kaum einen Wimpernschlag später ertönt ein Rauschen, und ein gigantischer Schatten verdunkelt den Eingang.

Die Captain erstarrt und hört endlich auf, sich zu wehren. Ihre braunen Augen weiten sich in Panik. Ihr Blick wandert von mir zu dem schmalen Höhleneingang, der nicht mehr als einen halben Meter von uns entfernt ist. Wie gebannt starren wir in den Nebel dahinter, lauschen auf die Flügelschläge.

Die Hände der Captain ballen sich an meiner nackten Brust zu Fäusten, und mein gesamter Körper verspannt sich.

Vielleicht war diese Entscheidung ein Fehler. Wenn sie uns hier drin entdecken, gibt es kein Entkommen mehr. Ich könnte mich in dem engen Raum nicht mal verwandeln. Sie werden uns bei lebendigem Leib verbrennen, bevor wir es zurück auf den Felsvorsprung schaffen.

Ein schneller Tod.

Aber auch ein verdammt erbärmlicher.

Draußen wird es schlagartig still. Ich höre unseren Atem viel zu laut, abgehackt und keuchend. Meine Finger liegen noch immer auf dem Mund der Captain, weshalb sie vermutlich schlecht Luft bekommt, aber ich wage es nicht, sie wegzunehmen.

Der Schatten vor dem Eingang ist verschwunden. Aber ich weiß, dass der Drache noch dort ist. Und je länger die Stille anhält, desto sicherer bin ich mir, dass er uns gefunden hat. Vermutlich kostet er diesen Moment ganz aus.

Zählt die letzten Sekunden bis zu unserem Ende herunter.

Ich sollte mich zu erkennen geben. Das ist unsere einzige Chance zu überleben. Doch gerade als ich mich von der Captain lösen und einen Schritt auf den Höhleneingang zumachen will, legt sie ihre Hände plötzlich auf meine Schultern und hält mich mit überraschender Bestimmtheit zurück.

Ich schaue zu ihr hinunter. Sie wirkt deutlich blasser als vorhin auf dem Rüstplatz. Alle Farbe ist aus ihrem Gesicht gewichen und lässt ihre Haut aussehen wie Alabaster. Erst jetzt fallen mir die Sommersprossen auf ihrer Nase und ihren Wangen auf. Ihre Lippen sind blau von der Kälte, und sie zittert am ganzen Leib. Trotzdem ist ihr Blick durchdringend. Er nagelt mich förmlich an Ort und Stelle fest, bringt mich wie bereits vorhin auf dem Rüstplatz zum Zögern. Ich löse meine Hand ein wenig von ihrem Mund, und sie schüttelt kaum merklich den Kopf. Ihr heißer Atem streift dabei meine Haut, und ein Schauder läuft mir über den Rücken.

Mit einem Mal ist mir ihre Nähe zu viel. Ich fühle mich seltsam verwundbar, wenn sie mich so ansieht. Instinktiv rücke ich von ihr ab, aber kaum dass ich sie nicht mehr an der Wand festhalte, entkommt ihr ein erstickter Schmerzenslaut, und sie sackt in sich zusammen. Also bleibe ich gezwungenermaßen, wo ich bin. Lege meine Hände an ihre Taille, um sie zu stützen, und ignoriere die Tatsache, dass mich diese Entscheidung das Leben kosten könnte.

Ein plötzliches Flügelschlagen direkt vor dem Höhleneingang lässt uns beide zusammenzucken. Ich halte die Luft an und warte auf die Hitze, doch sie kommt nicht. Stattdessen entfernt sich das Geräusch. Wird immer leiser, bis es irgendwann gar nicht mehr zu hören ist.

Eine gefühlte Ewigkeit stehen wir noch reglos da und lauschen. Ich starre auf den Höhleneingang, um der Captain nicht mehr in die Augen sehen zu müssen, aber ihre Nähe kriecht mir trotzdem immer weiter unter die Haut.

Ich kann diese Frau nicht leiden – allein schon für das, was sie verkörpert. Aber mein Gewissen macht auch vor ihr keinen Halt. Ihre Verletzungen sind meine Schuld. Und machen wir uns nichts vor – wenn ich ihr den Medizinbeutel abknöpfe und sie hier zurücklasse, wird sie keinen Tag überleben.

Irgendwann halte ich es nicht mehr aus.

«Sie sind weg», stelle ich leise fest. Ich schaue zu ihr und will sie gerade loslassen, als ich stocke. Ihr Blick wirkt glasig. Keine Spur mehr von der Eindringlichkeit, mit der sie mich eben noch gemustert hat.

«Hey», raune ich, und sie blinzelt benommen. Einen Moment lang scheint sie sich zu sammeln. Dann atmet sie stoßartig aus und lässt meine Schultern los.

«Du musst mich zurückbringen», fordert sie mit heiserer Stimme, und mir entweicht ein ungläubiges Schnauben. Wut kocht in mir hoch. Ich habe gerade ihr Leben gerettet, wohlgemerkt nicht, ohne meins dafür zu riskieren, und so dankt sie es mir?

«Hast du sie noch alle?», zische ich.

Sie funkelt mich an, ihre dunklen Augen mit den goldenen Sprenkeln in dem satten Braun auf einmal wieder voller Kampfgeist. Als hätte sie ihre Verletzbarkeit einfach abgeschüttelt. «Das ... war ... ein Befehl!», bringt sie hervor.

Vermutlich soll es eindringlich klingen, aber das erschöpfte Keuchen nach jedem Wort nimmt ihr das letzte bisschen Dominanz. «Du hattest kein Recht, mich ...»

«Möchtest du sterben?», unterbreche ich sie. Ihr Tod lässt sich einrichten, dafür muss ich sie nicht erst zurückbringen.

Die Captain schnaubt, stößt mich von sich und wendet sich allen Ernstes dem Höhleneingang zu. Ich weiche zurück und lasse sie gewähren. Soll sie doch durch die Berge klettern, bis die fremden Drachen sie finden.

Aber sie kommt nicht einmal bis zur Felsspalte. Schon beim ersten Schritt sackt sie schmerzerfüllt keuchend gegen die Wand, und meine Hände legen sich instinktiv wieder an ihre Taille. Gerade noch bewahre ich sie davor, in die Knie zu gehen. Mein Blick huscht über ihren Körper, und jetzt erst entdecke ich das Blut, das ihre schwarze Uniform tränkt und bereits eine kleine Lache auf dem Boden gebildet hat.

Missmutig mustere ich sie, unschlüssig, was ich jetzt mit ihr machen soll. Offenbar hat die Captain ihren Fluchtversuch vorerst pausiert. Sie lehnt halb an der Wand, halb in meinen Armen, und atmet rasselnd gegen den Schmerz an, der ihren Blick wieder glasig werden lässt. Sie hat mich schon vorhin verwirrt, als sie mich ernsthaft wegen einer kleinen Wunde zu den Heilern schicken wollte. Den letzten Captain hätte die Verletzung kein bisschen interessiert. Er hätte Walsh eher auf die Schulter geklopft und ihm fürs nächste Mal viel Spaß gewünscht. In Captain Hayes hingegen scheint noch ein Hauch Menschlichkeit zu stecken. Das erklärt aber noch lange nicht, warum sie mir jetzt Befehle gibt, die uns beide das Leben kosten würden.

Ich sollte mir einfach ihren Medizinbeutel schnappen und verschwinden, statt hier Zeit zu verschwenden. Es ist arschkalt ohne meine Uniform, und die Captain ist derart wehrlos, dass ich nicht mal mit ihr kämpfen müsste, um zu bekommen, was ich will. Aber irgendetwas hält mich davon ab, sie loszulassen. Sie hat mein Interesse geweckt. Ich will wissen, was in ihrem sturen Kopf vorgeht.

«Warum soll ich dich zurückbringen?»

«Livia ... lebt noch», stößt sie aus. «Ich kann nicht ...» Sie bringt den Satz nicht zu Ende. Ihre Lider schließen sich flatternd, und sie schwankt.

Erneut fange ich sie auf. Diesmal sackt sie mit ihrem ganzen Gewicht gegen mich. Ihr Kopf fällt hart gegen meine Brust, und aus den Augenwinkeln sehe ich sie überfordert blinzeln. Sie ist völlig fertig.

«Setz dich hin», fordere ich seufzend und helfe ihr auf den Boden. Mir entgeht nicht, wie sie das verletzte Bein dabei nicht belastet und ungelenk von sich streckt. Das sieht nicht gut aus. Und die Menge an Blut ist bei ihrem zierlichen Körper auch ziemlich bedenklich. Aber ich kann mich kaum darauf konzentrieren, weil ihr letzter Satz noch durch meine Gedanken spukt.

Livia lebt noch.

Wer soll das sein? Doch nicht etwa ihr Drache? Warum sollte eine Reiterin wegen eines Drachen ihr Leben riskieren?

«Scheiße», bringt sie keuchend hervor. Oder womöglich ist es auch ein Schluchzen. Sie schließt die Augen und nimmt tiefe Atemzüge, als würde sie ernsthaft versuchen, den Schmerz wegzuatmen. So, wie sie aussieht, wird das wenig bringen.

Ich gehe vor ihr in die Knie und löse den Medizinbeutel von ihrem Gürtel. Darin befindet sich standardmäßig eine kleine Menge magischer Wundsalbe, die von den Heilern aus Vulkanasche und Kräutern hergestellt wird. Ich brauche nicht viel, um meine eigene Wunde zu versorgen, also kann ich wohl etwas für die Captain entbehren. Eine beschissene Idee, wenn ich ehrlich bin. Trotzdem nehme ich nun auch den Dolch von ihrem Gürtel, fahre mit den Fingerspitzen leicht über ihr Bein und versuche, unter den engen Reitledern die Verletzung zu erspüren. Erfolglos.

«Wo?», frage ich ungeduldig. Vielleicht sollte ich einfach das gesamte Hosenbein aufschneiden.

Ich schaue zu ihr auf und halte inne. Die Captain starrt mich an. Ihr Atem geht schwer, ihr Gesicht ist schmerzverzerrt, und die Verwirrung ist ihr anzusehen. Ich glaube, sie kommt gar nicht mehr mit. Das Adrenalin lässt vermutlich bereits nach, und die Schmerzen schalten langsam, aber sicher ihren Verstand aus.

Gerade als ich mich wieder ihrem Bein widmen will, schüttelt sie energisch den Kopf. «Ich brauche nichts.»

Unfassbar.

«Sag mir, wo die Verletzung ist», knurre ich ungeduldig. Sie sollte meine Hilfsbereitschaft nicht so ausreizen. Die ist nämlich verdammt begrenzt.

Wieder ein Kopfschütteln. Dann weist sie mit dem Kinn zu meinem Arm. Blut sickert aus der Wunde, die der Bolzen vorhin in meinen Flügel gerissen hat, und tropft von meinem Ellbogen. «Wir verarzten dich», beschließt sie keuchend. «Und den Rest nutzen wir für Livia.»

Ich bin so irritiert, dass ich gar nicht weiß, wo ich anfangen soll.

«Dein Drache?», ist das Erste, was mir einfällt.

Sie nickt. Und etwas in mir zieht sich zusammen. Sie meint das ernst. Sie will zurück zu ihr. Wie stellt sie sich das vor?

«Du kannst sie nicht mehr retten», erkläre ich ihr so ruhig wie möglich. «Es ist nicht genug Salbe da. Die Menge ist für menschliche Körper gedacht.»

«Wenn sie sich zurückverwandelt ...» Die Captain holt verzweifelt Luft. «Du kannst uns beide zurück ins Camp bringen. Bitte ...»

Ich fahre mir kopfschüttelnd über die kurz geschorenen

Haare. Sie weiß, dass es unmöglich ist, oder? Wir würden niemals unentdeckt dort ankommen. Und selbst wenn: Livia war zu schwer verletzt. Sie wird nicht mehr aufwachen, um sich zurückzuverwandeln – sofern sie denn überhaupt noch lebt. Und ich habe bestimmt nicht vor, zurück in dieses Camp zu fliegen. Das war nie eine Option. Es gab nur A oder B. Entweder ich schaffe es in die Freiheit oder ich sterbe bei dem Versuch.

Zugegeben ...

Unter den aktuellen Umständen wird es wohl eher Letzteres sein. Ich habe keine Ahnung, wie ich es unversehrt über die Grenze schaffen soll. Man wird mich sicherlich entdecken, und nachdem ich eben vor ihren Augen eine Reiterin gerettet habe, wird mich keiner der Gegner mehr verschonen, selbst wenn ich mich ergebe.

Scheiße ...

Ich wusste, dass ich die Entscheidung bereuen würde. Aber an dieses kleine Detail habe ich natürlich nicht gedacht.

«Bitte», flüstert die Captain. Sie schluckt schwer und blinzelt ernsthaft gegen Tränen an. «Liv darf nicht sterben. Sie hat das nicht verdient.»

Ich verziehe das Gesicht. «Wer hat das schon?»

Wenn es wenigstens ihre Schuld wäre, dass Livia dort liegt, und nicht meine. Ich spüre die Reue in mir wachsen wie eine Flamme, die langsam, aber sicher alles verschlingt. Es war meine Idee. Mein Plan. Meine Verantwortung.

Meine Freunde haben heute ihr Leben für den Traum von Freiheit geopfert. Und wenn ich sterbe, war das alles umsonst. Dann stirbt die Hoffnung mit mir. Dann bin ich nicht besser als ein Mörder, oder?

Ich mustere die Captain. Drehe nachdenklich den Dolch

zwischen meinen Fingerspitzen, während ihr Atem immer flacher zu gehen scheint.

Dieser ganze Plan war viel gefährlicher, als ich geahnt hatte. Er hat mehr gefordert, als wir uns leisten konnten. Und nun bleibt die Frage, ob ich bereit bin, ein weiteres Risiko einzugehen, um die Hoffnung auf Freiheit aufrechtzuerhalten. Was für Optionen habe ich denn noch?

In meiner Drachengestalt bin ich eine Zielscheibe für unsere Feinde. Ich könnte der Captain ihren Umhang abnehmen und versuchen, zu Fuß über die Grenze zu kommen. Aber es wäre bitterkalt, ich würde Tage, wenn nicht sogar Wochen brauchen, um aus dem Gebirge zu kommen. Und mit einem Offiziersumhang wird erst recht kurzer Prozess mit mir gemacht.

Wie ich es auch drehe und wende – eine Flucht über die Grenze scheint unter diesen Umständen unmöglich.

Ich brauche eine neue Strategie.

Und eventuell sitzt ebendiese gerade vor mir und schaut mich flehend an.

Langsam schüttle ich den Kopf. «Ich finde den Weg zurück zu Livia nicht», sage ich ehrlich, und es bricht mir das Herz. «Selbst wenn, können wir ihr nicht mehr helfen. Sie werden sichergestellt haben, dass sie tot ist. Tut mir leid.»

Die Captain schnappt nach Luft, bringt aber kein Wort heraus. Tränen schimmern in ihren Augen, und ich widme mich wieder ihrem Bein, um ihre Hose aufzuschneiden und die Wunde zu verarzten, doch die Hand der Captain legt sich über meine und hält mich davon ab. Ich stocke und starre auf unsere Finger. Ihre Berührung ist so sanft, dass mir Gänsehaut über die nackten Arme kriecht.

«Das bringt nichts», flüstert sie. «Es ist gebrochen. Nimm die Medizin für dich.»

Ich schaue wieder zu ihr auf und ziehe skeptisch die Brauen zusammen. Mit einem Mal ist ihr Gesichtsausdruck hart, geradezu unberührt. «Wo ist dann das ganze Blut her?»

Sie weist mit dem Kinn auf ihren Arm, und ich ziehe scharf die Luft ein. Ich war so fokussiert auf ihr Bein, dass ich die klaffende Wunde dort nicht bemerkt habe.

«Das ist ein bisschen dringender als meine Verletzung, meinst du nicht?», frage ich ungläubig und öffne den Medizinbeutel. Wieder legt sich ihre verfluchte Hand auf meine und hält mich zurück.

«Nein», sagt sie bestimmt. «Dein Flügel ist wichtiger, Cassim. Ich bestehe darauf.»

Wenn sie meint. Nicht mein Problem, wenn sie verblutet. Denke ich ... Ungünstig wäre es wohl, denn ich habe keine Lust, meinen Plan schon wieder zu ändern. Ohne sie kann ich nicht zurück ins Camp und bin hier gestrandet. Trotzdem sind wir vermutlich schneller fertig, wenn ich einfach mitspiele, statt mit ihr zu diskutieren. Und eine Rückkehr bedeutet auch, dass ich ihre Befehle befolgen muss. Ein Wunder, dass sie sich noch nicht über meinen ruppigen Tonfall beschwert hat. Die Schmerzen haben sie wohl abgelenkt.

Widerwillig lasse ich mich neben sie sinken, sodass sie an die Wunde an meinem Oberarm kommt. Ich selbst kann die Verletzung nicht gut sehen. Die Captain öffnet das kleine Döschen mit der Paste und trägt etwas davon auf meine Haut auf.

Ich zucke reflexartig zusammen, und mein Puls schießt in die Höhe. Sie will mir vielleicht nichts Böses, aber mein Körper erwartet dennoch Schmerz. Ich bin immer noch nackt, schutzlos. Ich muss mich ihren Befehlen beugen, und auf einmal fühlt es sich so an, als wäre in dieser winzigen Felsspalte die Luft aufgebraucht. Die Schmerzen an meinem geschundenen Rücken lodern auf, als wollten sie mich daran erinnern, wer diese Frau ist. Galle steigt meine zugeschnürte Kehle hinauf.

«Tut mir leid», murmelt die Captain und zieht mit besorgter Miene ihre Hand zurück. «Tut es sehr weh?»

Ich schlucke und starre sie an. Was ist das für eine beschissene Frage? Niemand fragt einen Drachen das. Nicht mal die Heiler juckt es. Die wollen nur, dass ich möglichst schnell wieder ihr Zelt verlasse und ja nichts von ihrer wertvollen Medizin verschwende.

«Es wird gleich besser», verspricht die Captain jetzt und streicht mit einer federleichten Berührung mehr Salbe auf meinen Oberarm. Sie zieht die Brauen zusammen, so als müsste sie sich dabei genaustens konzentrieren. Und würde ich nicht wissen, dass sie mich anfasst, würde ich es möglicherweise nicht mal spüren, so sanft ist sie jetzt. Mein Herz fühlt sich plötzlich an, als würde jemand es zerquetschen.

Ich weiß nicht, wann mir zuletzt ein Reiter derart behutsam gegenübergetreten ist. Vermutlich noch nie. Und dann auch noch ausgerechnet jemand von ihrem Rang ... Es ergibt keinen Sinn.

Meine Haut brennt leicht, als die Magie in der Medizin ihre Wirkung entfaltet, doch ich verziehe keine Miene. Stattdessen mustere ich die Captain, die darauf bedacht scheint, ihren Blick auf meine Wunde zu heften und ihn nicht über den Rest meines nackten Körpers schweifen zu lassen.

Alles an dieser Frau ist verwirrend. Eben noch wirkte sie, als stünde sie kurz vor einem Zusammenbruch. Jetzt hingegen presst sie stur die Lippen zusammen, als wäre nichts. Verbirgt alles, was sie mir gerade gezeigt hat, hinter einer steinernen Maske.

Es ist beeindruckend, das muss ich ihr lassen. Aber sie ist weicher, als sie tut. Das habe ich bereits durchschaut. Und sanfter, als sie sein sollte. Das genaue Gegenteil von Walsh.

Vielleicht ist sie ein Friedensangebot der Götter. Denn je mehr ich darüber nachdenke, desto mehr realisiere ich mein Glück.

Ihr Drache lag ihr offenbar am Herzen. Wenn ich es richtig anstelle, schaffe ich es womöglich, dass sie auch mir vertraut und mir mehr Freiheiten einräumt, als sie sollte. Und wenn nicht, ist dieses kleine Geheimnis ein gutes Druckmittel, um sie zu erpressen. Denn der General wird wohl kaum von ihren Gefühlen für Livia wissen, sonst hätte sie längst Konsequenzen dafür zu spüren bekommen. Mit der Captain kann ich womöglich einen neuen Fluchtplan schmieden. Es ist nicht das, was ich wollte. Aber es ist besser als nichts.

«Fertig», verkündet sie leise, und seltsamerweise bin ich enttäuscht. Ihre Berührungen haben sich beinahe ... gut angefühlt. Was stimmt nur nicht mit mir?

Die Captain hält mir das Döschen mit der Salbe hin, und ich sehe mir ihre Wunde genauer an. Das dicke Leder ihrer Uniform ist am Arm aufgerissen, ebenso wie die Haut darunter.

Ich nehme den Dolch zu Hilfe, um den zerrissenen Stoff noch weiter aufzuschneiden. Dass sie dabei nicht mal mit der Wimper zuckt, ist ein gutes Zeichen. Sie vertraut mir schon mehr, als sie sollte.

«Was machen wir jetzt?», fragt sie. Sie hat den Blick auf den Höhleneingang geheftet. «Meinst du, sie suchen noch nach uns?»

«Keine Ahnung», gestehe ich. «Vermutlich schon. Wir sollten abhauen, bevor sie zurückkommen. Es kann natürlich sein, dass sie außerhalb des Gebirges auf uns warten, um uns abzufangen, aber ich glaube trotzdem nicht, dass Aussitzen die beste Strategie ist, Captain.» Ihr Rang kommt mir nur schwer über die Lippen. Aber es führt leider kein Weg daran vorbei, für eine Weile wieder den unterwürfigen, braven Soldaten zu spielen. Ich lege den Dolch beiseite und fange an, die Wunde mit der Salbe zu bestreichen.

Sie schnaubt kaum hörbar. «Du hältst nicht sonderlich viel von mir, was?»

Ich stocke. «Wie bitte, Captain?»

«Dein Tonfall. Anscheinend ist dir eben erst aufgefallen, welchen Rang ich habe.»

So leicht, wie ich dachte, komme ich dann wohl doch nicht davon. «Verzeihung. Manchmal vergesse ich mich.»

Sie schnaubt leise, als hätte ich einen Witz gemacht. Wenn, dann habe ich ihn nicht verstanden, und ich verspüre auch nicht das Bedürfnis, das Thema durch eine Nachfrage auszuweiten. Stattdessen konzentriere ich mich auf ihren Arm, der allmählich aufhört zu bluten.

«Ich denke, du hast recht», sagt sie unvermittelt. «Hier zu warten wird unsere Situation nicht besser machen. Wir sollten so schnell wie möglich versuchen, aus dem Gebirge zu kommen.»

Ich nicke knapp und versuche, nicht an meinem Verstand zu zweifeln. Ich fliege also ernsthaft mit der Captain zurück ins Camp. «Schaffen Sie den Flug mit Ihrem Bein?», frage ich sie. «Ich muss Sie tragen. Der Sattel ist weg.»

«Es wird schon gehen», behauptet sie. Wenigstens fragt sie nicht nach, was mit dem Sattel passiert ist. Der liegt irgendwo in einer Schlucht – gemeinsam mit Walshs Leiche. Mein einziger Lichtblick in der ganzen Scheiße, die heute schiefgelaufen ist.

«Gut», murmle ich und versuche, mich auf ihre Wunde

zu konzentrieren, die sich unter meinen Fingerspitzen langsam schließt.

«Danke übrigens», sagt sie plötzlich leise. «Für die Rettung.»

Ich runzle die Stirn. Keine Ahnung, was ich darauf antworten soll. Aber ihr Arm sieht so weit verheilt aus, also schließe ich das Döschen mit der Salbe und packe es wieder ein. Ich mache Anstalten, den Medizinbeutel zuzuziehen, doch die Captain hält mich zurück.

«Zeig mir die Wunde an deiner Schulter», fordert sie, legt ihre Hand an meinen Ellbogen und erwartet offenbar, dass ich ihr den Rücken zuwende.

«Besser, wir heben den Rest auf», widerspreche ich eilig und schließe den Beutel. Ich will nicht, dass sie die Verletzungen dort sieht, geschweige denn berührt. Zudem habe ich mir bei meinem Verwandlungsmanöver vorhin Brandwunden zugezogen, die sicher Fragen aufwerfen würden. «Wer weiß, was noch passiert.» Ich befestige den Beutel und den Dolch wieder an ihrem Gürtel, stehe auf und biete ihr eine Hand an. «Bereit, Captain?»

«Eine Sache noch», setzt sie zögerlich an. «Wenn du meinen … Ausbruch von vorhin für dich behalten könntest …»

Ist das eine Bitte? Ganz ohne Befehlston oder Drohungen?

«Vergessen Sie dafür, dass ich mich im Ton vergriffen habe?», frage ich vorsichtig zurück.

Sie nickt.

«Dann haben wir wohl einen Deal.»

«Danke.» Nun ergreift sie meine Hand und lässt sich von mir aufhelfen. Noch immer kann sie sich kaum auf den Beinen halten, kämpft sich aber mit meiner Hilfe bis nach draußen auf den Felsvorsprung. Gemeinsam schauen wir uns um, und ich rechne fast damit, dass uns jeden Moment eine Feuerwand verschlingt.

Nichts dergleichen passiert.

Vielleicht kommen wir hier wirklich lebend raus. Der Verräter und die Captain mit den Geheimnissen.

Ich springe vom Felsvorsprung, verwandle mich in der Luft und manövriere mich mit ein paar Flügelschlägen in eine Position, aus der ich die Captain mit meinen Krallen aufsammeln kann. Es lässt sich leider nicht vermeiden, dass ich dabei ihr Bein berühre. Aber sie schlägt sich gut. Obwohl sie Schmerzen haben muss, dringt nichts davon zu mir durch. Kein Wunder, dass sie trotz ihrer gefährlichen Haltung uns Drachen gegenüber Captain geworden ist. Sie ist extrem beherrscht. Und noch dazu extrem mächtig. Denn was ich sehr wohl wahrnehme, ist das Brodeln ihrer Magie, die sich förmlich danach zu sehnen scheint, sich an mich zu binden.

Wenn mein Plan funktioniert, könnte das bald Realität werden. Und mit einer solchen Macht unter meiner Kontrolle wird nichts mehr zwischen mir und meiner Freiheit stehen.

KAPITEL 4

DANGEROUS GAME

CASSIM

Die Captain hat sich nicht mehr geregt, seit wir es unbemerkt aus dem Gebirge geschafft haben. Nur die Tatsache, dass ich ihren Geist und ihre Magie noch spüre, hat mir versichert, dass sie noch lebt. Als ich nun den Rüstplatz des Camps ansteuere, kommt wieder Bewegung in ihren Körper. Sie windet sich kaum merklich in meinen Krallen. Vermutlich wappnet sie sich für das, was ihr gleich bevorsteht.

Mittlerweile hat der Sturm, in den wir vorhin geraten sind, das Camp erreicht. Er rüttelt an den Zelten und badet die kleine Gruppe von Soldaten, die uns auf dem Landeplatz empfängt, in strömendem Regen.

Je näher wir der nassen Erde kommen, desto irritierter werden ihre Gesichter. Nur ein Drache statt dreißig. Ohne Sattel. Und mit der falschen Reiterin.

Ich setze die Captain so sanft ab, wie der reißende Wind es zulässt. Zwei der Soldaten fangen sie auf, sodass ich ein Stück weiter sicher landen kann.

«Danke», hallt ihre Stimme durch meine Gedanken, kurz bevor ich sie loslasse. Dann verebbt die Bindung. Und mit ihr die Wärme, die das Wort in mir ausgelöst hat.

Ich verwandle mich zurück, und jemand reicht mir einen Mantel, den ich eilig anziehe, um die Verletzungen an meinem Rücken zu verbergen. Die Brandwunden will ich nicht erklären müssen. Wir haben schon genug Fragen zu beantworten. Glücklicherweise haben alle nur Augen für die Captain.

Sie wird von den Soldaten umringt wie von einem aufgebrachten Bienenschwarm. Rufe und Fragen prasseln förmlich auf sie ein, vier Leute versuchen gleichzeitig, sie zu stützen, doch sie scheucht sie allesamt beiseite.

Kopfschüttelnd beobachte ich, wie sie einen Schritt nach vorne macht, der sie sofort ins Straucheln bringt. Eine junge Soldatin fängt sie auf, bevor sie mit dem Gesicht voran im Matsch landen kann, aber die Captain windet sich aus ihrem Griff, versucht es weiter.

Mir entweicht ein ungläubiges Schnauben. Irgendetwas ist gewaltig falsch mit dieser Frau.

Ich schließe zu ihr auf. «Ihr Bein ist gebrochen», lasse ich die anderen wissen und ernte dafür einen finsteren Blick von ihr.

Nun wird sie trotz ihres Protests doch wieder eingekeilt. «Bitte legen Sie sich hin, Captain», mahnt die Soldatin, die sie eben aufgefangen hat. «Die Heiler sind gleich da.»

Sie schüttelt den Kopf. «Ich muss den General sprechen», fordert sie hart.

Das ist nicht ihr Ernst? In diesem Zustand?

Trotzdem verkneife ich mir eine Antwort. So, wie ich in den Bergen mit ihr gesprochen habe, kann ich im Camp nicht mit ihr reden. Dass ich es vorhin getan habe, gilt eigentlich schon als Fehlverhalten. Etwas, das sie vielleicht gleich dem General melden wird. Wer weiß, ob ihr Verständnis nicht doch nur geheuchelt war.

Kalte Gänsehaut kriecht mir über die Arme, und ich schlinge den schweren Mantel enger um mich. Was, wenn ich sie unterschätzt habe? Wenn sie längst ahnt, dass ich hinter allem stecke, und nur die Unwissende gespielt hat, damit ich sie sicher zurückbringe?

Die Captain geht noch einen Schritt und zieht dabei zischend die Luft ein. Sie macht den Bruch nur schlimmer, das muss ihr doch klar sein. Was soll der Mist?

«Ich hole den General», verkündet einer der Soldaten und stürmt gerade los, als hinter uns eine schneidende Stimme ertönt.

«Das wird nicht nötig sein.»

Wir wirbeln herum. General Harlow steht hinter uns. Trotz des Regens hat er die Kapuze seines aufwendig bestickten Umhangs abgesetzt und mustert uns streng.

Bei seinem Anblick zieht sich in mir alles zusammen. Denn schon wieder wird mir etwas klar, das ich bei meinem ach so genialen neuen Plan nicht bedacht habe. Was, wenn er mich nach gestern Nacht wiedererkennt? Er hat mich zwar keines Blickes gewürdigt, aber meine Stimme könnte ihm vertraut vorkommen. Wenn er auch nur einen Verdacht hegt, könnte alles vorbei sein.

«Was hat das hier zu bedeuten?», fordert er.

Die Captain salutiert, wobei sie vor Schmerzen sichtlich die Zähne zusammenbeißt. «Es war ein Hinterhalt, General», bringt sie hervor, und alles in mir gefriert zu Eis. *Hinterhalt?*

Ich bleibe ruhig stehen, rühre mich nicht. Versuche, an ihrem steinernen Gesicht abzulesen, was sie als Nächstes sagen wird. Wen sie beschuldigen wird. Es kann nicht sein, dass sie mich verdächtigt, oder? Sie wirkte nicht mal misstrauisch, verdammt. Und doch erwarte ich, dass sie jeden Moment den Kopf zu mir dreht und mit dem Finger auf mich zeigt. Allen offenbart, dass ich es war, der den Auftrag sabotiert hat.

Stattdessen hält sie der Musterung des Generals stand, ohne mich auch nur eines Blickes zu würdigen. «Wir hatten keine Chance», verkündet sie, ihre Stimme wacklig, und in meinem Inneren mischt sich das Adrenalin mit Erleichterung.

Der General zieht die Brauen zusammen. «Was soll das heißen, keine Chance?», will er wissen. «Ich habe Ihnen ein komplettes Banner zur Verfügung gestellt! Wo ist der Rest meiner Leute?» In seiner Stimme schwingt unverkennbare Wut mit.

Die Captain atmet einmal tief durch, und ich tue es ihr nach. Wappne mich mit ihr für das, was gleich passiert. Dann erklärt sie mit fester Stimme: «Ich muss davon ausgehen, dass sie alle tot sind, Sir.»

Er starrt sie an, seine Miene eine Mischung aus Unglauben und Zorn. Letzterer beginnt allmählich zu überwiegen. *«Du hast nicht ernsthaft ein ganzes Banner verloren?»*, brüllt er, und sämtliche Anwesenden zucken zusammen.

Nicht die Captain.

Sie steht weiterhin so aufrecht wie irgendwie möglich, hält stur das Kinn erhoben.

«Wir hatten keine Chance, General», wiederholt sie mit bemerkenswerter Ruhe. «Als wir die Gefahr realisiert haben, war es bereits zu spät.»

«Was für eine Gefahr geht bitte von fünf Reitern aus?», donnert er weiter.

«Es waren nicht nur fünf, Sir. Es waren um die hundert. Sie haben uns in der Luft überrascht. Die ersten Soldaten waren tot, bevor wir überhaupt verstanden haben, was passiert.»

Eins muss ich ihr lassen – sie verzieht keine Miene. Trotz der vergangenen Ereignisse, der Schmerzen und des Gesichtsausdrucks des Generals, der sekündlich rasender wird. Offenbar hat sie den Flug genutzt, um sich zu sammeln, denn von ihrer Aufgelöstheit vorhin ist nichts mehr übrig. Da ist nur noch verbitterte Entschlossenheit. Ein harscher Kontrast zu der weichen Seite, die ich in den Bergen zu sehen geglaubt habe.

«Mera!», bellt der General und schaut sich nach seinem Drachen um. Die junge Frau steht etwas abseits, ihren dunklen Umhang eng um sich geschlungen, die Kapuze tief ins Gesicht gezogen. Er nickt ihr ungeduldig zu, und es ist offenbar Befehl genug.

Ohne zu zögern, beginnt sie, sich zu entkleiden. Binnen Sekunden tränkt der Regen ihre glatten schwarzen Haare und rinnt über ihre nackte Haut, doch ihr Gesicht bleibt eine steinerne Maske. Ebenso unnahbar, ebenso unberührt wie immer.

Sie spricht nicht viel mit uns anderen Drachen. Aber sie ist eine gute Komplizin, wenn es darum geht, den General zu bestehlen.

Mera verwandelt sich. Aus ihrer zierlichen Gestalt wird eine weitaus furchteinflößendere. Dunkle Hörner winden sich von ihrem Schädel empor, ihr kräftiger Schweif schlägt auf den Boden auf, und aus ihrer kupferbraunen Haut werden metallisch glänzende Schuppen.

Harlow lässt ihr nicht mal die Zeit, ihre Flügel anzulegen. «Zeig es mir», fordert er die Captain auf, und nun stockt sie doch. Wir beide.

Er will ihre Erinnerungen sehen.

Es ist ungewöhnlich, dass er diese Praktik nutzt. Denn so nützlich sie auch klingt, so unzuverlässig ist sie. Es sind nur Augenblicke, die man weitergeben kann. Einzelne, oft verschwommene Bilder, die meist zeitlich wie örtlich nicht eindeutig zuordenbar sind. Die Captain könnte ihm eine Erinnerung an den Anblick einer feindlichen Armee zeigen, und er wüsste nicht, ob sie zwei Stunden oder zwei Jahre alt ist.

Je nachdem, was sie vorhin gesehen hat, könnte sie ihre Aussagen zumindest in Teilen belegen. Aber ein guter Teil ihrer Erinnerungen könnte uns beide auch den Kopf kosten, wenn sie sie nicht verborgen hält.

Ich schätze, gleich wird sich zeigen, wie gesetzestreu sie wirklich ist. Und ob das hier nicht doch der Fehler meines Lebens war.

YESSA

Nur widerwillig wende ich mich dem Drachen des Generals zu.

Alles in mir wehrt sich dagegen, an den Auftrag zurückzudenken. Den gesamten Flug zurück ins Camp habe ich darauf verwendet, die Erinnerung an Livias blutenden leblosen Körper aus meinem Kopf zu verbannen. Es war die einzige Möglichkeit, um zu verhindern, dass ich zusammenbreche. Ich musste mich auf die Zukunft konzentrieren. Darauf, wie ich das hier überstehe, ohne meinen Rang zu verlieren, denn wenn Harlow mich degradiert, war alles umsonst. Livias Tod. All die Jahre, die wir geopfert haben.

Wir wollten etwas verändern, und daran hat sich nichts geändert. Bis auf die Tatsache, dass sich *alles* geändert hat.

Schon wieder droht die Erinnerung, mich zu zerstören. Ich spüre ihr Gewicht auf meiner Brust, drückend und schwer, als läge dort ein ganzes Gebirge. Der Gedanke an Livia schnürt mir die Luft ab.

Wir können uns nicht verlieren. Weil wir eins sind.

Es war eine Lüge.

Denn ich habe Livia verloren. Und dieser Verlust reißt meine Seele entzwei, raubt mir den Boden unter den Füßen und die Luft zum Atmen. Mit ihr war ich eins, und ohne sie bin ich nichts. Höchstens eine Versagerin. Eine Enttäuschung. Die Frau, die ihre Schwester nicht retten konnte, obwohl sie es ihr versprochen hat.

Ich dränge all diese Gedanken in den Hintergrund. Verbanne sie in den letzten Winkel meines Kopfes, aus dem sie wie Ungeziefer immer wieder herauskriechen, um alles zu zerfressen. Dass ich Cassim gegenüber meine Gefühle gezeigt habe, ist schlimm genug. Der General darf sie nicht auch noch sehen. Ich würde degradiert werden, womöglich sogar als Verräterin zum Tode verurteilt. Er wird sich wohl kaum gnädig zeigen, nachdem ein gesamtes Banner unter meiner Führung ausgelöscht wurde.

Mera senkt erwartungsvoll den Kopf, sodass ihre geschuppte Schnauze direkt vor meinem Gesicht schwebt. Ich kann den prüfenden Blick des Generals auf mir spüren, doch er ist nicht halb so sengend wie der von Cassim.

Seine Nähe von vorhin brennt noch nach. Und meine Wut auf ihn tut es ebenso.

Ich bin dankbar für alles, was er getan hat. Aber ein Teil von mir kann nicht anders, als ihn dafür zu hassen, dass er mich von Livia weggeholt hat. So irrational und naiv es auch sein mag – ich wollte bei ihr bleiben. Ein Teil von mir wäre lieber mit ihr gestorben, als unseren Kampf nun allein auszutragen.

Noch ein letztes Mal atme ich tief durch. Dann lege ich meine Hand auf Meras warme Schnauze und zeige ihr meine Erinnerungen. Lege ihr einen Teil der schmerzhaften Augenblicke offen, die meine Seele in Fetzen gerissen haben.

Das plötzliche Leuchten von Feuer zwischen dem Nebel.

Ein goldbestickter Uniformumhang, der brennend zu Boden segelt.

Eine fremde Armee, die in die Wolkendecke emporsteigt.

Die Klauen eines feindlichen Drachen nur Zentimeter von meiner Kehle.

Livias blutender Körper zwischen den Felsen.

Eine Feuerwand, die auf mich zurollt.

Und schließlich Cassims dunkle Schwingen über mir, die mich in Sicherheit bringen.

Dort höre ich auf. Ich lasse Mera und den General nicht sehen, wie Cassim mich an die Höhlenwand drückt und mir den Mund zuhält, um zu verhindern, dass ich uns verrate. Wie er mich verarztet und seine Finger über meine verletzte Haut fahren. Wie sich alles in mir danach gesehnt hat, mich weinend in seine Arme zu werfen, weil der Schmerz zu unerträglich war.

Zitternd öffne ich die Augen wieder und blinzle hektisch gegen die Tränen an, die die Erinnerung an Livia hervorgerufen hat. Ich bin zum Glück gut darin, meine Gefühle nicht durch die Verbindung weiterzugeben – etwas, das ich lange geübt habe, um Livia nicht mit meiner ständigen Angst zu belasten –, und der Regen tut sein Übriges, um meine Tränen zu verbergen.

Etwas in mir drängt mich dazu, zu Cassim zu schauen, doch ich wage es nicht. Stattdessen warte ich stur, bis Mera meine Erinnerungen an den General weitergegeben hat, und atme gegen das Chaos in meinem Inneren an.

Endlich öffnet General Harlow die Augen wieder und lässt seine Hand von Meras Schnauze sinken. «Das ist alles?», will er kühl wissen.

«Wir wurden vom Banner getrennt», gestehe ich. «Mehr konnte ich im Nebel nicht sehen. Ich habe nur ihre Schreie gehört.»

Der General schüttelt den Kopf und bedeutet Mera mit einer knappen Geste, sich zurückzuverwandeln. Sie leistet sofort Folge und sammelt ihre Uniform vom matschigen Boden auf. «Sie beide bleiben heute Nacht im Krankenzelt», befiehlt er Cassim und mir. «Es ist Ihnen nicht gestattet, es zu verlassen. Ich erwarte Sie morgen zu einer Anhörung vor dem Rat. Sie werden informiert, wenn es so weit ist.»

«Jawohl, Sir», erwidere ich und salutiere, was erneut einen alles überlagernden Schmerz in mein verletztes Bein schießen lässt. Cassim tut es mir nach, und General Harlow wendet sich mit finsterer Miene zum Gehen.

«Ich erwarte, dass das Zelt bewacht wird», befiehlt er einem der anderen Soldaten. «Bis zur Anhörung sind von der Captain keine Befehle entgegenzunehmen.»

Ich versuche, mir nicht anmerken zu lassen, wie sehr dieser Satz mich trifft. Mit zusammengepressten Lippen sehe ich dabei zu, wie General Harlow den Rüstplatz verlässt und mit zügigen Schritten zwischen den Zelten verschwindet. Mera folgt ihm mit etwas Abstand, die Kapuze ihres Umhangs wieder über den Kopf gezogen, ihre Haltung aufrecht.

«Captain, wir bringen Sie jetzt ins Zelt», ertönt die Stimme der Soldatin, die mich noch immer stützt und so verhindert, dass mein Bein endgültig unter mir nachgibt. «Jemand muss sich Ihre Verletzung ansehen.»

Diesmal protestiere ich nicht. Mittlerweile sind zwei Heiler zu uns gestoßen, die mich kurzerhand zum Zelt tragen, um das Bein nicht weiter zu belasten. Ich werde auf einer Pritsche abgelegt, und eine junge Frau mit dichten schwarzen Locken und wachsamem Blick macht sich sofort daran, meine hautenge Uniformhose aufzuschneiden.

Sie legt beide Hände auf mein nacktes Bein, und ich schließe die Augen, als ich ihre Magie durch meinen Körper sickern spüre. Hitze wandert unter meine Haut, tastet meine Knochen entlang und wird langsam, aber sicher zu einem unangenehmen Brennen.

Wie auch die Magie der Reiter ist die der Heiler aus dem Feuer geboren. Aber sie äußert sich anders. Während wir Zerstörung bringen, bewahren sie das Leben. Den Unterschied macht letztendlich nur der Katalysator. Wir Reiter binden uns an Drachen, wodurch wir das Feuer kontrollieren können. Die Heiler hingegen erhalten zu Beginn ihrer Ausbildung einen seltenen Katalysator aus geschliffenem Obsidian. Und abgesehen von der magischen Eignung, die für beide Rollen erforderlich ist, braucht es viel Übung und Geduld, um die Aufgaben einer Heilerin gut auszuführen. Das war einer der Gründe, weshalb ich mich für eine Position als Reiterin entschieden habe. So unlogisch es auch klingt – mit schlecht kontrollierter Feuermagie kann man meist weniger Schaden anrichten als mit schlechter Heilmagie.

Würde es nicht so verdammt wehtun, fände ich es wohl beeindruckend, wie feinfühlig die Heilerin mit ihren Kräften umgehen kann. Leider fühlt es sich aber trotz ihrer Vorsicht an, als würde sie mich von innen heraus in Brand stecken.

«Ein recht glatter Bruch», stellt sie leise fest, und ich blinzle ihr widerwillig entgegen. Ein beruhigendes Lächeln umspielt ihre vollen Lippen. «Sie hatten Glück, Captain.»

Mir entweicht ein Schnauben.

Glück? Nicht im Geringsten.

Die Heilerin nickt einem ihrer Kollegen zu, und er verschwindet im hinteren Teil des Zeltes, um kurz darauf mit einem kleinen Fläschchen wiederzukommen. Darin befindet sich eine durchsichtige gräuliche Flüssigkeit. Ein Betäubungsmittel, nehme ich an.

«Trinken Sie das», fordert er mich auf und hält es mir hin.

«Es geht schon», lehne ich ab.

Die Heilerin schüttelt den Kopf. «Ich muss den Bruch richten. Sonst bleiben Schäden zurück. Wenn Sie das nicht trinken, werden Sie ohnehin von den Schmerzen ohnmächtig, Captain.»

Wieder entkommt mir ein Schnauben, diesmal ein frustriertes. Als wären mir die Dinge heute nicht schon genug entglitten ... Es fühlt sich an, als würde ich endgültig die Kontrolle verlieren. Und das lässt neue Panik in mir aufkeimen.

Mein Blick huscht verzweifelt durch das Zelt und bleibt an Cassim hängen. Er sitzt auf der Pritsche mir gegenüber, die Ellbogen auf seine Oberschenkel gestützt, und beobachtet mich. Sein Gesichtsausdruck ist unleserlich. Seine Augen wirken in dem schummrigen Licht schwarz und undurchdringlich, lediglich die zarten goldenen Sprenkel in ihnen hellen seinen Ausdruck ein wenig auf.

Ich habe keine Ahnung, was er denkt. Doch er hebt kaum merklich das Kinn. Vielleicht soll es eine Ermutigung sein. Ein *«Mach schon»*. Ein *«Ich passe so lange auf dich auf»*.

Das ist zumindest das, was Livia damit gemeint hätte. Livia, die nie wieder auf mich aufpassen wird, weil ich es nicht geschafft habe, auf *sie* aufzupassen.

Verdammt ...

Kurz entschlossen greife ich nach dem Fläschchen und trinke den Inhalt in einem tiefen Zug. Der Mann nimmt es mir wieder ab. «Es dauert nur einen Moment, bis die Wirkung einsetzt, Captain.»

Ich brumme ein Danke, lehne mich auf der unbequemen Pritsche zurück und versuche, nicht an Liv zu denken. Stattdessen lausche ich auf die leise Stimme des Heilers, der nun Cassim nach Verletzungen fragt.

«Mir geht es gut», erwidert dieser. «Sie können sich ganz der Captain widmen.»

Lügner, will ich murmeln, doch meine Zunge gehorcht mir bereits nicht mehr. Meine Lider werden schwer.

Ich versuche, gegen die bleierne Müdigkeit anzublinzeln, die mich plötzlich überkommt, und scheitere.

Die Stimme der Heilerin dringt an mein Ohr, aber ich kann sie nicht mehr verstehen. Der Schmerz in meinem Bein wird zu einem dumpfen Pochen und verschwindet dann in der Schwärze, die alles einnimmt.

Zurück bleibt nur die Erinnerung an Livia.

An die Wärme ihrer Berührung.

Die Sicherheit ihrer Nähe.

Und das Wissen, versagt zu haben.

Das Heulen des Windes reißt mich aus dem Schlaf. Er zerrt an den Zeltplanen, lässt Regen lautstark gegen die Wände trommeln und fährt mir trotz der Decke bis unter die Kleidung.

Ich versuche, ihn zu ignorieren. Kneife die Augen zu, als würde auch er dann verschwinden.

Mein Mund ist trocken, mein Kopf tut weh, und ich bin definitiv zu müde, um bereits aufzuwachen. Doch ein Ziehen in meinem Bein verhindert, dass ich wieder einschlafe. Vor allem, als langsam, aber sicher aus ihm ein stechender, konstanter Schmerz wird, der schließlich gegen meine Sturheit gewinnt.

Irritiert öffne ich die Augen und mustere die fremde Zeltdecke über mir, die in flackernden Laternenschein getaucht ist. Ich brauche einen Moment, um zu realisieren, wo ich bin. Dann holen die Geschehnisse des vergangenen Tages mich schlagartig wieder ein. Sie prasseln auf mich nieder, ebenso hart und unnachgiebig wie der Regen draußen, und in meinem benommenen Zustand kann ich nicht verhindern, dass ich alles noch einmal durchlebe. Jeden noch so schrecklichen Moment.

Ein Ruck, der durch meinen Körper geht.

Krallen nah an meiner Kehle.

Wind, der an meiner Uniform reißt, während Livia mit dem goldenen Drachen um ihr Leben ringt.

Dann der Aufprall.

Das verhängnisvolle Geräusch ihres massigen Körpers, der mit der Felswand kollidiert und erbarmungslos an ihr herunterschrammt.

Ein Rascheln reißt mich aus der Erinnerung und lässt mich hochschrecken. Schwerfällig richte ich mich auf und erblicke Cassim, der mit dem Rücken zu mir neben der gegenüberliegenden Pritsche steht. Er ist oberkörperfrei und zieht sich soeben ein lockeres schwarzes Oberteil an. Ich erhasche einen Blick auf seinen muskulösen Rücken und ziehe entsetzt die Luft ein.

Sofort wirbelt er zu mir herum. Sein ganzer Körper versteift sich, und er zerrt eilig den Saum seiner Kleidung zurecht. Aber ich habe bereits genug gesehen.

Seine weiße Haut ist über und über mit roten Striemen und Blutergüssen bedeckt. Und ich brauche nicht zu fragen, um zu wissen, dass das kein Unfall und auch keine Kampfverletzung war. Einzig die Brandwunde an seiner rechten Seite dürfte von der Mission stammen. Der Rest hingegen …

Wir starren uns an, und Cassims Abwehrhaltung ist unverkennbar. Er steht da wie versteinert, die Brauen misstrauisch zusammengezogen, sein Gesichtsausdruck verschlossen.

Er vertraut mir nicht. Wer könnte es ihm auch verübeln?

«War Walsh das?», frage ich leise. Ich kann nicht so tun, als hätte ich nichts gesehen.

Er schnaubt leise. «Was denken Sie denn?»

Unsere Diskussion auf dem Rüstplatz kommt mir wieder in den Sinn, und ich zögere.

Er wollte unbedingt fliegen. Obwohl sein Rücken so aussah. Obwohl die schlimmsten seiner Blutergüsse genau dort platziert sind, wo der Sattel sitzt.

Vielleicht, weil er keine Wahl hatte. Weil er eine noch härtere Bestrafung vermeiden wollte. Ich schlucke schwer.

«Ich denke, wenn er es war, bin ich froh, dass er tot ist», flüstere ich.

Cassims Augen weiten sich, und mein Herz beginnt zu rasen.

Dieses Geständnis könnte mich alles kosten. So über einen Lieutenant zu sprechen, kurz nachdem er unter meiner Führung gestorben ist, kann mir problemlos als Verrat ausgelegt werden. Aber es ist mir egal. Selbst ohne Walsh wirklich gekannt zu haben, empfinde ich nichts als Abscheu für ihn. Und gerade bin ich nicht in der Lage, noch mehr meiner Emotionen zu unterdrücken. Ich habe ohnehin schon das Gefühl, als würde ich an ihnen ersticken.

«Da sind Sie nicht die Einzige», gibt Cassim tonlos zurück. Einen Moment lang mustert er mich noch. Dann weist er mit dem Kinn zu meinem Nachttisch, auf dem ein ziemlich unappetitlich anmutendes Gebräu steht. «Sie sollen das trinken. Es unterstützt die Heilung.»

Ich schaue mich im Zelt um. Wir sind allein. Die anderen Pritschen sind leer – bis auf die neben meiner, auf der ein

Stapel dunkler Kleidung liegt, den ich für meine Uniform halte. Irgendjemand muss mich umgezogen haben, denn wie mir jetzt auffällt, trage ich lockere Schlafkleidung aus Leinen.

Missmutig beäuge ich das Getränk und mustere dann wieder Cassim. Er hat sich auf seine Pritsche gesetzt und schaut mit finsterer Miene an die leere Zeltwand. Ich glaube, Schmerz in seinen Zügen zu erkennen, und mit einem Mal fühle ich mich ihm verbunden. Vermutlich herrscht in seinem Inneren gerade ein ähnliches Chaos wie in mir.

Er kannte das Banner. Ist bestimmt schon jahrelang mit diesen Leuten geflogen.

Jetzt sind sie alle tot.

Auch Cassim hat heute viel, vielleicht sogar alles verloren. Und ich war zu sehr mit meinem eigenen Verlust beschäftigt, um das überhaupt zu realisieren. Habe über Livia und seinen Tonfall geredet, statt meiner Verantwortung nachzukommen und mich um ihn zu kümmern.

Ich muss mich räuspern, weil meine Kehle mit einem Mal eng wird, zugeschnürt von meinen Schuldgefühlen. Das Chaos in meinem Inneren wächst, und mit ihm ein unstillbarer Tatendrang. «Könntest du mir meinen Medizinbeutel bringen?», frage ich leise.

Cassim steht auf und kommt der Bitte nach, ohne mich auch nur eines Blickes zu würdigen. «Vertrauen Sie den Heilern nicht, Captain?»

Ich setze mich auf und warte, bis er mich ansieht, bevor ich den Beutel entgegennehme. «Doch», erwidere ich. «Im Gegensatz zu dir. Setz dich. Ich habe noch was von der Salbe übrig.»

Cassim versteift sich. «Mein Rücken heilt von allein.»

«Und er heilt schneller mit Medizin. Du kannst entweder

die Heiler um Hilfe bitten oder mich. Das sind die zwei Optionen, die ich dir gebe.»

Unzufrieden verzieht er den Mund. «Der General hat uns verboten, Befehle von Ihnen anzunehmen», erinnert er mich und versetzt mir damit einen Stich.

«Dann nimm es nicht als Befehl, sondern als Bitte.»

«Wieso?», will er wissen.

Fragend hebe ich die Brauen.

Er zögert. «Wieso interessiert Sie das?»

Mir fällt keine Antwort ein. Zumindest keine, die ich ihm geben kann, ohne mit ihr erneut eine Strafe zu riskieren. «Ich bin nicht hier, um dir das Leben schwerer zu machen», weiche ich deshalb aus.

Cassim mustert mich. Ich halte seinen Blick und warte darauf, dass sich sein Misstrauen legt.

Alles an seinem Auftreten wirkt hart. Rau. Unnachgiebig. Aber in seinen braunen Augen liegt etwas Sanftes. Sie erinnern mich an die Glut eines sterbenden Feuers. Nicht weniger gefährlich als die Flammen selbst, und doch tröstlicher. Und irgendwie … traurig. Verloren.

«Ich habe es schon gesehen, Cassim», sage ich sanft, als er sich weiterhin nicht rührt. «Lässt du mich dir jetzt helfen oder bist du dafür zu stur?»

Er hebt das Kinn in einer beinahe arrogant wirkenden Geste. «Was, wenn ich Ihre Hilfe nicht brauche, Captain?»

«Ich gehe nicht davon aus, dass du sie brauchst», erwidere ich ehrlich. «Du kannst sie aber trotzdem annehmen.»

Wieder zögert er. Doch gerade als ich ihm seufzend den Medizinbeutel übergeben will, lässt Cassim sich widerwillig mit dem Rücken zu mir auf den Rand der Pritsche sinken. Mir entgeht nicht, wie er dabei darauf achtet, mein verletztes Bein nicht zu berühren. Und ebenso wenig, wie sein Körper sich wieder bis aufs Äußerste versteift.

«Darf ich?», frage ich leise und halte mit den Fingern am Saum seines Oberteils inne. Mein Herzschlag beschleunigt sich unangenehm.

Statt einer Antwort zieht Cassim sich den Stoff kurzerhand selbst über den Kopf und gewährt mir so einen erneuten Blick auf das schmerzhafte Zusammenspiel aus Rötungen, halb verheilten Wunden und Blutergüssen. Die geschwollenen, teils aufgerissenen Striemen auf seiner Haut verraten genau, wo Walsh ihn ausgepeitscht hat. Die blauen Stellen könnten Schläge sein, eventuell auch Tritte. Nur die Wunde an seiner Schulter kann ich nicht zuordnen. Sie ist komplett blutunterlaufen und sieht aus, als wäre die Haut von einem besonders heftigen Schlag aufgeplatzt, doch an einer Stelle wirkt es auch wie ein Schnitt. Oder ein Riss vielleicht.

Ich verkneife mir eine Nachfrage. Stattdessen konzentriere ich mich zunächst auf eine andere Verletzung, eine frische Verbrennung, die sich seine gesamte rechte Seite emporzieht. So, wie sie aussieht, ist sie extrem schmerzhaft.

Ich würde gerne fragen, wie das passiert ist. Er muss sich während des Kampfes verwandelt haben, denn in seiner Drachenform hätte er keine derartige Verletzung davongetragen. Aber ich schweige. Ich will weder ihn noch mich selbst zwingen, sich diesen Erinnerungen zu stellen. Jetzt oder überhaupt je wieder. Dieser Tag wird uns ohnehin bis ans Ende unseres Lebens verfolgen. Er wird uns nachts im Traum heimsuchen und genau dann einholen, wenn wir gerade glauben, den Schmerz überwunden zu haben. Und das ist schon schlimm genug.

Meine Finger beginnen zu zittern. Trotzdem öffne ich das kleine Salbendöschen und fange vorsichtig an, die Medizin auf Cassims Wunden zu verreiben.

Die Berührung bringt mich unweigerlich zurück in die kleine Höhle in den Bergen. Drängt den Schmerz in meinem Bein in den Hintergrund und macht den in meinem Herzen dafür wieder umso präsenter. Ich frage mich, ob es die Wahrheit war, dass er den Weg zurück zu Livia nicht findet. Oder ob er es gesagt hat, weil er wusste, dass ich uns beide in den Tod führe, wenn er meine Befehle befolgt.

Erst jetzt wird mir klar, wie falsch es war, das von ihm zu verlangen. Und gleichzeitig kann ich es nicht bereuen. Denn ein Teil von mir hängt nach wie vor dem naiven Glauben nach, dass ich sie hätte retten können.

Was für ein Schwachsinn ...

Dass wir jetzt hier sitzen, dass wir noch *leben*, ist ein Wunder.

«Denkst du, die anderen sind alle tot?», flüstere ich.

Cassim atmet tief durch. «Ich weiß es nicht», sagt er überraschend sanft. Sein Tonfall steht im harschen Kontrast zu seinem Auftreten. Macht aus diesem eben noch so harten, verschlossenen Mann jemand gänzlich anderes.

Ich muss daran denken, wie er mich gegen die Wand gedrückt hat, seine Hand auf meinem Mund, sein Körper eng an meinem. Und obwohl die Erinnerung von Angst getränkt ist, von Schmerz, von Verzweiflung, wünsche ich mir diesen Moment zurück. Weil ich gerade das Gefühl habe, auseinanderzubrechen, und Cassims warme Arme mich vielleicht davon abhalten könnten. Weil sein Atem an meinem Ohr und sein Herzschlag unter meinen Fingerspitzen vielleicht Ablenkung genug wären, um zu verhindern, dass mich eine andere Erinnerung einholt.

Ich versuche, die Bilder zu verdrängen, die sich wieder in meinen Kopf schieben.

Blut auf kargem Moos und grünen Schuppen.

Stattdessen konzentriere ich mich voll und ganz auf Cassims Rücken. Mehrmals halte ich dabei inne. Immer wenn seine Schultern sich zu sehr anspannen oder sein Atem flacher wird.

«Geht es?», frage ich jedes Mal, und er nickt verbissen. Jetzt, wo er mich schon hat anfangen lassen, scheint er es auch beenden zu wollen.

Eine Weile versorge ich nur still seine Wunden und verliere mich darin, jedes Zeichen von Gewalt von seiner Haut verschwinden zu lassen. Doch irgendwann ist die Medizin aufgebraucht, und ich kann mich nicht davon abhalten, noch eine weitere Frage zu stellen.

«Glaubst du, es war meine Schuld?»

Cassim zögert, und in mir zieht sich alles zusammen. Langsam dreht er den Kopf und schaut mich über seine Schulter hinweg an.

Von der Wärme in seinem Blick ist nichts mehr übrig. Selbst die Glut in seinen Augen wirkt nun kalt und abweisend. «Das sollten Sie nicht mich fragen, Captain», meint er rau.

Mir entweicht ein verzweifeltes Schnauben. «Und wen dann?»

Er schluckt. «Jemanden, der sich die Frage nicht selbst stellt.»

Seine Antwort bringt mich zum Stocken.

Während ich noch um Worte ringe, steht Cassim auf und zieht sich sein Oberteil wieder über den Kopf. «Danke fürs Verarzten. Ich versuche jetzt zu schlafen.»

Ohne mich noch mal anzuschauen, geht er zurück zu seiner Pritsche. Er legt sich unter die dünne Decke und dimmt die Öllampe, die auf seinem Nachttisch steht. «Vergessen Sie Ihre Medizin nicht», erinnert er mich ernst. «Das Bein heilt sonst nicht.»

Ich atme tief durch. «Ist das nicht egal, wenn Harlow mich morgen rausschmeißt?», frage ich verbittert.

Cassim zieht das Kissen unter seinem Kopf zurecht und mustert mich finster. «Sie haben Ihren Rang noch. Ich bezweifle, dass sich das morgen ändern wird.»

«Das wird wohl der Rat entscheiden», murmle ich und nippe an der Flasche von meinem Nachttisch. Was ein Fehler ist. Es schmeckt widerlich bitter und ein bisschen nach Matsch.

Ich verkneife mir ein Würgen und kippe den Rest des Gebräus auf einmal hinunter. Es kommt mir beinahe wieder hoch, als ich die Flasche absetze, doch irgendwie schaffe ich es, alles drinzubehalten und den Geschmack mit ein paar Schlucken Wasser runterzuspülen.

Cassim beobachtet mich scheinbar unberührt und löscht das Licht ganz, als ich fertig bin und mich wieder hingelegt habe.

«Glauben Sie mir», sagt er in die Dunkelheit hinein. «Sie werden Ihren Rang nicht verlieren.»

Seine Stimme klingt fest. Sicher. Und diese Sicherheit ist alles, was ich gerade will. Alles, was ich noch habe. Nur gelingt es mir nicht, ihm zu glauben.

«Der Rat entscheidet nichts ohne Harlows Zustimmung», fährt er fort. «Er hat hier das letzte Wort. Und Harlow hat sich schon entschieden. Sonst wären Sie nicht mehr hier.»

Es klingt logisch, und doch wage ich es nicht, darauf zu vertrauen. Ich ziehe meine Decke enger um mich, versuche auf der harten Pritsche eine bequeme Position zu finden und bete zu den Göttern, dass er recht hat.

KAPITEL 5

CROSS MY HEART

YESSA

Der Weg zum Zelt des Generals ist eine Tortur. Nicht mal Magie schafft es, einen gebrochenen Oberschenkel binnen einer Nacht zu heilen. Und dementsprechend heftig sind auch die Schmerzen.

Die Heilerin von gestern, die sich mir heute als Aleen vorgestellt hat, hat mir mehr von der furchtbaren Medizin gegeben und mir in eine saubere Uniform geholfen. Mir wurden auch Krücken angeboten, aber wenn ich die annehme, kann ich meinen Rang gleich an den Nagel hängen. Selbst wenn das, was Cassim über General Harlow behauptet hat, stimmen sollte – Stärke zu zeigen ist in dieser Armee das Wichtigste. Wir befinden uns seit fünfundzwanzig Jahren im Krieg. Und seitdem wurden in diesem Königreich neue Prioritäten gesetzt. Nicht mehr Denker und Strategen haben nun die wichtigsten Rollen in der Armee, sondern Kämpfer. Kriegshelden, die eine Hoffnung auf den Sieg aufrechterhalten, selbst wenn dieser unerreichbar scheint und weder gerecht noch verdient wäre.

Also beiße ich mich weiter durch. Setze einen Fuß vor den anderen, obwohl es sich bei jedem Schritt anfühlt, als müsste ich ohnmächtig werden.

Ich spüre Cassims Blick im Nacken. Auch er ist in eine saubere Uniform gekleidet und geht einen halben Meter hinter mir. Seit gestern Nacht haben wir nicht mehr miteinander gesprochen. Als ich aufgewacht bin, stand bereits Aleen an meinem Bett, und sie hat uns keine Minute allein gelassen.

Vielleicht ist es besser so. Es gibt ohnehin nichts, worüber wir reden sollten oder gar dürften, und ich weiß nicht, ob ich ihm vertrauen kann. Aber zugleich weiß ich, dass es richtig war, ihm meine Werte offen zu zeigen. Denn genau das ist er – dieser schmale Grat zwischen Gesetzestreue und Moral, auf dem ich seit meinem Eintritt in die Armee balanciere, um mein Gewissen zumindest halbwegs zu beruhigen. Auch wenn er dafür sorgt, dass ich in einem Zustand permanenter Angst lebe.

Cassim ist momentan meine einzige Stütze. Obwohl ich ihn kaum kenne, ist er mir doch vertrauter als der Rest dieses fremden Camps. Und noch dazu ist er der Einzige, der weiß, wie ich mich fühle. Einerseits, weil auch er gestern Freunde verloren hat. Aber vor allem, weil er gesehen hat, was Livias Tod mit mir gemacht hat. Er weiß, was sie mir bedeutet hat. Er kennt mein Geheimnis, und deshalb fühlt es sich an, als könnte ich nun auch alle weiteren mit ihm teilen.

Sofern er es auch bewahrt.

Je näher wir dem Zelt des Generals kommen, desto größer wird meine Sorge, Cassim könnte mich gleich vor dem versammelten Rat ans Messer liefern.

Wann habe ich angefangen, ihm zu vertrauen? Als er zu mir zurückkam, um mich zu retten? Als er meine Wunde verarztet hat? Oder als er *mir* vertraut hat, trotz all seines Widerwillens?

Vor der Mission hielt ich ihn für genauso unberechenbar wie Walsh und jetzt …

Jetzt bin ich auf ihn angewiesen. Ob ich will oder nicht.

Endlich erreichen wir das Zelt. Ich habe auf Schmerzmittel verzichtet, da ich nicht riskieren wollte, dass sie mich geistig beeinträchtigen, aber mittlerweile bereue ich es. Wahrscheinlich wäre es klüger gewesen, sie zu nehmen, denn ohne sie kann ich mich definitiv auch nicht konzentrieren. Und laut Aleen wird dieser kleine Ausflug meinen Heilungsprozess mindestens um das Doppelte verlängern. Ich hoffe wirklich, das war eine Übertreibung.

Das Zelt des Generals ist deutlich größer als die anderen im Camp. Allein der Vorraum, in dem die Drachen schlafen, um ihre Reiter zu beschützen, ist riesig. Von Mera entdecke ich heute allerdings keine Spur. Stattdessen tummeln sich hier Soldaten aus anderen Camps, die vermutlich ihre jeweiligen Ratsmitglieder hierher eskortiert haben.

In der Regel versammeln sich für den Rat die Generals. Aber da diese nicht immer entbehrlich sind, werden des Öfteren Colonels als Stellvertreter geschickt. Die Anzahl der anwesenden Generals sagt meist schon viel darüber aus, wie gravierend eine Situation ist. Sind es nur ein bis zwei, hielten die anderen das Anliegen wohl nicht für wichtig genug, um persönlich zu erscheinen.

Cassim und ich werden unzeremoniell in den Hauptraum weitergelotst, wo bereits alle auf uns warten. Aleen sowie die Wachen, die uns herbegleitet haben, bleiben draußen zurück.

Kaum dass wir durch die Zeltklappe sind, salutieren wir. Erst dann erlaube ich mir, die Menschen vor mir genauer zu betrachten.

Hinter dem Schreibtisch des Generals hat sich eine Gruppe Reiter mit aufwendiger goldener Bestickung auf ihren Uniformen versammelt. Mit ihm sind es vier Männer und drei Frauen, davon fünf Generals und zwei Stellvertreter. Nur sieben Ratsmitglieder statt der üblichen acht. Ein Camp scheint es nicht für nötig gehalten zu haben, jemanden zu schicken. Seltsam, denn die Anwesenheit von ganzen fünf Generals ist ein deutliches Zeichen dafür, dass die

Lage ernst ist. Und noch mehr besorgt mich, dass wir nicht mit ihnen allein sind, wie es bei Ratsanhörungen eigentlich üblich wäre. Stattdessen sitzen am Rand des Zeltes weitere Soldaten, unter ihnen auch Captains und Lieutenants.

Mir wird mulmig zumute. Mit so vielen Zuhörern habe ich nicht gerechnet. Womöglich hat Cassim sich doch getäuscht. Dass diese Anhörung nicht dem Standardprotokoll folgt, kann kein gutes Zeichen sein.

Ich will mich gerade wieder auf Harlow konzentrieren, als ein vertrautes Gesicht ganz am Rande der Gruppe mich stocken lässt. Ein Blick aus blauen Augen bohrt sich in meinen, und ich blinzle irritiert.

Das ist nicht wirklich ...

Arden?

Wie gebannt starre ich ihn an. Sehe ich schon Geister? Er kann unmöglich hier sein.

Doch als hätte er meine Gedanken gehört, schenkt er mir jetzt sein vertrautes selbstgefälliges Lächeln.

Eilig wende ich mich wieder dem General zu, aber mein Herz schlägt nun noch heftiger als ohnehin schon.

Was macht er hier? Das hier ist nicht sein Camp. Soll er für mich bürgen?

Nein, das ergibt keinen Sinn. Er hat einen niedrigeren Rang als ich. Und unser ... Verhältnis zueinander war noch frisch und zudem nichts, was wir nach außen getragen haben.

Aber möglicherweise hat es jemand herausgefunden? Was, wenn er nicht hier ist, um *für*, sondern *gegen* mich auszusagen?

Nur ... was sollte er ihnen denn erzählen? Es ist nicht so, als hätte ich ihm irgendetwas anvertraut. Dafür kannte ich ihn nicht gut genug.

«Captain Hayes», grüßt Harlow mich knapp und stoppt damit meine rasenden Gedanken. Seine Stimme ist ruhig, doch ich glaube, der Schein trügt. Unter der Oberfläche spüre ich es brodeln.

Ich versuche, mir nichts anmerken zu lassen, und konzentriere mich ganz auf ihn. Jetzt gilt es, den Rat zu überzeugen. Niemanden sonst. Was Arden hier macht, werde ich später herausfinden.

«Sie sind heute hier, weil Sie gestern die Verantwortung für einen Auftrag zur Eliminierung einer kleinen feindlichen Einheit nahe der Grenze hatten», leitet der General ohne Umschweife ein. «Würden Sie bitte ausführen, wie es dabei zum Verlust des Ihnen anvertrauten Banners, bestehend aus dreißig Soldaten und weiteren dreißig Drachen, kam?»

Ich drücke die Schultern durch und verdränge die Schmerzen in meinem Bein. Cassim und mir wurden keine Stühle bereitgestellt. Vielleicht, um mich weiter zu testen. Um zu sehen, wie stark ich wirklich bin. Wie tauglich ...

Noch ein letztes Mal atme ich tief durch, bevor ich den Anwesenden detailgenau berichte, was gestern vorgefallen ist. Angefangen bei der schlechten Sicht und dem Angriff auf unseren Späher bis hin zu dem Chaos am Ende, das ich nur bruchstückhaft wiedergeben kann, weil ich das meiste nur indirekt mitbekommen habe. Dafür muss ich umso ausführlicher erzählen, wie Livia und ich durch den feindlichen Drachen vom Banner getrennt wurden. Wie wir abgestürzt sind. Und wie Cassim mich schließlich vor den nahenden Angreifern gerettet hat.

Nur ein paar Details lasse ich wie schon gestern aus, und ich hoffe, er tut es gleich ebenso. In meiner Version der Geschichte haben wir uns nie in einer Felsspalte versteckt. Ich habe Cassims Wunden nicht versorgt, und ich habe ihn auch nie angefleht, mich zu Livia zurückzubringen. Ebenso wenig hat er sich dabei im Ton vergriffen.

«Ihrer Meinung nach haben diese hundert Reiter, die Sie angeblich angegriffen haben, also stundenlang dort auf Sie gewartet?», will Harlow wissen, als ich meine Ausführungen beendet habe. «Oder wie erklären Sie sich, dass eine derartige Truppenstärke einsatzbereit war, um Sie abzufangen?»

«Ich weiß es nicht, Sir», erwidere ich ehrlich. «Vielleicht wurden wir bereits früh von ihren Spähern entdeckt. Die Sicht war schlecht, und wir mussten einige Male den Schutz der Wolken verlassen, um den Kurs zu korrigieren.»

«Das erklärt immer noch nicht, wo diese Reiter hergekommen sein sollen», wirft ein anderer General ein. «Aus fünf werden nicht plötzlich hundert.»

«Außer der Rest hatte sich versteckt, um unsere Truppen in einen Hinterhalt zu locken», brummt einer der Colonels.

«Das ergibt keinen Sinn», bemerkt Harlow gereizt. «Warum sollte ein Camp dieser Größe freiwillig seine Existenz preisgeben, wenn es bisher unbemerkt war?»

«Möglicherweise ging es nur darum, ein paar Truppen auszuschalten und sich wieder zurückzuziehen?»

General Harlow bedenkt den Colonel mit einem finsteren Blick. «Wenn sie stattdessen viel mehr Schaden anrichten könnten, indem sie eines unserer Camps angreifen? Nein. So führen nur Feiglinge Krieg.»

«Und unsere Feinde sind keine?», fragt der Mann schnaubend. «Wie sonst nennt man es, wenn ein Teil eines Landes den eigenen König verrät und sich dann ein Vierteljahrhundert hinter einem Haufen Vulkane versteckt?»

«Verräter mögen sie sein», bestätigt Harlow. «Aber dieser Krieg wäre längst gewonnen, wenn sie nicht auch Kämpfer wären. Also sparen Sie sich Ihren Spott, Colonel. Den Feind aus der eigenen Arroganz heraus zu unterschätzen, ist der sicherste Weg in eine Niederlage.»

«Eventuell war ihnen auch klar, dass unser Banner ihr Camp entdecken und Verstärkung holen wird», wirft der andere General wieder ein. «Somit blieb ihnen nichts anderes übrig, als anzugreifen. Oder womöglich haben sie mit dem Angriff eine noch größere Armee vor uns verborgen. Sofern sich das alles wirklich so zugetragen hat.» Sein letzter Satz klingt zweifelnd und führt Harlow offenbar weg von den Spekulationen, zurück zu den Tatsachen.

Er wendet sich uns wieder zu, doch diesmal fixiert er Cassim. «Kannst du die Aussagen der Captain bestätigen?»

Unauffällig schaue ich zu ihm hinüber. Cassim verzieht keine Miene. «Welche Aussagen genau, General?», fragt er ruhig.

Harlows Gesicht verfinstert sich weiter, und meine Brust wird eng. «Kannst du bestätigen, dass ihr von etwa hundert gegnerischen Reitern angegriffen worden seid?»

«Ich kann nicht sagen, ob es hundert waren, Sir», antwortet Cassim unberührt. Ich spüre meinen Puls in meinen Ohren hämmern, so heftig schlägt mein Herz. Doch sein nächster Satz lässt meine Anspannung wieder ein wenig weichen. «Ich habe im Nebel nicht viel sehen können. Aber es war eine deutliche Übermacht. Genauer kann ich es nicht beziffern, Sir.»

Harlows Blick wirkt leicht genervt, er lässt sich jedoch nicht beirren. «Und kannst du bestätigen, dass die Captain den Befehl zum Rückzug gegeben hat, bevor der Angriff stattfand?»

Ich halte den Atem an, aber Cassim zögert nicht einmal.

«Ja, Sir.»

«Wurde dieser Befehl ausgeführt?»

«Teilweise, Sir.»

Harlow runzelt die Stirn, und ich muss mich zusammenreißen, meine Miene neutral zu halten.

«Inwiefern?», hakt der General nach.

«Lieutenant Walsh hat kurz nach dem Befehl einen erneuten Kurswechsel angeordnet», erklärt er. «Das Banner hat sich größtenteils an der Captain orientiert, allerdings kam es zu einiger Verwirrung und Verunsicherung.»

Ich verkneife mir ein frustriertes Stöhnen. Auch dieses Detail habe ich bewusst ausgelassen. Es untergräbt meine Autorität. Denn nun wissen alle, dass ich mich nicht gegen Walsh durchsetzen konnte.

«Und wieso hat Walsh das getan?», will Harlow von Cassim wissen.

«Es steht mir nicht zu, die Befehle meiner Vorgesetzten zu hinterfragen, Sir», antwortet dieser tonlos.

Nun findet Harlows Blick zurück zu mir. Er mustert mich, und ich habe das unangenehme Gefühl, als hätte er mich durchschaut. Zumindest in diesem Belang. Er weiß, was gerade in mir vorgeht. «Irgendwelche Theorien, Captain?»

Ich schlucke meine eigentliche Antwort herunter. Dass sein ehemaliger Lieutenant mich wegen meiner Familienverhältnisse verabscheut hat, ist sicher nichts, was in dieser Runde diskutiert werden sollte. Oder überhaupt jemals. Ich bin mir ohnehin ziemlich sicher, dass Harlow es längst weiß. Also suche ich eine diplomatischere Erklärung.

«Vermutlich hat er meinen Befehl hinterfragt, weil er die feindliche Truppe im Nebel nicht selbst sehen konnte, Sir.»

Das scheint Harlow zufriedenzustellen, denn er wendet sich wieder an Cassim. «Ist daraufhin der Angriff passiert?»

«Ja, Sir.»

«Wie ging er vonstatten?»

«Sie haben uns eingekesselt und den Beschuss eingeleitet. Eine Feuerwand kam wie aus dem Nichts und hat einige der Reiter ausgeschaltet.»

«Auch Walsh?»

«Ja, Sir. Er war fast sofort tot. Ich wurde vom Banner abgedrängt und von mehreren Feinden verfolgt. Dabei habe ich die Captain entdeckt. Ihr Drache war schwer verletzt und flugunfähig, also habe ich sie mitgenommen.»

«Und was ist mit deinem Sattel passiert?»

Vielleicht bilde ich es mir ein, aber ich glaube zu sehen, wie Cassim sich versteift.

Die Sättel halten selbst großer Hitze stand und sind so festgezurrt, dass man sie unmöglich verlieren kann. Nicht selten kommt es vor, dass die Drachen ihre toten Reiter noch stundenlang mit sich herumtragen. Wenn niemand per Hand die Riemen löst, bleibt dem Drachen nur eine Möglichkeit, um Sattel und Reiter loszuwerden. Er muss sich verwandeln.

In einer Kampfsituation ist das lebensgefährlich. Auch wenn sie nur ein paar Sekunden dauert, ist der Drache während der Verwandlung schutzlos.

Ich muss wieder an Cassims Brandwunden denken. Er ist das Risiko offensichtlich eingegangen. Aber wieso?

«Ich konnte meinen Verfolgern für ein paar Augenblicke entkommen und habe mich entschieden, Walsh und den Sattel zurückzulassen, Sir», antwortet Cassim seelenruhig. «Mit dem zusätzlichen Gewicht hätten sie mich sonst eingeholt. Es tut mir leid, Sir.»

Wieder scheint der General sich mit der Antwort zufriedenzugeben. Aber ich bin es nicht. Wieso erzählt er nichts von den Brandwunden? Er sagt, er sei den Feinden lang genug entkommen, um sich zu verwandeln, aber wann hat er sich dann diese Verletzungen zugezogen?

Er verheimlicht etwas. Nur wieso?

Der General wendet sich den anderen Ratsmitgliedern zu, und ich nutze die Gelegenheit, um Cassim genauer zu betrachten. Aber er schaut stur nach vorn und gibt mir keine Chance, etwas in seinem Gesicht zu lesen. Verdammt, ich will wissen, was er denkt. Die Zweifel, die mir jetzt den Nacken hochkriechen, machen mich fertig.

Ich *will* ihm vertrauen. Das wird mir gerade schmerzlich bewusst.

Aber vielleicht ist das naiv von mir.

Missmutig will ich mich wieder dem General zuwenden, der sich immer noch leise mit den anderen berät, bleibe dabei jedoch erneut an einem blauen Augenpaar hängen.

Arden mustert mich, sein Blick geradezu mitleidig, und am liebsten würde ich ihn anfauchen, dass er damit aufhören soll. Ich brauche sein Mitleid nicht. Es macht alles nur noch schlimmer; sorgt dafür, dass ich mich schwach fühle.

Aber ich kann hier nicht aussprechen, was ich denke, also versuche ich, stattdessen dankbar zu sein. Dafür, dass er überhaupt hier ist. Wenigstens ein vertrautes Gesicht inmitten dieser Scheiße.

Das Gemurmel der Ratsmitglieder verebbt. Es tritt Stille ein, und General Harlow erhebt sich von seinem Stuhl. Ich konzentriere mich ganz auf ihn, auch wenn mir Ardens Blick jetzt unangenehm bewusst ist. Was macht er nur hier?

«Wie erwartet, werden wir die Angelegenheit heute nicht auflösen können», verkündet Harlow. «Wir leiten Untersuchungen in die Wege, um die Geschehnisse zu überprüfen. Das hier ...», er weist mit einer Geste auf die Soldaten am Rand des Zeltes, unter denen sich auch Arden befindet, «ist die Investigativeinheit, die mit dem Fall betraut ist. Sie beide sind verpflichtet, ihnen auf Wunsch Rede und Antwort zu stehen. Zwei unserer besten Späher haben sich gestern Nacht auf den Weg zu Ihrem Einsatzort begeben, um sich ein Bild von der Lage zu machen. Sobald sie zurück sind, wissen wir hoffentlich mehr. Captain Hayes, sofern sich Ihre Aussagen nicht als falsch herausstellen, wird sich an Ihrem Rang nichts ändern. Ich behalte mir allerdings vor, Sie nach Ihrer Genesung vorerst anderweitig einzusetzen, um mich von Ihrer Eignung zu überzeugen.» Er wendet sich an Cassim. «Du bleibst unter der Aufsicht der Captain, bis wir dich einem neuen Reiter zuteilen. Verstanden?»

«Jawohl, Sir», erwidern wir gleichzeitig und salutieren. Mein Bein fühlt sich mittlerweile an, als stünde es komplett in Flammen, aber ich beiße die Zähne zusammen.

Harlow nickt, sein Gesicht weiterhin finster. «Abtreten.»

Ich verlasse das Zelt als Erste, ohne Arden dabei noch einen Blick zuzuwerfen. Cassim folgt dicht hinter mir, und als ich draußen Aleen und zwei weitere Heiler mit einer Trage warten sehe, hätte ich vor Erleichterung beinahe aufgeseufzt. Vermutlich haben sie gehört, was Harlow eben beschlossen hat. Die Zeltwände sind dünn, und seine Stimme war laut und deutlich, damit ihn auch ja niemand falsch verstehen kann.

«Captain.» Aleen tritt vor mich, ihr Blick ernst. «Ich würde es sehr begrüßen, wenn Sie jetzt Ihr Bein schonen.»

«Ich auch», murmelt Cassim so leise, dass nur ich ihn hören kann.

Dass ich den Weg allein nicht mehr schaffe, ist vermutlich allen Anwesenden bewusst, also spare ich mir die Blamage, es dennoch zu versuchen. Ohne jedweden Protest setze ich mich auf die Trage und lasse zu, dass man mich zurück zum Krankenzelt bringt.

Kaum dass ich wieder auf der harten Pritsche liege, bekomme ich ein weiteres Fläschchen des heilenden Ekelgebräus in die Hand gedrückt. Erneut verkneife ich mir Widerspruch und trinke es sofort. Aleen untersucht unterdessen mit ihrer Magie meinen Bruch.

«Hol dir und der Captain etwas zu essen an der Krankenausgabe», weist sie Cassim über ihre Schulter hinweg an.

Er hebt kaum merklich die Brauen, was seinem Gesicht einen leicht genervten Ausdruck verleiht, erwidert aber nichts. Kommentarlos verlässt er das Zelt.

«Sie haben Glück», verkündet Aleen. «Schon wieder. Es scheint sich nichts verschoben zu haben.»

«Also dauert es doch nicht länger, bis es verheilt ist?», frage ich keuchend. Ihre Feuermagie so nah an meinem Knochen zu spüren, ist leider immer noch alles andere als angenehm. Aber ich erkenne, wie begabt sie ist. Es ist nicht das erste Mal, dass ich magisch verarztet werden musste, und sie geht ausgesprochen behutsam vor.

Ich mustere die geflochtene Kette um Aleens Hals, die unter dem Kragen ihres Umhangs hervorblitzt. Ein rund geschliffenes Stück Obsidian ruht in der Kuhle zwischen ihren Schlüsselbeinen, der schwarze Stein unauffällig auf ihrer tiefbraunen Haut. Lediglich sein leichter Glanz lenkt den Blick auf Aleens wertvollsten Besitz.

«Das werden wir sehen», vertröstet sie mich. «Vorerst verordne ich Ihnen Bettruhe. Im besten Fall sind Sie in drei Tagen wieder auf den Beinen.»

«Danke.»

«Danken Sie mir erst, wenn Sie wieder laufen können», murmelt sie finster. «Bis dahin kann ich Ihnen nichts versprechen. Erst recht nicht, wenn Sie meinen Rat nicht befolgen.»

«Ich gebe mir ab jetzt Mühe», beteuere ich.

«Immerhin etwas», erwidert sie wenig zuversichtlich und zieht endlich ihre Magie zurück.

«Ist Besuch erlaubt?», mischt sich eine vertraute Stimme ein, und mir entkommt ein leises Seufzen. Ob es erleichtert oder doch genervt ist, kann ich selbst nicht so genau sagen.

Aleen richtet sich auf und gibt damit den Blick auf Arden frei, der im Zelteingang steht. Seine blonden Haare sind vom Wind zerzaust, seine sonst blassen Wangen von der Kälte gerötet und seine blauen Augen voll und ganz auf mich fixiert.

Mir entgeht nicht, wie Aleen interessiert die Brauen hebt, aber sie nickt und verlässt zügig das Zelt.

Schwerfällig richte ich mich auf der Pritsche auf und sehe dabei zu, wie Arden näher kommt und sich zu mir setzt. Einen Moment lang mustert er mein Bein, dann wieder mein Gesicht, und erneut breitet sich ein mitleidiges Lächeln auf seinen Lippen aus.

Ein Teil von mir würde ihm dafür gern eine reinhauen. Aber ein ebenso großer Teil will es ignorieren, sich an seine vertraute Brust schmiegen und die letzten vierundzwanzig Stunden einfach vergessen.

«Dich kann man wirklich nicht allein lassen, was?», scherzt er zur Begrüßung.

Der Satz trifft mich unvorbereitet. Ich höre einen Vorwurf aus ihm heraus, gleichzeitig ist er zu leichtfertig angesichts der vielen verlorenen Leben. Aber Arden hat es sicher nicht so gemeint, also gehe ich nicht darauf ein.

«Was machst du hier?», frage ich leise.

Er zuckt mit den Schultern. «Ich wurde gefragt, ob ich eine Beförderung möchte. Da sage ich nicht Nein. Ich bin hier, um dein kleines Dilemma zu lösen.»

Ich runzle die Stirn und senke die Stimme noch weiter.

«Was soll der Mist, Arden? Wenn sie rausfinden, in was für einer Beziehung wir zueinander stehen, bist du deine Beförderung ganz schnell wieder los. Du bist nicht neutral. Du kannst nicht gegen mich ermitteln.»

«Wer sagt das?», fragt er belustigt. «Ich kann sehr wohl neutral sein. Abgesehen davon bist du ohnehin keine Verdächtige. Zumindest nicht für mich. Das ist ja der Vorteil daran, dass ich dich so gut kenne. Ich weiß, wann du lügst. Und so verschwende ich nicht meine Zeit darauf, in deiner Vergangenheit zu wühlen und irgendwelche wilden Theorien aufzustellen.»

Er kennt mich … Na klar.

Alles, was Arden von mir kennt, ist mein Körper. Flüchtig, wohlgemerkt, denn mehr als ein paar Wochen vor meiner Abreise waren wir nicht zusammen. Und meine Lügen hat er noch kein einziges Mal durchschaut. Immerhin weiß er bis heute nicht, wie nah Liv und ich uns standen.

Aber das sage ich ihm nicht, denn im Kern hat er ja recht. Ich hatte mit den gestrigen Geschehnissen nichts zu tun. Und es ist gut, wenn er das auch glaubt.

«Und du meinst nicht, dass jemand anderes beim Wühlen in meiner Vergangenheit auf dich stoßen könnte?», frage ich dennoch. So ganz ausgereift ist sein Plan leider nicht. «Am Ende bringst du uns beide in Gefahr. Dann heißt es, wir hätten gemeinsam die Wahrheit vertuscht.»

«Du hast doch niemandem von uns erzählt», wirft er ein. «Und das hier verbuchen wir einfach als Befragung.»

«Du hast aber Leuten von uns erzählt, Arden», beschwere ich mich. Zwar hatte ich ihn darum gebeten, es nicht zu tun, aber ich habe die Blicke seiner Freunde gesehen. Sie wussten Bescheid.

Er verdreht die Augen. «Vertrau mir einfach, okay?»

Wem versucht er eigentlich gerade etwas vorzumachen? Mir oder sich selbst? Er behandelt die Sache, als würde es um ein paar geklaute Rationen gehen und nicht um sechzig tote Soldaten. «Du erwartest also, dass ich für dich lüge?»

«Komisch. Als es darum ging, mit mir zu schlafen, hast du das Gleiche von mir erwartet», erinnert er sich. «Da hattest du kein Problem damit. Doppelmoral, meinst du nicht?»

«Das war etwas ganz anderes!», zische ich. «Das hier könnte ernsthafte Konsequenzen haben.»

Er verdreht wieder die Augen. «Jetzt beruhig dich. Wenn du die Wahrheit gesagt hast, bist du entlastet, sobald die Späher zurück sind.»

«Außer das feindliche Camp wurde verlegt und sie können es nicht finden», erwidere ich frostig.

«Und wie wahrscheinlich ist es, dass sie über Nacht ein derart großes Camp verlegen? Warum bist du so pessimistisch? Das Bein wird wieder, und deinen Rang hast du auch noch. Sieh's einfach positiv.»

Bei seinen Worten kommt mir die Galle hoch. *Sieh es positiv.*

Die wichtigste Person in meinem Leben ist gestern gestorben. Sie und sechzig weitere Leute, von denen viele den Tod ebenso wenig verdient hatten wie Livia. Aber Arden denkt daran gar nicht.

Nein.

Arden denkt mal wieder nur an sich selbst. Unsere kurze Zeit zusammen hat gereicht, um mir klarzumachen, dass seine Ansichten über Drachen und unsere Gesetze sich grundlegend von meinen unterscheiden. Aber diese Tode sollten ihn trotzdem berühren, oder nicht? Es sind auch Reiter umgekommen. Wie kann er derart kalt bleiben?

Ich schätze, Liv hat ihm nicht umsonst den Spitznamen *Arschen* gegeben. Sie mochte ihn nicht, und ich verstehe immer besser, warum. Anfangs war er nett zu mir, fürsorglich, hat mir immer Mut gemacht. Doch diese andere Seite von ihm kam immer mehr zum Vorschein. Ehrlich gesagt war ich froh, als ich mit meinem neuen Rang in ein neues Camp versetzt wurde, weil ich mich so nicht mit diesem Problem auseinandersetzen musste. Das hat ja gut funktioniert.

«Wie ist denn der Stand eurer Ermittlungen?», wechsle ich das Thema.

Arden zuckt mit den Schultern. «Wir haben noch nicht wirklich angefangen. Die Letzten von uns sind erst kurz vor der Anhörung im Camp eingetroffen. Jetzt warten wir darauf, dass die Späher zurückkommen. Oder eben nicht. Das wäre wohl auch ein Hinweis. Auch die Antwort aus dem Camp, aus dem die ursprüngliche Information zu der feindlichen Truppe kam, steht noch aus. Sie brauchen länger als erwartet, und der General ist nicht zur Anhörung aufgetaucht. Das kann alles Mögliche bedeuten.»

«Ah», mache ich nur.

Ich frage mich, warum ausgerechnet Arden für diese Ermittlungen ausgewählt wurde. Man muss ihm lassen, dass er eine recht analytische Art hat. Er ist ein Stratege durch und durch, was bestimmt hilfreich ist, wenn es darum geht, einzelne Erkenntnisse zu einem Gesamtbild zu verbinden. Aber seine Menschenkenntnis ist unterirdisch. Also stehen die Chancen nicht schlecht, dass einige «Erkenntnisse», die er gewinnt, Lügen sind.

«Hältst du mich auf dem Laufenden?», bitte ich ihn trotzdem. «Soweit du kannst.»

«Ach», macht er. «Soll ich etwa für dich lügen und meinen Verschwiegenheitseid brechen?» Er grinst mich selbstgefällig an, aber ich habe nicht den Nerv, darauf einzusteigen.

«Bitte?», füge ich ernst hinzu.

«Ich versuch's», lenkt er ein.

«Danke.»

Arden zwinkert mir zu. «Du kannst dich bei mir bedanken, wenn du freigesprochen bist und dein Bein wieder mitmacht.»

Ich ringe mir ein Lächeln ab, auch wenn der anzügliche Spruch mir schon wieder Übelkeit verursacht. Arden ist definitiv nicht für Situationen wie diese gemacht. Er scheint das Konzept von Trauer nicht zu verstehen, denn wie er jetzt an Sex denken kann, ist mir wirklich ein Rätsel.

«Zu früh, was?», fragt er.

«Mhm.»

«Verstehe. Na ja, ich bin ja noch eine Weile hier, also ...» Er stockt, als draußen Schritte erklingen, und steht eilig von meiner Pritsche auf. Die Zeltklappe wird bereits aufgeschlagen, und wir drehen erschrocken die Köpfe, aber es ist nur Cassim, der mit zwei dampfenden Schalen im Eingang steht. Er mustert das Bild, das sich ihm bietet, mit gehobenen Brauen.

«Gut, das waren dann erst mal alle Fragen, Captain», behauptet Arden und wendet sich ab. «Gute Besserung.» Er wirft Cassim im Vorbeigehen einen abfälligen Blick zu, dann verschwindet er nach draußen.

Cassim mustert mich, und ich sehe ihm an, dass er Ardens kleines Schauspiel sofort durchschaut hat. Was allerdings nicht heißt, dass ich es nicht weiterführe.

«Ein Freund von Ihnen?», fragt er vielsagend, kommt zu mir und reicht mir eine Schüssel mit Eintopf. Heute ist das Essen weniger undefinierbar als sonst. Ich erkenne Kartoffeln, Erbsen und sogar ein kleines bisschen Fleisch.

«Nein», beantworte ich seine Frage kühl und nehme auch meinen Löffel von Cassim entgegen.

«Vorsicht mit den Geheimnissen, Captain», warnt er mich. «Manche kosten einen mehr, als man sich leisten kann.»

Gänsehaut kriecht mir den Rücken empor bis in den Nacken. Macht er sich Sorgen um mich? Oder soll das eine Drohung sein? Wenn er vorhat, mich zu erpressen, hat er sich die Falsche ausgesucht.

«Erzähl du mir nichts von Geheimnissen», weise ich ihn zurecht. «Wobei – doch. Ehrlich gesagt, solltest du genau das tun. Ich habe da nämlich ein paar Fragen zu dem, was du dem General erzählt hast.»

Cassim verzieht keine Miene. Fast schon herablassend steht er vor mir und schaut auf mich hinunter. «Ich weiß nicht, wovon Sie reden, Captain.»

Etwas an seinem Tonfall lässt Wut in mir hochkochen. Er versucht, seine Stimme gleichgültig klingen zu lassen, aber ich empfinde es als puren Hohn.

Ich stelle meine Schüssel beiseite und stehe kurzerhand von der Pritsche auf, um ihm in die Augen schauen zu können. Dabei verdränge ich, dass mein Bein mit neuen Schmerzen protestiert. Ebenso wie die Tatsache, dass Cassim deutlich größer als ich und gefühlt doppelt so breit ist. Ich imitiere seine sture Haltung und versuche, mich nicht davon provozieren zu lassen, dass er nicht mal den Kopf senkt, um mir vernünftig ins Gesicht zu sehen.

«Ach nein?», frage ich leise und trete so nah an ihn heran, dass meine Brust seine berührt. «Dann kannst du mir sicher erklären, warum ein erfahrener Soldat wie du ein selbstmörderisches Manöver wie eine Verwandlung während eines Kampfes vollführt.»

Ich meine, ihm ein Zögern anzusehen. Doch der Eindruck ist so flüchtig, dass ich ihn mir ebenso eingebildet haben könnte. «Zu dem Zeitpunkt befand ich mich nicht aktiv im Kampfgeschehen, Captain.»

«Woher hast du dann die Verbrennungen?»

«Meine Einschätzung, dass ich meine Verfolger für einen Moment abgehängt hatte, war offensichtlich inkorrekt, Captain.»

«Offensichtlich», wiederhole ich. «Die Frage ist, warum hast du es getan, wenn du dir nicht sicher sein konntest, dass es ungefährlich ist? Und warum hast du deine Verletzungen vor dem General mit keinem Wort erwähnt?»

«Die Verletzungen waren nicht relevant.»

«Natürlich waren sie das. Was verschweigst du uns?»

Nun zuckt sein Blick doch zu mir. Er ist rasiermesserscharf. «Was ich verschweige? *Sie* haben selbst Informationen ausgelassen. Zum Beispiel die Tatsache, dass Walsh Ihren Befehl missachtet hat.»

«Zum Glück warst du da, um das richtigzustellen», schnaube ich. «Vielleicht sollte ich noch mal zum General, um die restlichen Informationen zu ergänzen.»

Cassims Körper spannt sich an. «Den ganzen Rest?», knurrt er kaum hörbar. «Wir hatten eine Abmachung.»

«Die betraf deinen Tonfall. Nicht, dass du mir und dem Rat Dinge verheimlichst, die für die Ermittlungen wichtig sein könnten.»

Er zieht frustriert die Brauen zusammen, und nun schwingt unverkennbare Wut in seiner Stimme mit. «Es ist nicht relevant für die Ermittlungen.»

«Warum erzählst du dann nicht alles?», fahre ich ihn an.

«Weil niemand meine Wahrheiten hören will!», platzt es aus ihm heraus, und aus seinen braunen Augen schlagen mir regelrechte Funken entgegen. «Es gab keinen sicheren Ort zum Verwandeln. Nach Protokoll hätte ich weiter mit

Walshs Leiche auf meinem Rücken fliegen müssen. Alles andere hätte Konsequenzen nach sich gezogen. Aber es war mir egal.» Er schüttelt den Kopf, sein Blick voll bitterer Überzeugung. «Sie wollen die Wahrheit hören? Ich wäre lieber gestorben, als die Leiche eines Mannes zurück nach Hause zu bringen, der mich jahrelang misshandelt hat.»

Mir entweicht ein Keuchen. Seine plötzliche Ehrlichkeit nimmt mir jeglichen Wind aus den Segeln. Aber Cassim ist noch nicht fertig.

Er senkt den Kopf und bringt sein Gesicht direkt vor meines. «Und wer gibt Ihnen eigentlich das Recht, mich für meine Geheimnisse zu verurteilen? Der General könnte Sie exekutieren lassen, wenn er wüsste, wie Sie auf den Tod Ihres Drachen reagiert haben. Habe ich Ihnen deswegen Vorwürfe gemacht? Ich kann mich nicht daran erinnern.»

Ein Schauder läuft mir über den Rücken, und ich muss gegen meine trockene Kehle anschlucken. Gleichzeitig ziehe ich stur die Schultern nach hinten. «Der Unterschied ist, dass du all das schon wusstest. Ich habe Geheimnisse *mit* dir. Nicht vor dir. Während ich im Gegenzug keine Ahnung habe, wer du eigentlich bist.»

«Sie haben meinen Rücken gesehen, Captain. Sie wissen schon mehr über mich, als ich Sie je wissen lassen wollte. Und im Grunde weiß ich gar nichts. Sie hätten uns gestern in der Höhle beinahe umgebracht. Warum war Livia Ihnen so wichtig?»

Meine Kehle wird eng. Ich will wieder Abstand zwischen uns bringen, doch nun ist es Cassim, der mir näher kommt, bis ich nicht mehr weiter zurückweichen kann, wenn ich nicht rücklings auf der harten Pritsche landen will. Unsere Körper trennt kaum noch eine Handbreit Luft.

«Das spielt keine Rolle mehr», behaupte ich.

Cassims Blick durchbohrt mich. «Für mich schon.»

«Warum?»

«Weil es einen verdammten Unterschied macht, aus welchen Beweggründen man handelt.»

Ich schlucke. «Wenn es auf dasselbe hinausläuft, wo ist dann der Unterschied?»

Er zuckt mit den Schultern. Die Geste wirkt beiläufig, doch sein Blick verdunkelt sich weiter. «Den Unterschied machen die Konsequenzen. Vielleicht war es nur Moral. Oder ein Versprechen.» Er beugt sich zu mir herunter, um mir ins Ohr zu flüstern. «Oder vielleicht doch Liebe.»

Seine Wange streift meine, und die Berührung jagt wie ein Funkenschlag durch meinen Körper. Meine Magie lodert in mir auf, kämpft sich so nah an die Oberfläche, wie sie es ohne einen an mich gebundenen Katalysator nur kann.

Was ist nur los mit mir? Ich sollte ihn von mir stoßen, zweifelsohne. Aber ich stehe da wie erstarrt, atme Cassims Duft ein, der mir zunehmend den Verstand vernebelt, und spüre der Gänsehaut auf meinen Armen nach. Wieder sehne ich mich nach der Wärme seiner Umarmung. Nach einem winzigen bisschen Trost.

«Keine Antwort?», raunt er, und er klingt beinahe enttäuscht.

Ein Schauder durchläuft meinen Körper. Cassims Honigstimme so nah an meinem Ohr ist eine Gefahr für sich. Weil ich mich nicht darauf konzentrieren kann, was er sagt, wenn mir seine Worte derart unter die Haut kriechen. Und weil ich so kaum noch wahrnehme, was *ich* eigentlich sage. Was für Wahrheiten mir plötzlich süß auf der Zunge liegen.

Es wäre so einfach, mich ihm jetzt anzuvertrauen. Er ahnt es doch sowieso, schließlich ist es nicht schwierig, die Puzzleteile zusammenzusetzen. Und ich will es wenigstens ein

Mal aussprechen können. Livia zumindest diese Ehre erweisen, wenn ich sie schon nicht am Leben halten konnte …

Aber es geht nicht. Die Verschwiegenheit ist mir zu sehr in Fleisch und Blut übergegangen, als dass ich die Worte einfach so über die Lippen bringen würde. Also weiche ich aus. Lenke das Gespräch so weit weg von mir und meinen Gefühlen wie irgendwie möglich.

«War wenigstens der Rest deines Berichts vollständig? Oder gibt es noch mehr, was du ausgelassen hast?»

Er weicht zurück, und ich atme erleichtert aus. Seine Nähe ist unangenehm aufwühlend. Für mich zumindest. Cassim wirkt völlig unberührt.

«Nichts, was Sie wissen müssten.»

Ich presse die Lippen zusammen. Vielleicht hätte ich nicht fragen sollen. «Keine Geheimnisse mehr», fordere ich.

Cassim verzieht den Mund, und sein Blick wird mitleidig. «Ihr Befehl an das Banner …»

Mir wird mulmig zumute. «Sie haben sich nach Walsh gerichtet», rate ich.

Cassim nickt. «Noch eine Wahrheit, die der Rat sicher nicht gern gehört hätte», murmelt er. «Verstehen Sie jetzt, was ich meine? Diese Dinge ändern nichts daran, was passiert ist. Aber sie lassen uns anders wirken. Auf einmal sind Sie die inkompetente Captain, der niemand gehorcht hat. Ich bin der unberechenbare Drache, der keinen Sinn für Sicherheit hat. Und schon sind wir aussortiert.»

Ich atme tief durch.

Er hat recht. Die Wahrheit hätte mich viel an Autorität einbüßen lassen. Niemand in diesem Zelt vorhin hätte noch Wert auf mein Wort gelegt.

Cassim hat mit dieser Lüge vermutlich meinen Rang gerettet. Gestern hat er sein Leben für mich riskiert. Und ich bin nur damit beschäftigt, ihn zu hinterfragen, statt ihm zu danken.

Reue kommt in mir auf. Meine Schuldgefühle brechen aus dem kleinen Gefängnis, in das ich sie gezwängt habe, und begraben mich in Sekundenschnelle unter sich.

«Tut mir leid», bringe ich leise hervor und senke den Blick. Ich schaffe es nicht, ihm weiter in die Augen zu sehen.

Cassim wendet sich kopfschüttelnd ab und geht mit seiner Portion Eintopf hinüber zu seiner Pritsche.

Ich wünschte, er wäre hiergeblieben.

Widerwillig lege ich mich wieder hin und versuche, dabei nicht vor Schmerzen aufzustöhnen. So lange zu stehen hat dem Bruch sicher nicht gutgetan, denn mein Bein fühlt sich jetzt trotz der Medizin von eben wieder deutlich schlimmer an.

«Danke für das Essen», sage ich leise, nehme meine Schüssel vom Nachttisch und rühre appetitlos darin herum. Ich fühle mich wie eine komplette Versagerin. Ich bin weder Livia noch dem Banner gerecht geworden. Und Cassim ebenso wenig.

Ich habe ihm unrecht getan. Aus Angst. Aus Verletztheit. Aus Trauer. Dabei hat er jeden Grund, mir zu misstrauen.

Aber er lebt noch. Bei ihm habe ich noch eine Chance, es wiedergutzumachen.

Entschieden schaue ich wieder zu ihm auf.

«Cassim?»

Fragend dreht er den Kopf zu mir, und ich fange seinen Blick auf.

«Dein Geheimnis ist bei mir sicher», verspreche ich ihm. «Und jedes weitere wäre es auch. *Du* bist bei mir sicher. Ich werde dich nie verletzen. Ich möchte, dass du das weißt.»

Einen Moment lang mustert er mich, als müssten die

Worte erst noch zu ihm durchdringen. Womöglich klingen sie für ihn so gelogen, dass er sie nicht glauben kann. Ich könnte es ihm nicht verübeln.

Diese Armee unterdrückt Drachen, nutzt sie aus, lässt sie leiden. Und auch ich trage meinen Teil dazu bei, ob ich will oder nicht. Alles, was ich tun kann, ist, mich weiterhin gegen die Erwartungen zu stemmen. Und ich hoffe, dass Cassim mein Versprechen trotz allem als Vertrauensvorschuss sieht. Denn letztendlich breche ich mit diesem Mann schon wieder die Regeln. Bestätige seine Theorien über mich. Gebe ihm noch mehr Druckmittel in die Hand.

«Ich glaube Ihnen, wenn ich es sehe», erwidert er schließlich. Und ich schätze, das ist mehr, als ich verdient habe.

CASSIM

Die Worte der Captain glimmen in mir nach wie ein nicht sterben wollendes Feuer. Alles an ihr bringt mich völlig aus dem Konzept. Lässt mich meine Pläne anzweifeln, obwohl ich doch genau weiß, dass ich ihr nicht vertrauen darf.

Ich habe sie nur gerettet, um sie für meine Zwecke zu benutzen. Und soeben hat sie mir bewiesen, dass sie dafür perfekt geeignet ist. Sie ist gutgläubig, sanft und nimmt es offensichtlich nicht allzu genau mit den Armeevorschriften. Bis sie bemerkt, dass ich sie hintergehe, wird es zu spät sein.

Nur sind es genau diese Dinge, die mich zögern lassen. Vielleicht wäre mit ihr auch ein anderer Weg möglich. Einer, bei dem ich sie nicht opfern muss, sondern mit ihr gemeinsam fliehen kann ...

Aber dafür müsste ich ihr vertrauen. Und egal, wie oft sie

mir Sicherheit verspricht – das ist unmöglich. Nicht nach allem, was mir die Reiter dieser Armee schon angetan haben. Nach allem, was meine Mutter und ich durchmachen mussten. Wir wurden verstoßen, ausgegrenzt, auf offener Straße verprügelt. Man nahm uns unsere Identität, unser Zuhause, unseren Besitz. Und irgendwann auch ihr Leben.

Ich kann das nicht vergessen.

Ich *darf* das nicht vergessen.

Vorhin bei der Befragung war ich der festen Überzeugung, die Captain würde mich jeden Moment an den General verraten. Und jetzt auf einmal denke ich darüber nach, ihr mein Leben anzuvertrauen? Ihre Naivität färbt auf mich ab.

Vermutlich liegt es an der Trauer, die derart sticht, dass sie mich seit gestern daran hindert, normal zu atmen. An den Schuldgefühlen, die mich erdrücken. Der Hilflosigkeit, die mich gefangen hält.

Die ganze Nacht über lag ich wach und habe meine Entscheidungen bereut.

Dreißig Drachen. Dreißig meiner Brüder und Schwestern, dreißig Verbündete.

Dreißig *Freunde*.

Sie waren alles, was ich hatte, und ich habe versagt. Nun bleibt mir nur noch die Captain. Und der *Glutjunge* in mir scheint zu glauben, dass sie irgendwie ersetzen kann, was ich verloren habe. Er will wenigstens sie auf seiner Seite wissen, weil er es nicht erträgt, ganz allein zu sein.

Aber egal, was die Captain für ihren Drachen empfunden hat ... Sie wird nie auf meiner Seite stehen. Zumindest nie gänzlich.

Mein Herz rast noch immer von ihren Anschuldigungen. Die Verbrennungen hätten mich beinahe verraten.

Eigentlich ist diese Frau genau das, was ich brauche – gutgläubig mit einer Tendenz zur Naivität und bereits knietief in meinem Netz aus Lügen. Aber sie weiß auch schon bedenklich viel. Und sie an meiner Seite zu haben, würde bedeuten, dass sie die Wahrheit direkt vor der Nase hätte. Ist es da nicht nur eine Frage der Zeit, bis sie sie auch sieht?

Aber wer sonst käme infrage, um sie zu ersetzen? Ich brauche nicht nur jemanden, der mir genug vertraut, um meine kommenden Taten nicht weiter zu hinterfragen, sondern auch jemanden, der verzweifelt genug ist, um sie für mich zu vertuschen.

Es geht nur mit ihr.

Ich muss das Risiko eingehen.

Nachdenklich mustere ich die Captain. Sie hat angefangen, ihren Eintopf zu essen – scheinbar völlig bedenkenlos. Genau wie geplant. Ich hoffe nur, ich habe mich mit der Dosis des Betäubungsmittels diesmal nicht wieder verschätzt.

«Wollen Sie darüber reden?», frage ich leise, um mich von meinen Sorgen abzulenken.

Die Captain schaut fragend auf. «Worüber?»

«Über Livia. Ihren Verlust ...»

Sie presst die Lippen zusammen. «Nein.»

«Weil es zu sehr wehtut?»

Ein knappes Kopfschütteln ist ihre einzige Antwort.

«Seit wann kannten Sie sich?»

«Bitte hör auf.» Ihre Stimme bricht, aber ich höre ihr an, dass sie nicht nachgeben wird. Weder den Tränen noch meinen Fragen. Und obwohl die Informationen sicher hilfreich gewesen wären, bin ich froh, sie nicht zu bekommen.

Ich habe den Drachen der Captain nur kurz während des Auftrags gesehen, wir haben nicht einmal miteinander geredet, und dennoch verfolgte auch sie mich heute Nacht in meinen Träumen. Tatsächlich bereue ich ihren Tod mit am meisten. Ihren und Rubens. Die anderen wussten wenigstens, wofür sie ihr Leben riskiert haben. Livia hingegen hatte keine Wahl.

Draußen nähern sich Schritte, und die Captain strafft die Schultern, als hätte man sie bei etwas Verbotenem erwischt. Ich tue unbeteiligt und drehe betont gelangweilt den Kopf.

Unser Besuch lässt allerdings auch mich stocken.

Der General betritt das Zelt, und sofort habe ich ein ungutes Gefühl.

Die Captain macht Anstalten, von ihrer Pritsche aufzustehen, vermutlich um zu salutieren, doch Harlow hält sie mit einer scharfen Handbewegung zurück. «Bleiben Sie liegen», befiehlt er. «Schonen Sie das Bein. Sie haben bald wieder Arbeit vor sich.»

Sie gehorcht, doch ihr verwirrter Gesichtsausdruck spricht Bände. Auch ich werde hellhörig. Irgendetwas stimmt nicht. «Verzeihung, General, ich kann Ihnen nicht folgen», gesteht sie.

Harlow kommt auf sie zu und zieht sich mit finsterem Gesicht die Handschuhe von den Fingern. «Gute Neuigkeiten für Sie, Captain. Sie sind hiermit offiziell entlastet. Eben kam Antwort von dem Camp, aus dem die ursprüngliche Information zur feindlichen Truppenstärke stammte. Die Größe der gegnerischen Armee war dort bekannt und sollte auch an uns weitergegeben werden. Jemand hat uns bewusst Falschinformationen geliefert.»

Die Captain starrt ihn völlig entgeistert an. Ich hingegen bemühe mich weiterhin um Gleichgültigkeit, obwohl mir siedend heiß und kotzübel ist. Tue so, als wäre ich gar nicht da. Meine Anwesenheit wird ohnehin ständig ignoriert, weil ich weniger als Soldat, sondern vielmehr als Waffe gelte. Wenn man mir überhaupt so viel Wert zuspricht.

Ich frage mich, wie lange sie das davon abhält, mich zu verdächtigen. Wie lang es dauert, bis die Spur sie zu mir führt.

Mich haben in dieser Nacht mehrere Leute gesehen. Der Bote könnte mich womöglich trotz der Dunkelheit identifizieren, wenn er mich wiedersieht. Verdammt, der General selbst hätte meine Stimme wiedererkennen können, als ich ihm heute von den Geschehnissen berichtet habe.

Ich habe nie geplant, nach unserem Fluchtversuch noch einmal ins Camp zurückzukehren. Fliehen oder sterben – das waren die zwei Optionen. Und nun sitze ich hier in der Falle und kann nur darauf warten, dass sie zuschnappt.

Ich muss mich beeilen mit meinem neuen Plan. Keine Zeit mehr für Zweifel oder Skrupel.

«Das heißt, einer unserer eigenen Leute hat uns in diesen Hinterhalt geschickt?», fragt die Captain, und Wut mischt sich unter ihre Stimme. Kein Wunder, gerade ist die Sache für sie persönlich geworden. Kein namenloser Feind ist für Livias Tod verantwortlich, sondern ein Verräter in den eigenen Reihen. Wenn ich hier lebendig rauskommen will, muss ich verdammt vorsichtig sein.

«Davon müssen wir ausgehen», bestätigt Harlow kühl. «Die Investigativeinheit wird alles daransetzen, den Verräter zu finden. Sie sind vorerst aus dem Kreis der Verdächtigen ausgeschlossen und können Ihren Dienst wieder aufnehmen. Ihre Heilerin sagte mir, Sie könnten in drei Tagen zurück auf den Beinen sein. Kriegen Sie das hin?»

Ich sehe die Captain schlucken. «Natürlich, General.»

«Gut. Ich veranlasse, dass Ihnen bis dahin ein neuer Drache zur Verfügung steht. Das Bindungsritual wird am Nachmittag stattfinden.»

«Verstanden», willigt die Captain ein. Ganz die gehorsame Soldatin. Ich stelle meine Schüssel beiseite.

«Verzeihung, General?», mische ich mich ein, stehe zügig auf und salutiere.

Mein Herz beginnt zu rasen. Ich weiß nur allzu gut, dass ich gerade aus dem Rang falle. Drachen sprechen nicht, wenn sie nicht dazu aufgefordert werden, erst recht nicht mit einem Offizier wie dem General. Harlow lässt solche Fehltritte regelmäßig bestrafen.

Er zieht die Brauen zusammen und mustert mich abschätzig. «Was?», fordert er.

Ich schlucke meine Angst hinunter und drücke die Schultern durch. «Ich würde mich gern als neuer Drache der Captain anbieten, Sir.»

Stille tritt ein. Ich kann die Irritation der Captain förmlich spüren, wage es jedoch nicht, zu ihr zu schauen. Stattdessen halte ich dem strengen Blick des Generals stand. Und mit jeder Sekunde, die er mir nicht antwortet, wächst das mulmige Gefühl in meiner Magengrube.

Was, wenn ich hiermit sein Misstrauen geweckt habe? Wenn er nun anfängt nachzubohren?

Er mustert mich. Dann die Captain. Und schließlich zuckt er mit den Schultern, als könnte ihm das alles nicht egaler sein.

«Von mir aus», meint er. «Deine Loyalität der Captain gegenüber hast du ja bereits bewiesen.» Sein Tonfall klingt kaum merklich spöttisch. Aber was auch immer er für Hintergedanken hat – ich habe weder das Recht noch das Bedürfnis, nach ihnen zu fragen.

Meine Kehle ist wie zugeschnürt. «Danke, General», bringe ich hervor. Ich habe seine Zustimmung. Mehr brauche ich nicht.

Doch merkwürdigerweise fällt mir kein Stein vom Herzen. Im Gegenteil. Denn ich weiß, was mir jetzt bevorsteht.

«Dann schlage ich vor, du fängst gleich mit der Vorbereitung an und überlässt das der Captain.» Harlow nickt zu dem Eintopf auf meinem Nachttisch. Die Captain schweigt.

«Jawohl, General», verkünde ich mit fester Stimme, auch wenn sich alles in mir gegen den Gedanken sträubt. Kein Essen bis zum Ritual – und das ist nur die kleinste Qual, die ich werde durchmachen müssen.

Keine Zeit für Zweifel, erinnere ich mich. Es führt kein Weg daran vorbei.

«Damit wäre vorerst alles geklärt», stellt Harlow fest und widmet sich noch einmal der Captain. «Sehen Sie zu, dass das Bein heilt.» Er wendet sich ab und verlässt das Zelt.

Ich atme tief durch und lasse mich wieder auf den Rand meiner Pritsche sinken. Mir ist schwindelig. Panik schnürt mir die Luft ab. Dabei wusste ich doch, dass es so kommen muss. Dass ich wieder die Kontrolle abgeben muss.

Und egal, ob die Captain ihr Versprechen nun hält oder nicht – sie wird niemals so schlimm sein wie Walsh.

«Warum?», fragt sie tonlos, und ich drehe den Kopf zu ihr. Sie starrt mich an, als würde sie die Welt nicht mehr verstehen. Dabei war sie es doch, die mir eben Sicherheit versprochen hat. Und wie könnte sie dieses Versprechen besser einhalten, als wenn sie meine Reiterin wird?

«Lassen Sie es mich nicht bereuen», erwidere ich schlicht.

Die Captain soll am Ende die Einzige sein, die sich wünscht, ich hätte sie nie gerettet.

KAPITEL 6

SECRETS KILL

CASSIM

Das Unwetter tobte ganze zwei Tage lang. Platzregen und Hagel trommelten im Wechsel auf die Zelte, eine dichte schwarze Wolkendecke verbarg die Sonne, und der heulende Wind sorgte dafür, dass ich weder nachts noch tagsüber ein Auge zutat.

Es fühlt sich an, als hätte ich die Götter verärgert. Als würde ihr Zorn über mein Versagen den Himmel erfüllen. Offenbar braucht es nur ein paar Schuldgefühle, um mich zurück zum Glauben zu bringen. Oder den Wunsch nach Vergebung. Denn wenn die Götter mir diese nicht gewähren, wer sonst sollte es tun?

Wie so oft in den vergangenen Tagen schiebe ich den Gedanken beiseite und konzentriere mich stattdessen auf meine Schritte. Der Boden im Camp ist vom Regen aufgeweicht und rutschig. Erst heute Morgen bin ich beinahe im Matsch gelandet, weil ich nicht aufgepasst habe. Und auch wenn ich es eilig habe – eine Verletzung ist das Letzte, was ich brauche.

Mein Blick huscht über die verlassenen Zelte zu meinen Seiten. Schier endlos reihen sie sich aneinander, in einem eintönigen Hellbraun, das zwischen dem grauen Himmel und dem dunklen Boden zu verschwimmen scheint. Die Zeltplanen glänzen noch feucht vom Regen. Am Horizont dahinter tun sich die Berge auf, über denen schon wieder dunkle Wolken lauern. Mehr als ein halber Tag akzeptables Wetter ist uns wohl nicht vergönnt. Aber mit etwas Glück hält es wenigstens an, bis das Ritual vorbei ist.

Das Ritual …

Wieder eine Sache, an die ich nicht denken will. Aber ich muss mich mental darauf vorbereiten, wenn ich es durchstehen will.

«Cassim.»

Ich stocke. Irritiert drehe ich mich um, aber der Weg zwischen den Zelten hinter mir ist leer. Die meisten Soldaten sind auf den Trainingsplätzen oder bei einem Auftrag. Jetzt, wo Harlow über das feindliche Camp Bescheid weiß, fliegen durchgehend mehrere Banner Patrouille. Nur der Befehl zum Angriff blieb bisher aus. Vermutlich ist die Situation zu heikel, um einzuschreiten.

«Hier drüben», zischt dieselbe Stimme, und ich drehe suchend den Kopf. In einer Lücke zwischen zwei Zelten steht eine Gestalt in einem schlichten schwarzen Umhang, die Kapuze tief ins Gesicht gezogen. Ungeduldig winkt sie mich zu sich, und plötzlich liegt mir ein schwerer Stein in der Magengrube. Vor dieser Begegnung fürchte ich mich schon, seit ich mit der Captain wieder im Camp gelandet bin.

Noch mal sehe ich mich nach allen Seiten um und trete dann zu Mera zwischen die Zelte. Sie zieht die Kapuze gerade so weit zurück, dass ich ihr in die Augen schauen kann. Ihr Gesicht wirkt angespannt. Ihre langen schwarzen Haare scheint sie nach hinten gebunden zu haben, denn nicht eine Strähne stiehlt sich unter der Kapuze hervor.

«Hey», sage ich tonlos. Meine Kehle ist wie zugeschnürt. Mir war klar, dass dieses Gespräch kommen würde, aber darauf vorbereitet bin ich trotzdem nicht.

Mera mustert mich und schüttelt scheinbar verständnislos den Kopf. «Was ist passiert?», will sie wissen. «Warum bist du zurückgekommen?»

Ich muss schlucken. «Es ging nicht anders. Die Situation war zu gefährlich.»

«Zu gefährlich?», wiederholt sie ungläubig. «Nach allem, was wir für diese Chance riskiert haben?»

«Es war ein Fehler.»

Sie runzelt die Stirn. «Hör auf, in Rätseln zu sprechen. Ich habe nicht viel Zeit, bevor Harlow nach mir sucht. Was ist passiert? Haben die anderen dich zurückgelassen oder so?»

Mein Herz schlägt mir bis zum Hals. Es gibt keinen sanften Weg, ihr die Wahrheit zu sagen. «Die anderen haben es nicht geschafft, Mera.»

Sie erstarrt. «Wie meinst du das?»

«So, wie ich es gesagt habe.»

Ihr entweicht ein Keuchen. «Du sagtest, es würde funktionieren! Du hast ihnen Freiheit versprochen, Cassim!»

«Ich weiß, was ich gesagt habe», entfährt es mir. «Denkst du, ich wollte dieses Schicksal für sie?»

«Du wolltest es offenbar nicht für dich, denn du bist als Einziger glimpflich aus der Sache herausgekommen.» Der Vorwurf in ihrer Stimme ist nicht zu überhören.

«Hör auf», bringe ich hervor.

«Ich habe mein Leben riskiert, um eure Flucht zu ermöglichen, Cassim!»

«Da bist du nicht die Einzige!» Die Worte sind lauter als beabsichtigt, und ich presse frustriert die Lippen zusammen. Das hier ist keine Unterhaltung, die irgendjemand hören darf. Mera legt generell sehr viel Wert darauf, nicht mit anderen Drachen gesehen zu werden. Genau das macht sie zur perfekten Komplizin. Auch wenn ich nie verstanden habe, wieso sie jeden Versuch, ihr selbst zu helfen, vehement ablehnt. Sie kämpft für unsere Freiheit, aber ihre eigene scheint sie aufgegeben zu haben.

Sie atmet tief durch. «Tut mir leid», sagt sie knapp. «Es ist schwer zu akzeptieren, dass alles umsonst war. Die Ermittler fangen an, Fragen zu stellen. Wenn sie mich verdächtigen ...»

«Niemand hat Beweise gegen dich», erinnere ich sie.

Ihr entkommt ein abfälliges Schnauben. «Sie brauchen keine. Das solltest du eigentlich am besten wissen.»

Darauf fällt mir keine Erwiderung ein. Weder Widerspruch noch aufmunternde Worte. Wir stecken knietief in der Scheiße. Und das Blut an meinen Händen sagt wohl genug darüber aus, wie gut ich darin bin, andere zu beschützen.

«Was jetzt?», fragt Mera leise. «Versuchst du es wieder?»

«Ich habe schon einen neuen Plan.»

«Involviert er die Captain? Oder sollte ich sagen, deine neue Reiterin?»

Natürlich weiß sie davon. Als Drache des Generals bekommt sie alles mit.

Ich nicke und hole das kleine Döschen aus meiner Uniform hervor, das ich momentan immer am Körper trage. «Ich mische ihr seit Tagen Betäubungsmittel ins Essen, um das Bindungsritual zu manipulieren», erkläre ich kaum hörbar. «Sie ist so geschwächt, dass sie es nicht schaffen wird, die Magieverteilung in unserer Bindung einseitig zu gestalten. Also werde ich auch nach dem Ritual Zugang zu ihrer Magie haben. Und es ist nur eine Frage der Zeit, bis der General uns nah genug an die Grenze schickt, um mir die Flucht zu ermöglichen.»

Mera schüttelt den Kopf. «Das wird niemals funktionieren, Cassim.»

«Es muss funktionieren.»

«Harlow wird nicht zulassen, dass ihr das Bindungsritual durchführt, wenn die Captain derart geschwächt ist! Mal abgesehen von der Captain selbst.»

«Er weiß nichts davon. Sie verheimlicht es, weil sie nicht schwach wirken will. Er hat ihr befohlen, heute genesen zu sein. Also kommt sie diesem Befehl nach. Koste es, was es wolle.»

«Aber ist sie nicht misstrauisch?»

«Sie vertraut mir», erkläre ich.

«Und wird sie das auch noch tun, wenn du ihr beim Ritual ihre Magie entreißt?»

Ich verziehe den Mund. «Das werden wir sehen.»

«Für ein solches Verbrechen wirst du exekutiert.»

«Lass das meine Sorge sein.»

Mera mustert mich unzufrieden. «Ich wünschte, das könnte ich. Aber du lässt dich ohnehin nicht von deinem Plan abbringen, habe ich recht?»

«Korrekt.»

Sie seufzt. «Ich kann dir etwas zu essen besorgen. Damit du gestärkt bist für das Ritual.»

Mein Magen knurrt allein bei dem Gedanken. Die letzten drei Tage zu hungern war eine Tortur. «Nein», erwidere ich dennoch. «Das ist zu riskant. Es verläuft gerade alles nach Plan. Wenn uns jemand erwischt, bläst Harlow womöglich alles ab.»

Es ist ein guter Grund. Aber nicht der wahre. Wenn ich ehrlich bin, will ich Mera einfach nicht mit hineinziehen. Dass sie für mich das Material zum Fälschen der Botschaft aus dem Zelt des Generals geschmuggelt hat, war gefährlich genug. Ab jetzt löse ich meine Probleme allein. Dann kann auch niemand mehr meinetwegen verletzt werden. Und dann hören die Trauer und die Schuldgefühle vielleicht irgendwann auf.

«Trotzdem danke», füge ich hinzu. «Für alles.»

Mera verzieht das Gesicht, doch sie nickt. «Schon gut.»

«Sag mir, falls du Hilfe brauchst.»

«Kann ich nur zurückgeben.»

«Und falls du deine Meinung zu einer Flucht änderst …»

«Dann weiß ich, an wen ich mich wende.» Schon an ihrem Tonfall höre ich, dass das nie passieren wird. Aber ich kann auch nicht mehr tun, als es anzubieten.

«Gut. Pass auf dich auf.» Ich wende mich ab, um mich wieder auf den Weg zur Essensausgabe zu machen, aber Mera hält mich am Arm zurück.

«Bist du wirklich sicher, dass die Captain dich nicht verdächtigt?», versichert sie sich.

Ich ringe mir ein beschwichtigendes Schmunzeln ab. «Vertrau mir. Sie ahnt rein gar nichts.»

YESSA

Und?», will ich wissen.

Obwohl ich mich bemühe, meine Ungeduld nicht in meiner Stimme mitklingen zu lassen, ist sie deutlich hörbar. Und das nervt mich fast so sehr wie die nagende Ungewissheit.

Aleen schürzt die Lippen und zieht ihre Magie zurück. Sie hat sich mein Bein in den vergangenen Tagen einige Male angesehen, und die Prozedur ist kein bisschen angenehmer geworden. Ich atme dankbar auf, als das Brennen von meinen Knochen verschwindet, spüre dafür aber meine stechenden Kopfschmerzen nur wieder umso deutlicher. Sie haben am Abend nach der Anhörung begonnen und sind trotz Ruhe, Schlaf und Medizin nur schlimmer geworden.

«Der Bruch ist vollständig verheilt», verkündet Aleen.

«Also kann ich gehen.» Ich formuliere es bewusst wie

eine Feststellung. Was Aleen davon hält, dass ich heute meinen Dienst wieder aufnehmen und das Bindungsritual mit Cassim vollziehen soll, hat sie in den vergangenen Tagen deutlich zum Ausdruck gebracht.

Dank der magischen Eigenschaften des grässlichen Gebräus, das ich ständig trinken musste, ist mein Bein in Rekordzeit verheilt. Dafür geht es dem Rest meines Körpers umso beschissener. Erst war es nur Erschöpfung, die ich auf die Verletzung, die Anstrengung des Kampfes und Livias Verlust geschoben habe. Ich dachte, sie und die damit verbundenen Kopfschmerzen würden sich bald verflüchtigen. Aber mittlerweile schmerzt jede Faser meines Körpers, die Müdigkeit ist bleischwer, und ich kann kaum mehr als ein paar Schritte gehen, ohne außer Atem zu kommen.

Aleen habe ich davon nichts erzählt. Ich kann es mir nicht leisten, das Ritual zu verschieben, nur weil sie darauf besteht, mich im Krankenzelt zu behalten. Als Captain wird von mir Stärke gefordert, keine Verwundbarkeit. General Harlow ist ohnehin schon misstrauisch, was meine Eignung betrifft, das merke ich jedem unserer Gespräche an. Und ich werde ihm nach meiner Entlastung sicher keinen neuen Grund liefern, um mich auszusortieren. Aber Aleens geschultem Auge entgeht natürlich trotzdem nicht, dass etwas nicht stimmt.

«Sie können gehen», bestätigt sie widerwillig. «Da Sie keine *offenkundigen* anderen Beschwerden haben, habe ich auch keinen Grund, Sie hierzubehalten. Allerdings möchte ich noch mal darauf hinweisen, dass Sie gern länger bleiben *können*, Captain. Sicher wollen Sie das Bein nicht zu schnell wieder belasten und eine erneute Verletzung riskieren, oder?»

Ich bin ihr dankbar. Wirklich. Nicht nur für die Heilung,

sondern auch für ihr Verständnis. Sie ahnt, dass es mir nicht gut geht, und gibt mir eine Möglichkeit, das zu vertuschen und mich noch länger auszukurieren. Aber das Ritual muss heute stattfinden, wenn ich den General von mir überzeugen will. Und ich halte es ohnehin nicht mehr aus, in diesem Zelt herumzuliegen. Das bisschen Kopfweh wird sich schon von selbst regeln.

«Danke, aber es wird schon gehen», behaupte ich zum wiederholten Mal und werfe ihr einen vielsagenden Blick zu.

Sie ringt sich ein Nicken ab. «Das wird den General sicher freuen», sagt sie mit einem bitteren Unterton.

«Ist der General glücklich, bin ich es auch», erwidere ich.

«Wenn es doch nur so einfach wäre. Aber ich freue mich, dass ich Ihnen helfen konnte.»

«Und ich danke Ihnen. Für alles.»

«Nichts zu danken, Captain. Kommen Sie zu mir, falls es Probleme gibt.» Sie senkt die Stimme. «Ich verspreche Ihnen Diskretion, machen Sie sich deshalb also keine Sorgen. Und ich werde Ihnen noch etwas Medizin für die nächsten Tage mitgeben. Die werden Sie unterwegs brauchen. Verheilt heißt nicht gesund. Schonen Sie sich und das Bein, so gut es geht.»

«Mache ich», verspreche ich ihr, auch wenn die kommenden Tage sicher alles andere als schonend sein werden. In wenigen Stunden findet das Bindungsritual statt, und Cassim und ich haben bereits einen ersten Auftrag. Morgen fliegen wir in die nächste Stadt. Es ist nur ein Botengang, also müssen wir zumindest nicht kämpfen. Aber es wird auf andere Art kräftezehrend werden. Besonders für Cassim.

Zumindest gehe ich davon aus. Er weiß noch nichts davon, weil ich mich einfach nicht dazu durchringen konnte, es ihm zu erzählen. Ich habe Angst vor seiner Reaktion. Und

Angst vor den Wahrheiten, die ich ihm enthüllen muss, um meine Entscheidung zu erklären.

Aleen bedenkt mich noch immer mit ihrem skeptischen Blick, als die Zeltklappe aufgeht. Ich rechne mit Cassim, doch stattdessen ist es Arden, der zu uns hereinkommt und einen Schwall eiskalte Luft mit ins Innere bringt.

Er trägt die neue Uniform, welche die Investigativeinheit nach der Anhörung zugeteilt bekommen hat. Sie weist ihn als Berater des Generals aus. Zwar ist das nicht sein offizieller Titel, aber der Rang verpflichtet jeden in der Armee dazu, ihm Rede und Antwort zu stehen. Neue Erkenntnisse haben Arden und seine Kollegen allerdings trotzdem nicht erlangt. Zumindest behauptet er das. Ich bin mir nicht sicher, ob er die Wahrheit sagt.

Arden wendet sich an Aleen und schenkt dieser ein charmantes Lächeln, das ohne Frage darauf abzielt, sie um den Finger zu wickeln. Dass so etwas bei ihr nicht funktioniert, hat er offenbar noch nicht realisiert. «Würden Sie die Captain und mich einen Augenblick allein lassen?», bittet er sie.

«Natürlich.» Sie wirft mir einen wissenden Blick zu, verabschiedet sich aber wortlos. Arden war jeden Tag hier. Seit ich von jedem Verdacht freigesprochen wurde, ist ihm offenbar egal, ob man uns miteinander in Verbindung bringt.

Mir hingegen stößt es sauer auf. Mein Ruf ist ohnehin schon angeschlagen. Als Ardens Zeitvertreib abgestempelt zu werden, wird dem sicher nicht zuträglich sein.

Doch wir geraten sowieso nur noch aneinander. Von dem ach so fürsorglichen und respektvollen Mann, den er mir zu Anfang vorgespielt hat, ist nichts mehr übrig. Kaum dass die Zeltklappe hinter Aleen zufällt, schwindet Ardens Lächeln.

«Du siehst scheiße aus», stellt er fest und tritt zu mir an die Pritsche. Unzufrieden blickt er auf mich herab.

Obwohl ich ihm nicht zugetraut habe, mich durchschauen zu können, lässt er sich nichts vormachen. Cassim und den General konnte ich bisher täuschen, was meinen Zustand angeht, aber Arden kennt mich offensichtlich doch gut genug, um die Veränderung zu bemerken.

«Danke für das Kompliment», erwidere ich schnippisch.

«Im Ernst, Yessa.» Er zieht die Brauen zusammen. «Du bleibst noch hier, oder?»

Schon seit er erfahren hat, dass ich heute das Bindungsritual durchführen soll, redet er auf mich ein. Dass ich nichts überstürzen dürfe. Dass das Bein nicht so schnell heilen könne. Dass mein Körper nicht bereit dafür sei.

Die Tatsache, dass ich seinen Rat nicht hören will, geschweige denn befolgen kann, ignoriert er gekonnt.

«Ich wurde gerade für diensttauglich erklärt», erwidere ich kühl. «Ich warte nur noch auf Cassim, dann bin ich hier weg.»

Arden schnaubt. «Du willst das nicht ernsthaft durchziehen? Du siehst aus, als hättest du drei Wochen nicht geschlafen.» Er klingt so wütend. Und ich frage mich zum wiederholten Mal, was es ihn eigentlich angeht. Es ist nicht das erste Mal, dass er sich in meine Karriere einmischen will. Er hat mir schon davon abgeraten, die Beförderung zur Captain anzunehmen.

«Es ist kein Problem», presse ich mit erzwungener Geduld hervor.

«Und wir wissen beide, dass das nicht stimmt!», fährt er mich an.

Wut kocht in mir hoch. Trotzdem halte ich meine Stimme ruhig. «Das ist nicht deine Entscheidung.»

«Gib doch wenigstens zu, wie schlecht es dir geht. Wenn du nicht mehr hier im Krankenzelt bleiben willst, ist das eine Sache, aber in deinem Zustand ein Bindungsritual durchzuführen, ist fahrlässig. Erst recht mit *ihm*.» Arden weist aufgebracht hinüber zu Cassims Pritsche. «Vermutlich nutzt er die Gelegenheit, um dich in Fetzen zu reißen.»

«Dann hast du wenigstens eine Sorge weniger», fauche ich. Ein weiteres Streitthema. Es scheint ihn weniger zu kümmern, *dass* ich mich binde, als mit wem.

Ich kann nicht leugnen, dass Cassim einschüchternd wirkt. Mit den breiten Schultern, dem finsteren Blick und seiner wortkargen Art sammelt er nicht gerade Sympathiepunkte.

Dennoch verstehe ich nicht, woher Ardens Misstrauen ihm gegenüber kommt. Soweit ich weiß, haben die beiden kein einziges Mal miteinander geredet. Und ich werde das Gefühl nicht los, dass Ardens Hauptproblem darin besteht, dass ich mich diesmal an einen Mann binde statt an eine Frau. Was nur noch unsinniger wird, wenn man bedenkt, dass das mit uns nie etwas Ernstes war und Beziehungen zwischen Drachen und Reitern unter Todesstrafe stehen.

«Lass die Scherze», fordert er frostig. «Ich will dich beschützen, Yessa.»

Mir entweicht ein Schnauben. «Vor Cassim? Dem großen bösen Drachen?»

«Vor dir selbst!», schießt er zurück. «Du versuchst, irgendwem was zu beweisen, und reitest dich dabei nur noch tiefer in die Scheiße.»

«Ich muss gar nichts beweisen. Ich befolge lediglich meine Befehle.»

«Oh, bitte.» Arden entkommt ein heiseres Lachen. Der

Blick seiner blauen Augen wird spöttisch. «Wie deutlich muss ich werden, damit du aufhörst, es zu leugnen?»

Allmählich reißt mir der Geduldsfaden. Immer wieder die gleiche Leier. Und immerzu tut er so, als wüsste er, wer ich bin. Als könnte er mich besser einschätzen als ich mich selbst. Ich wünschte wirklich, er wäre nie hierhergekommen.

«*Was* zu leugnen, Arden?», fauche ich.

Sein Gesichtsausdruck wird kühl. Fast schon abschätzig schaut er zu mir herunter, scheinbar unbeeindruckt von meinen Worten. «Du musst es hören, was? Du hast *versagt*, Yessa. Auf allen Ebenen. Und jetzt versuchst du verzweifelt, uns das Gegenteil zu beweisen. Aber es wird nicht funktionieren. Weil alle die Wahrheit gesehen haben.»

Ich stocke. Denn seine Worte treffen mich. Unvorbereitet und hart.

Versagt.

Das habe ich, ja. Aber nicht so, wie er es meint.

Arden bezieht es auf meine Rolle als Captain. Darauf, was mit dem Banner passiert ist. Dabei hätte ich das nicht verhindern können.

Doch ich hätte verhindern können, dass Livia stirbt. Irgendwie. Ich hätte es verhindern *müssen*, weil ich ihr das schuldig war. Und die Schuldgefühle fressen mich auf. Drängen mich dazu, meine Rolle als Captain nun umso ernster zu nehmen. Bohren sich von innen durch meine Brust; verlangen, dass ich sie endlich herauslasse.

Aber nicht hier.

Nicht mit Arden.

Nicht wenn er nach mir tritt, obwohl er genau weiß, dass ich bereits am Boden bin.

Livia hatte recht. Er ist ein Arsch. Und lieber würde ich

an meinen Schuldgefühlen ersticken, als sie ihm anzuvertrauen.

«Danke für deine aufmunternden Worte», presse ich hervor. «Aber ich muss mich auf das Ritual vorbereiten, also solltest du jetzt gehen.»

Er schnaubt. «War ja klar, dass du die Wahrheit nicht verträgst. Du musst sie trotzdem hören, Yessa. Wie oft noch: Ich versuche nur, dich zu beschützen.»

«Ich brauche deinen Schutz nicht!», fahre ich ihn an und stehe von der Pritsche auf, um ihm auf Augenhöhe begegnen zu können.

«Das sieht für mich anders aus. Ehrlich gesagt raffe ich auch nicht, warum Harlow dir erlaubt, dich ausgerechnet an Cassim zu binden. Du bist zu weich für ihn», beharrt er. «Er ist notorisch unerziehbar. Das ganze Camp weiß das. Harlow auch. Wahrscheinlich hat er ihn dir deshalb zugeteilt. Cassim wird dir so lang auf der Nase rumtanzen, bis Harlow ihn dir entzieht und dich degradiert. Und dann wirst du heulend zu mir kommen und dir wünschen, du hättest gleich auf mich gehört.»

Mit jedem weiteren Wort von Arden flammt neue Wut in mir auf. Was das Camp über Cassim weiß, ist vermutlich nur das, was Walsh sie glauben lassen wollte. Das ist keine Meinung, auf die ich auch nur ansatzweise Wert lege.

Ich habe oft genug erlebt, wie Geschichten gesponnen werden, um Hass zu validieren. Kleine Fehltritte werden zu Verrat aufgebläht, Worte im Mund herumgedreht oder Dinge gleich frei heraus erfunden. So, wie Livs Mutter angeblich nur schwanger geworden ist, um sich durch unseren Vater ein besseres Leben zu sichern. So, wie man den Händlern in der Nähe unseres Hauses erzählt hat, sie müssten bei mir und Livia aufpassen, weil wir klauen würden. Es gibt kein böses Wort, das in unserer Heimat noch nicht über uns gesprochen wurde. Und was Tratsch und Vorurteile angeht, ist die Armee schlimmer als jedes Dorf.

Aber ganz abgesehen von seinen verdrehten, widerlichen Ansichten – was fällt Arden eigentlich ein, so mit mir zu reden?

«Gerade wünschte ich mir nur, du würdest verschwinden», zische ich.

«Und ich wünschte, du würdest von deinem hohen Ross runterkommen und endlich einsehen, wo deine Grenzen sind!», erwidert er harsch.

«Und wo sollen die deiner Meinung nach sein, Arden?»

«Hat der Auftrag nicht gereicht, um sie dir aufzuzeigen? Willst du erst noch ein weiteres Banner opfern? Oder dir die Blöße geben, dich von einem Drachen unterbuttern zu lassen?»

«Das Scheitern des Auftrags war nicht meine Schuld!», rufe ich viel zu laut. «Solltest du das nicht wissen als jemand, der genau diesen Vorfall seit Tagen untersucht?»

«Und du meinst nicht, dass ein fähigerer Captain den Schaden hätte eingrenzen können? Denkst du wirklich, du hättest keine Mitschuld? Nachdem du selbst zugegeben hast, dass deine Befehle ignoriert wurden? Harlow vertraut dir nicht. Der Rest des Camps genauso wenig. Verdammt, Yessa, er lässt dich mit Cassim ins Messer laufen und wartet nur darauf, dass du ihm einen Grund gibst, dich auszusortieren.»

«Hätte er mich aussortieren wollen, hätte er es längst getan!»

Arden entweicht ein abfälliges Schnauben. «Du bist so naiv, es ist unfassbar. Ich sage dir das nur ein Mal: Du musst einen Schritt zurück machen, Yessa. Solange du noch kannst.»

«Schlägst du mir gerade vor, meinen Rang abzutreten?», frage ich ungläubig. Denn darauf will er doch hinaus, oder? Dieses ganze Gerede von meiner angeblichen Unfähigkeit und Harlows Plänen, mich zu degradieren ... Arden denkt, ich hätte meine Position nicht verdient.

«Ich glaube, wir wissen beide, dass das besser wäre», behauptet er. «Bevor noch mehr Leute zu Schaden kommen.»

Siedend heiße Wut kriecht mir die Kehle hinauf. Einen Moment lang starre ich Arden einfach nur an und versuche, das Brodeln in meinem Inneren zu beruhigen. Doch er hält meinem Blick mit einer derartigen Selbstgefälligkeit stand, dass ich nicht anders kann, als zu explodieren.

«Raus hier», fordere ich scharf.

Arden verdreht die Augen. «Ich versuche nur, dir zu he...»

Er stockt abrupt, als ich plötzlich so nah vor ihm stehe, dass ich sein überraschtes Aufatmen auf meiner Wange spüre.

«Das. War. Ein. Befehl.» Meine Stimme ist gefährlich ruhig, und doch schneidet sie die Luft zwischen uns.

Arden hebt irritiert die Brauen. «Bitte?»

Ich bleibe hart. «Du hast mich gehört, *Lieutenant*. Vielleicht wäre es gut, dir in Erinnerung zu rufen, wer von uns hier welchen Rang hat. Und was für Konsequenzen es hat, eine Vorgesetzte zu diffamieren.»

Er starrt mich an. Schock ziert seine Züge.

«Du hast fünf Sekunden, um von hier zu verschwinden», lasse ich ihn wissen. «Ansonsten führe ich gleich ein *sehr* interessantes Gespräch mit dem General. Und dann werden wir ja sehen, auf wessen Meinung er mehr Wert legt. Die seiner angeblich so unfähigen Captain oder die eines Fremden, der ihm von Anfang an nicht die ganze Wahrheit gesagt hat. Ich hätte da so eine Vermutung.»

Arden presst die Lippen zusammen. Sein Gesicht verzerrt sich vor Wut. «Das wirst du bereuen.»

Ich verziehe keine Miene. «Soll das eine Drohung sein?»

Seine Mundwinkel heben sich zu einem falschen, missgünstigen Lächeln, und ich kann nicht glauben, dass ich diesen Typ in mein Bett gelassen habe. Mehrmals. Was habe ich mir dabei gedacht?

«Natürlich nicht», behauptet er. «Ich frage mich nur, wer dich auffängt, wenn du merkst, dass du nicht für die Armee gemacht bist, *Captain.*» Er spuckt mir das Wort förmlich entgegen, dann wirbelt er herum und stapft mit energischen Schritten aus dem Zelt. Als er die Zeltplane aufreißt, stößt er geradewegs mit Cassim zusammen, der ihm mit einer dampfenden Schüssel Eintopf entgegenkommt. Etwas davon schwappt über und hinterlässt einen gelblichen Fleck auf Ardens Brust.

«Pass gefälligst auf», fährt er Cassim an. Er packt ihn an der Kehle und stößt ihn grob gegen den Zeltpfeiler, der den Eingang stabilisiert.

«Hey!», donnere ich.

Arden hält inne. Seine Hand liegt an Cassims Hals, und ich erwarte, dass er jeden Moment zudrückt.

Cassim ist wie erstarrt. Er rührt sich keinen Zentimeter, sein Körper sichtlich angespannt. Mit einem Blick wie glühende Kohlen durchbohrt er Arden, der fast einen Kopf kleiner ist als er.

Eine gefühlte Ewigkeit lang funkeln sie sich einfach nur an, und es würde mich nicht wundern, wenn sie gleich aufeinander losgingen. Aber Arden scheint sich eines Besseren zu besinnen. Er macht einen Schritt rückwärts, wischt mit dem Handrücken über seine schmutzige Uniform und wirft mir einen letzten feindseligen Blick zu.

«Viel Glück, *Captain*. Wir wissen beide, dass du es brauchen wirst.»

CASSIM

Ich spüre Ardens Finger noch an meinem Hals. Und mit ihnen ein Zucken in meinen eigenen, das mir befiehlt, diesem Bastard zu folgen, ihn zu packen und ihn mit dem Gesicht voran so lang in den kalten Matsch zu drücken, bis er erstickt.

Meine Magie brodelt unter meiner Haut, schmilzt langsam, aber sicher Löcher in meine kalte Fassade, und es kostet mich alles, sie verborgen zu halten. In diesem Moment hasse ich Arden mehr als irgendjemanden sonst. Hasse alles, was er ist, und alles, wofür er steht.

Dass er ein Wichser ist, war mir von Anfang an klar. Ein Blick von ihm hat gereicht, um ihn einzuordnen. Und ich lag richtig mit meiner Einschätzung.

Für die Captain hingegen scheint es eine Überraschung zu sein, denn sie wirkt völlig überrumpelt. Sie sieht aus wie ein Kind, das soeben zum ersten Mal die Hand ins Feuer gesteckt hat und entsetzt feststellen musste, dass es heiß ist.

Teilweise ist ihre Naivität wirklich besorgniserregend. Aber ich versuche, mich darauf zu konzentrieren, dass sie mir zugutekommt.

Nur mit Mühe unterdrücke ich das Bedürfnis, Arden aus dem Zelt zu folgen. Verdränge die Erinnerung an seine Finger auf meiner Haut. Stattdessen trete ich schweigend ein, lasse die Zeltklappe hinter mir zufallen und werfe einen prüfenden Blick auf den Eintopf.

Es wurde nicht viel verschüttet. Ärgerlich ist es trotzdem,

denn ich habe mein letztes bisschen Betäubungsmittel in diese Portion geschüttet. Aber ich schätze, so kurz vor dem Ritual macht es ohnehin keinen Unterschied mehr. Die Captain ist bereits schwach genug. Und ahnt nicht mal, dass es mein Verdienst ist.

«Hier», sage ich knapp und stelle das Essen auf ihren Nachttisch. In meinem Inneren brodelt es noch immer. Meras Worte haben mich aufgewühlt, und Arden hat mir den Rest gegeben. Er ist ständig hier. Dass ihn und die Captain mehr verbindet als nur seine Ermittlung, ist offensichtlich, und es nagt unerwartet an mir. Aber ich will mich nicht fragen, warum. Ganz ehrlich – was interessiert es mich?

«Danke», murmelt sie.

Fuck, es interessiert mich sehr wohl. Und es *sollte* mich auch interessieren. Denn mit wem sie sich abgibt, hat letztendlich auch Einfluss auf mich. Nur leider steht es mir nicht zu, mich zu beschweren. Ich muss weiter den braven, unterwürfigen Drachen spielen, während meine Freiheit am seidenen Faden hängt. Mera hatte recht. Dieser Plan ist beschissen, genauso wie der letzte. Ich wollte es nur nicht zugeben, weil ich es nicht ertragen würde, auch noch diesen letzten Hoffnungsschimmer zu verlieren.

Ich beiße die Zähne zusammen und wende mich ab in der Hoffnung, meine Gefühle so wenigstens vor der Captain verbergen zu können. Doch sie hält mich am Arm zurück – ihre Hand genau an der Stelle, an der eben schon Meras lag. Als wäre auch sie eine Verbündete und nicht einer meiner Feinde.

Widerwillig treffe ich ihren Blick. Sie mustert mich besorgt. «Alles in Ordnung?»

«Alles bestens, Captain», versichere ich ihr und will mich losmachen. Ihr Griff wird nur noch fester.

«Sprich mit mir», fordert sie.

«Ich wüsste nicht, worüber.»

«Hat Arden dir wehgetan?»

Ich kann nicht anders. Mir entkommt ein ersticktes Lachen. Als ginge es hier nur um eine kleine Auseinandersetzung und nicht um alles, wofür er steht. «Mir geht es gut.»

«Aber du bist wütend.»

Sie muss verdammt noch mal aufhören, in dieser Wunde zu bohren. Es fällt mir zunehmend schwer, die Beherrschung zu bewahren und nicht einfach zu platzen. «Es steht mir nicht zu, mich zu beschweren, Captain.»

«Doch», widerspricht sie. «Bei mir schon. Ich will wissen, was du denkst. Was du fühlst.»

Und als Nächstes flechten wir uns gegenseitig die Haare oder was? «Machen Sie sich wegen mir keine Sorgen», stoße ich gepresst hervor. «Seit Walsh bin ich es gewohnt zu schweigen.»

Die Captain zieht frustriert die Brauen zusammen. «Ich will aber nicht der nächste Walsh für dich werden.»

«Dann sollten Sie vielleicht Abstand von Leuten halten, die genauso sind wie er!»

Die Worte sind gesagt, bevor ich mich zurückhalten kann. Sie hinterlassen einen unangenehmen Nachgeschmack auf meiner Zunge. Wie eine bittere Medizin, auf die man lieber verzichtet hätte, an der aber kein Weg vorbeiführt.

Die Captain starrt mich an, und ich verziehe das Gesicht. Womöglich lerne ich nun doch noch ihre strenge Seite kennen. Aber sie wollte es ja so.

«Ich dachte, Sie wären anders», füge ich kühl hinzu.

Sie schluckt. «Schließ nicht von Arden auf mich. Bitte.»

Statt einer Antwort befreie ich nur meinen Arm aus ihrem Griff. Wortlos wende ich mich ab und gehe hinüber zu meiner Pritsche, um den Rest meiner Klamotten zusammenzupacken. Es dauert nicht mehr lang, bis das Ritual beginnt. Und meine Zweifel sind stärker denn je. Nicht mehr, weil ich glaube, ihr unrecht zu tun. Sondern weil ich hinterfrage, ob mich mit ihr wirklich ein besseres Schicksal als mit Walsh erwartet. Ich bin seltsam ... enttäuscht von ihr.

Was hätte die Captain getan, hätte Arden mich angegriffen? Wenn er nicht auf ihre halbherzige Zurechtweisung reagiert hätte? Hätte sie mich verteidigt? Oder lediglich dabei zugesehen, wie er mich verprügelt, weil der General sonst Fragen stellt, die sie nicht beantworten will?

«Ich weiß, dass du mich verabscheust», sagt sie leise. «Und ich kann es nachvollziehen, falls du mir Schuld am Tod deines Banners gibst. Aber du musst mir eine Chance geben, wenn das hier funktionieren soll. Du musst mir vertrauen, wenn wir zusammen fliegen.»

«Ich kann niemandem vertrauen», entwischt es mir.

«Cassim ...»

Sie klingt tatsächlich verzweifelt. Als läge ihr viel daran, dass wir eine vertrauensvolle Beziehung zueinander aufbauen, und möglicherweise stimmt das auch. Aber ändert es etwas?

«Ich will nicht, dass du dich an mich bindest und mich dann für immer hasst», gesteht sie. «Ich glaube, das haben wir beide nicht verdient.»

Meine Kehle wird eng. Schuldgefühle und Angst mischen sich unter die Wut in meiner Brust. Sie hält seit Tagen an dem Bindungsritual fest, um keinerlei Schwäche zugeben zu müssen. Aber kaum dass ich ihr mit etwas Abneigung begegne, will sie es plötzlich abblasen? Was denkt sie denn? Dass ich hier irgendwo einen Reiter finden würde, den ich nicht verabscheue? Oder geht es nur darum, dass sie von mir gemocht werden will? Sie wirkt sehr harmoniebedürftig. Etwas, das mir selbst nicht ferner liegen könnte.

Aber sie darf jetzt keinen Rückzieher machen. Ich kann nicht schon wieder den Plan ändern, schon wieder ohne Hoffnung dastehen. Ich ertrage das alles nicht länger.

«Der Tod des Banners war nicht Ihre Schuld», sage ich mit fester Stimme. Nur allzu gern würde ich diese Verantwortung auf sie abwälzen, aber dafür müsste ich sowohl mich selbst als auch die Captain belügen. Und diese schaut mich gerade mit einem derart traurigen, verletzlichen Blick an, dass ich es nicht übers Herz bringe.

Ihre Worte hallen in mir nach, und ein Seufzen entkommt mir.

Das haben wir beide nicht verdient.

Vielleicht hat sie recht. Vielleicht auch nicht. Aber ich will nicht darüber nachdenken, wer hier was verdient hat. Ich will mein Gewissen ausschalten und nicht ständig von ihr daran erinnert werden. Mit ihrem Versuch, es mir einfacher zu machen, macht sie es mir unnötig schwer.

«Und ich hasse Sie nicht, Captain», gestehe ich. «Ich hasse das, wofür Sie stehen. Ich hasse es, dass ich Ihnen nicht vertrauen will und es trotzdem muss. Ich hasse, dass ich keine Wahl habe und nie eine haben werde, egal wie viele Fragen Sie mir stellen. Und ich hasse es auch, dass ich Sie nicht hasse. Verstehen Sie, was ich meine?»

Sie schluckt und nickt flüchtig. «Ich schätze schon.»

Missmutig mustere ich sie. Ein Teil von mir verspürt immerzu das Bedürfnis, diese Frau in den Arm zu nehmen. Sie zu trösten oder vielleicht auch Trost bei ihr zu suchen. Ich habe nicht vergessen, wie sich ihr Körper an meiner Brust anfühlt oder ihre Finger an meinem Rücken.

«Tut mir leid», sage ich ruhig. Und ich meine es ernst.

Es tut mir leid, wozu dieses Land sie zwingt. Dass so viel zwischen uns steht, obwohl uns auch so viel verbinden könnte.

«Vielleicht ändert sich das eines Tages», sage ich leise. «Aber bis dahin müssen Sie meine Gefühle akzeptieren, wenn Sie wirklich versuchen wollen, mir zu helfen.»

Die Captain bringt noch ein schwaches Nicken zustande. «Verstanden», flüstert sie und lässt sich wieder auf ihre Pritsche sinken. Sie wirkt niedergeschlagen und noch dazu völlig erschöpft. Zögerlich greift sie nach der Schüssel mit dem Eintopf. «Danke für das Essen. Und für deine Ehrlichkeit.»

Schon wieder zieht sich mein Herz unangenehm zusammen. Sie bedankt sich immer, wenn ich irgendetwas für sie tue, das für jeden anderen Reiter selbstverständlich wäre. Und das Wort geht mir weiterhin unter die Haut. Ein simples Danke sollte mir nicht so verdammt viel bedeuten. Und doch …

Ich mustere die Captain nachdenklich. Ihre Wangen sind gerötet, und sie hat dunkle Ringe unter den Augen. Ihre Haut wirkt bleich, ihre Sommersprossen irgendwie farblos. Vor allem im Vergleich zu ihren langen roten Haaren, die sie gerade offen trägt statt wie sonst zu einem Zopf geflochten.

Es lässt sie direkt weniger streng wirken. Nichts an ihr erinnert mich gerade an die Reiterin, die ich vor ein paar Tagen auf dem Rüstplatz kennengelernt habe. Und ich erwische mich dabei, wie ich mir wünsche, ich hätte die andere Version von ihr nie gesehen. Dann wäre das mit dem Vertrauen vielleicht gar nicht so unmöglich.

Aber ich kann mein Misstrauen nicht einfach so ablegen. Im Gegenteil. Es wächst immer weiter, als hätte es sich zum Ziel gemacht, mich unter sich zu begraben. Sie kann nicht so gut sein, wie sie tut. Es wäre zu einfach.

Frustriert lasse ich mich auf meine Pritsche sinken, lehne mich zurück und stütze mich auf die Unterarme. Ich muss mich dringend zusammenreißen. Und dazu gehört, meine Fassade wieder hochzuziehen.

«Soll ich Ihnen vor dem Ritual noch etwas bringen, Captain?»

Sie schüttelt den Kopf und mustert mich mit einem vorsichtigen Lächeln. «Nenn mich Yessa, wenn wir allein sind», bittet sie mich. «Ich habe kein Interesse daran, mich über meinen Partner zu stellen.»

Ich runzle überrascht die Stirn, und mein Blick fällt auf ihre Finger, die sich um den Holzlöffel verkrampft haben. Sie riskiert viel mit diesen Worten. Vielleicht möchte sie mir damit etwas beweisen. Vielleicht meint sie es ernst. Ehrlich gesagt, macht es keinen Unterschied. Ihr Vertrauen nehme ich gerne. Und mehr Druckmittel gegen sie können nie schaden, egal wie respektvoll sie sich verhält.

«Okay», willige ich ein. «Yessa …»

Ihr Name fühlt sich völlig fremd auf meiner Zunge an. Und doch irgendwie gut. Hoffnungsvoll.

Yessa atmet tief durch. «Möchtest du etwas von dem Eintopf?», wechselt sie das Thema und hält mir die Schüssel entgegen. «Du musst doch furchtbaren Hunger haben. Und ich glaube, ich kriege so kurz vor dem Ritual sowieso nichts mehr runter.»

Mein Magen knurrt lautstark, und wenn ich das Essen nicht mit dem Betäubungsmittel versetzt hätte, würde ich vermutlich sofort nachgeben.

Uns hungern zu lassen, ist nur der Anfang. Ein erster Schritt, um uns zu brechen. Ich weiß nur allzu gut, was mich gleich erwartet.

Mein letztes Bindungsritual werde ich niemals vergessen. Manchmal träume ich noch heute von der Nacht, in der Walsh mich an sich gebunden hat. Von den Schlägen, den Hieben, dem Schmerz. Davon, wie er mir alles entrissen hat, was ich hatte. Jeden noch so kleinen Funken Hoffnung. Wasser auf die Glut und Asche zu Asche.

Ich werde Yessa nicht dasselbe tun lassen. Das habe ich mir geschworen.

«Danke, aber ich darf nicht», lehne ich ab, und erst jetzt kommt mir in den Sinn, dass das womöglich ein Test war. Ich muss vorsichtiger sein.

«Bist du sicher?», fragt sie kaum hörbar. «Ich verrate es keinem. Versprochen.»

Wie gern ich das glauben würde ... Der Gefühlswirrwarr in meiner Magengrube bildet langsam, aber sicher einen schmerzhaften Knoten.

«Danke», sage ich wieder. «Aber du solltest es lieber selbst essen. Dein Körper braucht das nach der Verletzung. Und für das, was auch immer wir morgen vorhaben.» Der fragende Unterton in meiner Stimme ist nicht zu überhören. Ich wünschte, sie würde mir endlich sagen, wohin der General uns schickt. Sie hat mir noch nicht mehr verraten, als dass wir morgen aufbrechen werden, und dass sie aus unserem ersten gemeinsamen Auftrag ein Geheimnis macht, besorgt mich.

«Ach ja», murmelt sie zögerlich. «Ich wollte dir schon früher erzählen, wie unser Auftrag lautet, aber ...»

Sie stockt, als sich draußen Schritte nähern.

Eilig stehe ich auf und fahre damit fort, meine wenigen Klamotten zusammenzupacken. Das wird der General sein. Und wir geben ihm besser nicht das Gefühl, als hätten wir gerade ein lauschiges Pläuschchen gehalten.

Kurz darauf wird die Zeltklappe geöffnet, und Harlow betritt das Krankenzelt. Yessa stellt sofort ihre Schüssel beiseite, und wir salutieren beide. Sein wachsamer Blick mustert uns derart intensiv, als hätte er unser Gespräch gerade belauscht, doch wir haben zu leise geredet, als dass er uns auf diese Entfernung gehört haben könnte. Ich kann trotzdem nicht verhindern, dass sich mein Körper wie ertappt versteift.

Es ist ein verdammtes Wunder, dass er mich neulich nicht angesehen hat, als ich ihm die gefälschte Botschaft gebracht habe. Eins, das mir sicher kein zweites Mal vergönnt sein wird. Sollte Harlow beginnen, mir zu misstrauen, werden sie mir auf die Schliche kommen. Daran habe ich leider keinen Zweifel.

Seine dunklen Augen fixieren mich, und er weist mit dem Kinn zum Eingang. «Geh und lass dich für das Ritual vorbereiten», befiehlt er. «Sie warten schon auf dich.»

Die Panik kommt unvermittelt. Wie Gift breitet sie sich in meinen Venen aus, nimmt meinen gesamten Körper in Besitz.

Ich versuche, ruhig zu atmen. Mein Gesicht neutral zu halten. Meine Haltung locker, unberührt. Versuche, nicht zu zeigen, dass nach so vielen Jahren der Misshandlung jede Faser meines Seins mit einer Angst getränkt ist, gegen die selbst der stärkste Verstand nicht ankommt.

«Ja, General», bringe ich heraus, salutiere erneut und trete an ihm vorbei zur Zeltklappe. Während ich sie öffne, schaue ich noch einmal zu Yessa und treffe flüchtig ihren Blick. Doch auch sie hält ihre Emotionen nun verborgen. Ich kann in ihren Augen nichts lesen. Und ich weiß auch nicht, was ich darin lesen *will*.

Spätestens jetzt ist egal, wie sie mit mir umgeht, wenn wir allein sind. Es wird das, was gleich passiert, nicht weniger furchtbar machen. Sie könnte es auch nicht verhindern, wenn sie wollte.

Ich trete nach draußen und atme gierig die eisige Bergluft ein, um meinen Kopf zu klären. Ein Sturm nähert sich und mit ihm eine neue Kaltfront. Harlows Stimme ertönt leise hinter mir, während ich meine Füße vorwärts zwinge.

«Man teilte mir mit, Sie sind wieder voll genesen?», fragt er.

«Das ist korrekt», erwidert Yessa fest, und ich muss ein Schnauben unterdrücken. Sie verbirgt es so gut. Selbst vor mir. Wüsste ich nicht, dass es ihr nicht gut gehen *kann*, hätte ich eventuell nicht einmal geahnt, dass sie nicht gesund ist.

Aber eine Wahrheit zu verbergen, macht sie nicht weniger wahr. Es macht mich nicht zu ihrem Verbündeten und sie nicht stärker. Es gibt mir lediglich die Chance zu kämpfen. Denn Yessa wird nicht damit rechnen, dass ich mich ihr beim Ritual widersetze. Möglicherweise wird sie es in ihrem Zustand nicht einmal merken. Und wenn doch, wird sie sicherlich kein Wort darüber an den General verlieren und damit riskieren, von ihm degradiert zu werden. So weit habe ich sie schon durchschaut. Oder zumindest hoffe ich das.

Sobald wir gemeinsam in dieser Arena stehen, hat sie verloren.

KAPITEL 7

ARISE LIKE FIRE

YESSA

Nachdem Aleen mir ein letztes Mal ihre Medizin aufgezwungen hat, entlässt sie mich tatsächlich aus ihrer Obhut. General Harlow hat sich längst wieder verabschiedet, und von Arden ist glücklicherweise nichts zu sehen, also bahne ich mir allein einen Weg durchs Camp.

Mein Bein schmerzt noch etwas, aber ich spüre es fast nicht. Dafür werden die Kopfschmerzen stärker, kaum dass ich nach draußen trete, und schon nach wenigen Metern geht mir wortwörtlich die Luft aus. Ich bemühe mich, mir nichts anmerken zu lassen, und quäle mich erhobenen Hauptes bis zu meinem Zelt.

Die fremden Soldaten, die mir auf dem Weg begegnen, mustern mich teils mit Skepsis, teils mit verhohlenem Spott. Ich schätze, in den vergangenen Tagen hat die Gerüchteküche gebrodelt. Nicht nur darüber, was passiert ist und was für eine Rolle ich dabei gespielt habe, sondern bestimmt auch über meine Familie. Inwiefern die Gerüchte der Wahrheit entsprechen, ist eine andere Frage, aber die argwöhnischen Blicke werden mich sicher noch eine Weile verfolgen. Also tue ich das Einzige, was mir in dieser Situation übrig bleibt – ich ignoriere sie.

Ich schaffe es bis zu meinem Zelt, ohne meine Fassade bröckeln zu lassen. Doch kaum dass die Zeltklappe hinter mir zufällt, verlässt mich sämtlicher Kampfgeist.

Ich stehe in dem kleinen Vorraum, in dem Livia geschlafen hat. Genau eine Nacht haben wir hier verbracht – ausnahmsweise in getrennten Betten, weil wir uns in dem fremden Camp noch nicht getraut haben, die Regeln zu brechen. Und ich wünschte, wir hätten diese Vorschriften ignoriert. Hätte ich gewusst, dass es unsere letzten gemeinsamen Stunden sind, wäre ich nicht erst im Morgengrauen zu ihr unter die Decke gekrabbelt.

Ihr Schlafsack liegt unberührt auf dem Boden, in der Ecke stapeln sich ihre wenigen Habseligkeiten, und irgendwo dazwischen schwelen tausend halb verglühte Erinnerungen.

Das hier sollte ein Anfang sein.

Stattdessen wurde es ein Ende.

Ich schnappe nach Luft und blinzle gegen meine Tränen an. Die Kopfschmerzen und das gebrochene Bein könnten noch so schlimm sein – was schon die ganze Zeit über am meisten wehtut, ist Livias Verlust.

Jeder Atemzug, den ich seit ihrem Tod gemacht habe, hat mir in der Lunge gebrannt. Hat mich langsam weiter von innen heraus zersetzt, mich immerzu aufs Neue daran erinnert, wie ungerecht diese Welt ist.

Ich habe gegen den Schmerz angekämpft. Ihn zurückgedrängt. Ihn nicht gewinnen lassen. Doch Livias Abwesenheit nun so deutlich vor Augen zu haben, zwingt mich unweigerlich in die Knie. Ich krümme mich zusammen, sinke zu Boden.

Das Zelt verschwimmt um mich herum, und jeder Atemzug ist plötzlich eine Herausforderung. Dennoch blinzle ich vehement gegen die Tränen an. Unterdrücke ein Schluchzen.

Nicht jetzt.

Nicht hier.

Auch wenn meine Beherrschung mir zugleich Fetzen aus der Seele reißt.

«Es tut mir leid», flüstere ich in die Stille des Zeltes hinein. Ich streiche über den rauen Stoff von Livias Schlafsack, als könnte ich sie so wieder spüren. Als würde das die Erinnerung an ihren blutenden, verletzten Körper vertreiben; die Reue, die Schuld ...

Tut es nicht.

Vielleicht werden sie niemals verschwinden. Aber kämpfen werde ich trotzdem. Mit allem, was ich habe, weil Livia es verdient hat, dass ich nun allein weiterführe, was wir angefangen haben. An unserem Vorhaben hat sich nichts geändert. An seiner Notwendigkeit ebenso wenig. Ich werde etwas bewirken. Und sei es nur ein Hauch von Veränderung. Denn unser Vater hatte recht. Selbst das wäre besser als nichts. Besser, als herumzusitzen und sich in einer Sicherheit zu wiegen, die schon längst nicht mehr existiert, und sich immerzu aufs Neue selbst zu zerfleischen, weil man sein eigenes Schweigen nicht mehr erträgt.

«Ich werde nicht aufgeben», verspreche ich ihr kaum hörbar. «Es wird nicht umsonst gewesen sein, Liv.»

Zumindest hoffe ich das. Sicher bin ich mir nicht mal ansatzweise, denn wenn man Arden Glauben schenken darf, ist mein Rang bereits in Gefahr. Und einmal degradiert wird es vermutlich unmöglich, wieder aufzusteigen und genug Einfluss zu erlangen, um wirklich etwas zu verändern.

Erneut steigen mir Tränen in die Augen. Ich atme tief durch, wische sie weg und stehe vom Boden auf. Gerade ist nicht die Zeit, um diese Gefühle zuzulassen. Ich habe eine Verantwortung. Jemand Neues verlässt sich jetzt auf mich. Und ihn darf ich nicht auch noch enttäuschen.

Der Gedanke an Cassim und das Bindungsritual tut meinem ohnehin schon verstimmten Magen nicht gut. Während ich hier um Livia trauere, wird er am anderen Ende des Camps gefoltert.

Das Wort allein schnürt mir die Kehle zu, aber anders

kann man es nicht nennen. Er wird gefoltert, damit ich die Magie allein kontrollieren kann, und das gesamte Konzept ist einfach so furchtbar, dass mir schlecht wird.

Normalerweise ist die Bindung zwischen Reiterin und Drache eine Symbiose, denn die beiden brauchen einander. Die Drachen haben zwar keine eigene Magie, funktionieren aber dafür als Katalysator für die Magie der Reiter, welche diese allein nicht benutzen können. Sie sind nur gemeinsam mächtig, und dementsprechend war es auch jahrhundertelang gängig, dass die Magie nach der Bindung von beiden Parteien genutzt werden kann.

Als König Ylving an die Macht kam, wurden die Gesetze jedoch geändert. Die Drachen dürfen nur noch Magie nutzen, die ihnen die Reiter im Kampf aktiv zur Verfügung stellen. Und dafür wurde das Bindungsritual entsprechend angepasst.

Die Kräftebalance ist dabei das Wichtigste. Zumindest hat es mir unser Vater so erklärt. Wenn die Kräfte ausgeglichen sind, können anschließend beide die Magie kontrollieren. Wenn nicht, kippt die Verteilung dauerhaft zugunsten des Stärkeren. Und um genau das zu erreichen, werden die Drachen vor dem Ritual inzwischen so sehr misshandelt, dass sie kaum noch stehen können.

Deshalb hält Arden das Bindungsritual für zu riskant, solange ich nicht im Vollbesitz meiner Kräfte bin. Aber egal wie schlecht es mir geht – so, wie sie Cassim zurichten, wird er trotzdem schwächer sein als ich. Vor allem da die Götter mich mit extrem viel Magie gesegnet haben. Ich bin nicht umsonst so jung zur Captain befördert worden.

Diesen Tag damals mit Livia durchzustehen, war ein Albtraum. Und es jetzt mit Cassim zu wiederholen, wird sicher kein Stück besser. Dass ich ihn erst ein paar Tage kenne, tut dabei nichts zur Sache. Das Leid, das er durchlebt, übersteigt meine Vorstellungskraft. Ich werde nie wiedergutmachen können, dass er es meinetwegen auf sich nehmen muss. Werde auch diese Schuld für immer mit mir herumtragen.

Irgendwie schaffe ich es, mich zusammenzureißen und mich für das Ritual vorzubereiten. Wenig später trage ich eine saubere Uniform, habe mir die Haare geflochten und meine Gefühle wieder weit genug unter Kontrolle, um diesen Nachmittag durchzustehen.

Das Ritual wird all meine Kraft und Konzentration fordern. Ich muss dabei mit meiner Magie eine Art Barriere überwinden, die verhindert, dass Reiter jeden beliebigen Drachen als Katalysator nutzen können. Das erfordert meist extrem viel Kraft. Sollte es wohl auch. Denn die Bindung, die dabei entsteht, kann nur schwer wieder gebrochen werden. Sie werden zwar schwächer, wenn man sie über längere Zeit nicht nutzt, doch die meisten bricht nur der Tod.

Die Anstrengung ist jedoch nicht das, was mir Sorge bereitet. Sondern vielmehr die Tatsache, dass mir das halbe Camp dabei zusehen wird. General Harlow. Seine Berater. Schaulustige Soldaten. Und vermutlich auch Arden.

Arden, der mich für zu schwach hält. Zu inkompetent. Zu weich. Die Frage ist nur, warum ich zur Captain befördert wurde und nicht er, wenn er doch angeblich alles so viel besser weiß.

Vermutlich ist es der Neid, der aus ihm spricht, nichts anderes. Gestochen haben seine Worte trotzdem, und sie tun es noch immer. Weil ich nicht aufhören kann, über sie nachzudenken. Und ein kleiner Teil von mir sich immerzu fragt, ob er womöglich recht hat.

Als ich nach etwa einer Viertelstunde wieder aus dem Zelt

trete, hat sich der Himmel über dem Camp weiter zugezogen. Eine dunkle Wolkenfront verdeckt die schwache Nachmittagssonne und taucht die Zelte in ein unheilvolles Zwielicht. Es riecht bereits nach frischem Regen, und ein starker Wind rüttelt an den Zelten. Es ist nur eine Frage der Zeit, bis uns das Unwetter erreicht.

Und ich werde das Gefühl nicht los, dass das ein schlechtes Omen ist.

Die Arena liegt etwas außerhalb des Camps, wobei der Name wohl zu viel verspricht. Es handelt sich nicht um ein Bauwerk. Stattdessen ist es ein alter, längst erloschener Vulkankrater, auf dessen Grund genug Platz für Kampftrainings und Übungen ist.

Steht man oben auf dem Kamm, hat man einen perfekten Blick darauf, was unten passiert – und befindet sich vor allem in sicherem Abstand zu der unkontrollierten Magie, die bei den Ritualen freigesetzt wird. Die Hänge sind mit kargem Moos bewachsen, doch je weiter sie sich der Mitte der Arena nähern, desto kahler wird es. Asche und Ruß zeugen von den unzähligen Bindungen, die hier schon durchgeführt wurden. Die höchsten Brandmale ziehen sich bis fast an den obersten Rand der Felsen, auf denen sich bereits eine Gruppe dunkler Silhouetten versammelt hat und dem stärker werdenden Wind trotzt.

Manche von ihnen haben sich die Kapuzen ins Gesicht gezogen. Gold glimmt auf den schwarzen Umhängen, fängt das schwindende Licht ein. Ich kann Harlow erkennen, dessen Uniform ihn selbst auf diese Entfernung deutlich als General ausweist, doch meine Aufmerksamkeit wird von etwas anderem in Anspruch genommen. Von der einsamen, verlassenen Gestalt am Fuß der Arena. Ein zusammengekrümmter muskulöser Körper. Nackte weiße Haut. Und Blut auf dem feuchten Boden.

Cassim.

Er rührt sich nicht, und mein Herz zieht sich zusammen. Dennoch zwinge ich mich, meinen Blick von ihm loszureißen, und quäle mich den Hang zu General Harlow empor.

Schon auf halbem Weg fürchte ich, den Aufstieg nicht zu schaffen. Die Erschöpfung ist zu schwer. Schwindel begleitet nun die Kopfschmerzen, ich bekomme kaum Luft, und in mir wächst das Bedürfnis, mich auf das halb verkohlte Moos zu erbrechen.

Aber dann sehen sie alle, wie geschwächt ich bin. Das Ritual wird abgebrochen, und Cassim wird einem anderen Reiter zugeteilt. Das kann ich nicht zulassen. Er hat sich für mich entschieden. Und ich habe ihm etwas versprochen.

Ich beiße die Zähne zusammen und kämpfe mich weiter nach oben. Denke an Liv, an Cassim, an alles, was wir verändern könnten, wenn ich jetzt durchhalte. Wenn ich stärker bin, als sie erwarten. Stärker, als ich es mir selbst zutraue. So stark, wie Livia mich gemacht hat, als sie noch an meiner Seite war.

Es fühlt sich an wie eine Ewigkeit, aber irgendwann komme ich tatsächlich oben an. Keuchend, schwitzend und mit verschwommener Sicht – doch ich habe es geschafft.

Der Wind weht hier deutlich stärker. Er reißt an meinem Umhang, fährt mir wie eine kalte Berührung über den Hals und bringt mich fast aus dem Gleichgewicht. Ich stemme mich dagegen und nehme mir einen Moment, um wieder zu Atem zu kommen.

Unter uns kann ich das Camp sehen, umringt von den

Ausläufern des nahen Gebirges. Wie eine braune Masse breiten sich die Zelte auf dem kargen Hochplateau aus. Vereinzelt steigt Rauch in den dunklen Himmel auf, aber wieder zieht es meinen Blick zu Cassim, der sich nicht bewegt hat, seit ich meinen Aufstieg begonnen habe.

Wie gebannt starre ich ihn an. Ich warte auf ein Lebenszeichen. Versuche, auf die Entfernung das Heben und Senken seiner Brust auszumachen – vergeblich.

Natürlich. Er ist viel zu weit weg. Aber ich kann trotzdem nicht wegsehen.

Was, wenn sie ihn getötet haben? Wenn Arden recht hatte und Harlow die Bindung nie gutgeheißen hat?

Ich ertrage den Gedanken nicht. Ich hätte bei ihm sein sollen. Ihn irgendwie hiervor bewahren müssen. Scheiß auf die Gesetze …

«Hayes.» Harlows Stimme schneidet durch das Rauschen des Windes, und ich wende mich widerwillig ab. Der General und die anderen Soldaten beobachten mich, als würden sie nur darauf warten, dass ich einen Fehler mache. Unter einer der Kapuzen erkenne ich Ardens blaue Augen. Natürlich hat er es sich nicht nehmen lassen zu kommen. Sein Blick ist hart, seine Lippen sind fest zusammengepresst. Meine Zurechtweisung wird er mir in naher Zukunft sicher nicht verzeihen. Und gleichzeitig weiß ich, dass ich damit nichts verloren habe. Arden und ich, wir sind durch.

Ich bemühe mich, meine Atmung wieder unter Kontrolle zu bringen, und überwinde die letzte Distanz zu der kleinen Gruppe. Vor dem General angekommen salutiere ich und ernte dafür ein abschätziges Nicken.

«Sind Sie bereit?», will er wissen, und mir ist klar, dass er nur ein Ja akzeptieren wird. Egal wie gelogen es ist.

«Jederzeit, General», bestätige ich.

Nun ist er es, der den Abhang hinunterblickt und Cassim mustert. Ich halte meinen Blick auf Harlow gerichtet, um mich nicht noch verdächtiger zu machen.

Der Wind zerrt immer heftiger an unserer Kleidung, fast als wollte er mir verdeutlichen, wie sehr Cassim gerade frieren muss. Meist lassen sie die Drachen für Stunden in der Kälte liegen, um das letzte bisschen Kampfgeist zu brechen. Und tatsächlich würde es mich nicht wundern, wenn Harlow mich zwänge, hier bis in die Nacht zu stehen und Cassim beim Leiden zuzuschauen.

Doch gerade als ich versuche, mich mit diesem Gedanken abzufinden, trifft ein erster Regentropfen meine Nasenspitze. Ich hebe den Kopf, und weitere benetzen mein Gesicht. Um uns herum setzt das leise Prasseln des Regens ein und wird langsam, aber stetig stärker.

«Ich denke, es ist Zeit», verkündet Harlow finster, weist mit dem Kinn hinunter zu Cassim und zieht sich seine Kapuze über den Kopf. «Wir haben Wichtigeres zu tun, als hier zu warten. Beeilen Sie sich.»

Einer der anderen Männer tritt neben mich und hält mir eine Peitsche entgegen.

Sofort werden meine Hände schwitzig, und mein Herz beginnt zu rasen. Ich muss Cassim nicht schlagen, solange er sich freiwillig verwandelt. Aber was, wenn er es nicht tut? Was, wenn er das in seinem Zustand vielleicht gar nicht mehr kann? Was, wenn genau das Harlows ultimativer Test ist, um meine Loyalität zu überprüfen?

Bei mir bist du sicher.

Ich habe es ihm versprochen. Aber kann ich dieses Versprechen wirklich halten?

Mit zusammengebissenen Zähnen schließe ich meine Finger um das kalte Leder. Ich salutiere erneut, dann steige ich den steilen Abhang in die Arena hinunter. Der Regen wird immer stärker, der Boden unter meinen Stiefeln rutschiger, und dennoch bin ich wie in einem Tunnel. Ich sehe nicht meine Füße, sondern nur noch Cassim. Spüre nicht Nässe und Kälte, sondern nur die aufkommende Übelkeit. Den Selbsthass. Die Abscheu diesem gesamten Land gegenüber, das uns hierzu verdammt.

Ich weiß nicht, wie ich es bis auf den Grund des Kraters schaffe, ohne das Gleichgewicht zu verlieren. Mit einem Mal ist da verkohlte Erde unter meinen Sohlen. Pfützen haben sich auf dem Boden gebildet und waschen Cassims frisches Blut davon.

Direkt vor ihm bleibe ich stehen. Aus der Nähe kann ich seine Verletzungen deutlich erkennen. Blutergüsse bedecken fast seinen gesamten Körper. Peitschenhiebe zeichnen sich auf seinem nackten Rücken und seinen Oberschenkeln ab. Manche von ihnen geschwollen, andere offen und blutend.

Der Anblick tut mir in der Seele weh. Aber ich sehe auch, wie er zittert. Wie sich sein Brustkorb hektisch hebt und senkt. Und zumindest für den Bruchteil einer Sekunde durchströmt mich Erleichterung.

Er lebt.

«Cassim», bringe ich hervor. «Ich bin's. Yessa. Wir müssen anfangen.»

Er öffnet die Augen, doch er sieht mich nicht an. Stattdessen scheint er ins Leere zu starren, sein sonst so intensiver Blick ist wie leer gefegt. Da glimmt keine Glut mehr in seinen Augen. Das Feuer, das in ihm zu lodern schien, ist erloschen. Und eine neue Angst kriecht mir die Kehle hoch.

Mir ist klar, dass etwas Wahres in Ardens Worten steckte. In dem Sinne, dass Cassim nicht der Drache ist, den die Armee gern hätte. Er beugt sich nicht. Zumindest nie gänzlich. Er kämpft, wo er nicht kämpfen dürfte. Und ich bewundere alles daran. Aber auch sein Kampfgeist stößt irgendwann an seine Grenzen.

Was, wenn sie ihn hiermit gebrochen haben?

Wenn ein Teil von ihm gerade gestorben ist?

Es wäre ein schrecklicher Verlust. Für ihn. Für mich. Für die ganze verdammte Welt.

Ich spüre die Blicke unserer Zuschauer im Nacken und umfasse die Peitsche fester. Es kommt mir vor, als müsste sie mir jeden Moment aus meinen klammen Fingern rutschen. Am liebsten würde ich sie wegwerfen. Sie anzünden und zu Asche verbrennen. Ginge es nach mir, würde ich dieses ganze verdammte Camp dem Erdboden gleichmachen.

«Cassim», dränge ich erneut, und endlich hebt er den Blick. Ich atme tief durch. «Kannst du dich verwandeln?», frage ich. «Bitte.»

Träge mustert er mich. Erst mein Gesicht, dann meinen Körper und schließlich die Peitsche in meiner Hand. Einer seiner Mundwinkel hebt sich zu einem befremdlichen Lächeln.

Ich kann die Emotion darin nicht lesen. Es wirkt beinahe ... spöttisch?

Kaum merklich schüttelt Cassim den Kopf und schaut mir wieder in die Augen.

«Der General wartet», füge ich hinzu.

Ich kann die Ungeduld nicht aus meiner Stimme vertreiben. Der Regen wird immer heftiger und sickert mir ungehindert in den Kragen und die Stiefel. Für einen Moment erhellt ein Blitz Cassims geschundenes Gesicht, bevor ein fernes Donnergrollen erklingt.

«Hörst du mich?», frage ich, weil Cassim immer noch nicht reagiert. Er wirkt völlig apathisch, als wäre er gar nicht wirklich da.

Ich taste nach dem kleinen bisschen Magie, das mir ohne eine Bindung zur Verfügung steht, und hülle seinen eiskalten Körper in Wärme. Dadurch spüre ich jeden seiner Atemzüge. Und seinen Herzschlag, der so heftig und schnell geht, als wäre er eben um sein Leben gerannt. Doch noch immer rührt er sich nicht von der Stelle, und meine stechenden Kopfschmerzen machen es mir fast unmöglich, die Wärme für ihn aufrechtzuerhalten. Ich muss mir meine Kräfte für das Ritual selbst aufheben, sonst schaffe ich es nicht, die Barriere zwischen uns zu überwinden.

«Beeilung, Hayes!», schallt die Stimme des Generals zu mir herunter, und ein kalter Schauder läuft mir über den Rücken. Uns bleibt nicht mehr viel Zeit. Wenn Cassim sich nicht freiwillig verwandelt, bin ich dazu *verpflichtet*, ihn zu zwingen. Und das will ich nicht. Das will ich auf keinen Fall.

«Cassim, *bitte.*»

Immer noch keine Reaktion.

Stattdessen schließt er die Augen, und ich atme tief durch.

Scheiße ...

«Du musst dich jetzt verwandeln», beschwöre ich ihn drängender. «Hörst du mich?!»

Mittlerweile zerrt der Wind auch hier unten unnachgiebig an uns. Er wird immer stärker, verweht das bisschen Wärme, das ich Cassim schenken wollte, und lässt den Regen noch härter auf uns herabprasseln.

Warum reagiert er nicht? Ich will ihn nicht verletzen! Ich *kann* nicht.

Aber ...

Der Wind trägt Fetzen einer tiefen Stimme zu mir, und ich drehe mich um, um herauszufinden, wer da spricht. Wenn …

Ich stocke. Panik breitet sich lauffeuerartig in meinen Venen aus.

Einer der Männer hat sich aus der Gruppe gelöst und kommt den Hang zu mir hinunter. Offensichtlich hat Harlow bereits keine Geduld mehr. Wenn er hier ankommt, haben wir verloren. Dann wird das Ritual beendet, meine Eignung infrage gestellt, Cassim noch mehr bestraft. Er muss sich verwandeln, bevor das passiert.

Hinter den dunklen Silhouetten der Soldaten zuckt ein gleißend heller Blitz über den Himmel. Ich umfasse das kalte Leder in meiner Hand fester und wirble wieder herum.

«Cassim!» Widerwillig hole ich aus, obwohl sich alles in mir dagegen sträubt. «Ich sagte, du musst dich verwandeln!»

Der Donnerschlag kommt zeitgleich mit dem unheilvollen Knallen der Peitsche. Das Geräusch fährt mir unter die Haut, und sämtliche Härchen an meinem Körper stellen sich auf.

Cassim reißt die Augen auf, doch ich hole bereits erneut aus. Wieder fährt das Leder zischend durch die Luft und trifft klatschend auf die nasse Erde direkt neben ihm. Er zuckt davor zurück und starrt mich an, vermutlich ebenso schockiert von meiner Entscheidung wie ich. Aber immerhin habe ich jetzt seine Aufmerksamkeit.

Ich halte seinen Blick und wage es nicht, mich zu der Gruppe Soldaten umzudrehen. Also weiß ich nicht, ob der Mann noch näher kommt. Ob jemand von ihnen gesehen hat, dass ich Cassim nicht wirklich geschlagen habe. Ob jemand bezeugt hat, wie ich sie hintergehe.

Stattdessen hole ich erneut aus. Doch es soll keine Drohung sein, auch wenn es auf ihn sicherlich so wirkt. Es ist ein völlig verdrehter Hilferuf.

«Bitte», flüstere ich gegen den Wind an. «Du musst dich verwandeln.»

Ich sehe Cassim schlucken.

Dann nickt er langsam, und vor Erleichterung hätte ich beinahe die verdammte Peitsche fallen gelassen. Er holt tief Luft.

«Mach es noch mal», fordert er rau, in seiner Stimme keine Spur mehr von dem vertrauten Honig. Stattdessen höre ich Schmerz und Erschöpfung aus ihr heraus. «Sie schauen zu.»

Die Panik gewinnt wieder Überhand. Aber ich halte meine Hand so ruhig, wie ich kann. «Beweg dich nicht», flüstere ich. «Ich will dir wirklich nicht ...»

«Mach einfach», unterbricht er mich keuchend. «Jetzt!»

Ich verbiete mir jedes Zögern. Auf Cassims Kommando lasse ich die Peitsche erneut auf den nassen Boden sausen, und im selben Moment ist es, als würde ein Ruck durch die Luft um uns herum gehen.

Cassims Verwandlung sendet eine regelrechte Welle schwerer Magie aus, ebenso einschüchternd wie anziehend. Sie presst mir die Luft aus den Lungen, und ich stolpere rückwärts, weg von dem gigantischen Körper, der sich plötzlich vor mir entfaltet. Von den spitzen Hörnern und den schwarzen Schuppen, über die binnen Sekunden in Strömen der Regen rinnt. Von den Klauen, den Fängen, der schieren *Macht*, die sich vor meinen Augen entfesselt.

Ich hatte vergessen, wie Furcht einflößend Cassims Drachenform ist. Besonders wenn er sich direkt vor mir aufbaut. Seine gesamte Aura strahlt Gefahr aus. Sie sickert wie eine Warnung unter meine Haut, sendet ein Zittern bis in meine Fingerspitzen und sorgt dafür, dass sich mein Herzschlag unangenehm beschleunigt.

Auch in dieser Form sieht man Cassim an, dass er in keiner guten Verfassung ist. Dennoch richtet er sich vor mir auf, spreizt seine gigantischen Schwingen und lässt ein Brüllen erklingen, das den Boden unter mir zum Vibrieren bringt.

Diesmal allerdings zucke ich nicht zusammen. Ich lasse lediglich die Peitsche fallen. Ich brauche sie nicht mehr, und ich will sie auch nicht zwischen uns haben.

Mit neuer Entschlossenheit trete ich auf Cassim zu, suche den Blick seiner glühenden Augen, die nun zugleich fremd und vertraut sind, und strecke in einer stillen Frage meine Hand nach ihm aus.

Ich kann spüren, wie sein Geist sich mit meinem verbindet. Gewähre ihm Einlass in meinen Kopf, den er sogleich mit seiner Stimme aus warmem Honig und Donnergrollen füllt.

«Bereit, Captain», verkündet er schlicht.

Und damit lasse ich jegliche Zweifel hinter mir. Vertraue ihm so, wie er auch mir vertrauen muss.

Ich lege meine Handfläche auf Cassims warme Schnauze und nehme wahr, wie bei der Berührung meine gesamte Magie auf ihn zurauscht. Seine Nähe ist überwältigend. Sie prickelt unter meinen Fingerspitzen, kriecht wie Feuer über meine Haut, setzt meinen ganzen Körper unter Strom.

Es fühlt sich anders an als mit Livia. Einnehmender. Drängender. Verursacht ein Ziehen in meiner Mitte, als würden alles in mir danach verlangen, meine Magie mit Cassim zu verbinden. Da ist ein Sog, der sich seltsam vertraut anfühlt. Als hätte ich ihn unterschwellig bereits die ganze Zeit gespürt. Als hätte sich ein Teil von mir geradezu danach verzehrt, diese Bindung einzugehen. Weil sie sich so richtig anfühlt. So notwendig. Und ebenso gefährlich wie verlockend. Denn aus der kleinen Flamme, die ich zwischen uns entzünden wollte, wird plötzlich etwas Größeres.

Ich spüre die Bindung zwischen uns zuschnappen, bevor ich auch nur angefangen habe, darauf hinzuarbeiten. Hitze explodiert in der Arena. Binnen Sekunden brennen meine Wangen, und ich kneife die Augen zu, um nicht von dem gleißenden Licht des Feuers geblendet zu werden, das um uns herum in den Himmel schießt. Meine Magie wird mir förmlich aus den Händen gerissen, bricht ohne jegliche Kontrolle aus mir heraus. Und wo ich mir jahrelang Beherrschung antrainiert habe, ist jetzt nur noch rohe Gewalt.

Ich weiß nicht mehr, wo ich aufhöre und Cassim beginnt. Es fühlt sich an, als wären wir eins, dafür gemacht, uns auf diese Weise zu entladen. Die Luft wird immer heißer. Das Wasser in den Pfützen um uns herum fängt an zu brodeln, und der Regen verdampft, noch bevor er die verbrannte Erde berührt. Nebel hüllt uns ein wie eine schützende Decke, ein Donnergrollen erschüttert den Boden unter unseren Füßen, und dennoch kann ich nicht anders, als immer mehr Magie in die Bindung fließen zu lassen.

Was passiert hier? Das ist nicht normal. Weder, dass die Bindung derart schnell zuschnappt, noch, dass sich meine Magie danach zügellos ausbreitet. Alles sollte viel kontrollierter vonstattengehen, und ich weiß nicht, was ich jetzt machen soll. Niemand hat mich hierauf vorbereitet.

«Cassim», keuche ich, doch ich bin mir nicht sicher, ob er mich über das Tosen des Feuers hinweg überhaupt hört. Es erfüllt bereits die gesamte Arena, spinnt einen heißen, tödlichen Kokon um uns. Funken sprühen mir ins Gesicht, und ich blinzle gegen die wachsende Hitze an. Flammen lecken an meiner Uniform, Schweiß läuft mir über das Gesicht. Meine Kopfschmerzen sind zu einem blendenden Stechen geworden, und meine Erschöpfung wird sekündlich schwerer.

Verzweifelt versuche ich, meine Magie zurückzuziehen, doch stattdessen entgleitet sie mir immer mehr. Ich spüre das Inferno um uns herum wachsen, höher und höher, während meine Kräfte schwinden.

Die Kopfschmerzen werden noch stärker. Meine Knie werden weich.

Ich gebe auf. Bereitwillig lasse ich los, übergebe alles, was ich noch habe, an das Ungetüm dieser Bindung zwischen uns, und gerade als ich glaube, zusammenbrechen zu müssen, ertönt erneut ein ohrenbetäubendes Donnern. Die Erde unter unseren Füßen bebt, heftiger als zuvor, und ich verliere das Gleichgewicht. Es fühlt sich an, als würden die Flammen mich nun gänzlich verschlingen, doch bevor ich den Schmerz spüre, werde ich förmlich aus meinem Körper gerissen.

Da ist kein Himmel mehr über mir. Kein verbrannter Boden mehr unter meinen Füßen. Kein Wind, kein Feuer, kein Regen. Stattdessen finde ich mich an einem gänzlich stillen Ort wieder. Und ich bin nicht allein. Ich lehne an Cassims Brust, vergrabe das Gesicht an seiner Schulter, atme seinen Duft ein. Er legt beide Arme um mich, drückt mich sanft an sich, und mir entkommt ein Schluchzen. «Lass es raus», murmelt er und streicht mir übers Haar.

Die Berührung fühlt sich so gut an. Heilsam und aufwühlend zugleich. Ich sehne mich danach, dass er sie wiederholt. In einer stillen Bitte schmiege ich meine Wange fester an Cassims warme Schulter, und er scheint zu verstehen. Seine Hand findet wieder an meinen Hinterkopf, sein Griff wird ein wenig fester. In seinen starken Armen fühle ich mich verletzlicher als je zuvor – und bedingungslos geborgen.

Vorsichtig hebe ich den Kopf. Meine Nase streift Cassims Hals, und ich atme mehr von seinem Duft ein. Seine Uniform riecht nach Leder und dem eisigen Nordwind. Sein eigener Geruch hingegen ist ein anderer. Er erinnert mich an Wacholder, aber wärmer. Herber. Und viel anziehender.

Ich schließe die Augen und schlucke schwer. Cassims Fingerkuppen massieren meine Kopfhaut in einem langsamen, stetigen Rhythmus, und ich kann seinen Herzschlag spüren. Es fühlt sich perfekt an, und gleichzeitig nicht. Weil der Schmerz dennoch bleibt und meine Reue allgegenwärtig ist.

«Ich will nicht, dass du mich hasst», gestehe ich flüsternd.

«Keine Sorge», raunt Cassim mit einer Spur Belustigung in der Stimme und senkt den Kopf so weit, dass ich seinen Atem an meiner Schläfe spüre. «Ich hab's versucht und nicht geschafft. Aber für die Zukunft wäre ein bisschen mehr Ehrlichkeit vielleicht ganz gut, Funkenprinzessin.»

Ich will zu ihm aufschauen. Aber mit einem Mal ist da nur noch Schwärze.

Tosender Wind.

Und ein erneuter Donnerschlag reißt mich endgültig aus Cassims warmen Armen.

Ich reiße die Augen auf und muss sofort gegen die Hitze anblinzeln. Für den Bruchteil einer Sekunde sehe ich noch Cassims Schuppen im Schein des Feuers glimmen, spüre die Bindung zwischen uns, das sehnsuchtsvolle Ziehen meiner Magie. Dann verwandelt er sich zurück.

Verwirrung durchfährt mich. Und im selben Moment, in dem ich realisiere, dass diese Umarmung eben nur in meinem Kopf stattgefunden hat, geben meine Beine endgültig unter mir nach. In letzter Sekunde fangen mich kräftige Arme auf. Meine Hände ertasten nackte, heiße Haut, spüren einen hektischen Herzschlag.

Cassims plötzliche Nähe bringt mich nur noch mehr aus dem Konzept. Ich weiß nicht mehr, was real ist.

Was ist passiert? Wo kam diese ... Vision her? Hat Cassim sie mir gezeigt? Versehentlich? Oder wollte er, dass ich das sehe? Dass ich diese Dinge fühle, diese Geborgenheit, die Wärme, das Verlangen ...?

Ein Grollen tief in der Erde unter uns reißt mich aus meinen Gedanken.

Später. Denn *das hier* ist real. Das Ritual. Der Sturm. Das Erdbeben.

Ein Zittern jagt über meinen gesamten Körper, als der Boden erneut erschüttert wird.

Ich lege den Kopf in den Nacken und blinzle zu Cassim hoch, suche in seinen Augen nach Antworten. Ich kann nun unsere Bindung in ihnen sehen. Wo vorher nur schlichte goldene Sprenkel in dem warmen Braun waren, lodert jetzt eine regelrechte Glut. Sein Gesicht ist direkt vor meinem und bringt mein Herz zum Stolpern. Hinter ihm versperrt dichter Rauch die Sicht auf den Kamm der Arena. Es fühlt sich an, als wären wir völlig allein. Als befänden wir uns in einem gesetzlosen Raum, in dem ich meine Fassade gänzlich fallen lassen kann. Und alles, was ich will, ist, diesen Moment von eben zurückzuhaben.

Cassims Arme schließen sich fester um mich. Er zieht mich an seine Brust und lehnt seine Stirn an meine. Sein heißer Atem streift meine Lippen, und meine Hände wandern wie selbstverständlich in seinen Nacken. Ich glaube, wieder seinen Wacholderduft wahrzunehmen. Höre das Echo seiner Honigstimme.

«Ein bisschen mehr Ehrlichkeit wäre vielleicht ganz gut, Funkenprinzessin.»

Der Spitzname verursacht ein unerwartetes Kribbeln in meiner Magengrube. Die Art, wie er ihn gesagt hat, so voller Zuneigung ...

Mein Herz rast. Meine Finger zittern. Die Überreste meiner Magie hängen schwer über uns in der Luft, und ich spüre noch dem Rausch nach, der von mir Besitz ergriffen hatte. Der Sehnsucht. Alles zieht mich zu Cassim. Zu seinem Blick. Seinen Lippen.

Ich will ihn küssen.

Alles in mir will ihn küssen.

Oder ...?

Wieder streift Cassims Atem meine Haut. Aber seine Lider flattern, und sein Griff lockert sich unerwartet. Das Erdbeben stoppt ebenso abrupt, wie es begonnen hat, verebbt zu einem Vibrieren. Gleichzeitig scheint alle Kraft Cassims Körper zu verlassen, und er sinkt in sich zusammen.

Ich reagiere instinktiv und versuche, ihn zu stützen, doch sein schwerer Körper zieht mich mit zu Boden. Er landet unter mir auf dem Rücken, und ich schaffe es gerade so, unseren Fall ein wenig zu bremsen und mich mit den Händen über ihm abzustützen.

Atemlos starre ich auf ihn hinunter und versuche das Chaos zu verdrängen, das in meinem Inneren entstanden ist. Die Sehnsucht, das Verlangen, die verdammte Verwirrung. Und die Erschöpfung, die mich nun überrollt.

Doch noch bevor ich mich sammeln kann, beginnt der Rauch über uns sich zu lichten, und die verbliebene Hitze verdampft. Regentropfen prasseln wieder auf uns herab, und binnen Sekunden ist meine eben noch trockene Uniform klitschnass.

Hektisch rapple ich mich auf und weiche von Cassim zurück.

Wenn uns jemand so sieht ...

Verdammt. Und was hat es damit auf sich, was *ich* eben gesehen habe?

Verzweifelt versuche ich, die Erinnerung an seine Umarmung aus meinem Kopf zu verbannen. Doch sie hat sich mir eingebrannt. So tief und nachhaltig, dass ich fast glaube, seine Arme noch um mich zu spüren.

Was. War. Das?

Eine Vision?

Oder eine Art Tagtraum?

Mein Gesicht brennt vor Scham, Panik schnürt mir die Kehle zu. Was auch immer es war, es hätte nicht passieren sollen. Und ich hätte auch nicht die Kontrolle über meine Magie verlieren dürfen ...

Ich komme genau in dem Moment wieder auf die Beine, in dem der sich lichtende Rauch die Sicht auf den Kamm der Arena freigibt. Der Anblick lässt mich stocken. Wo eben noch Moos war, ist nun nichts als Asche übrig. An manchen Stellen glimmt die verbrannte Erde noch, als könnte nicht einmal der strömende Regen die Überreste unserer Magie auslöschen. Und vom General und den anderen ist keine Spur.

Haben wir sie verletzt? Haben die Flammen sich bis über die Kuppe gefressen?

Mir läuft es eiskalt den Rücken herunter. Etwas ist schiefgegangen. Aber ich weiß nicht, was. Und ich weiß auch nicht, was die Konsequenzen dafür sein werden.

Eine einsame dunkle Silhouette taucht über uns auf und späht den Hang hinunter. Offenbar sollte er die Lage überprüfen, denn nun winkt der Soldat die anderen heran, und kurz darauf schreitet der General durch den rußigen Schlamm auf uns zu. Seine Haltung und sein zügiger Gang lassen nichts Gutes vermuten.

Ich schlucke und werfe Cassim einen Blick zu. Er ist wieder bei Bewusstsein, hat sich aufgesetzt und lehnt sich auf seine Knie, was den Blick auf seinen verwundeten Rücken freigibt. Der Regen wäscht den Matsch von seiner Haut, aus ein paar der Wunden sickert weiterhin Blut.

«Hältst du durch?», flüstere ich. Meine Stimme ist sanft, obwohl ich noch nicht weiß, wie ich gerade für ihn empfinden soll. In meiner Magengrube spüre ich bereits Wut und Misstrauen wachsen. Hat er mir diese Bilder eingepflanzt? Und womöglich auch das Ritual beeinflusst?

Cassim hebt schwerfällig den Kopf. Seine Glutaugen mustern mich müde, sein Blick ist völlig unlesbar. «Könnte ich dich auch fragen», erwidert er rau.

Ich balle meine zitternden Hände zu Fäusten und wende mich wieder dem General zu.

Harlow erreicht mich, und ich will bereits salutieren, als er mich am Arm packt und grob mit sich zieht. Ich schaffe es gerade so, nicht das Gleichgewicht zu verlieren, und stolpere neben ihm her. Er zerrt mich zu einem der Trampelpfade, die aus der Arena heraus und zurück zum Camp führen.

«Was war das?», fährt er mich an, kaum dass wir außerhalb von Cassims Hörweite sind.

Mein Herz beginnt wieder zu rasen. Doch ich setze eine Unschuldsmiene auf und schaue ihn fragend an. «Verzeihung, General?»

«Wissen Sie, wie ein verdammtes Bindungsritual funktioniert, Hayes?», donnert er. «Oder übersteigt das auch Ihre Kompetenz?»

Mir entweicht ein ungläubiges Schnauben. Oder womöglich ist es auch ein verletztes, denn Arden hatte recht.

Harlow hält mich für unfähig. Und er liegt in diesem Fall nicht mal falsch damit, wenn ich ehrlich bin. Aber zugeben werde ich das sicher nicht.

«Ich habe doch soeben eines durchgeführt, oder nicht?», erwidere ich ruhig.

Harlow bleibt stehen und wirbelt zu mir herum. «Ich weiß nicht, *was* Sie gerade getan haben. Aber das verlief definitiv nicht nach Protokoll!»

Es kostet mich Mühe, mein Gesicht neutral zu halten. Er weiß also auch nicht, was ich falsch gemacht habe. Das beruhigt mich zwar nicht, aber es gibt mir wenigstens die Chance, mich irgendwie aus der Sache herauszureden. «Ich habe alles gemacht, wie es vorgeschrieben ist, Sir», beharre ich. «Ich habe die Bindung hergestellt ...»

«Binnen Sekunden?», unterbricht er mich scharf.

Meine Kehle wird immer enger. «Verzeihung, General, aber Sie sagten, ich solle mich beeilen, also ...»

«Ich weiß, was ich gesagt habe! Das macht es nicht weniger unmöglich!»

Unmöglich. Wenn das keine Bindung war, was bitte dann? Es hat sich richtig angefühlt. Abgesehen von dem zwischenzeitlichen Kontrollverlust. Cassim und ich sind jetzt definitiv gebunden, das habe ich gespürt.

Harlow hebt erwartungsvoll die Brauen, aber ich weiß nicht, was ich ihm sagen soll. «Verzeihung, General», versuche ich es. «Ich war selbst überrascht davon, wie schnell die Bindung zugeschnappt ist, aber sie war definitiv erfolgreich.»

Ein harter Zug legt sich um seine Mundwinkel. Was auch immer er hören wollte, das war es nicht. «Ihre Magie ist unberechenbar», behauptet er. «Die Flammen sind bis über den Kamm geschossen und hätten fast einige von uns verletzt.»

Mir läuft ein Schauder über den Rücken. Ich habe nicht so viel Macht. Oder zumindest nicht, dass ich wüsste. Bei der Bindung mit Livia verlief alles normal, niemand hat auch nur mit der Wimper gezuckt. Doch das kann ich ihm wohl kaum sagen. Er ist bereits misstrauisch genug. Also tue ich weiterhin so, als fände ich das alles ganz unbedenklich.

«Das Ritual setzt viel Magie frei, Sir», erinnere ich ihn. «Sie wissen um meine magische Begabung. Ich nehme an, es war einer der Gründe für meine Beförderung.»

Seine Miene bleibt hart. Aber widersprechen kann er mir offenbar auch nicht.

Ich schlucke. Vielleicht ist es das Beste, das Offensichtliche anzusprechen, statt stur so zu tun, als wäre alles mehr oder weniger normal verlaufen. «Sie trauen mir nicht», stelle ich fest.

Er schnaubt. «Nach dem, was mit dem Banner passiert ist, habe ich nicht wirklich Grund dazu, oder?»

«Was passiert ist, war nicht mein Fehler.» Meine Schuldgefühle machen es schwer, genug Überzeugung in diese Worte zu legen, aber ich denke, es gelingt mir. «Es war Verrat. Es war ein *Verbrechen*. Eines, das ich nicht verhindern konnte. Das wird mich für den Rest meines Lebens verfolgen, und wenn es sein muss, finde ich den Verantwortlichen selbst, damit er seine gerechte Strafe bekommt. Das können Sie mir glauben, General. Niemand ist mehr an der Aufklärung dieser Sache interessiert als ich. Lassen Sie mich Ihnen beweisen, wozu ich fähig bin.»

Selbst wenn ich zu Anfang noch etwas schwach geklungen haben mag, schwingt am Ende meiner Rede in jeder Silbe Überzeugung und Entschlossenheit mit. Es ist kein spontaner Gedanke. Während ich mit schmerzendem Bein und Trauer in der Brust im Krankenzelt wach lag, habe ich nachgedacht und einen Entschluss gefasst: Wenn Arden und seine Kollegen nicht erfolgreich sind, werde ich selbst herausfinden, wer für Livias Tod verantwortlich ist. Diese Tat muss Konsequenzen haben. Und vor allem muss ich verhindern, dass sie sich wiederholt. Daran kann auch ein merkwürdiges Bindungsritual nichts ändern.

Ich treffe Harlows Blick und ignoriere mein rasendes Herz, die Hitze in meinen Wangen, das Zittern in meinen Händen.

Ich habe dem General in Bezug auf das Ritual soeben ins Gesicht gelogen. Wenn er das je erfährt, ist es der letzte Nagel in meinem Sarg. Er würde mich dafür exekutieren. Aber ich schätze, für mich gibt es schon lange kein Zurück mehr. Entweder ich bewirke etwas, oder ich sterbe bei dem Versuch.

Harlow presst die Lippen zusammen und dreht sich um. Mittlerweile hat sich die Gruppe aus Schaulustigen aufgelöst. Zwei Soldaten haben Cassim auf eine Trage gehoben und ihn mit einem Umhang zugedeckt. Er liegt auf dem Rücken, was ihm sicher höllische Schmerzen bereitet. Doch entweder haben sie daran nicht gedacht, oder es ist ihnen schlichtweg egal.

«Ich hoffe wirklich, Sie enttäuschen mich nicht», wendet der General sich wieder mir zu und fixiert mich mit seinem stechenden Blick. «Ich mag Sie befördert haben, aber ich sehe in Ihnen keine Captain mehr. Ich sehe ein zartes kleines Mädchen, das kurz davor ist zu brechen. Wenn Sie Ihren

Rang wirklich behalten wollen, dann beweisen Sie mir, dass ich falschliege. Noch ein verdammter Fehler, und Sie sind Ihre Stellung los. Ist das klar, *Captain?*»

Ich drücke die Schultern durch, obwohl ich mich lieber zusammenkauern würde. Denn seine Worte fühlen sich wie ein Tritt ins Gesicht an. «Jawohl, General Harlow», antworte ich mit fester Stimme und salutiere.

Er mustert mich noch einen Moment. Dann schüttelt er seufzend den Kopf. «Ich lasse Cassims Wunden versorgen. Sie fliegen bei Sonnenaufgang wie befohlen.»

«Jawohl, Sir», sage ich wieder. «Danke, Sir.»

Sein Blick wandert abschätzig über meinen Körper. «Ich hoffe, Sie wissen, was Sie tun», murmelt er und wendet sich ab. Er folgt den beiden Männern, die Cassim über einen der anderen Pfade zum Camp tragen.

Ich möchte mit ihnen gehen, um sicherzustellen, dass sie ihm nichts tun, aber das würde Harlow nur misstrauisch machen. Noch misstrauischer, als er ohnehin schon ist. Also nehme ich stattdessen den direkten Weg zu meinem Zelt.

Ich spüre meinen Herzschlag noch immer auf der Zunge. Schmecke meine eigenen bitteren Lügen und die Demütigung von Harlows Worten.

Ich hoffe, Sie wissen, was Sie tun.

Das hoffe ich auch.

Denn wenngleich ich Harlow davon überzeugt habe, dass mit der Bindung zwischen Cassim und mir alles in Ordnung ist, bin ich mir nicht so sicher, ob das stimmt.

Im Gegenteil.

Irgendetwas ist mächtig schiefgelaufen. Und ich werde das Gefühl nicht los, dass ausgerechnet der Mann etwas damit zu tun hat, an den ich mich soeben auf ewig gebunden habe.

KAPITEL 8

THE GAMES WE PLAY

CASSIM

Schmerzen wecken mich. Das und der nagende Hunger. Blinzelnd öffne ich die Augen und schaue hoch zu einer dunklen Zeltdecke. Regen prasselt gegen die Planen. Draußen höre ich den Wind heulen, doch hier drinnen ist es ungewohnt warm. Geradezu stickig. Es macht meine stechenden Kopfschmerzen nur noch schlimmer, aber ich bin zu dankbar, der ewigen Kälte entkommen zu sein, um mich zu beschweren.

In diesem Camp ist ein warmes Nachtlager nichts Selbstverständliches. Die Vorzelte, in denen wir Drachen schlafen müssen, sind nicht geheizt und kaum isoliert, sodass einem besonders im Winter jede Nacht die Zehen abfrieren. Im Moment hingegen schwitze ich unter den dicken Fellen, mit denen man mich zugedeckt hat. Aber wo bin ich überhaupt?

Ich drehe den Kopf, um mich umzusehen, und stöhne ungewollt auf. Mein Nacken ist so steif, dass die Bewegung Schmerzen bis hinunter in meine Beine schickt. Und allmählich fange ich auch an, das Brennen auf meinem Rücken wahrzunehmen.

Mit ihm kommen die Erinnerungen zurück. An die Schläge. Die Tritte. Die Kälte. Meine Schmerzensschreie und das Lachen der Soldaten.

Sie haben mich verprügelt, bis ich fast ohnmächtig wurde. Bis ich mir gewünscht habe, ich wäre tot, weil sich selbst jeder Atemzug angefühlt hat wie Folter.

Aber hier bin ich. Lebendig. Wenn auch ein wenig desorientiert …

Da mein Nacken noch nicht mitspielt, rolle ich mich schwerfällig auf die Seite. Es lindert die Schmerzen zumindest ein wenig und lässt mich mehr von meiner Umgebung sehen.

Das dunkle Zelt wird nur schwach von einer niedrig brennenden Öllampe erhellt. In der Mitte des Raums kann ich einen kleinen Haufen Basaltbrocken ausmachen. Das tiefschwarze raue Gestein bricht das Licht der winzigen Flamme und strahlt gleichzeitig eine angenehme Wärme ab. Jemand muss Magie genutzt haben, um sie zu erhitzen. Die Frage ist nur ...

Warum liege *ich* hier?

Ich reibe mir die Augen und richte mich ächzend auf. Dabei rutschen die warmen Felle, mit denen ich zugedeckt wurde, von meinem nackten Oberkörper und offenbaren ein dunkles Muster aus Blutergüssen auf meiner Haut.

Ich ziehe die Öllampe zu mir heran, um die Stellen genauer mustern zu können. Sie sind weiter verheilt, als ich erwartet hätte. Als Drachenwandler heilen wir zwar von Grund auf schneller als Menschen, aber hier scheint trotzdem Magie im Spiel gewesen zu sein.

Ungewöhnlich. Normalerweise heben sie sich die Medizin für die Reiter auf.

Ich versuche, mich an eine Verarztung oder Ähnliches zu erinnern, scheitere jedoch. Wie bin ich überhaupt hierhergekommen? Ich muss eine ganze Weile ohnmächtig gewesen sein. Das Letzte, was ich mitbekommen habe, war, wie der General Yessa von mir weggezerrt hat. Er wirkte wütend, und bei dem Gedanken kriecht mir sofort Gänsehaut über die Arme. Ahnt er etwas?

«Tut es weh?»

Yessas Stimme lässt mich zusammenfahren. Ich hebe

ruckartig den Kopf und bereue die Bewegung sogleich, weil mein Nacken protestiert und mir schwindelig wird. Lautlos fluchend suche ich die Dunkelheit ab, doch ich entdecke Yessa erst, als ich die Flamme der Öllampe höher drehe. Sie sitzt hinter den warmen Basaltbrocken auf einem zweiten Nachtlager und beobachtet mich.

Ihre Augen fangen das Licht ein und rufen unvermittelt eine Erinnerung hervor. An ihr Gesicht direkt vor meinem, ihre Hände in meinem Nacken und ihren Atem auf meinem Mund.

Ein Schauder geht durch meinen Körper. Das habe ich geträumt, oder?

Fuck.

Nein, ich glaube nicht.

Aber wie kam es dazu? Ich weiß noch vage, wie ich mich zurückverwandelt habe – völlig berauscht von der Magie und der Euphorie darüber, das Ritual überstanden zu haben. Yessa ist auf mich zugestolpert. Ich habe sie aufgefangen. Und im nächsten Moment war da dieser unbändige Wunsch, sie zu küssen.

Was stimmt nicht mit mir?

Mein Herz beginnt zu rasen, und Yessas Blick brennt mir mit einem Mal auf der Haut. Da liegt etwas in ihm, das ich nicht deuten kann.

«Beobachtest du mich beim Schlafen?», frage ich und ziehe das Fell unwillkürlich wieder höher bis über meinen Bauch. Eigentlich stört es mich nicht, wenn mich jemand nackt sieht. Als Wandler gewöhnt man sich daran. Aber das hier fühlt sich anders an.

Yessa verzieht keine Miene. Sie mustert mich weiter, als würde sie von mir eine Antwort auf eine ungestellte Frage erwarten. Erst als ich irritiert eine Braue hebe, wendet sie das Gesicht ab, schlägt die Felle ihres Schlaflagers zurück und steht auf.

Sie trägt statt ihrer Uniform nur ein übergroßes Leinenhemd, das ihr bis zu den Oberschenkeln reicht. Ihre nackten Beine ziehen meine Aufmerksamkeit auf sich, und ich muss mich zwingen, den Blick von ihrer alabasterfarbenen Haut loszureißen. Ihre roten Haare fallen ihr in lockeren Wellen über die Schulter, und seltsamerweise beschäftigt mich dieser Anblick fast genauso wie der ihrer Beine. Die Frisur lässt sie wieder so viel sanfter wirken als der strenge Zopf, den sie sonst trägt. Ihr Tonfall jedoch macht das schnell wieder zunichte.

«Ich bin eben erst wach geworden», behauptet Yessa knapp und bückt sich über den Basalthaufen in der Mitte des Zeltes. Sie legt zwei der glänzenden Brocken beiseite und holt eine große Schüssel aus einem der Zwischenräume hervor. «Hier.» Sie hält sie mir mitsamt einem Löffel entgegen.

Sofort beginnt mein Magen zu knurren.

Wortlos nehme ich sie ihr ab und hebe den Deckel an. Der Eintopf darin ist ebenso undefinierbar wie immer, aber noch nie habe ich mich so verdammt auf eine Portion davon gefreut.

«Ist das alles für mich?», frage ich zögerlich. Es ist viel zu viel für eine Person, aber Yessa macht keine Anstalten, ebenfalls zu essen. Sie hat sich bereits wieder abgewandt und kramt in einer Tasche herum.

«Ja», antwortet sie unberührt. «Iss, so viel du willst.»

Ich werde das Gefühl nicht los, dass etwas faul ist. Aber mein Hunger ist größer als das Misstrauen, also esse ich zögerlich den ersten Löffel Eintopf und beobachte dabei Yessa. Sie scheint es nun zu vermeiden, mich anzusehen. Ich hingegen kann mich kaum von ihrem Anblick losreißen.

Die Erinnerungen an vorhin drängen sich mir immer wieder auf. Ich spüre ihren zierlichen Körper in meinen Armen. Ihren Atem auf meinen Lippen. Ihren rasenden Herzschlag an meiner Brust und die Hitze der Magie um uns.

Dabei ist das doch der unwichtigste Teil. Was davor passiert ist, ist viel relevanter. Denn ab dem Moment, in dem Yessa das Ritual initiiert hat, hat es sich angefühlt, als würde eine unsichtbare Macht an mir reißen. Es war ein Sog, der unerbittlich an meiner Magie gezerrt hat. Ein Sturm in meinem Inneren, der sich über uns entladen hat. Und je mehr ich darüber nachdenke, desto enger wird meine Brust.

Warum war *meine* Magie in dieses Ritual involviert? Damals bei Walsh war es kein Problem, sie zurückzuhalten. Sie zu verbergen. Aber mit Yessa hat es sich angefühlt, als wäre ein Damm gebrochen. Als müsste alles, was ich die Jahre über zurückgehalten habe, nun an die Oberfläche.

Ich hatte keine Chance, es zu stoppen.

Es war ein Rausch.

Es war Erlösung.

Es war verdammt beängstigend.

Das ausgewachsene Erdbeben, das ich dabei hervorgerufen habe, zeigte nur allzu deutlich, wie wichtig es ist, dass ich die Kontrolle über meine Macht behalte.

Yessa holt einen kleinen Medizinbeutel aus der Tasche, und ich beobachte jede einzelne ihrer Bewegungen. Hat sie es bemerkt? Mich enttarnt? Verhält sie sich deshalb so merkwürdig? Weil sie weiß, was ich bin?

Aber hätte sie das nicht dem General mitgeteilt, statt mich in ihr Zelt zu holen? Wie auch immer sie das überhaupt geschafft hat, denn die Soldaten haben mich doch sicher im Vorraum abgelegt.

«Was genau mache ich hier?», frage ich leise.

Sie schaut nicht mal auf. «Wir sind jetzt aneinander gebunden», erinnert sie mich tonlos. «Es ist üblich, dass du bei mir im Zelt schläfst.»

«Ja … im Vorzelt», spezifiziere ich. «Das hier ist der Hauptraum.»

«Im Vorzelt ist es kalt. Und ich brauche dich morgen gesund.»

Sie sagt es völlig ungerührt, und ihre Worte stechen. Natürlich geht es nur um den Auftrag morgen. Mein Wohlergehen ist für sie irrelevant. Sie ist und bleibt eben eine Reiterin.

Nur glaube ich das nicht. Je länger ich den Gedanken einsickern lasse, desto gelogener klingt er. Denn das ist nicht die Frau, mit der ich die letzten Tage verbracht habe. Die Frau, die alles versucht hat, um mich glauben zu lassen, dass ich ihr wichtig bin. Die Frau, bei der es sich vorhin für einen kurzen Moment bedingungslos richtig angefühlt hat, sie in meinen Armen zu halten.

Die ganze Zeit über habe ich mich geweigert, Yessas fürsorgliche Seite anzuerkennen. Doch nun, wo sie mir anders begegnet, wehrt sich alles in mir dagegen, ihre Gleichgültigkeit zu akzeptieren. Weil Yessa in mir mit ihrer Sanftheit längst Hoffnung geschürt hatte. Und auch wenn mein verkümmertes Herz mit dieser nicht umgehen kann, bin ich nicht bereit, sie wieder loszulassen.

«Das ist der einzige Grund?», frage ich ruhig.

Endlich wendet Yessa sich mir wieder zu. Sie hat ein kleines verkorktes Fläschchen in der Hand, das sie neben mir auf dem Boden abstellt. «Das ist auch für dich», verkündet sie knapp und übergeht meine Frage einfach. «Es schmeckt widerlich, also überleg dir gut, ob du es gleich trinkst oder erst nach dem Essen.»

«Was ist das?», frage ich skeptisch.

«Medizin. Die, die Aleen mir die ganze Zeit gegeben hat. Darf ich mir deinen Rücken anschauen?» Sie macht ihre Absichten klar, indem sie mir ein kleines Döschen mit einer Salbe vors Gesicht hält.

«War das Zeug nicht für dich gedacht?»

Yessa presst kaum merklich die Lippen zusammen. «Ich brauche es aber nicht. Im Gegensatz zu dir.»

So viel zu ihrer Gleichgültigkeit. Schon wieder bricht sie für mich die Regeln. Es gibt Gründe, weshalb man mich nur oberflächlich verarztet hat, obwohl man meine Verletzungen mit etwas Magie problemlos über Nacht hätte heilen können. Das morgen ist kein Kampfeinsatz. Solange ich fliegen kann, ist dem General egal, wie es mir geht. Dass Yessa die wertvolle Medizin für mich aufbraucht, würde ihm definitiv nicht gefallen.

«Der General könnte es morgen sehen», bemerke ich und warte gespannt auf ihre Reaktion.

Ich bilde mir ein, dass Yessas Wangen eine Nuance dunkler werden. Doch ihr Blick wird unerwartet hart. «Dann sorg dafür, dass er es nicht tut. Dein Rücken?»

Was ist nur los mit ihr? Allmählich wird mir mulmig zumute. «Deine Entscheidung», willige ich ein. Ich mag es zwar nach wie vor nicht, wenn sie meinen Rücken sieht oder gar berührt, aber freiwillig mit diesen Schmerzen fliegen möchte ich auch nicht.

Yessa setzt sich hinter mich auf die dünne Matte. Sie zieht die Öllampe näher zu sich heran und atmet scharf ein, als sie das Muster aus Peitschenhieben auf meiner Haut sieht. Eilig greife ich nach der Flasche mit der Medizin, um mich von Yessas Mitleid abzulenken. Das brauche ich nun wirklich nicht. Ich löse den Korken und nehme einen großen

Schluck, den ich sofort bereue. Der Geschmack bringt mich beinahe zum Würgen, und ich muss husten.

«Igitt», stoße ich hervor und wische mir mit dem Handrücken über den Mund. «Was ist das?»

«Es hilft», verkündet Yessa schlicht. «Trink es einfach. Und zappel nicht so.»

Sie streicht mit einer federleichten Berührung Salbe auf eine meiner Wunden, und diesmal bin ich es, der zischend die Luft einzieht. Die Hitze der magischen Medizin verstärkt einen Moment lang den Schmerz. Doch nach ein paar Sekunden ebbt er ab.

«Jawohl, Captain», erwidere ich leicht spöttisch und setze die Flasche wieder an die Lippen. Yessa jedoch stockt.

Ich halte inne und drehe den Kopf, um sie anzusehen. Fragend hebe ich die Brauen. «Ist etwas, Captain?»

«Nein», behauptet sie kalt.

«Ah. Mein Fehler. Dann bilde ich mir die seltsame Stimmung wohl ein.»

Sie trifft meinen Blick, und ich mustere einen Moment lang ihre Augen. Schon vor dem Ritual lagen goldene Sprenkel in ihnen, die vermutlich einfach Teil ihrer Augenfarbe sind. Jetzt hingegen lodern dort regelrechte Funken. Ein natürliches Zeichen unserer Bindung, das nur ich sehen kann. Aber es ist zehnmal stärker, als ich es bei Walsh je wahrgenommen habe. Hängt das womöglich mit dem merkwürdigen Verlauf des Rituals zusammen?

«Trink deine Medizin, Cassim», weist sie mich zurecht. Aber sie stachelt mich damit nur noch mehr an.

Was auch immer ihr Problem ist, sie soll es einfach ausspucken. Ich kann nicht gut damit umgehen, wenn ich nicht weiß, woran ich bin. Und wenn sie nicht von sich aus redet, muss ich sie eben zum Reden bringen. Ich habe keine Angst davor, den Bären zu reizen. Mittlerweile weiß ich, dass Yessa nicht beißt.

«Du verarztest mich, damit ich morgen fliegen kann, ja?», wiederhole ich ihre Worte von vorhin. «Komisch. Ich dachte, das schaffe ich auch so. Offenbar kannst du meine Fähigkeiten besser einschätzen als ich selbst. Oder gibt es doch einen anderen Grund für deine Hilfe?»

«Hör auf, alles zu hinterfragen», fordert sie scharf.

«Ich habe gerade erst damit angefangen.»

«Und ich habe dir einen Befehl gegeben!» Ihre Stimme schneidet wie eine Klinge durch das Gefühl von Sicherheit, in dem ich mich eben noch gewiegt habe. Ich erstarre, und Yessa stellt die Salbendose beiseite. «Ich glaube, ich habe mich heute Mittag nicht klar ausgedrückt», stellt sie fest. «Als ich sagte, du wärst mein Partner, meinte ich damit nicht, dass du dich mir vor aller Augen widersetzen kannst.»

Eine Mischung aus Furcht, Irritation und Wut kriecht mir den Nacken hinauf. Instinktiv drehe ich mich zu Yessa um, verberge meinen verwundbaren Rücken vor ihr.

«Wann soll ich das getan haben?»

«Als du dich nicht verwandelt hast», wirft sie mir an den Kopf.

Mir entweicht ein ungläubiges Schnauben. «Man hatte mich halb totgeprügelt.»

«Und du warst trotzdem noch zu einer Verwandlung in der Lage! Aber du hast gewartet, bis es nicht mehr anders ging. Du hast das gesamte Ritual riskiert! Warum? Um meine Autorität zu untergraben? Um mich zu testen?»

Meine Wut wächst wie ein Lauffeuer. Von all den Dingen, die sie mir hätte vorwerfen können …

«Und wenn?», spucke ich aus.

«Also gibst du es zu!»

«Ich hatte meine Gründe.»

«Ah», spottet sie. «Waren diese Gründe auch dafür verantwortlich, dass das gesamte Ritual außer Kontrolle geraten ist? Oder dafür, dass du mir diese Bilder in den Kopf gesetzt hast? Dafür, dass du mich an dich gezogen hast, als wären wir ein Paar und nicht Drache und Reiterin?!»

Ich komme nicht mehr hinterher. Ihre Anschuldigungen kommen zu schnell, und die Hälfte davon verstehe ich nicht mal. Bilder? Was redet sie da? Und warum bin ich plötzlich dafür verantwortlich, dass sie sich praktisch in meine Arme geworfen hat?

«Wer hat denn seine Hände um meinen Nacken gelegt?», schieße ich zurück. «Ich habe dich lediglich aufgefangen.»

Sie schnaubt. «Du *wolltest*, dass ich dich berühre! Warum sonst hättest du mir diese ... Sachen gezeigt?»

Darauf fällt mir nichts mehr ein. «Ich habe keine Ahnung, wovon du sprichst», gestehe ich irritiert.

«Du warst in meinem Kopf!», beschwert sie sich.

Sie hat den Verstand verloren. Eine andere Erklärung fällt mir nicht ein. «Was soll das bedeuten?»

«Hör auf, es abzustreiten!», fordert sie mit zittriger Stimme.

«Ich weiß nicht mal, was genau ich hier abstreite», zische ich. «Aber darum geht es eigentlich auch gar nicht, oder? Du brauchst einfach jemanden, auf den du die Verantwortung abwälzen kannst. Es muss meine Schuld sein, dass *deine* Hände in meinem Nacken lagen. Meine Schuld, dass *du* deine Magie nicht unter Kontrolle hattest und uns fast gegrillt hast! Wie praktisch, wenn man einen so guten Sündenbock hat. Man muss sich nicht mit den eigenen Fehlern auseinandersetzen.»

Ich sehe ihr an, dass der letzte Satz sie trifft. Yessa zuckt förmlich zusammen, zieht aber im nächsten Moment entschlossen die Schultern nach hinten. «Wer ist hier der Sündenbock?», fährt sie mich an. «Ich bin es, die dem General seine Fragen beantworten muss! Die jedes Mal aufs Neue den Kopf hinhält!»

Mir entweicht ein ungläubiges Keuchen. In meinem Inneren brodelt es. Hass kriecht mir bitter die Kehle hinauf, und die Sehnsucht nach Yessas Nähe, die ich vorhin noch verspürt habe, zerfällt zu kalter Asche.

«Ach ja?», frage ich eisig. «Komisch. Mein Rücken sagt etwas anderes.»

Yessa erstarrt. Aber das hält mich nicht davon ab, noch einmal nachzutreten. Meine Wut brennt zu heiß.

«Du bist nicht besser als Walsh», zische ich und drücke ihr das Fläschchen mit der Medizin in die Hand. «Ich brauche deine Almosen nicht.»

Sie schluckt. Zögert. Aber ich bin durch mit dieser Unterhaltung. Soll sie doch glauben, was sie will. Es ist ohnehin nichts davon wahr, denn auch wenn ich das Ritual bewusst manipuliert habe, war nie geplant, dass es derart außer Kontrolle gerät. Das muss ihre Schuld gewesen sein. Womöglich lag es daran, dass sie so schwach war. Was auch immer. Nicht mein beschissenes Problem. Ich habe, was ich wollte. Und dass Yessa nicht «ihren Kopf hinhalten» wird, um dem General die Wahrheit zu sagen, ist offensichtlich.

«Dein Rücken ...», setzt Yessa an, doch mein finsterer Blick bringt sie zum Schweigen.

«Geht dich nichts an. Ich nehme die Schmerzen als Erinnerung.»

«Woran?», fragt sie zögerlich.

«Daran, wer du wirklich bist. Gute Nacht.» Ich rutsche von ihr weg und lege mich hin. Ich liege halb auf dem Zeltboden, weil Yessa noch auf meiner Matte sitzt, aber es ist mir egal. Ich will diese Unterhaltung nicht weiterführen. Sie nährt ein drückendes Gefühl in meiner Brust. Einen ungewohnten Schmerz.

Beinahe fühlt es sich an, als hätte sie mich verraten. Weil ich genau das getan habe, was ich nicht tun wollte: Für ein paar flüchtige Stunden habe ich Yessa tatsächlich vertraut.

Nicht ganz natürlich.

Nicht bedingungslos.

Aber sie war eine Verbündete. Ein Trost.

Und nun stehe ich plötzlich wieder allein da, inmitten von Feinden, mit einem ganzen Berg Schuld und Lügen auf meinen schmerzenden Schultern. Und die Macht, die dank Yessa nun unter meinen Fingerspitzen schlummert, der Hauch von Freiheit, der bereits um meine Nase weht, scheint plötzlich so viel weniger wert zu sein als zuvor.

KAPITEL 9

BLINDSIDE

CASSIM

Yessa hat mich trotz unseres Streits weiter bei sich im Hauptzelt schlafen lassen. Tatsächlich hat sie kaum ein Wort zu mir gesagt, seit ich ihr meine Anschuldigungen an den Kopf geworfen habe. Als ich aufgewacht bin, trug sie bereits ihre Uniform, hatte sich die Haare wieder zu einem strengen Zopf geflochten und war kurz davor, das Zelt zu verlassen. Ein knappes «Zieh dich an» war alles, was sie für mich übrig hatte. Aber sie kam mit zwei Schüsseln dampfendem Haferbrei wieder, die wir schweigend gegessen haben, bevor wir uns auf den Weg zum Rüstplatz gemacht haben.

Wir kommen viel zu früh dort an, aber ich werde das Gefühl nicht los, dass Yessa es absichtlich so geplant hat. Kaum dass ich mich im Schutz der Dunkelheit verwandle, kann ich ihr Misstrauen durch unsere Bindung spüren. Vielleicht wartet sie darauf, dass wieder irgendetwas Ungewöhnliches passiert. Und tatsächlich erwische ich mich selbst dabei, wie ich meiner Magie nachspüre und mich für ein weiteres Desaster wappne. Doch wir werden beide enttäuscht. Trotz der Geschehnisse gestern fühlt sich das zwischen uns nun an, wie es die Bindung mit Walsh auch tat. Inklusive Schmerzen und Feindseligkeit.

Ich bereue nicht, was ich heute Nacht gesagt habe. Trotzdem erwische ich mich immer wieder dabei, wie ich mich frage, ob meine Anschuldigungen wirklich fair waren oder ich überreagiert habe. Und für meinen Rücken war meine Sturheit definitiv ein Fehler. Die Wunden sind zwar oberflächlich verheilt, aber mein gesamter Körper ist steif und schmerzt. Da hilft es auch nicht, dass Yessa einen der leichten Reisesättel auswählt und diesen so vorsichtig wie irgendwie möglich auf meinen Rücken zieht. Das heute wird ein beschissener Tag.

«Geht es?», fragt Yessa mich in Gedanken, während sie die Riemen festzurrt. Durch die Bindung nehme ich ihre Anspannung wahr. Sie traut mir nicht.

Ob ihr klar ist, wie deutlich ich ihre Magie jetzt spüre? Als läge sie direkt unter meinen Fingerspitzen. Sie mischt sich brodelnd mit meiner, kriecht in jede Faser meines Körpers, sitzt brennend in meiner Kehle. Doch von meiner eigenen Magie scheint Yessa nichts zu merken.

Am liebsten würde ich direkt heute unseren Einzelauftrag nutzen, um sie zu überwältigen und zu fliehen. Nach unserem Streit gestern habe ich nur umso mehr das Gefühl, dass sich die Schlinge um meinen Hals zuzieht. Yessa zerrt an einem Ende, Harlow am anderen, und es ist nur eine Frage der Zeit, bis mir die Luft ausgeht. Doch gleichzeitig weiß ich, dass heute der schlechtestmögliche Zeitpunkt für meine Flucht ist.

Ich bin geschwächt, Yessa ist auf der Hut, und ich habe noch keine Ahnung, wie weit meine Kontrolle über ihre Magie wirklich reicht. Ob es genug wäre, um mich zu befreien, oder Yessa sich mir widersetzen könnte. Ob ich will oder nicht, ich muss es noch eine Weile mit dieser Frau aushalten. Noch hat sie keine Beweise dafür, dass ich das Ritual beeinflusst habe, aber sobald sie spürt, dass ich ohne ihre Zustimmung ihre Magie nutzen kann, wird sie wissen, was los ist. Und dann wird sie alles hinterfragen. Ihre Entscheidung, meine Loyalität, unsere Zukunft ...

Es darf nicht so weit kommen. Nicht bevor ich bereit bin ...

Ich habe nur eine Chance. Der Moment, in dem ich Yessa ihre Magie entreiße, muss der sein, an dem es kein Zurück mehr gibt.

Ich bleibe ihr eine Antwort schuldig. Und sie fragt auch kein zweites Mal.

Während im Osten allmählich der Himmel heller wird, müht Yessa sich mit unserem Gepäck ab und zurrt alles am Sattel fest. Der Wind weht noch immer kräftig, und dichte Wolken verbergen die Sonne, aber das Gewitter von gestern ist vorbeigezogen. Auch von dem Erdbeben merkt man nichts mehr. Es scheint weder Schäden noch Beunruhigung verursacht zu haben. So nah an den Vulkanlanden gewöhnt man sich ohnehin an Erschütterungen. Vermutlich der einzige Grund dafür, dass dieses kleine Detail beim Ritual gestern niemanden irritiert hat.

Mitten in Yessas Vorbereitungen fängt es an zu schneien. Dicke Flocken landen auf dem Boden, und einige bleiben sogar liegen. In dieser Form spüre ich die Kälte allerdings kaum. In meiner Mitte lodert ein Feuer, das mich von innen heraus wärmt und den Schnee auf meinen Schuppen zum Schmelzen bringt.

Die Captain hat diesen Luxus nicht. Ihre Nase und ihre Wangen sind gerötet, und ich beobachte sie dabei, wie sie während der Vorbereitungen immer wieder frierend ihre Hände aneinanderreibt.

Sie könnte ihre Magie nutzen, um sich zu wärmen, doch sie tut es nicht. Wahrscheinlich hat sie Angst, dass aus einer winzigen Flamme gleich wieder ein Inferno wird.

Ich beschließe, ihr Zittern zu ignorieren, und lasse Yessa schweigend ihre Vorbereitungen zu Ende führen. General Harlow kommt, als sie gerade fertig damit ist, unser weniges Gepäck und den Proviant aufzuladen. Die beiden wechseln ein paar knappe Worte, nichts von Belang, dann steigt Yessa auch schon auf.

Sie ist vorsichtig, das merke ich sofort. Sie vermeidet es, Gewicht auf meine Flügel zu verlagern, und zieht sich stattdessen mit eigener Kraft an den Sattelriemen hoch. Trotzdem verkrampft sich mein ganzer Körper bei dem Gefühl, sie auf meinem Rücken zu haben. Da, wo jahrelang *er* saß.

Du bist nicht besser als Walsh.

Mein Verstand mag an den Worten zweifeln, aber mein Körper scheint sie zu glauben. Ich muss mich zusammenreißen, die Captain nicht mit Gewalt abzuschütteln, während sie die Riemen um ihre Oberschenkel festzurrt. Das Atmen fällt mir schwer. Mein Herz beginnt zu rasen. Ein Schauder geht durch meinen Körper.

Er ist tot, rufe ich mir in Erinnerung. *Er kann dir nichts mehr anhaben.*

Eine kalte Hand legt sich an meinen Nacken. Yessa streicht kaum merklich über meine Schuppen, und obwohl dabei ein regelrechtes Gefühlschaos aus unterdrückter Wut, Reue und Angst zu mir durchsickert, verstehe ich, was sie mit der Geste bezwecken will. Sie versucht, mich zu beruhigen. Aber es kostet mich meine gesamte Selbstbeherrschung, sie nicht vor den Augen des Generals anzuknurren.

Harlow tritt näher und mustert uns noch einmal prüfend. Zum Glück hat Yessa ihre Hände schon wieder bei sich.

Sein Misstrauen ist deutlich. Auch ihm ist klar, dass gestern etwas nicht nach Plan verlief. Nur was genau es war, scheint für ihn ebenso ein Rätsel darzustellen wie für uns. Ehrlich gesagt besorgt es mich, dass nicht mal ein erfahrener Mann wie der General mehr über den seltsamen Verlauf unseres Rituals weiß. Aber ich versuche, einfach nicht zu sehr darüber nachzudenken. Die Bindung ist jetzt in Kraft und fühlt sich normal an. Möglicherweise hat das, was gestern passiert ist, überhaupt nichts zu bedeuten.

«Ich erwarte Sie bis morgen Nachmittag zurück», erinnert er Yessa, und der Unterton, der in den Worten mitklingt, spricht Bände.

«Ja, General», erwidert sie fest, und ich vermute, dass sie salutiert. Ihre Stimme klingt hart.

Sie ist ganz die Captain. Ganz die Reiterin. Das macht es mir leichter, diese sanfte Seite, die sie mir in den vergangenen Tagen vorgegaukelt hat, wieder zu vergessen. Leute zeigen ihr wahres Gesicht erst, wenn nichts mehr von ihrem Verhalten abhängt. Und das war gestern Nacht der Fall. Diese Frau, die meine Schmerzen abtat, sich selbst als das Opfer inszenierte und in mir die Schuld für all ihre Probleme suchte – das ist die Person, in deren Hände ich so bereitwillig mein Leben gelegt habe.

«Bereit», verkündet Yessa in meinen Gedanken, und ihre Stimme lässt ein Knistern meinen Rücken hinabgleiten, streicht wie eine sanfte Berührung über meine Schuppen, mischt sich ungebeten unter all den Hass, der in mir brodelt.

Ich dachte, die seltsame Anziehung, die ich gestern gespürt habe, sei etwas Einmaliges gewesen. Offenbar lag ich falsch. Yessas Nähe ist allgegenwärtig. Ich höre jeden ihrer Atemzüge viel zu laut, nehme ihre Wärme wahr, spüre ihre Magie direkt unter meiner Brust sitzen wie ein zweites schlagendes Herz.

Vielleicht ist mein Körper noch verwirrt von dem Ritual. Bleibt nur zu hoffen, dass sich das bald legt. Denn ich kann mich nicht konzentrieren, wenn sich jede Regung von Yessa auf meinem Rücken anfühlt wie ein Erdbeben in meinem Inneren.

Ich antworte ihr nicht. Stattdessen stoße ich mich kraftvoll vom Boden ab und erhebe mich in die Lüfte. Der Wind reißt an meinen Flügeln und hilft mir so dabei, Yessas Anwesenheit zumindest ansatzweise zu verdrängen. Das Camp bleibt unter uns zurück, die Ausläufer der Berge um uns herum werden immer kleiner, bis die gigantischen Felsformationen wirken wie sanfte Hügel in der kargen Landschaft.

Meine Freiheit liegt im Osten, wo die Gipfel steiler werden und die Wolken dunkler. Doch dort liegen auch ein gegnerisches Camp, das mich schon einmal fast das Leben gekostet hat, und die Leichen meiner Freunde.

Also steuere ich auf Yessas Anweisung widerwillig nach Westen. Weg von der Grenze, meinen Hoffnungen, meinen Zielen. Ich werde sie bald genug erreichen. Denn so wenig es mir gefällt – die größte Hoffnung sitzt nach wie vor auf meinem Rücken.

Es ist später Vormittag, als Varoya am Horizont auftaucht. Obwohl Yessa mir nicht gesagt hat, wohin wir fliegen, habe ich es bereits kurz nach unserem Aufbruch vermutet. Sie hielt einen direkten Kurs nach Nordwesten, und dort gibt es sonst nicht viel außer rauer Küste und kargen, windgepeitschten Viehweiden.

Als unser Land noch eins war, war die kleine Handelsstadt ein beliebter Zwischenstopp auf der Reise in die Gebiete östlich der Vulkanlande. Die befestigten Straßen hierher sind deutlich angenehmer als der direkte Weg über die südlichen Ausläufer des Gebirges, wo sich auch unser Camp befindet. Und noch dazu hatte man dabei die Möglichkeit, Proviant aufzustocken und neue Energie zu sammeln.

Seit die Grenze jedoch besteht, hat die Stadt an Bedeutung verloren. Kaum jemand kommt noch freiwillig hierher, und die meisten der Güter, die hier produziert werden oder per Schiff über die sturmgebeutelte See eintreffen, gehen direkt weiter an die Armeestützpunkte.

Varoya mag einst voller Leben gewesen sein, doch nun ist es ein trostloser Ort. Einer, der in mir eine Sehnsucht nach einem längst verlorenen Zuhause aufblühen lässt und dafür sorgt, dass es mein Herz nicht mehr nach Osten, sondern in den Süden zieht. Zu einem heruntergekommenen Haus und einer unbeschrifteten Steinplatte in der hintersten Ecke des Friedhofs.

Wir nähern uns den niedrigen Häusern, die sich wie ein dunkler Teppich vor der Küste ausbreiten. Seit der Teilung ist die Landzunge oberhalb der Stadt der nördlichste Punkt Eldeyas. Der Gipfel des erloschenen Vulkans dort ist von dickem Schnee bedeckt, aber in Varoya selbst liegt nur ein Hauch davon auf den Dächern. Der Rest schmilzt auf den beheizten Straßen.

Auch wenn es hier keinen aktiven Vulkan mehr gibt, brodelt das innere Feuer des Landes nur knapp unter der Erdoberfläche. Es macht diesen Ort überhaupt erst bewohnbar, denn es sorgt dafür, dass die Weiden auch im Winter bewirtschaftet werden können, und spendet dringend nötige Wärme.

Unser Landeanflug wird von zwei Drachen und ihren Reitern unterbrochen. Sie fangen uns in der Luft ab und eskortieren uns zu einem Landeplatz außerhalb der Stadtmauer. Aufgrund des hier üblichen heftigen Windes hat man Landungen direkt in der Stadt verboten. Soweit ich weiß, sind nicht einmal die Gesandten des Königs von dieser Regelung ausgenommen. Uns bleibt also nichts anderes übrig, als unseren Weg zu Fuß fortzusetzen.

Ich bin erleichtert, als Yessa endlich von meinem Rücken steigt. Mithilfe einiger Stadtwachen sattelt sie mich ab und holt meine Uniform aus den Satteltaschen. Sie hält sie mir entgegen, während ich mich zurückverwandle, und schaut dabei demonstrativ zur Seite. Ich bin mir nicht sicher, ob sie mir lediglich etwas Privatsphäre geben will oder ob ich es als Zurückweisung verstehen soll. Aber ich glaube, eine leichte Röte in ihre Wangen steigen zu sehen.

Mache ich sie nervös? Gut.

Ich ziehe mich an, schultere unser Gepäck und trete hinter Yessa durch das goldverzierte Stadttor. Die Häuser sind allesamt aus schwarzem Stein errichtet. Vermutlich soll die Farbe so viel Sonnenlicht wie möglich fangen und als Wärme in das Innere der Häuser abgeben, doch bei dem tristen Wetter heute wirken die dunklen Fassaden bedrückend.

Womöglich ist das der Grund dafür, dass sämtliche Fensterrahmen, Türen, Treppen und Tore bunt gestrichen oder mit Malereien verziert wurden. Blumen, Sonnen, Vögel und kleine Drachen – an jeder Ecke wartet ein anderes Kunstwerk auf uns. Manche der Malereien verstecken sich in Nischen oder auf Pflastersteinen, andere füllen ganze Hausfassaden.

Es wirkt fast, als hätten die Leute hier verzweifelt nach einem Weg gesucht, der Stadt wieder Leben einzuhauchen. Als wäre auch ihnen der schwarze Stein zu düster geworden, zu kalt, zu charakterlos. Es erinnert mich an die Malereien, mit denen meine Mutter unser letztes Haus verziert hat. Schlichte Blumen, Blätter, Ranken. Kleine Farbkleckse, um unser Leben zwischen den Ratten erträglicher zu machen. Um mir mehr das Gefühl zu geben, ich befände mich in einem richtigen Zuhause und nicht in einer Ruine aus eingestürzten Träumen.

Ich schiebe den Gedanken an meine Mutter beiseite, aber ihre Stimme klingt mir schon wieder in den Ohren.

«Du bist mein Glutjunge», hat sie mir eingeflüstert. *«Mein kleiner Kämpfer. Wir haben schon so viel durchgestanden. Wir werden auch das hier überleben.»*

Wir, hat sie gesagt. Aber sie hat es mir nicht versprochen. Vielleicht, weil sie wusste, dass sie ein solches Versprechen nicht halten kann.

«Erfahre ich noch irgendwann, was wir hier machen?», frage ich Yessa kühl, die mit zielsicheren Schritten vorausgeht. Sie drückt den Rücken durch, dreht sich aber nicht zu mir um. «Wir informieren Lieutenant Walshs Hinterbliebene über seinen Tod.»

Ich bleibe wie angewurzelt stehen. «Was?», entfährt es mir. Das war ein Scherz, oder?

Doch Yessa lacht nicht. Sie geht einfach weiter, hat offenbar nicht mal bemerkt, dass ich ihr nicht mehr folge.

«Du hast mich hergebracht, um *ihm* Respekt zu erweisen?», frage ich lauter, meine Stimme irgendwo zwischen Zorn und Unglauben.

Ein paar Passanten schauen sich interessiert zu uns um. Dafür, dass es heute bitterkalt ist, sind die Straßen überraschend belebt. Kinder sitzen auf den warmen Pflastersteinen und spielen mit bunten Glasmurmeln. Ein Stück vor uns befindet sich eine kleine Bäckerei, vor der Leute in dicke Mäntel gepackt Kaffee trinken.

Yessa bleibt nun doch stehen und dreht sich zu mir um. Ihr Gesichtsausdruck ist eisig, als ich zu ihr aufschließe, damit nicht die ganze Straße unsere Unterhaltung hört. Wir sind zwar weit weg vom nächsten Armeecamp, aber Yessas goldbestickte Uniform ist nicht gerade diskret.

«Meinst du das ernst?», zische ich.

«General Harlow hat mir den Auftrag gegeben», behauptet sie.

«Einer Captain?», frage ich schnaubend. «Und als Nächstes polierst du seine Waffen oder was? Lüg mich nicht an.»

Sie reckt das Kinn und schürt meine Wut damit nur weiter. «Schön. Ich habe um den Auftrag gebeten.»

«Um mich zu quälen?», entfährt es mir.

«Ich muss mich nicht vor dir rechtfertigen», erwidert sie hart, aber ihre Stimme zittert. Ihr Blick huscht zu der Bäckerei, vor der nun sämtliche Unterhaltungen verklungen sind. «Wir müssen weiter», verkündet sie. «Die Leute schauen schon.»

Ohne meine Antwort abzuwarten, dreht sie sich wieder um und geht weiter. Bittere Enttäuschung drückt mir die Kehle zu. Ich bin mir sicher, dass Harlow ihr diesen Auftrag nicht einfach so gegeben hat. Sie hat darum gebeten. Und dann hat sie es vor mir verheimlicht. Tagelang.

Warum? Um mich bloßzustellen? Mich zu verletzen? Mich daran zu erinnern, wo mein Platz ist? Was auch immer ihre Beweggründe sind, eins steht hiermit fest: Die sanfte Yessa, an die ich zu oft zurückdenke, hat nie existiert. Sie war eine beschissene Lüge.

Widerwillig stapfe ich der Captain hinterher, die neugierigen Blicke der Stadtbewohner im Nacken. «Es hat nichts mit dir zu tun», höre ich sie leise sagen, als ich zu ihr aufgeschlossen habe, aber ich schnaube nur und verkneife mir eine Antwort. Wenn es nichts mit mir zu tun hat, dann wohl damit, dass sie dem General in den Arsch kriechen will. Sie spielt die loyale Captain, die vom Verlust ihres Banners so getroffen ist, dass sie persönlich die Angehörigen besuchen will. Dass ihr Ruf ihr dabei offenbar wichtiger ist als meine Gefühle, sagt mir mehr als genug darüber, was für ein Mensch sie ist.

«Ich bin froh, dass er tot ist.»

So viel dazu. Nur eine weitere Floskel, um sich mein Vertrauen zu erschleichen. Sie macht es mit mir genauso wie mit Harlow. Sie erzählt mir das, was ich hören will, weil sie es nicht erträgt, Ablehnung zu erfahren. Es ist kein Mitgefühl, sondern purer Egoismus. Und ich bin darauf hereingefallen, obwohl ich diesen Trick doch eigentlich selbst bestens beherrsche ...

Eine gute halbe Stunde folge ich Yessa schweigend durch die Straßen, bis sie irgendwann stehen bleibt und sich zu mir umdreht. Wir befinden uns in einer leeren Gasse weit ab vom Trubel der belebten Marktstraßen. Der Wind heult durch die Lücken zwischen den Gebäuden und reißt an den roten Strähnen, die sich aus Yessas Zopf gelöst haben. Geradezu schuldbewusst trifft sie meinen Blick und atmet tief durch.

«Ich will dich nicht quälen», behauptet sie ruhig, ihre Stimme so leise, dass der Wind sie fast fortträgt. «Du kannst hier warten, wenn du willst. Walshs Haus müsste gleich da vorne um die Ecke sein.»

Zweifel mischen sich wieder unter meine Wut. Aber ich habe mittlerweile gelernt, dass sie irrational sind. Gefährlich.

Yessa mag anziehend wirken, mag irgendwie den letzten Rest Mitleid und Sehnsucht aus mir hervorkitzeln, aber ich darf mich diesen Gefühlen nicht hingeben. Sie sollte mir beweisen, dass ich ihr vertrauen kann. Und in manchen Belangen tat sie das auch. Doch es diente nur dazu, mich in den anderen dann umso mehr zu enttäuschen.

«Warum kennst du dich hier so gut aus?», frage ich, um mich vor der Entscheidung zu drücken. Hier zu warten wäre einfacher. Doch ich bin misstrauisch. Vielleicht ist auch das ein Trick. Ein Vorwand, um mich loszuwerden, damit ich nicht sehe, was sie wirklich hier macht.

«Können wir die Fragen auf später verschieben?» Ihre Stimme hat einen seltsamen Unterton, den ich nicht einordnen kann. Ungeduld? Nervosität? «Ich will das erst hinter mich bringen», erklärt sie, als hätte sie meine Gedanken gelesen, und verschränkt abwehrend die Arme vor der Brust. «Entgegen deiner Meinung mache ich das hier nicht rein freiwillig. Also?»

Ich imitiere ihre Haltung und mustere sie abschätzig. Ihr Gesichtsausdruck wirkt tatsächlich etwas gequält, aber vermutlich ist das gespielt, um mich zu manipulieren und mich zum Einlenken zu bewegen. Eigentlich bin ich mir ziemlich sicher, Yessa durchschaut zu haben. Ihr wechselhaftes Verhalten ergibt sonst einfach keinen Sinn. Trotzdem juckt es mich in den Fingern, der Sache weiter auf den Grund zu gehen.

«Ich komme mit», beschließe ich.

Etwas in mir zieht sich bei den Worten zusammen, aber zugleich will ich wissen, wie Walsh gelebt hat. Wer seine Familie war. Ob sie dieses Arschloch geliebt haben oder ihn ebenso verabscheuen wie ich.

Ich glaube, ich muss erst sehen, was ich ihnen genommen habe, bevor ich wirklich entscheiden kann, ob ich mich dadurch nun besser oder schlechter fühle. Denn trotz seiner Taten ist da auch Reue in mir.

Trauer.

Nicht um ihn, sondern um mich selbst. Weil ich etwas von meiner eigenen Unschuld opfern musste, um mich von ihm zu befreien, und ich den Mann, der ich vorher war, nie mehr zurückbekomme.

Mit Walshs Tod ist aus mir ein Mörder geworden. Und sosehr ich auch versuche, das zu rechtfertigen – es gelingt mir nicht.

Zu meiner Überraschung protestiert Yessa nicht. Sie nickt schlicht und setzt sich wieder in Bewegung.

Gemeinsam folgen wir der Gasse bis zur nächsten Biegung und bleiben schließlich vor einem der schwarzen Häuser stehen.

Es ist ein wenig höher als die umliegenden, dafür aber recht schmal. Beinahe wie ein kleiner Turm ragt es dem grauen Himmel entgegen. Die Tür sowie die Fensterrahmen sind in hellem Grün gestrichen – eine Farbe, die so gar nicht zu Walsh passen will. Hinter einigen der Fenster brennt Licht, und an den Fensterbrettern hängen Blumenkübel, in denen lila blühende Winterheide wächst. Aus dem Kamin steigt Rauch, der Duft nach Essen hängt in der Luft, und irgendwo ein paar Häuser weiter singt ein einsamer Bergfink.

Es wirkt idyllisch.

Aber alles, woran ich denken kann, ist, dass Walsh nichts hiervon verdient hatte.

Ich bin froh, dass er nie wieder die Vögel singen hört, nie wieder die Sonne sieht. Er hat seine gerechte Strafe bekommen – oder zumindest den Ansatz von einer. Denn wäre die Welt gerecht, hätte er vor seinem Tod ebenso gelitten wie ich. Wäre die Welt gerecht, hätte er mir gehorcht und nicht andersherum. Wäre die Welt gerecht …

Die Tür wird geöffnet, und ich halte die Luft an. Keine Ahnung, was ich erwartet habe. Vermutlich jemanden, der genauso grausam und abstoßend ist wie Walsh. Doch stattdessen steht uns eine junge Frau mit unsicherem Blick gegenüber. Blonde Haare fallen ihr fast bis zur Taille, und gemeinsam mit ihrer weißen Haut und dem hellen Leinenkleid wirkt sie ein wenig wie ein Geist. Lediglich ihre Wangen und ihre Nasenspitze sind gerötet, fast als wäre sie eben noch draußen in der Kälte gewesen. Ihre blauen Augen bleiben an Yessas Uniform hängen, und sie schlingt die Arme um ihren Körper.

«Ja?», fragt sie zögerlich.

Ich beobachte sie, während Yessa sich vorstellt. Als Walshs Name fällt, wächst die Irritation auf dem Gesicht der Fremden. Doch ich kann keine Sorge in ihren weichen Zügen erkennen. Eher so etwas wie Neugier.

«Ist das hier das Haus von Lieutenant Walsh?», will Yessa wissen.

«Ja. Das ist mein Mann», bestätigt sie mit einem Zittern in der Stimme, und mir wird schlecht.

Ich kannte Walsh seit Jahren. Er war nur vereinzelt mal für ein, zwei Wochen zu Hause, während ich im Camp bleiben musste. Und irgendwann in dieser Zeit muss er sie geheiratet haben, denn länger kann es nicht her sein. Sie ist höchstens zwanzig Jahre alt. Hat er seinen Rang und das damit verbundene Geld genutzt, um sich eine Frau zu sichern, die halb so alt ist wie er? Kaum mehr als ein Kind, mit einem erwachsenen Mann, der an Grausamkeit nicht zu überbieten ist ...

Ich glaube, Ärger von Yessa ausgehen zu spüren. Vermutlich denkt sie ähnlich. Doch ihr Gesicht verrät nichts.

«Es tut mir leid, Ihnen das mitteilen zu müssen, aber Ihr Mann ist bei einem Einsatz ums Leben gekommen», erklärt sie ruhig.

Die Frau starrt sie an. Ihr Gesicht wirkt wie versteinert. Keine einzige Gefühlsregung zeichnet sich darauf ab. «Wie ... ist es passiert?», fragt sie schließlich.

In knappen Worten berichtet Yessa von dem Hinterhalt, erklärt ihr, dass der Körper aufgrund der feindlichen Truppen in dem Gebiet nicht geborgen werden konnte, und versichert ihr, dass die Armee von nun an für ihr Wohlergehen sorgen wird.

«Wir sind untröstlich über Ihren Verlust», beteuert sie schlussendlich, doch diese Lüge glaubt wohl keiner von uns dreien. Ich bezweifle, dass Walsh dazu in der Lage war, so etwas wie Liebe zu empfinden. Dafür war er zu zerfressen von Hass und Abscheu. Und ich wette, er hat diese Frau ebenso misshandelt wie mich, nur auf andere Weise. Ich wette, sie ist dankbar dafür, von ihm erlöst worden zu sein. Erleichtert, dass er nie wiederkommt und sie nie wieder Angst vor ihm haben muss.

Ich sehe es in ihrem Gesicht. Daran, wie sie die Lippen zusammenpresst, um ihre Miene neutral zu halten, während ihr Blick nicht dumpfer, sondern lebendiger wird.

Sie ist jetzt frei. Frei von *ihm*. Genau wie ich.

Das Gespräch dauert nicht lange. Walshs Witwe stellt kaum Fragen und vergießt auch keine Tränen. Im Gegenteil – sie wirkt geradezu beängstigend ruhig. Schon nach wenigen Minuten wird die Tür vor unserer Nase wieder geschlossen, und es ist, als wäre nichts geschehen. Der Bergfink singt noch. Hinter den erleuchteten Fenstern des Hauses regt sich nichts. Und dennoch fühlt sich diese kleine Idylle nun richtiger an. Weil ich nicht mehr das Gefühl habe, es nur für mich getan zu haben.

«Glaubst du, sie ist erleichtert?», fragt Yessa leise. Sie hat sich noch nicht von dem grün gestrichenen Holz der Haustür abgewandt, daher steht sie weiterhin mit dem Rücken zu mir. Es stört mich, dass ich ihr Gesicht nicht sehen kann. So wirkt sie noch fremder als ohnehin schon.

«Du hast gesehen, was für eine Art Mann er war», erwidere ich. «Er wird auch vor ihr nicht haltgemacht haben.»

Yessa nickt und dreht sich um. Doch ihr Blick schweift nur flüchtig über mich, bevor sie sich wieder in Bewegung setzt. «Komm», murmelt sie mir im Vorbeigehen zu.

«Wohin?», will ich wissen, schultere unser Gepäck und folge ihr. «In eine Gaststätte?»

Statt sich zu entspannen, jetzt, wo die unangenehme Aufgabe vorbei ist, versteift sich Yessa nur noch mehr. «Nein», bringt sie hervor. «Wir übernachten woanders.»

«Und wo?»

Sie antwortet mir nicht. Beschleunigt nur ihre Schritte, als hätte sie es plötzlich eilig.

«Würdest du bitte mit mir reden?», entfährt es mir, und ich schließe zu ihr auf, um ihr wenigstens ins Gesicht schauen zu können. Ihre heimlichtuerische Art geht mir gegen den Strich. Doch Yessa hält den Blick stur nach vorn gerichtet. «Was soll die Geheimniskrämerei?», konfrontiere ich sie. «Hey. Ich rede mit dir!»

Ich halte sie am Arm zurück, aber sie reißt sich ruckartig von mir los und wirbelt zu mir herum. «Ich kann nicht!», fährt sie mich atemlos an.

«Du kannst was nicht?», frage ich irritiert. «Mit mir reden? Bin ich dir deine Zeit nicht mehr wert oder was?»

Sie verzieht das Gesicht. «Cassim ...»

Ich schüttle energisch den Kopf und lasse sie stehen. Was auch immer. Es ist komplett unsinnig, ihr zweite Chancen zu geben, die sie nicht verdient hat.

Es dauert einen Moment, bis ich Yessas Schritte hinter mir höre. Doch der Klang ihrer Stimme bleibt aus. Keine Entschuldigung. Keine Erklärung. Sie überholt mich lediglich irgendwann, um wieder die Richtung anzugeben.

Wir durchqueren die Stadt schweigend, und während es allmählich dunkler wird, werden die Häuser zu unseren Seiten größer. Bald bin ich mir sicher, dass wir uns in einem Reichenviertel befinden. Regelrechte Schlösser tun sich vor uns auf, die Gebäude flach, aber weitläufig, umrahmt von Gärten und Grünanlagen. Gold findet seinen Weg in die Verzierungen, ersetzt die bunten Farben, mit denen der Rest der Stadt seine Häuser schmückt.

Wenn Yessa etwas mit diesen Leuten zu tun hat, wundert mich nichts mehr. Außer vielleicht, dass ich so lang dachte, sie könnte eine Verbündete sein.

Wir halten vor einem vergoldeten Tor, das von zwei Meter hohen Basaltmauern eingefasst ist. Einige der Steine wurden durch Obsidian ersetzt, was ihnen selbst im Zwielicht einen erhabenen Schimmer verleiht. Die beiden Torflügel sind aus schwarzem Metall, in das goldene Muster eingelassen wurden. Sie bilden eine Art Wappen aus Kreisen und einer Raute. Ranken klettern an den Seiten empor. Unten sitzt eine Flamme. Oben ein Schwert. Dazwischen fliegen zwei Drachen.

Wieder lodert Zorn in mir auf.

Das ist das Wappen einer Adelsfamilie. Einst muss all das hier Drachen gehört haben, doch seit dem Machtwechsel vor fünfundzwanzig Jahren wurden die meisten von ihnen enteignet, und ihr Besitz wurde an Menschen verschenkt. Natürlich an diejenigen, die dem König am treusten ergeben und am allerwenigsten an Gerechtigkeit interessiert sind.

Sie haben viel zu viel und behalten doch alles für sich selbst. Geld. Macht. Und nicht selten auch Drachen. Denn wer als Wandler in der Armee ausgemustert wird, erlangt nicht immer seine Freiheit zurück. Manche werden Leuten wie diesen hier zugeteilt und als Bedienstete abgestellt. Sie werden *verschenkt*, als wären sie nicht mehr als Besitz, um ein System zu füttern, das nur mit Unterdrückung überleben kann.

Ich verkneife mir einen Kommentar, als Yessa nun die goldene Klinke herunterdrückt und tatsächlich das Tor öffnet. Interessanterweise ist es nicht bewacht. Doch ich schätze, wer hinter meterdicken Mauern aus Obsidian wohnt, schert sich wenig darum, ob jemand Zutritt zu seinem Garten hat.

Widerwillig folge ich Yessa auf das Anwesen und stelle überrascht fest, dass hier tatsächlich Bäume stehen. Eine Seltenheit im Norden. Sie sind niedrig und gedrungen, als würden sie sich nicht trauen, über die Gartenmauer hinauszuwachsen und so dem rauen Wind ihre Existenz zu offenbaren. Doch die Stämme sind dick, und an einem von ihnen hängt sogar eine alte Schaukel. Sträucher und Hecken haben die Innenseite der Mauer zugewuchert. Davor reihen sich ein paar unbestellte Beete.

Ich kann nicht leugnen, dass der Garten hübsch ist. Er fühlt sich natürlich an, und die Farben sind eine Erholung von all dem schwarzen Stein im Rest der Stadt. Das Haus hingegen irritiert mich. Es ist deutlich kleiner, als ich erwartet habe. Ein Weg aus grobem Kies führt durch die Wiese bis vor die Haustür, an der überraschenderweise kein Gold zu finden ist. Stattdessen ist sie in einem hellen Blau gestrichen, auf das jemand rosa Wolken gemalt hat, die an einen Sonnenaufgang erinnern.

Hier wurde kein Wert darauf gelegt, den eigenen Reichtum zu präsentieren. Falls es ihn denn gibt. Denn je länger ich mich umschaue, desto mehr habe ich das Gefühl, er hört mit dem goldverzierten Tor auf.

Ich schließe zu Yessa auf, die die Haustür fast erreicht hat, und mein Blick fällt auf ein kleines Schild neben dem Eingang.

Hayes steht dort in geschwungenen goldenen Lettern, und mir entweicht ein raues Lachen.

«Ernsthaft?», frage ich sie spöttisch. «All der Aufwand, nur damit du eine Nacht zu Hause verbringen kannst? Hattest wohl keine Lust, auf die nächste Freistellung zu warten?»

Die Captain wirbelt zu mir herum. «Halt einfach die Klappe!», fährt sie mich an und ballt die Hände zu Fäusten. «Du hast keine Scheißahnung, wer ich bin!»

Ich zucke zurück, mein Körper nur allzu vertraut damit, was auf die Wut einer Reiterin folgt. Doch Yessa macht keine Anstalten, sich mir zu nähern. Stattdessen wendet sie sich wieder ab und betätigt mit zitternden Fingern den Türklopfer.

Etwas in mir zieht sich zusammen. Ich würde lieber in einem kalten Zelt irgendwo an der Front schlafen als in diesem Haus. Das hier ist kein fröhlicher Besuch, das wird mir gerade klar. Und wenn Yessa schon so nervös ist, was erwartet mich dann erst da drin?

Bevor ich mich wappnen kann, wird die Tür bereits geöffnet. Wieder steht eine Frau vor uns, doch diese ist älter und wirkt wesentlich selbstsicherer als Walshs Witwe. Lachfältchen liegen um ihre grünen Augen, doch der Rest ihres Gesichts ist jung geblieben. Ich schätze sie auf Mitte vierzig – ungefähr so alt, wie meine Mutter jetzt wäre, würde sie noch leben. Ihre braunen Haare sind zu einem Zopf gebunden, der ihr locker über die Schulter fällt, und sie trägt eine Schürze mit Mehlflecken, an der sie sich stirnrunzelnd die Hände abtrocknet.

«Yessa?», fragt sie. Ein warmes Lächeln breitet sich auf ihren Lippen aus. «Was machst du denn ...»

Ihr Blick fällt auf mich, und sie stockt mitten im Satz. Auch wenn ich nicht so recht weiß, was gerade passiert, jagt es mir einen unangenehmen Schauder über den Rücken.

Etwas stimmt nicht. Die Fremde starrt mich an, und mit dem Ausdruck auf ihrem Gesicht verstärkt sich auch das mulmige Gefühl in meiner Magengrube. Aus ihrer Überraschung wird erst Sorge und dann unverkennbare Panik.

Sie fixiert wieder Yessa und blinzelt plötzlich Tränen weg. «Wo ist Livia?», stößt sie aus. Und alles in mir gefriert zu Eis.

Yessa macht einen wackligen Schritt auf die Frau zu, und erst jetzt bemerke ich, dass sich das Zittern ihrer Hände auf ihren gesamten Körper ausgeweitet hat. «Rina ...» Ihre Stimme klingt erstickt. «Es tut mir so leid ...»

Die Fremde schüttelt vehement den Kopf. «Nein.» Eine Träne löst sich aus ihrem Augenwinkel und rollt ihre Wange hinunter. *«Nein!»*

Dieses Mal gleicht das Wort einem Flehen. Es schneidet mir schmerzhaft in die Brust.

Rina geht in die Knie, und Yessa stürzt zu ihr über die Türschwelle. «Es tut mir leid», flüstert sie wieder und fällt ihr um den Hals. Ich kann Yessas Tränen nicht sehen, aber ich kann sie hören. Ein Schluchzen entkommt ihr und bringt ihren zierlichen Körper zum Beben.

«Nein», wimmert Rina. Sie schlingt ihre Arme um Yessa, vergräbt das Gesicht an ihrem Hals, und sie klammern sich aneinander fest, als würde allein die Anwesenheit der jeweils anderen sie noch zusammenhalten. Als könnten sie diesen Schmerz, diesen Verlust nicht ohneeinander überstehen.

Ich stehe da wie angewurzelt und starre auf die beiden hinab.

Eben noch wirkte Yessa auf mich kalt und unberührt. Verdammt, schon seit ich sie kenne, spielt sie die Starke, Sture, Selbstbewusste, lässt keine Emotion länger als ein paar Atemzüge zu. Und von jetzt auf gleich schaue ich dabei zu, wie sie vor mir in tausend Scherben zerbricht – ausgerechnet wegen eines Drachen.

«Es tut mir leid», stößt Yessa aus, immer und immer wieder. Ihre Schluchzer sind herzzerreißend, schütteln ihren Körper und wecken in mir das Bedürfnis, meine Arme um sie zu schließen. Verdammt, ich wusste, dass Livia ihr wichtig war. Aber das ...

Schritte erklingen, und eine weitere Frau kommt in den kleinen Vorraum geeilt. Ich muss blinzeln, so ähnlich sieht sie Yessa. Blasse Haut, Sommersprossen, lange rote Locken, die auch sie zu einem Zopf gebunden trägt. Sie sind sich wie aus dem Gesicht geschnitten. «Was ist denn hier los?», fragt sie besorgt. Ihr Blick findet mich, und auch sie stockt einen Moment lang. Ihre braunen Augen werden traurig, als sie zu verstehen scheint.

«Oh nein», flüstert sie und geht neben Yessa und Rina auf die Knie. Sie zieht beide in eine Umarmung und wiegt sie sanft hin und her. Tränen laufen über ihre Wangen, doch abgesehen davon bewahrt sie die Fassung. Sie atmet tief ein und aus, flüstert beruhigend auf die anderen beiden ein.

Ich kann nicht mehr hinsehen. Zu sehr nimmt mich ihre Trauer mit. Überfordert drehe ich mich um und lasse meinen Blick über den leeren Garten schweifen. Durch die hohen Mauern sind wir zum Glück vor neugierigen Augen geschützt. Doch es kommt mir trotzdem komisch vor, hier untätig in der Tür zu stehen, während sich die Eiseskälte von draußen mit der Wärme aus dem Haus mischt und die drei Frauen vor mir in einem derart verwundbaren Zustand sind.

Zögerlich trete ich über die Türschwelle und ziehe die Tür hinter mir zu. Yessa und Rina scheinen es nicht einmal zu bemerken. Nur die dritte Frau, vermutlich Yessas Mutter, hebt den Kopf, wischt sich Tränen aus dem Gesicht und lächelt mich traurig an.

Auf den zweiten Blick erkenne ich mehr Unterschiede zu Yessa. Abgesehen von dem deutlichen Altersunterschied ist sie etwas kleiner und nicht ganz so athletisch. Sie hat ein Muttermal auf der linken Wange und weichere Gesichtszüge.

Die Frau streicht den anderen beiden ein letztes Mal tröstend über den Rücken, dann steht sie auf und wischt sich erneut Tränen aus den Augen.

«Lassen wir ihnen einen Moment», flüstert sie mir erstickt zu und tritt wieder zu der Tür, durch die sie den Vorraum betreten hat. Sie winkt mich zu sich. «Komm rein.»

Zögerlich schiebe ich mich an Yessa vorbei. Etwas in mir wehrt sich dagegen, sie in diesem Zustand allein zu lassen, aber ich schätze, dieser Moment zwischen ihr und Rina geht mich nichts an. Und weder kann ihr hier etwas zustoßen, noch habe ich ihr gegenüber irgendeine Verpflichtung. Auch wenn es sich gerade seltsam danach anfühlt.

Ich trete zu der Fremden in den Flur, und sie schließt leise die Tür hinter uns, lässt Yessa und Rina etwas Privatsphäre. Erneut reibt sie sich mit dem Handrücken über die Wange, dann streckt sie eine Hand nach dem Riemen meiner Tasche aus. «Hier, lass mich das nehmen», bietet sie mit heiserer Stimme an.

«Was …?» Bevor ich ganz begreife, was sie vorhat, hat sie mir das Gepäck bereits von der Schulter gezogen und hievt es sich auf den Rücken. «Sie müssen nicht …»

«Du bist hier Gast», unterbricht sie mich und blinzelt neue Tränen weg. «Herzlich willkommen.» Wieder ein trauriges Lächeln. «Ich bin Eryn. Yessas Mutter.»

Ich atme geräuschvoll aus und versuche zu verarbeiten,

was eben passiert ist. Erfolglos. Ich habe definitiv anderes hinter dieser Haustür erwartet. «Cassim», stelle ich mich vor und lasse den Blick überfordert durch den Flur schweifen.

Hier drinnen sind die Wände nicht aus schwarzem Stein. Stattdessen ist alles hell verputzt. Ein ausgewaschener rot gemusterter Teppich zieht sich den Gang entlang. Überall hängen Gemälde von Blumenweiden, Bergen und Sonnenuntergängen.

Die Einrichtung strahlt Ruhe und Gemütlichkeit aus, und sofort fühle ich mich sicherer. Was dem Haus von außen an Wärme fehlt, macht es von innen hundertfach wieder wett.

«Komm.» Eryn hat sich abgewendet und geht mir voraus auf eine hölzerne Tür zu. Ich höre sie schniefen, und das schlechte Gewissen wird zu einem regelrechten Messer in meiner Brust. Eryn, Rina, Yessa – alle trauern sie um Livia. Und ich bin schuld an ihrem Verlust.

Zögerlich folge ich Eryn bis in eine hübsch eingerichtete Küche. Kupferne Töpfe und Pfannen hängen von einem Regal neben dem Herd. In einem Ofen in der Ecke brennt ein Feuer, das eine angenehme Wärme im Zimmer verbreitet. Auf der anderen Seite steht ein großer hölzerner Esstisch mit sechs Stühlen.

«Lass die Tür angelehnt», bittet Eryn mich leise und stellt das Gepäck neben dem Tisch ab. «Yessa und Rina kommen sicher bald nach.»

«Ist sie Livias Mutter?», frage ich vorsichtig und bereue es sogleich, weil erneut Schmerz über Eryns Gesicht huscht.

«Ja.» Sie atmet tief durch, füllt einen Teekessel mit Wasser und stellt ihn auf den heißen Ofen. «Sag mir bitte ...» Sie zögert. «Livia ...» Fast ängstlich dreht Eryn sich zu mir um und schaut mich an. Ihr Blick wirkt gequält. «Ist sie tot?»

Mein Gesicht sagt vermutlich alles, denn erneut treten

ihr Tränen in die Augen. «Es tut mir leid», bringe ich hervor, aber sie winkt ab, wendet sich wieder dem Ofen zu und zieht ein Taschentuch aus ihrer Hosentasche.

«Setz dich doch», schlägt sie tränenerstickt vor. «Ich koche uns einen Tee.»

Ich lasse mich auf einen der Stühle sinken und schaue mich stirnrunzelnd in der Küche um. Auch hier hängen wieder Gemälde an den Wänden, allesamt bunt, farbenfroh, tröstlich. Vom Fenster aus kann man in den hinteren Teil des Gartens schauen, direkt auf die alte Schaukel. Von dem Luxus, den das goldverzierte Tor versprochen hat, ist rein gar nichts zu sehen. Ob Livias Mutter eine Angestellte von Yessas Familie ist? Irgendwie bezweifle ich es.

Eryn gießt eine große Kanne Tee auf und stellt sie mir gemeinsam mit einem Teller Kekse vor die Nase. Ihre Augen sind gerötet, und ihr ist deutlich anzusehen, dass sie immer noch mit den Tränen kämpft, aber sie bleibt beeindruckend gefasst. Jetzt weiß ich, woher Yessa ihre Stärke hat.

«Du hast sicher Hunger», meint sie sanft. «Ich fange gleich an zu kochen, aber es dauert noch eine Weile, bis das Essen fertig ist, also bedien dich bitte.»

Sie wendet sich wieder ab, und ich beobachte sie dabei, wie sie Gemüse aus einer Vorratskammer holt und es zu waschen beginnt. Im Flur bleibt es still. Nur das Plätschern des Wassers füllt das Schweigen zwischen uns. Der Duft des Tees steigt mir in die Nase und macht mein Herz noch schwerer, als es ohnehin schon ist.

Heckenrose.

Sie wächst nur weiter im Süden. Meine Mutter hat die Früchte in den letzten Jahren vor ihrem Tod immer im nahen Wald gesammelt und vor dem Kamin für den Winter getrocknet.

Ich vermisse sie. Und je länger ich hier sitze und auf die kaum hörbaren Schluchzer lausche, die aus dem Flur zu uns dringen, desto sicherer bin ich, dass meine Mutter enttäuscht von mir wäre. Enttäuscht von dem Mann, zu dem ihr Glutjunge geworden ist. Enttäuscht von den Entscheidungen, die er trifft, und den Opfern, die er bringt.

Ich könnte es ihr nicht verübeln.

«Kann ich helfen?», frage ich Eryn vorsichtig. Ich kann nicht nur einfach hier sitzen und nichts tun. Ich brauche Ablenkung von den wachsenden Schuldgefühlen in meiner Brust.

Eryn wirft mir einen Blick zu und scheint meine Aufgewühltheit zu bemerken, denn ihre Züge werden unvermittelt weicher. «Wenn du möchtest. Die Kartoffeln müssen geschält werden.»

«Darin bin ich gut.» Schon als Kind wollte ich meiner Mutter bei allem helfen, und daraus wurde bald eine Tradition. Jeden Abend saßen wir gemeinsam in unserer kleinen Küche und haben zusammen gekocht. An den meisten Tagen, wenn ich mir bei meiner schlecht bezahlten Arbeit mehr Schläge als Geld eingefangen habe, war das mein einziger Lichtblick.

Ich hatte mein Leben lang immer nur sie. Ihre Umarmungen. Ihre Küsse auf meine Stirn. Ihr «Alles wird gut, mein Glutjunge». Mein Leben war geprägt von der Zuneigung meiner Mutter. Und von ihrer Angst um mich. Ich weiß nur zu gut, was Familie bedeutet. Und was ich hier offensichtlich zerstört habe.

«Na dann», meint Eryn warm, nicht ahnend, dass ich der Grund für ihr Leid bin. Was für ein verdammter Lügner doch aus mir geworden ist. «Ich bringe sie dir gleich an den Tisch.»

YESSA

Der Schmerz lässt nicht nach.

Nicht, als meine Mutter und Cassim den Vorraum verlassen.

Nicht, als meine Beine einschlafen, weil ich auf dem harten Steinboden knie.

Nicht, als Rinas Schluchzer zu einem leisen Wimmern werden und meine Kehle sich allmählich heiser anfühlt.

Er ist wie ein Dolch in meiner Brust, der sich nur immer tiefer hineinbohrt, statt sich zu lösen. Sämtliche Gedanken an Livia, die ich in den vergangenen Tagen verdrängt habe, kommen nun umso erbarmungsloser zurück. Die Nähe meiner Mütter, dieses Haus und die damit verbundenen Erinnerungen schärfen die Klinge nur. Rinas vertrauter Duft hüllt mich ein, nach frisch gewaschenem Leinen und Rose. Ihre Wärme ist tröstlich und gleichzeitig nicht. Weil aller Trost nicht gegen das klaffende Loch in meiner Seele hilft. Und weil die Zeit womöglich die Wunden heilen wird, aber niemals meine Schuld fortspült. Weil sie niemals wiedergutmachen wird, was geschehen ist.

Trotzdem bin ich es, die irgendwann als Erste aufsteht, sich die Tränen von den Wangen wischt und Rina an den Händen fasst. Wir können nicht ewig hier sitzen. Es ist kalt und einsam hier, und das tut uns beiden nicht gut.

«Komm», flüstere ich und ziehe sie sanft hoch. «Lass uns reingehen.»

Rina lässt sich von mir auf die Beine helfen, aber ihre Tränen verebben nicht. Wie sollten sie auch? Sie hat ihre Tochter verloren.

Wir durchqueren den Flur und betreten die Küche. Ich

halte inne, als ich Cassim neben meiner Mutter am Herd entdecke, eine Kochschürze um seine Uniform gebunden. Er schneidet gerade eine Kartoffel in Scheiben und hält inne, um den Kopf zu drehen. Er mustert mich, und ich versuche vergeblich, etwas aus seinem Blick zu lesen.

Ich weiß nur zu gut, wie furchtbar ich ihn behandelt habe. Schon der Streit gestern Nacht hat mir Bauchschmerzen bereitet, aber ich habe es einfach nicht über mich gebracht, mit ihm zu reden. Seine Worte haben zu große Wunden gerissen, zu viele Zweifel gesät. Haben aus meiner Wut in rasender Geschwindigkeit eine alles zerfressende Angst gemacht.

Angst davor, was beim Ritual passiert ist. Davor, dass ich auffliege und alles verliere. Davor, dass Cassim meine Geheimnisse verrät, und ebenso davor, dass er es nicht tut.

Denn am allermeisten fürchte ich mich vor der Sehnsucht, die er beim Ritual ausgelöst hat und die seitdem immer wieder aufflackert, wenn ich ihn anschaue. Vor der Zuneigung, die ich immer mehr für ihn empfinde. Und davor, auch ihn zu verlieren. Ihn sterben zu sehen, so wie ich es bei Livia tat. Ihn nicht beschützen zu können, obwohl ich es ihm versprochen habe.

Ich würde Cassim all das gern erklären und mich entschuldigen, doch mir fehlen die Worte, um irgendetwas davon zu sagen. Stattdessen kann ich nur erneut gegen meine Tränen anblinzeln.

Der Anblick von ihm an diesem Herd schmerzt. Denn es sollte nicht Cassim sein, der dort steht und meiner Mutter beim Abendessen hilft. Es sollte nicht er sein, mit dem ich fliege, mit dem ich mein Zelt teile, dem ich all meine Geheimnisse offenbare. All das war immer meiner Schwester vorbehalten, und es nun mit jemand anderem zu teilen fühlt sich an wie Verrat.

Aus den Augenwinkeln nehme ich wahr, wie meine Mutter und Rina sich umarmen. Doch obwohl sie mich sicher bereitwillig in ihrer Mitte aufnehmen würden, gehe ich lieber auf Abstand. Bei Rina fühlt sich meine Mutter am sichersten, das weiß ich. Und umgekehrt genauso. Die beiden brauchen diesen Moment zu zweit, diese Versicherung, dass sie nicht allein sind. Dass sie sich der Trauer gemeinsam stellen. Dass sie es irgendwie durchstehen.

Ich trete an Cassims Seite und fixiere die Auflaufform vor ihm, die bereits halb mit Kartoffelscheiben gefüllt ist. Ehrlich gesagt weiß ich nicht, was ich mir von ihm erhoffe. Ich erwarte, dass er einfach weitermacht und mich ignoriert, doch stattdessen mustert er mich. Ich spüre seine Nähe unter meine Haut kriechen wie die Hitze eines Feuers.

Gerade würde ich alles für eine Umarmung von ihm geben. Aber ihn darum zu bitten, nach gestern, nach *heute*, käme mir respektlos vor. Als würde ich ihn verspotten.

«Was gibt es zu essen?», frage ich leise, obwohl die Kartoffeln und der Käse, die vor Cassim liegen, eigentlich Antwort genug sind.

«Auflauf», erwidert er trotzdem, seine Stimme erstaunlich ruhig. «Und frisch gebackenes Brot. Ich habe mir sagen lassen, es ist besser als alles, was die Bäcker hier je zustande gebracht haben.»

Mein Blick fällt auf den großen Laib, der noch zum Auskühlen auf einem Rost auf der Arbeitsplatte liegt, und obwohl ich keinen Appetit habe, läuft mir das Wasser im Mund zusammen. Rinas Brot ist köstlich. Luftig-locker mit genau der richtigen Menge Salz. Sie behauptet, die Götter würden ihr beim Backen helfen, und wir haben es bis heute nicht gewagt, ihr zu widersprechen. Ehrlich gesagt zweifle ich nicht mal daran, dass es stimmt.

«Kann ich bestätigen», sage ich und schaue Cassim unsicher ins Gesicht. Er hat die Stirn leicht gerunzelt und mustert mich nachdenklich. Ist er wütend? Besorgt? Ich habe keine Ahnung.

«Deswegen also die Sache mit Walsh?», will er leise wissen. «Es war nur ein Vorwand, um hierherkommen zu dürfen, hab ich recht? Harlow weiß nicht, was wir hier wirklich machen.»

Ich nicke schwach. «Tut mir leid, dass ich es dir nicht gesagt habe», flüstere ich. «Ich wusste nicht, wie. Ich wollte dir nicht wehtun, Cassim. Aber ich musste das hier tun.» Meine Kehle wird eng, als würde sie verhindern wollen, dass ich die nächsten Worte ausspreche. Aber ich will ihm nicht schon wieder etwas vorenthalten. Er muss es wissen. Offenbar hat er noch nicht mitbekommen, was man sich im Camp über mich erzählt. «Sie war meine Schwester», bringe ich hervor und blinzle schon wieder gegen die Tränen an.

Cassim stockt. Damit hat er offenbar nicht gerechnet. «Das tut mir leid», sagt er schließlich.

Hastig schüttle ich den Kopf. «Schon gut», behaupte ich, doch die Worte klingen noch immer erstickt. Ich will kein Mitleid von ihm. Oder zumindest will ich nicht, dass er sich zu Mitleid verpflichtet fühlt. Er darf mich verabscheuen. Er hat jedes Recht dazu. Scheiße, ich tue es ja selbst.

«Hey.» Cassims Stimme ist plötzlich weich. Wieder ganz der warme Honig, den ich in den letzten vierundzwanzig Stunden vermisst habe. Er legt mir tröstend eine Hand auf den Oberarm, und entgegen meinen Vorsätzen gibt mein Körper einfach nach.

Auf einmal finde ich mich an Cassims Brust wieder, vergrabe das Gesicht an seiner Schulter, atme seinen Duft ein. Er legt beide Arme um mich, drückt mich sanft, und mir entkommt ein Schluchzen. «Lass es raus», murmelt er und streicht mir übers Haar.

Die Berührung fühlt sich so gut an. Heilsam und aufwühlend zugleich. Ich sehne mich danach, dass er sie wiederholt. In einer stillen Bitte schmiege ich meine Wange fester an Cassims warme Schulter, und er scheint zu verstehen. Seine Hand findet wieder an meinen Hinterkopf, sein Griff wird ein wenig fester. In seinen starken Armen fühle ich mich verletzlicher als je zuvor – und bedingungslos geborgen.

Vorsichtig hebe ich den Kopf. Meine Nase streift Cassims Hals, und ich atme mehr von seinem Duft. Seine Uniform riecht nach Leder und dem eisigen Nordwind. Sein eigener Geruch hingegen ist ein anderer. Er erinnert mich an Wacholder, aber wärmer. Herber. Und viel anziehender.

Ich schließe die Augen und schlucke schwer. Cassims Fingerkuppen massieren meine Kopfhaut in einem langsamen, stetigen Rhythmus, und ich kann seinen Herzschlag spüren. Es fühlt sich perfekt an, und gleichzeitig nicht. Weil der Schmerz dennoch bleibt und meine Reue allgegenwärtig ist.

«Ich will nicht, dass du mich hasst», gestehe ich flüsternd, und die Worte fühlen sich seltsam vertraut an. Als würde ich etwas aussprechen, das mir schon ewig auf der Zunge lag.

«Keine Sorge», raunt Cassim mit einer Spur Belustigung in der Stimme und senkt den Kopf so weit, dass ich seinen Atem an meiner Schläfe spüre. «Ich hab's versucht und nicht geschafft. Aber für die Zukunft wäre ein bisschen mehr Ehrlichkeit vielleicht ganz gut, Funkenprinzessin.»

Ich stocke.

Alles in mir gefriert zu Eis.

Die Vertrautheit gräbt sich endlich ihren Weg aus meinem Unterbewusstsein heraus, entfaltet sich zu einer ausgewachsenen Erinnerung. Einer Erinnerung an genau diesen Moment.

Ich habe das hier schon einmal erlebt.

Schock mischt sich unter meine Trauer und bringt mein Herz zum Stolpern. Das kann nicht sein. Ich habe mich verhört.

Hastig löse ich mich von Cassim und schaue zu ihm auf.

«Wie hast du mich genannt?», keuche ich.

Er lässt mich los und verzieht leicht besorgt einen Mundwinkel. «Es war nur ein Scherz», beschwichtigt er mich. «Wegen der Funken in deinen Augen.»

Aber ich kann nicht mehr atmen.

Alles ist genau so, wie ich es beim Ritual gesehen habe.

Ein Teil von mir würde Cassim gern unterstellen, dass er mir diese Vision eingepflanzt und sie anschließend inszeniert hat, aber wie hätte er diesen Moment hier vorhersehen sollen? Entweder kann er hellsehen oder ...

Ich.

Mir wird schlecht. Und noch während ich versuche, diese merkwürdigen Geschehnisse zu verarbeiten, wird mir klar, was ich gerade tue.

Ich darf Cassim nicht mögen. Ich darf ihn nicht so berühren. Und ich darf es erst recht nicht wollen.

Völlig überfordert mache ich einen Schritt zurück. Mein Herz rast, und meine Wangen brennen vor Scham.

Cassim presst leicht die Lippen zusammen, als würde er sich bemühen, sein Gesicht neutral zu halten, aber er wirkt trotzdem verletzt. Und ich bin es auch. Weil es sich schön angefühlt hat, von ihm gehalten zu werden. Schön und doch verboten. Und dieser Zwiespalt bringt mich endgültig an meine Grenzen.

«Tut mir leid», flüstere ich und weiche noch einen Schritt zurück.

Ich kann das nicht. Nicht jetzt. Ich muss erst meine Gedanken sortieren. Irgendwie wieder Herrin über meine Gefühle werden.

«Habe ich etwas falsch gemacht?», will Cassim leise wissen. Er wirkt misstrauisch. Und nach gestern Nacht kann ich ihm das nicht verübeln.

«Nein», verspreche ich atemlos und wende mich ab. «Ich brauche nur kurz frische Luft.»

KAPITEL 10

SET US FREE

YESSA

Ich kann nicht schlafen.
Nach dem Zwischenfall mit Cassim habe ich mich zu der alten Schaukel im Garten geflüchtet, um einen Moment für mich allein zu sein. Ich wollte all das Chaos in meinem Inneren ordnen. Antworten auf die unzähligen Fragen finden, die ich mich nicht auszusprechen traue, weil ich nach dem Ritual und meiner merkwürdigen Vision das Gefühl nicht loswerde, dass etwas mit mir nicht stimmt.

Aber als meine Mutter mich nach einer guten halben Stunde holen kam, war ich kein Stück weiter als zuvor. Eher im Gegenteil, denn gerade hinterfrage ich alles. Von Livs und meiner Entscheidung, zur Armee zu gehen, bis hin zu meinen gestrigen Vorwürfen Cassim gegenüber. Ich fühle mich, als hätte ich vergessen, wer ich bin oder was mein Ziel ist. Als hätte Livias Tod nicht mehr als eine leere Hülle zurückgelassen, die ich mit Angst, Zweifeln und Wut füllen musste, damit sie nicht in sich zusammenfällt.

«Was soll ich nur machen?», flüstere ich in die Dunkelheit und blinzle gegen die Tränen an. Ich liege allein in Livias Zimmer. Cassim schläft auf der gegenüberliegenden Seite des Flurs in meinem. Andersherum kam es mir unpassend vor, und ihn im Wohnzimmer oder irgendwo auf dem Boden schlafen zu lassen, kam gar nicht infrage.

Doch hier drin zu sein, setzt mir mehr zu, als ich dachte. Es sorgt dafür, dass ich mich Livia nahe fühle, und genau das tut mehr weh, als es tröstet. Selbst im Dunkeln kann ich die kleinen Sterne erahnen, die sie an ihre Zimmerdecke gemalt hat. Sehe die kleine geschnitzte Drachenfigur auf dem

Nachttisch, die unser Vater ihr zum sechsten Geburtstag geschenkt hat. Glaube, noch immer ihren vertrauten Duft in den Laken ihres Bettes wahrnehmen zu können.

Es ist alles genau so, wie sie es zurückgelassen hat. Livias Kleider hängen weiterhin im Schrank, ihre Malutensilien sind ordentlich in einer Schublade unter ihrem Tisch verstaut, ihre Staffelei steht in der Ecke hinter der Tür und wartet darauf, wieder benutzt zu werden. Umsonst.

Tief atme ich durch und schließe die Augen. Aber es bringt nur noch mehr Erinnerungen an die Oberfläche.

«Liv! Mama sagt, du sollst ...» Ich betrete das Zimmer meiner Schwester und stocke mitten im Satz. Sie sitzt auf ihrem Bett, den kleinen geschnitzten Holzdrachen auf dem Schoß, und wischt sich hastig die Tränen von den Wangen.

«Ich komm gleich», sagt sie erstickt und wendet das Gesicht ab.

Zögerlich bleibe ich im Türrahmen stehen. «Warum weinst du?»

«Es ist nichts», schnieft sie wenig überzeugend.

Ich komme näher. «Ist der Drache kaputt?», frage ich vorsichtig. «Papa kann ihn bestimmt reparieren, wenn er wieder zu Hause ist.»

Doch als ich mich über die Figur beuge, sieht sie heil aus. Der Drache steht auf den Hinterläufen und spreizt anmutig seine Flügel.

«Er ist nicht kaputt», bringt Liv unter Tränen heraus. «Nur ich.»

«Du?» Verwirrt lasse ich mich neben sie auf die Matratze sinken. «Wie meinst du das?»

Sie schluchzt. «Jemand wie ich ist unerwünscht.»

«Wer hat das gesagt?»

«Celyn.»

Irritiert runzle ich die Stirn. «Aber sie mag dich doch!»

Celyn ist Künstlerin und besitzt ein kleines Atelier im Süden der Stadt. Dort kann jeder hinkommen, um zu malen, und Livia ist praktisch Stammgästin, seit sie einen Pinsel halten kann.

Liv stellt mit einem Schniefen den Drachen beiseite. «Nicht mehr.

Sie sagt, es schadet ihrem Geschäft, wenn ich immer da bin. Es schreckt die Leute ab.»

Ich muss schlucken. «Hat sie gesagt, wieso …?»

«Wieso wohl, Yessa?» Endlich schaut sie mich an. Ihre Augen sind rot vom Weinen, und sie sieht zutiefst verletzt aus. «Sie will keinen Drachen in ihrem Atelier.»

Mir wird schwer ums Herz. «Dann hat sie keine Ahnung», stelle ich klar.

Liv schnaubt. «Klar. Genau wie der Bäcker, der uns gesagt hat, wir sollen nächstes Mal woanders einkaufen», erinnert sie mich. «Oder unsere Nachbarin, die immer plötzlich wegmuss, wenn wir uns mit ihr unterhalten wollen.»

«Es liegt nicht an dir», versuche ich, sie zu trösten, aber das treibt ihr nur neue Tränen in die Augen.

«Das macht es ja so schlimm! Es ist egal, wer ich bin. Meine Herkunft reicht, um mich zu hassen.»

«Niemand hasst dich!»

Liv schüttelt den Kopf. «Du hast keine Ahnung, wie es sich anfühlt.»

Ich rutsche ganz nah zu ihr und schlinge meine Arme um sie. «Ich könnte dich nie hassen, hörst du?»

Sie lehnt sich an mich. «Das sagst du jetzt.»

«Das werde ich immer sagen. Du bist doch meine Schwester.»

«Halbschwester», korrigiert sie leise. «Vielleicht sollten Mama und ich gehen, damit wenigstens ihr keine Schwierigkeiten bekommt …»

«Auf gar keinen Fall!», keuche ich. «Wir sind eine Familie. Wir halten zusammen. Ich will nicht, dass du mich jemals verlässt, hörst du?»

Livia atmet zittrig ein. «Und was, wenn sie uns irgendwann wegjagen, weil uns niemand mehr hier will?»

«Das wird nicht passieren», sage ich bestimmt.

Ihre Stimme ist nur noch ein Flüstern. «Aber was, wenn doch, Yessa?»

«Dann komme ich mit», verkünde ich kurz entschlossen. «Ich folge dir überallhin.»

CASSIM

Ein Klopfen reißt mich aus dem Schlaf.

Ich brauche einen Moment, um mich daran zu erinnern, wo ich bin und was ich hier mache. Das fremde Schlafzimmer ist in völlige Dunkelheit gehüllt. Die Kissen duften ungewohnt, aber gut. Und im Gegensatz zu sonst ist da kein heulender Wind, der an den Zeltplanen reißt und mir bis in den Schlafsack fährt. Im Gegenteil. Es ist vollkommen still im Haus von Yessas Familie, und die Decke ist verführerisch warm.

Dennoch schleicht sich leises Misstrauen unter das Gefühl von Sicherheit. Ich setze mich auf und reibe mir mit einem unterdrückten Gähnen den Schlaf aus den Augen.

«Ja?», frage ich leise. Fast glaube ich, mir das Geräusch eingebildet zu haben, denn ein Blick aus dem Fenster zeigt mir, dass es noch mitten in der Nacht ist. Aber die Tür wird nun tatsächlich geöffnet, und der schwache Schein einer Öllampe fällt zu mir ins Zimmer. Rote Haare fangen das Licht der Flamme ein, und Yessa lugt vorsichtig durch den Türspalt.

Ich bin mir nicht sicher, was ich bei ihrem Anblick empfinde. Es ist eine ganze Palette von Emotionen, die in mir durcheinanderwirbeln, und keine davon will so richtig die Führung übernehmen.

Nach dem gemeinsamen Abendessen mit ihr und ihren Müttern, das größtenteils in Schweigen verlief, habe ich Yessa nicht mehr gesehen. Ich war heiß baden – zum ersten

Mal seit Monaten –, während sie und Eryn die Betten bezogen haben, und als ich wieder aus dem Bad kam, war Yessas Tür bereits zu.

Ich kann verstehen, dass sie noch nicht zu einem Gespräch bereit war. Und auch wenn es mir anders geht, habe ich das akzeptiert und bin schlafen gegangen.

Oder zumindest habe ich es versucht. Ich lag noch eine gefühlte Ewigkeit wach, weil meine Gedanken nicht aufhören wollten zu kreisen. Mittlerweile weiß ich überhaupt nicht mehr, wie Yessa und ich eigentlich zueinander stehen. Aber eine Sache ist mir zumindest klar.

Ich will nicht, dass sie wieder geht.

«Was ist los?», frage ich sanft.

Yessa öffnet die Tür ein wenig weiter, zögert jedoch. So lang, dass ich beinahe sicher bin, dass sie einen Rückzieher macht und einfach wieder verschwindet. Aber dann ringt sie sich doch zu einer Antwort durch.

«Ich kann nicht schlafen», gesteht sie heiser. «In Livs Zimmer ist alles so voll mit ... *ihr.*» Sie klingt ebenso erstickt wie vorhin in der Küche, und ich will sie unweigerlich wieder in den Arm nehmen.

«Komm rein.» Die Worte haben meinen Mund verlassen, bevor ich über sie nachdenken kann. «Du kannst hier schlafen. Das ist sowieso dein Zimmer, oder?» So genau hat mich niemand über meinen Schlafplatz aufgeklärt, aber die Vermutung liegt nahe. Irgendwie erinnert mich dieser Raum an Yessa.

Hier hängen andere Gemälde als unten im Haus. Weniger Blumen, mehr Sterne, Funken, die Berge bei Nacht. Ich kann nicht ganz greifen, woran es liegt, aber sie alle strahlen eine Mischung aus Ruhe und Überzeugung aus. Ähnlich wie Yessa selbst.

«Ja», bestätigt sie und tritt zögerlich ein. Der Schein der Öllampe erhellt die Gemälde, und Yessa lässt unschlüssig den Blick über die Wände schweifen.

Wie lang ist es wohl her, dass sie hier gelebt hat? Sie muss schon einige Jahre bei der Armee sein, sonst hätte sie es nicht geschafft, Captain zu werden. Vermutlich ist sie wie die meisten anderen direkt mit sechzehn beigetreten. Wenn ich ihr Alter richtig schätze, ist das also gut sechs oder sieben Jahre her. Dennoch haben ihre Eltern hier nichts verändert. Yessas Zuhause ist ihr Zuhause geblieben, und ich kann nicht anders, als sie dafür zu beneiden.

«Du kannst das Bett haben», verkünde ich und schlage meine Decke zurück. «Ich schlafe auf dem Boden.»

Erschrocken dreht sie sich zu mir um. «Auf keinen Fall!»

«Ich bin es gewohnt», beruhige ich sie. «Das schadet meinem Rücken auch nicht mehr.»

«Und genau deswegen werde ich dir bestimmt nicht die Chance auf einen bequemen Schlafplatz nehmen!», beharrt sie. «Ich komme auch mit dem Boden zurecht. Ich will einfach nur schlafen können.»

«Wirst du aber nicht, wenn dein Rücken wehtut.»

Yessa seufzt auf. «Das kann dir doch egal sein.»

«Ist es aber nicht», gestehe ich widerwillig. Fuck, es ist mir alles andere als egal. Weil es ihr umgekehrt auch nicht egal ist und ich ohnehin schon Schuldgefühle habe. Zögerlich weise ich mit dem Kinn auf die freie Seite des Bettes. «Es gibt genug Platz für uns beide», verkünde ich. «Sieh es als Friedensangebot.»

Yessa schluckt. Und ihr Blick lässt mich vermuten, dass sie diesen Vorschlag ebenso hinterfragt wie ich selbst.

«Warum?», will sie schließlich leise wissen. Sie schlingt die Arme um ihren Körper. «Ich war furchtbar zu dir.»

«Und du bereust es.»

«Das macht es doch nicht besser.»

Ich verziehe den Mund. «Als jemand, der oft genug selbst furchtbar ist, würde ich mir wünschen, dass das nicht stimmt.»

Yessa atmet tief durch. «Ich wollte dir sagen, dass wir zu Walshs Angehörigen müssen. Aber ich wusste nicht, wie. Wir kennen uns kaum. Ich wusste nicht, ob ...» Sie ringt um Worte, doch ich glaube bereits zu wissen, was sie sagen will.

«Ob du mir vertrauen kannst?»

Sie presst die Lippen zusammen und nickt.

«Ich verstehe.»

Yessa kommt näher und stellt mit zitternden Fingern die Öllampe auf dem Nachttisch ab. Ihr Blick bleibt an meinem hängen, die Funken in ihren Augen trotz allem seltsam tröstlich, und ich sehe sie schlucken. «Ich habe eine solche Angst», gesteht sie mir flüsternd. «Und ich wusste nicht, wie ich damit umgehen soll. Also habe ich es auf dich abgewälzt, statt es mit mir selbst auszumachen. Es tut mir leid.»

Ich mustere sie einen Moment lang, unschlüssig, was ich mit diesem Geständnis anfangen soll. Eigentlich sollte ich so viel Abstand wie möglich zwischen uns bringen. Nichts, was Yessa tun könnte, würde etwas an meinen Überzeugungen ändern. Jegliche Sympathien für sie werden meinen Plan nur verkomplizieren. Und trotzdem sehne ich mich danach, ihr zu verzeihen. Danach, diesen hauchzarten Anflug von Vertrauen zwischen uns wiederherzustellen. Und schließlich erwische ich mich dabei, wie ich langsam nicke.

«Danke für deine Ehrlichkeit», sage ich leise.

«Wie geht es dir?», wechselt Yessa das Thema. «Ich habe den Rest der Medizin eingepackt. Wenn du willst, hole ich sie dir.»

«Was genau hast du eingepackt?», frage ich gespielt skeptisch und ignoriere das warme Gefühl in meiner Brust. «Dieses widerliche Gebräu?»

Yessas Mundwinkel zuckt amüsiert. «Ich kann auch nur die Salbe holen.»

«Schon gut, morgen reicht. Es ist spät.» Ich lasse mich zurück in die Kissen sinken, und Yessa schlägt zögerlich auf ihrer Seite die Decke zurück.

Ich beobachte sie dabei. Wie schon gestern trägt sie ein übergroßes Leinenhemd zum Schlafen, und der Anblick ihrer nackten Beine fesselt erneut meine Aufmerksamkeit. Mit Mühe wende ich das Gesicht ab, aber Yessas Nähe kriecht mir wie so oft unter die Haut – erst recht jetzt, wo sie neben mir unter die Decke krabbelt.

Eigentlich ist das Bett so groß, dass wir uns heute Nacht nicht mal durch Zufall berühren dürften. Das Problem ist nur, dass ich Yessa berühren *will*. Es hat sich gut angefühlt, sie vorhin in den Armen zu halten. Viel zu gut. Und das ist das Einzige, was ich an ihr hassen kann. Die Tatsache, dass sie mich weicher macht, als ich sein will.

Auch ich habe diese Umarmung vorhin gebraucht. Dieses bisschen Trost. Und vielleicht ist das der Grund dafür, dass mein Körper jetzt nach ihrer Nähe verlangt.

«Deine Mutter ist sehr herzlich», versuche ich mich abzulenken, während Yessa sich einkuschelt. Die Decke ist groß, aber mir ist dennoch allzu bewusst, dass wir zu zweit unter ihr liegen und uns nicht mehr als ein paar Zentimeter trennen.

«Welche?», fragt Yessa. Ich schaue zu ihr und sehe, dass sie mich anlächelt. «Es ist in Ordnung, wenn du Fragen hast. Daran sind wir gewöhnt.»

Ich habe jede Menge Fragen. Aber ... «Ich will nicht versehentlich in Wunden bohren.»

«Tust du nicht», verspricht sie mir und atmet tief durch. «Vielleicht tut es gut, darüber zu reden.»

Ich drehe mich zu ihr auf die Seite und mustere sie nachdenklich. Sie wirkt relativ gefasst, aber mittlerweile kaufe ich ihr diese Fassade nicht mehr ab. Ich habe schon einmal zu oft gesehen, wie sie bricht.

«Eryn ist also deine Mutter und Rina Livias?», frage ich.

«Genau. *Leibliche* Mutter. Aber wir sind eine Familie, also ist auch Rina meine Mutter.»

«Aber du und Livia habt den gleichen Vater?»

«Ja.»

Das ergibt Sinn. Und in dem Fall muss Rina ein Drache sein und Yessas Vater menschlich, denn das Drachengen ist immer dominant.

«Unser Vater war auch Teil der Familie», kommt Yessa meiner nächsten Frage zuvor. «Sie haben eine Beziehung zu dritt geführt. Er war ebenfalls bei der Armee und ist vor ein paar Jahren bei einem Einsatz gestorben.»

«Das tut mir leid», murmle ich.

Wieder lächelt sie. Aber diesmal wirkt es traurig. Sie hüllt sich enger in die Decke. «Ehrlich gesagt wundert es mich, dass du noch nichts davon wusstest. Das ganze Camp redet darüber.»

Mich wundert es auch. Bis vor Kurzem hatte ich meine Augen und Ohren in diesem Camp überall. Aber jetzt ist nur noch Mera übrig geblieben, und mit ihr habe ich nur einmal kurz reden können. «Also wusste der General, dass ihr Schwestern seid?», schlussfolgere ich.

«Ja.»

«Und ihr durftet euch trotzdem binden?»

«Mein Vater hat sich damals für uns eingesetzt. Man glaubte ihm zum Glück, dass er mit Rina nur eine Affäre hatte. Außerhalb der Armee sind Beziehungen zu Drachen zwar noch erlaubt, aber er wollte nicht riskieren, dass sich das irgendwann ändert und unsere Familie dann zur Zielscheibe wird. Außerdem konnte er so dafür sorgen, dass wir zusammenbleiben können. Wir mussten natürlich so tun, als hätten wir keine enge Beziehung zueinander. Wenn der General die Wahrheit rausfindet, lässt er mich vermutlich exekutieren, also ...»

«Deine Geheimnisse sind bei mir sicher», verspreche ich ihr, und ich frage mich, ob sie den Satz wiedererkennt. Sie hat ihn selbst gesagt. Und allmählich fange ich an, ihn zu glauben.

«Danke», haucht sie.

Mein Blick bleibt an ihren Lippen hängen. An dem kaum merklichen Lächeln, das auf ihnen liegt, und den vereinzelten Sommersprossen, die sich an ihren Mundwinkel verirrt haben.

«Und was hat es mit diesem Haus auf sich?», wechsle ich das Thema.

Yessa runzelt die Stirn. «Wie meinst du das?»

Unschlüssig zucke ich mit den Schultern. «Ich habe etwas anderes erwartet, als ich durch das Gartentor gekommen bin.»

«Ah. Das meinst du. Rina hat das Grundstück von ihren Eltern geerbt. Aber reich waren wir nie, also haben sie das Haus eher bescheiden gebaut. Als die ersten Enteignungen kamen, hat Rina aus Angst alles meinem Vater überschrieben. Und seit er gestorben ist, gehört es offiziell Eryn.»

Yessas Erzählung löst ein befremdliches Gefühl in meiner Brust aus. Rina muss diesen Menschen bedingungslos vertrauen, wenn sie ihnen freiwillig ihr gesamtes Hab und Gut überlässt.

Ich beneide sie darum. Mehr als alles andere. Ich beneide sie um dieses Gefühl von Sicherheit, von Rückhalt, von Liebe, das sie offensichtlich hat und ich nicht. Das ich wahrscheinlich nie wieder haben werde, weil mein Leben es einfach unmöglich macht, mich derart fallen zu lassen.

«Du wirkst nachdenklich», bemerkt Yessa, und ich schlucke.

Das Ritual, der Besuch bei Walshs Witwe, Yessas Offenbarung über Livia – das alles hat mich verletzbarer gemacht, als ich es sonst bin. Es verlangt mir unerwartet viel ab, meine Gedanken für mich zu behalten.

«Eine Sache verstehe ich noch nicht», lenke ich ab. «Warum seid Livia und du der Armee beigetreten, obwohl ihr wusstet, dass eure Beziehung euch dort den Kopf kosten könnte? Warum nicht ein weniger gefährlicher Berufsweg?»

Yessa verzieht kaum merklich den Mund, und ich weiß sofort, dass ich die richtige Frage gestellt habe. Eine, die sie nicht beantworten will und die ich umso dringender beantwortet haben muss.

«Das ist eine lange Geschichte», weicht sie aus, aber so leicht lasse ich sie nicht vom Haken.

«Wie war das mit der Ehrlichkeit?»

Sie schnaubt nur leise als Antwort.

Ich stütze mich auf einen Ellbogen und hebe die Brauen. «Was könnte schlimmer sein als die Dinge, die ich ohnehin schon über dich weiß?»

Mit einem Seufzen gibt Yessa nach. «Wir sind zur Armee gegangen, weil wir rückgängig machen wollen, was in den letzten fünfundzwanzig Jahren passiert ist.»

Ich stocke. Mein Herz setzt für ein paar Schläge aus, und in meiner Brust bildet sich ein schmerzhafter Knoten aus unterdrückter Hoffnung.

Das kann nicht sein, oder? So gnädig sind die Götter nicht. So jemanden würden sie niemals einfach so zu mir führen.

«Ihr wolltet den König stürzen?», bringe ich hervor und kralle eine Hand ins Bettlaken, um irgendwie die Anspannung abzubauen, die meinen Körper übernommen hat.

«Was?», stößt Yessa aus. «Natürlich nicht!»

Sie klingt ernsthaft bestürzt. Und aus dem Hoffnungsknoten von eben wird eine schwere Enttäuschung, die sich wie Säure durch mein Inneres brennt.

Ich habe es ja gesagt.

Verdammte Götter.

«Wie wollt ihr dann irgendetwas rückgängig machen?», frage ich.

Nun richtet Yessa sich auch auf. Sie reckt kaum merklich das Kinn. «Indem wir uns Respekt erarbeiten. Ansehen. Leute von uns überzeugen. Der König hat schließlich auch seine Berater.»

Mir entkommt ein Schnauben. Bei aller Liebe ... Yessa ist wirklich naiv. «Denkst du ernsthaft, irgendjemand wäre in der Lage dazu, diesen Tyrannen zu lenken?»

Yessa wirkt unsicher. «Vielleicht nicht», gesteht sie. «Aber schadet es, es zu versuchen?»

«Das kommt darauf an, wie viel du dafür opferst.»

Sie stockt, und mir ist sofort klar, dass ich mit dem Satz eine Grenze überschritten habe. Es steht mir nicht zu, ihre Entscheidungen infrage zu stellen, und ich habe eigentlich auch kein Interesse daran, sie von irgendetwas zu überzeugen. Aber nach allem, was ich in den vergangenen Tagen durchmachen musste, ist meine Frustration schwer zu unterdrücken.

Das Bild, wie Yessa gestern vor mir stand, völlig durchnässt vom Regen, die Peitsche in der Hand, hat sich in mir eingebrannt. Wie sie mich *angefleht* hat, mich zu verwandeln, damit sie mir nicht wehtun muss.

Und ich habe mich bewusst widersetzt. Habe *gehofft*, dass sie die Peitsche benutzt. Weil ich darauf gewartet habe, dass sie ihr wahres Gesicht zeigt. Ihr Versprechen bricht. Mir einen Grund gibt, sie zu hassen, statt immerzu diesem Was-wäre-Wenn nachzujagen.

Stattdessen hat sie mir bewiesen, dass ihre Loyalität der Armee gegenüber noch dehnbarer ist, als ich dachte. Aber eben nicht dehnbar genug.

Yessa spricht davon, den König zu beraten. Einen Mann, der uns Drachen alles genommen hat – unseren Thron, unsere Freiheit, selbst unsere Götter. Sie tut so, als wäre er nicht mehr als ein kleiner Junge, den man wieder zur Vernunft bringen muss.

Sie ist weit davon entfernt, irgendetwas zu verstehen.

Und weit davon entfernt, meine Verbündete zu sein. Denn als solche dürfte es für sie keine Version der Zukunft geben, in der dieser Mann noch lebt. Er wird nie unser wahrer König sein. Die Krone unserer Vorfahren wird niemals auf seinem Haupt brennen. Und irgendwann wird der Tag kommen, an dem wir zurückerobern, was rechtmäßig unser ist.

Yessa ist still geworden. Sie schaut mich nicht mehr an, sondern fixiert die Matratze zwischen uns, und sofort bekomme ich wieder ein schlechtes Gewissen.

«Tut mir leid, das war zu harsch», murmle ich. «Ich meinte nur …»

«Denkst du, ich bin ungeeignet als Captain?», platzt es plötzlich aus ihr heraus, und sie trifft wieder meinen Blick.

Ich stutze. Ihre Unsicherheit ist ihr anzusehen, und Gänsehaut kriecht mir über die Arme. «Wie kommst du darauf?»

«Du wärst nicht der Erste.»

«Denkst du, ich hätte darum gebeten, dein Drache zu werden, wenn ich dich für ungeeignet halten würde?»

«Ist es für dich als Drache denn relevant, ob ich nun Captain bin oder eine einfache Soldatin?», fragt sie zurück.

«Nein», antworte ich schlicht. «Aber für mich ist relevant, ob ich mich darauf verlassen kann, dass du in einem Kampf die richtigen Entscheidungen für uns triffst. Davon hängt auch mein Leben ab.»

Yessa stößt geräuschvoll die Luft aus, ein Laut irgendwo zwischen Verzweiflung und Bitterkeit. «Und was an Livias Tod und dem katastrophalen Ausgang unseres Auftrags hat dich glauben lassen, dass ich das kann?»

Ich schüttle den Kopf und halte ihren Blick fest. «Du hast mich das glauben lassen, Yessa. Alles, was du danach getan hast, hat mich das glauben lassen.»

«Das stimmt nicht», bringt sie erstickt hervor. «Erst gestern hast du gesagt, ich bin genauso schlimm wie Walsh.»

Ich presse ertappt die Lippen zusammen. Zugegeben, unser Streit hat mich kurz an Yessa zweifeln lassen. Aber der Vorwurf war dennoch nicht fair. Sie war immer respektvoll. Hat sich um mich gekümmert. Mich geschützt, so gut sie konnte. Und was bei dem Auftrag passiert ist, ist nicht ihre Schuld, sondern allein meine.

Die Erinnerung an meine Taten legt sich mir wie so oft schwer auf die Brust.

«Vergiss, was ich gestern gesagt habe», bitte ich sie. «Ich war wütend.»

«Aber du hattest nicht unrecht», stößt sie aus und blinzelt eine Träne weg. Schniefend richtet sie sich ganz auf und wischt sich über die Wange. «Tut mir leid.» Ihre Stimme wird immer leiser, und sie wendet sich ab. «Ich glaube, ich gehe besser.»

Sie will die Bettdecke zurückschlagen, doch ich halte sie am Arm zurück und setze mich ebenfalls auf. Ich kann sie so nicht gehen lassen. Nicht, wenn sie sich so fühlt. «Du weißt, dass du nicht wie er bist», sage ich fest.

Yessa atmet zittrig ein und fixiert die Wand neben dem Bett. «Tue ich das?»

«Wovor genau hast du Angst?», frage ich sie sanft.

Yessa entweicht ein verzweifeltes Schnauben. «Die Frage ist doch eher, wovor ich keine Angst haben muss!», stößt sie aus.

«Vor mir zum Beispiel?», schlage ich ihr vor.

Yessa dreht den Kopf gerade so weit, dass ich ihr Profil sehen kann. Vorhin dachte ich noch, ihre Mutter hätte weichere Gesichtszüge als sie, aber jetzt realisiere ich, dass das nicht stimmt. Yessa verbirgt ihre lediglich hinter einer Maske, die sie nun fallen gelassen hat.

Mein Herzschlag beschleunigt sich. Ich spüre die Wärme ihrer Haut durch das dünne Leinenhemd. Nehme das leichte Zittern wahr, das bei meinen Worten durch ihren Körper geht. Und realisiere, dass mir doch etwas an ihrem Vertrauen liegt. So irrational es auch sein mag, ich will Yessa auf meiner Seite wissen.

Ihr entweicht ein ersticktes Lachen. «Ich kenne dich doch gar nicht, Cassim. Ich weiß überhaupt nicht, wer du bist.»

Ich umfasse ihren Arm etwas fester. Und sei es nur, um etwas zu haben, woran ich mich festhalten kann, wenn ich ihr erneut Wahrheiten offenlege, die ich eigentlich für mich behalten sollte. «Ich bin jemand, der genauso viel Angst hat wie du. Reicht dir das nicht für den Anfang?»

Endlich dreht sie sich wieder um und trifft meinen Blick. Sie blinzelt mir durch den Tränenschleier entgegen und schluckt. «Der Anfang macht mir auch Angst», flüstert sie.

Ich lasse ihren Arm los und lege stattdessen meine Hand auf ihre. Vorsichtig löse ich ihre Finger, die sich in die Bettdecke gekrallt haben, und streiche mit dem Daumen über ihren Handrücken.

Ein Kribbeln breitet sich von der Berührung ausgehend in meinem Körper aus und setzt sich in meinem Magen fest. Das Herz schlägt mir bis zum Hals, und mit einem Mal ist mir unter der Decke viel zu warm.

Trotzdem kann ich nicht loslassen.

Ich will nicht.

«Ich finde, wir schlagen uns ganz gut», raune ich, und Yessa erschauert. Ihre Wangen werden rot, und ich spüre einen Hauch ihrer Magie zwischen uns aufflackern. Wie ein Magnet zieht sie mich näher zu Yessa. Zeigt mir, wie richtig es sich anfühlen würde, indem sie wie tausend federleichte Berührungen über meine Haut tänzelt.

Yessa schaut wie gebannt auf unsere Hände, doch keiner von uns zieht sie zurück. Weil wir diese Nähe beide genießen. Weil es uns beide ein bisschen heilt, auch wenn es unklug ist. Weil es unsere Ängste zumindest ein kleines bisschen stillt, wenn wir ihnen nicht allein gegenübertreten müssen. Also schieße ich meine Vernunft für heute endgültig in den Wind.

Ich will meine Zeit nicht damit verschwenden, mich vor irgendetwas zu fürchten.

Nicht mal vor mir selbst.

Denn auch wenn ich Yessa früher oder später hintergehen muss, bin ich gerade zu einsam, um einen gesunden Abstand zu wahren.

Ich atme tief durch. Rutsche ein wenig näher an sie heran. Breite meine Arme fast fragend für sie aus. Und als sich ihr zierlicher Körper kurz darauf an meine Brust schmiegt, fühlt es sich trotz allem einfach nur richtig an.

Ich kann ihr Herz schlagen spüren, der Takt wie ein nervöses Flattern auf meinen Rippen. Höre ihr zittriges Einatmen an meinem Ohr, rieche ihren Duft, der mich an die Seife aus dem Badezimmer erinnert. Thymian. Und ein Hauch von etwas Blumigem. Vergissmeinnicht?

Yessa schlingt ihre Arme um mich, und ich drücke sie noch ein wenig fester an mich. Vorsichtig lasse ich mich mit ihr auf den Rücken sinken und ziehe die Decke über uns.

Ihr Körper schmiegt sich ebenso eng an meinen wie vorhin, aber diesmal fühlt es sich anders an. Da ist keine Lederuniform mehr, die uns voneinander trennt. Nur noch dünner, lockerer Leinenstoff, durch den ich jeden Zentimeter ihrer warmen Haut zu spüren glaube.

In meiner Mitte breitet sich ein Kribbeln aus, das ich seit Jahren nicht mehr gespürt habe, und mein Herz rast unaufhörlich.

Das ist neu.

Und absolut falsch, denn *diese* Gefühle sollte ich nun wirklich nicht riskieren.

Aber egal, wie lange ich regungslos daliege, Yessa über den Rücken streiche und auf ihren zittrigen Atem lausche – die Sehnsucht nach mehr will einfach nicht verschwinden.

KAPITEL 11

FIGHTER

YESSA

Als ich aufwache, ist das Erste, was ich wahrnehme, ein fremder Atem. Er geht gleichmäßig und tief, streicht heiß über meine Stirn wie eine sanfte Liebkosung. Ein paar Sekunden liege ich nur da und lausche ihm, bis ich allmählich realisiere, dass mein Gesicht an eine warme Brust gedrückt ist. Ein schwerer Arm liegt um meine Mitte. Ein vertrauter Duft mit einer leisen Wacholdernote hüllt mich ein.

Cassim.

Wir müssen heute Nacht so eingeschlafen sein.

Hitze steigt mir in die Wangen. Ich hätte nicht zu ihm kommen sollen. Und auf keinen Fall hätte ich in seinen Armen schlafen dürfen. Das hier ist ein Verbrechen.

Nicht, dass je irgendwer davon erfahren wird. Meinen Müttern kann ich bedingungslos vertrauen, und Cassim wird den Vorfall genauso wenig im Camp herumerzählen wie ich. Das ist nicht das Problem.

Das Problem ist, dass ich es genieße, ihm so nah zu sein. Dabei habe ich doch schon genug Sorgen.

Bei unserem Gespräch gestern habe ich mehr als einmal in Erwägung gezogen, Cassim auf meine Vision anzusprechen. Auch wenn er nichts damit zu tun hatte, könnte es ja sein, dass er etwas darüber weiß. Vielleicht ist Walsh etwas Ähnliches passiert, als er sich an ihn gebunden hat.

Aber selbst wenn dem so gewesen wäre – Walsh hätte es ihm sicher nicht gesagt. Ich bin vermutlich die einzige Reiterin in Eldeya, die auch nur Erwägung zieht, solche Details mit ihrem Drachen zu besprechen. Und zur Abwechslung entscheide ich mich, der breiten Masse zu folgen und es für mich zu behalten. Zumindest so lange, bis ich mehr darüber herausgefunden habe. Wobei es mir noch lieber wäre, wenn so etwas einfach nie wieder vorkommt und ich mir völlig umsonst Gedanken gemacht habe.

Vorsichtig hebe ich den Kopf so weit, dass ich Cassim ins Gesicht schauen kann. Seine Augen sind geschlossen. Seine Mimik wirkt ungewohnt friedlich. Sonst sind seine Brauen immer zusammengezogen und die Stirn gerunzelt. Jetzt ist davon nichts mehr zu erahnen. Es würde ihn jünger wirken lassen, wären da nicht die dichten dunklen Bartstoppeln, die seine Wangen und sein Kinn bedecken.

Sobald er aufwacht, wird er sich wieder rasieren. Zumindest hat er es bisher jeden Morgen getan. Dabei finde ich, dass das Raue viel besser zu ihm passt. Ich habe das Gefühl, es ist mehr *er*. Als würde ich dadurch eine Seite an ihm zu sehen bekommen, die er vor allen anderen verbirgt. Und umgekehrt kann ich bei Cassim ebenso ich selbst sein. Er weiß genau, was mich bewegt. Wer ich eigentlich bin. Und tatsächlich habe ich jetzt weit weniger Angst davor, ins Camp zurückzukehren, als gestern noch. Weil ich weiß, dass ich dank ihm auch dort einen Ort habe, an dem ich mich nicht verstecken muss.

Cassim seufzt im Schlaf und zieht mich mit einem Brummen enger an sich. Er ist ein ganzes Stück größer als ich und scheint nur aus Muskeln zu bestehen. Durch den dünnen Stoff unserer Schlafsachen habe ich das Gefühl, als könnte ich jeden einzelnen davon spüren, und das ruft unvermittelt ganz andere Empfindungen als Geborgenheit in mir hervor.

Eines seiner Knie schiebt sich zwischen meine Oberschenkel, und ich ziehe überrascht die Luft ein. Cassims Körper nimmt mich förmlich gefangen. Er lehnt seine Wange an meine Stirn, und seine Finger an meinem Rücken spreizen sich zwischen meinen Schulterblättern, als wollte er mehr von mir berühren.

Ich kann meinen eigenen Herzschlag spüren, so heftig geht er jetzt. Angst, Scham und Sehnsucht mischen sich in meiner Brust, doch Letztere scheint zu gewinnen. Ich erwische mich dabei, wie ich meine eigenen Finger über Cassims Arme streichen lasse und mich noch ein wenig enger an ihn schmiege.

Nur noch fünf Minuten.

Dann stehe ich auf und vergesse, dass das hier je passiert ist.

Doch gerade als ich meine Nase an Cassims Hals vergrabe und seinen Duft einatme, spüre ich, wie sich sein Körper anspannt.

Ertappt halte ich inne. Ist er …?

«Gut geschlafen?»

Wach.

Cassims tiefe, raue Stimme schickt einen angenehmen Schauer durch meinen Körper. Ich schlucke und glaube plötzlich, jeden Zentimeter, an dem wir uns berühren, noch deutlicher wahrzunehmen. Mein Kopf beginnt förmlich zu glühen, und ich weiche zurück. Oder zumindest versuche ich es. Cassim rührt sich nämlich kein Stück.

«Ich wollte dich nicht wecken», hauche ich. Mein Mund befindet sich direkt an seinem Schlüsselbein, und ich beobachte, wie sich Gänsehaut von der Stelle bis hoch über seinen Hals ausbreitet.

«Und ich wollte dich nicht zerquetschen», brummt er und zieht vorsichtig sein Knie zwischen meinen Oberschenkeln zurück.

«Schon gut», versichere ich ihm. «Ich habe dich ja praktisch dazu gezwungen.»

Cassim entweicht ein leises Schnauben. «Mach dir darum keine Sorgen.»

Doch das tue ich. Bei Livia wusste ich immer, dass sie es mir sagt, sollte ich irgendwelche Grenzen übertreten. Bei Cassim bin ich mir nicht so sicher.

«Ich bin Captain», erinnere ich ihn vorsichtig. «Die meisten Leute würden es nicht wagen, mir zu widersprechen – selbst wenn ich sie zu irgendetwas auffordere, was sie nicht wollen.»

Er lehnt sich zurück, und ein Ausdruck, den ich nicht deuten kann, stiehlt sich auf sein Gesicht. «Die meisten Leute wissen auch nicht, wie harmlos du eigentlich bist.»

Ich keuche auf. «Entschuldigung?»

«Siehst du?» Cassim hebt herausfordernd die Brauen. «Das war ein direkter Angriff auf deinen Rang. Andere hätten dafür meinen Kopf gefordert. Und du sagst Entschuldigung.»

«Ich will deinen Kopf nicht», widerspreche ich halbherzig und versuche zu ignorieren, wie sehr Cassims Nähe mein Herz immer noch zum Stolpern bringt. «Aber deswegen bin ich noch lange nicht harmlos. Ich habe mir diesen Rang hart erarbeitet und …»

«Ich sage nicht, dass du deinen Rang nicht verdient hast», unterbricht er mich. «Du kannst auch hart sein. Das hast du schon bewiesen. Aber ich glaube, du wirst niemals die Person sein, die willentlich grausam ist oder mich zu etwas zwingt, wenn es nicht sein muss. Du bist harmlos für mich. Und für alle anderen, die auf deinen Schutz angewiesen sind.»

Ich störe mich immer noch ein wenig an dem Wort. Seine Begründung allerdings ergibt Sinn. Und tatsächlich ist es schön, dass Cassim mich so sieht. Es beruhigt mein Gewissen.

«Hast du mir deswegen so einen niedlichen Spitznamen gegeben?», frage ich skeptisch. «Weil du mich nicht ernst nimmst?»

«Ich habe dir einen Spitznamen gegeben, weil ich dich trösten wollte», erwidert er. «Und weil du es auch mal verdient hast, deine harte Fassade fallen zu lassen und deine Gefühle zu zeigen. Es war weder als Beleidigung gemeint, noch war irgendeine versteckte Botschaft dahinter.»

Funkenprinzessin.

Erst der Name hat mich realisieren lassen, dass ich den Moment mit Cassim bereits erlebt hatte. Und wieder hadere ich mit der Frage, ob ich ihm nicht besser von der seltsamen Zukunftsvision erzählen soll. Nur was sollte ich ihm denn sagen, ohne dass es absolut merkwürdig wirkt?

«Ich habe vorhergesehen, dass du mich umarmst.»

Ja. Sicher.

Ehrlich gesagt ist es mir lieber, wenn Cassim es nicht weiß. Ebenso wie er besser nicht wissen sollte, dass ich den Spitznamen sogar ein bisschen mag. Weil er sanft klingt und einen verletzlichen Teil von mir widerspiegelt, den ich sonst nicht zeigen darf. Einen, den ich vor Cassim offensichtlich nicht mehr verstecken muss.

Aber wüsste er das, würde er mich sicher öfter so nennen. Und ich glaube, das ist nicht besonders gut für mein ohnehin überfordertes Herz.

«Ich habe mich ja noch nicht mal daran gewöhnt, dass du mich Yessa nennst», erwidere ich.

«Wir können auch zurück zu Captain», murmelt er.

Ich boxe ihn sanft gegen die Schulter. «Auf keinen Fall!»

«Wer wird denn da gleich handgreiflich?», zieht er mich auf.

«Du sagtest doch, ich sei harmlos.»

«Offensichtlich eine fatale Fehleinschätzung von mir.»

Ich muss lachen. Nur kurz. Doch schon das ist unerwartet befreiend. Das letzte Mal, dass ich gelacht habe, war mit Livia. Und mit dem erdrückenden Gewicht ihres Verlusts auf meiner Brust kam es mir vor, als hätte ich es verlernt.

Cassim hebt die Brauen. Er mustert mich, ein halbes Lächeln auf seinen Lippen, und mein Herz beginnt zu rasen.

«Danke», flüstere ich. «Für alles.»

Er schüttelt den Kopf. «Tut mir leid, dass ich so harsch zu dir war. Das hattest du nicht verdient.» Er streicht mir über den Rücken und setzt damit meine Haut förmlich in Brand.

Gerne würde ich mich wieder an ihn schmiegen. Seinen Atem wieder auf meinem Gesicht spüren, seinen Herzschlag unter meinen Fingern. Cassims Blick trifft meinen, und ich verliere mich in seinen Augen. In dem warmen Braun und der Glut in ihnen, die mittlerweile so vertraut geworden ist.

Verdammt, was mache ich hier eigentlich? Ich hatte mir vorgenommen, die Geschehnisse von heute Nacht zu vergessen!

Ich atme tief durch und winde mich aus seiner Umarmung. Cassim lässt mich los, und ich schlage die Decke zurück, lasse seine Wärme, seinen Duft und seinen Trost hinter mir. Was zwischen uns war, darf sich auf keinen Fall wiederholen. Erst recht nicht im Camp. Es ist zu gefährlich und verkompliziert unsere ohnehin schon komplizierte Beziehung nur noch mehr. Mal abgesehen davon, dass es nur passiert ist, weil ich verwundbar war und Trost gesucht habe. Nicht, weil da wirklich etwas zwischen uns wäre.

«Ich schaue mal, ob meine Mütter schon wach sind», beschließe ich kurzerhand.

Offenbar versteht Cassim nur allzu gut, was ich ihm sagen will, denn er hebt kaum merklich eine Braue. «Gute Idee», sagt er leise.

Nervös streiche ich mein Leinenhemd glatt und gehe hinüber zur Tür. Jetzt, im Tageslicht, kommt es mir seltsam intim vor, hier mit nackten Beinen vor ihm zu stehen. «Du kannst ja noch etwas schlafen, wenn du möchtest», schlage ich ihm vor. «Wir haben noch ein paar Stunden, bevor wir losmüssen.»

Cassim lässt sich auf den Rücken sinken und zieht mit einem Arm das Kissen unter seinem Kopf zurecht. Seine Aufmerksamkeit jedoch haftet weiterhin auf mir. «Alles klar», sagt er schlicht.

Und ich beschließe, in diese Worte einfach nichts weiter hineinzuinterpretieren. Mit einem letzten verstohlenen Blick in seine Richtung husche ich auf den Flur.

Als ich nur wenig später in die Küche komme, bin ich dort wie erwartet nicht allein. Rina steht vor der Arbeitsfläche, die Hände bis zu den Unterarmen in einer Schüssel Teig vergraben. Eryn sitzt am Esstisch und schneidet Äpfel in kleine Stücke.

Beide schauen auf, als ich den Raum betrete. Und beide lächeln mich an, obwohl ich weiß, dass niemandem von uns danach zumute ist. Ich erwidere es trotzdem und umarme meine Mütter nacheinander von der Seite. Ebenso wie gestern fehlen mir die Worte, um irgendetwas Sinnvolles zu sagen. Aber allein die Nähe zu den beiden hilft.

«Schon ausgeschlafen?», fragt meine Mutter. Ich setze mich neben sie und ziehe mir die Teekanne heran, die auf dem Tisch steht.

«Nein», gestehe ich. Schlaf habe ich nun wirklich nicht viel bekommen. Dafür lag ich zu lang mit meinen Sorgen wach, bevor ich zu Cassim ins Zimmer bin. «Aber ich wollte nicht den ganzen Morgen verschwenden. Wir müssen bald wieder los.»

Sie nickt verständnisvoll. «Ich weiß. Das hat Cassim uns gestern erzählt. Schade, dass du nicht länger bleiben kannst. Wir wollen eine kleine Gedenkfeier für Livia veranstalten.»

Mein Herz zieht sich zusammen. Ich schaue rüber zu Rina, die verdächtig still ist und sich erneut dem Teig gewidmet hat. Sie steht mit dem Rücken zu mir. Ihre Schultern wirken angespannt, und sofort habe ich das Bedürfnis, sie wieder zu umarmen.

«Deswegen der Kuchen?», frage ich und weise mit dem Kinn zu der Schale mit Apfelstückchen, die meine Mutter bereits befüllt hat.

«Nein, nein», sagt sie schnell. «Der ist für uns. Ich denke, heute wäre kein guter Zeitpunkt. Wir machen es lieber in Ruhe. Wenn wir Gelegenheit hatten, alles zu verarbeiten ...»

Auch sie dreht den Kopf und mustert Rina. Meine Kehle wird eng.

«Tut mir leid, dass ich nicht dabei sein kann», flüstere ich.

«Du bist immer bei uns», sagt Rina unerwartet. Ihre Stimme ist leise und dennoch fest. «In unseren Herzen, Yessa. Die Götter wissen auch so, wie viel du für deine Schwester empfunden hast.» Sie wirft mir einen Blick zu, der ebenso traurig wie liebevoll ist, und sofort brennen mir wieder Tränen in den Augen.

«Ich wäre trotzdem lieber bei euch», gestehe ich. Denn egal, wie stur ich den Kopf oben halte – in der Armee zu bleiben, fühlt sich ohne Livia falsch an. Ich bin überhaupt nur so weit gekommen, weil sie an meiner Seite war. Wir haben schon immer am besten gemeinsam funktioniert. Waren nie mutig für uns selbst, sondern immer für die andere. Der Rang war unserer, nicht meiner. Und ohne sie bin ich keine Captain mehr. Ich bin nur noch Yessa. Das kleine zerbrechliche Mädchen, für das General Harlow mich hält.

«Ich frage mich ohnehin ...», setzt meine Mutter an und lässt das Messer sinken. «Wäre es nicht möglich, dass du zurückkommst? Musst du in der Armee bleiben? Bestimmt lässt sich etwas arrangieren. Die Stadtwache ist unterbesetzt, damit könnte man doch sicher für einen Austritt argumentieren.»

Irritiert schüttle ich den Kopf. Sie schlägt nicht ernsthaft vor, dass ich aufgebe? Nach allem, was passiert ist? «Das geht nicht.»

«Wieso nicht?» Die Enttäuschung ist ihr anzuhören. «Du hast schon so viele Jahre gedient. Ich wünsche mir ein anderes Leben für dich – ein *richtiges* Leben.»

«Es gibt kein richtiges Leben für mich, solange dieses Land so ist, wie es ist», erinnere ich sie. «Das weißt du.»

«Yessa ... Wir lieben dich für deinen Idealismus, aber du kannst dich nicht allein für das Leid in diesem Land verantwortlich fühlen. Es ist nicht deine Aufgabe, die Welt zu retten.»

«Das weiß ich.» Meine Stimme wird ungewollt lauter. «Aber das heißt doch nicht, dass ich mich einfach zurücklehnen kann! Dann wäre Livia umsonst gestorben. Ich kann nicht einfach so aufgeben!»

«Es ist kein Aufgeben», mischt Rina sich ein. «Und Livia würde nicht wollen, dass du für sie noch mehr opferst.»

«Livia würde wollen, dass sich etwas ändert!», beharre

ich und balle die Hände zu Fäusten. «Ich kann sie nicht enttäuschen!»

«Und ich kann nicht noch ein Kind verlieren!», platzt es aus Rina heraus. Sie befreit ihre Hände aus dem Kuchenteig und wendet sich ganz zu uns um. Die Verzweiflung steht ihr ins Gesicht geschrieben. «Du bist alles, was wir noch haben, Yessa. Alles, wofür *wir* noch kämpfen. Bedeutet das gar nichts?»

«Schatz ...», setzt meine Mutter beschwichtigend an. Ihr Bedürfnis, die Wogen zu glätten, hat schon so manche Diskussion in diesem Haus von mir auf sie verlagert. Doch ich bin erwachsen geworden, seit Liv und ich der Armee beigetreten sind. Und ich ducke mich nicht mehr vor Unterhaltungen wie dieser weg, auch wenn ich es nur zu gern würde.

«Natürlich bedeutet das etwas», komme ich ihren nächsten Worten zuvor. «Es bedeutet mir alles! Was glaubt ihr, wie oft ich nachts wach liege und mir wünsche, ich könnte einfach wieder nach Hause kommen? Aber ändern tut es nichts. Es tut mir leid, aber ich kann nicht ...» Meine Stimme bricht, und ich blinzle eine Träne weg. Energisch schüttle ich den Kopf. «Wenn ich jetzt aufgebe, werde ich mir das nie verzeihen, versteht ihr? Ich kann ihren Tod nicht einfach hinnehmen und so tun, als wäre nie etwas gewesen. Ich will mein Leben so gestalten, dass Livia stolz gewesen wäre. Und falls ich das nicht schaffe, dann will ich zumindest herausfinden, wer für ihren Tod verantwortlich ist. Damit es wenigstens noch einen Funken Gerechtigkeit in diesem Land gibt.»

Obwohl es vertrauliche Informationen sind, habe ich ihnen gestern von dem Verräter erzählt. Sie haben es verdient, die ganze Geschichte zu kennen.

Rina laufen Tränen über die Wange, und sie wischt sie

umständlich an ihrem Oberarm ab, da ihre Hände noch immer voller Teig sind.

Eryn atmet tief durch. «Es hätte mich auch gewundert, irgendetwas anderes von dir zu hören», sagt sie leise und legt ihre Hand auf meine. «Und wir werden deine Entscheidung akzeptieren, auch wenn es uns schwerfällt. Trotzdem möchten wir, dass du weißt, dass du jederzeit nach Hause kommen kannst, in Ordnung? Wir würden dich niemals dafür verurteilen. Im Gegenteil.»

Rina presst die Lippen zusammen, nickt jedoch zustimmend.

Ich schlucke. «Ich weiß.»

Meine Mutter lächelt versöhnlich, wenngleich es bedrückt wirkt. «Glückwunsch zur Beförderung übrigens.»

Bei ihren Worten schnürt sich meine Kehle nur noch enger zu. «Danke. Aber es war mehr Livs Verdienst als meines.»

«Das glaube ich nicht. Ihr wart einfach ein gutes Team. Und ich habe das Gefühl, du und Cassim kommt auch gut miteinander aus, habe ich recht?»

Wie unbekümmert sie das Thema von unserem Verlust weglenkt ...

Kommt es ihr nicht heuchlerisch vor? Fühlt es sich für sie nicht so an, als hätte ich meine Schwester einfach ersetzt?

«Wir gewöhnen uns noch aneinander», erwidere ich vage und muss unweigerlich wieder an seine warmen Arme denken. Definitiv etwas, woran ich mich gewöhnen könnte. Doch das wird niemals passieren.

«Er wirkt jedenfalls wie jemand, auf den man sich verlassen kann», fährt sie fort. «Sei trotzdem vorsichtig, ja? Wir wissen, dass du ihn niemals so behandeln würdest, wie es von dir erwartet wird, aber gib auch auf dich selbst acht.

Du weißt nie, wer im Camp jetzt womöglich genauer hinschaut, weil deine Beteiligung an diesem katastrophalen Auftrag Interesse auf sich gezogen hat.»

«Ich passe auf», verspreche ich. «Es ist sowieso besser, wenn Cassim und ich etwas Abstand halten.»

«Wenn das denn möglich ist», bemerkt sie. «Eure Beziehung zueinander ist wichtig. Ich denke, ihr müsst die richtige Balance finden, wenn ihr gut zusammenarbeiten wollt.»

Ich schnaube leise. Balance ...

Dass ich seine Nähe vermisse, fühlt sich eher an, als würde ich das Gleichgewicht verlieren. Cassim hat mich ins Straucheln gebracht. Und das ist definitiv nicht gut.

«Ihr macht das schon», fügt Rina hinzu und widmet sich wieder ihrem Kuchenteig.

Ich kann nur hoffen, dass sie recht hat.

CASSIM

Ich warte noch ein paar Minuten vor der Tür, bevor ich die Küche betrete. Durch das dünne Holz habe ich fast alles gehört. Von Yessas Plänen, den Verräter zu finden, bis hin zu ihrem Wunsch nach Abstand.

Beides sollte mich weder überraschen noch aufwühlen. Doch das tut es. Das Chaos, das dieses Gespräch in meinem Inneren ausgelöst hat, wirft mich völlig aus der Bahn. Da ist Angst. Da ist Enttäuschung. Da ist Selbsthass. Und da ist stechende Einsamkeit.

Yessas Nähe hat sich auch heute Morgen noch genauso gut angefühlt wie gestern. Und dass sie sich mir entzogen hat, versteht zwar mein Kopf, nicht aber mein Herz. Ein Teil von mir wünscht sich, Yessa würde auf ihre Mutter hören und sich in die Stadtwache versetzen lassen. Gerade ist vermutlich der ideale Zeitpunkt dafür. Harlow wäre froh, sie loszuwerden, und in der Regel bleiben bereits gebundene Drachen bei den Reitern. Es wäre so viel einfacher.

Außerhalb der Armee sind die Regeln deutlich lascher. Dort fordert niemand unseren Kopf, nur weil wir uns umarmen.

Noch nicht.

Wie lang wird es dauern, bis sich die Verbote und Strafen ausbreiten? Bis die vermeintliche Sicherheit, die eine Versetzung mit sich brächte, in sich zusammenfällt? Ganz abgesehen davon, dass Sicherheit offensichtlich nicht das ist, was Yessa und ich wollen. Wir beide wollen Veränderung. Wenn auch auf sehr unterschiedliche Weise. Denn während Yessa es auf die sanfte Art versuchen will, wird mein Weg nichts als Zerstörung zurücklassen. Und diese Familie hier wird zum Kollateralschaden. Ob ich will oder nicht.

Ich atme tief durch und öffne die Küchentür. Die drei Frauen stehen gemeinsam über einem Kuchenblech und verteilen Teigstreusel darauf.

Yessa hebt als Erste den Kopf. Sie sieht mich, schaut schnell wieder weg und trifft dann doch wieder meinen Blick. Kaum merklich lächelt sie mich an und murmelt eine alibimäßige Begrüßung.

«Guten Morgen, Cassim», grüßt Eryn mich um einiges herzlicher. Rina hingegen nickt mir nur flüchtig zu und macht sich dann daran, den Kuchen in den Ofen zu schieben.

«Morgen», bringe ich hervor und trete zögerlich weiter in den warmen Raum hinein.

«Ich hoffe, du hast Hunger», fährt Eryn fort. «Ich war vorhin schon auf dem Markt und habe für euch eingekauft. Ihr braucht dringend noch eine vernünftige Mahlzeit, bevor ihr wieder fliegt.»

Mein schlechtes Gewissen bringt mich um. Wenn diese Frauen wüssten, dass ich für den Tod ihrer Tochter verantwortlich bin, würden sie mir sicher kein Frühstück mehr zubereiten. Und was ich mit Yessa vorhabe, ist kein Stück besser. Ich werde auch den letzten Rest dieser Familie brechen.

Dennoch ringe ich mir jetzt ein falsches Lächeln ab und setze mich an den Esstisch. Lasse mich umsorgen wie schon seit Jahren nicht mehr. Nutze diese Leute aus, obwohl sie das Leid, das ich ihnen bringe, definitiv nicht verdient haben.

Kann ich das wirklich noch mit meinen Werten vereinbaren?

Schon Livia war ein Opfer, das ich eigentlich nicht erbringen wollte. Und nun mache ich daraus vier.

Keiner von ihnen wird wissen, wofür sie ihr Leben lassen. Sie haben keine Wahl. Ich bin derjenige, der für sie entscheidet, dass meine Freiheit, mein Leben wertvoller ist als ihres.

Es fühlt sich falsch an.

Aber habe ich denn selbst eine Wahl?

Was sind vier Leben im Vergleich zu den Tausenden, die ich befreien will?

Ich atme geräuschvoll aus. Das macht es nicht besser.

«Cassim?», fragt Yessa, und ich zucke zusammen. Verdattert hebe ich den Blick. Sie und Eryn schauen mich erwartungsvoll an. Ich war einen Moment lang völlig in Gedanken. Worum geht es?

Ach ja. Das Frühstück.

«Zu Essen sage ich nie Nein», behaupte ich.

Eryn lächelt. «Das wollte ich hören. Setzt euch. Trinkt

einen Tee. Ich richte an.» Sie geht hinüber zur Küchenzeile, während wir ihrer Aufforderung folgen.

Ich greife nach einer leeren Tasse, um wenigstens meine Hände beschäftigt zu halten.

«Alles in Ordnung?», fragt Yessa mich leise.

«Bestens», lüge ich und wage einen Blick zu ihr. Ihre braunen Augen mustern mich, die Funken in ihnen beinahe hypnotisierend, und ich versuche, das Kribbeln in meiner Magengrube zu ignorieren. Dass mein Körper in Yessas Nähe verrücktspielt, ist ein verdammtes Problem.

Wenigstens habe ich jetzt ihr Vertrauen. Das war der wichtigste Teil meines Plans. Nun fehlt mir nur noch die passende Gelegenheit, um mich aus meiner Gefangenschaft zu befreien – und aus dem zermürbenden Zwiespalt zwischen Sympathie für Yessa und meinen Verpflichtungen. Doch die wird sicher nicht mehr lange auf sich warten lassen.

KAPITEL 12

STILL HERE

YESSA

Die Tage nach unserem Besuch zu Hause sind die härtesten seit Langem. Ich bin emotional völlig am Ende und muss zusätzlich all meine Kraft investieren, um General Harlows Vertrauen zurückzugewinnen.

Zwar habe ich meinen Rang nicht verloren, nur wirklich behalten habe ich ihn auch nicht. Obwohl das gesamte Camp aufgrund unserer nahen Feinde in Alarmbereitschaft ist und immer wieder Einsätze geflogen werden, gesteht er mir weder eine Teilnahme, geschweige denn die Leitung zu. Stattdessen wurden Cassim und ich dazu verdonnert, die Rekruten auszubilden und auf Notfalleinsätze vorzubereiten. Zugegeben keine undankbare Aufgabe. Aber definitiv nichts für eine Captain.

Doch meine anfängliche Frustration darüber habe ich mittlerweile durch Trotz ersetzt. Er kann mich nicht ewig behandeln wie eine einfache Soldatin. Erst recht nicht, wenn ich meine Arbeit besser mache als irgendjemand sonst. Ich werde ihm zeigen, was er an mir hat.

Vorausgesetzt diese Rekruten schaffen es ein verdammtes Mal, meine Befehle zu befolgen.

Ich blase mit aller Kraft in die Knochenpfeife um meinen Hals. Es ist früher Nachmittag, und wir fliegen in Sichtweite des Camps eine Übung. Eiskalter Nieselregen hat längst meine Uniform getränkt, und eine Pause ist überfällig. Doch ich habe mir vorgenommen, das hier nicht zu beenden, bevor die Truppe das Manöver korrekt ausführen kann.

Also … voraussichtlich nie.

Mein Pfiff lässt sie irritiert innehalten – zumindest die

meisten. Mit finsterer Miene beobachte ich Jez und seinen Drachen Debra dabei, wie sie erst abbremsen und dann doch weiter auf Cassim und mich zufliegen. Jez' Befehl, ohne Frage. Debra macht instinktiv vieles richtig, wird von ihrem Reiter allerdings immer wieder zu Fehlern gezwungen. Erst ein paar Sekunden später realisiert er, dass die anderen hinter ihm zurückgeblieben sind und wir den gespielten Angriff abgebrochen haben.

«Der Junge hat ein heftiges Egoproblem», grollt Cassims Stimme durch meinen Kopf. Seine Verärgerung dringt mit zu mir durch. Er ist genauso genervt von Jez und der Gesamtsituation wie ich, aber die meiste Zeit verbirgt er es sehr gut. Wann immer wir in Gesellschaft sind, spielt Cassim den zurückhaltenden, unterwürfigen Drachen, der er sein soll. Lediglich in meinem Kopf oder abends im Zelt beginnt er zu fluchen.

Ich verzichte auf eine Erwiderung. Er weiß ohnehin, dass er recht hat.

«Noch mal zurück auf Anfang!», brülle ich gegen den Wind an. Meine Stimme ist mittlerweile heiser, mein Hals kratzt von der Kälte, aber wenn wir jetzt abbrechen, haben wir wieder keine Fortschritte gemacht. Am Ende darf ich mir von Harlow anhören, ich sei sogar zu inkompetent, um Rekruten auszubilden. «Linke Flanke, was war bei euch los?», rufe ich weiter, während die Drachen sich wieder entfernen und in Position bringen. Die Reiter tauschen ratlose Blicke. «Ihr müsst als Einheit funktionieren! Wenn einer aus der Reihe fällt, muss der Rest von euch sofort darauf reagieren, verstanden?»

«Jawohl, Captain!», tönt es wenig überzeugend durch den Regen.

«Die Position eurer Truppe ist genauso wichtig wie die

eurer Feinde! Arbeitet zusammen! Als Drache und Reiter seid ihr eins. Einer behält die Gegner im Auge, der andere die Verbündeten. Nicht jeder beides, klar? Bis ihr euch besser kennt, erfordert das einen konstanten Austausch. Sprechen. Zuhören. Vertrauen.»

«Sie kapieren es nicht», stellt Cassim bitter fest, als ich keine Erwiderung von der kleinen Truppe kriege.

Ich seufze. *«Ich glaube, die sind schon mit dem korrekten Anziehen ihrer Uniform überfordert. Mir graust es vor dem Tag, an dem wir ihnen Armbrüste geben.»*

Er schnaubt. *«Die Hälfte von denen ist gar nicht für die Armee geeignet.»*

«Wie schön, dass das jetzt unser Problem ist.»

Cassim fliegt auf der Stelle, seine Flügelschläge ein gleichmäßiger, langsamer Rhythmus im heulenden Wind, und gemeinsam beobachten wir, wie unsere Schützlinge versuchen, sich eigenständig zurück in Formation zu begeben.

Für die Übungen übernehmen wir die Rolle des Angreifers. Sie müssten eigentlich nichts weiter tun, als dem verdammten Protokoll zu folgen und das Manöver richtig auszuführen. Cassim gibt sich nicht mal Mühe, sie in Bedrängnis zu bringen.

«Können wir bald eine Pause machen?», fragt er ungeduldig.

«Wenn das hier sitzt.»

«Ich habe Hunger.»

«Du kannst Jez essen. Tu uns allen den Gefallen.»

Cassims Lachen tönt durch meine Gedanken. *«Nein danke. Ich wette, jeder noch so schleimige Eintopf schmeckt besser als er.»*

«Dann musst du dich leider noch ein bisschen gedulden.»

«Vielleicht brauchen sie ja einfach ein bisschen mehr Druck, um zu funktionieren.»

Ich runzle die Stirn. *«Was hast du vor?»*

«Wie wär's zur Abwechslung mit einer richtigen Bedrohung?»

Cassim hat die Rekruten über den Himmel gejagt, als gäbe es kein Morgen mehr. Statt sich zurückzuhalten, hat er nun agiert, wie ein echter Gegner es getan hätte. Schnell, unvorhersehbar, erbarmungslos.

Natürlich haben wir sie nicht wirklich angegriffen. Doch unser plötzlicher Strategiewechsel hat die Truppe ganz schön ins Schwitzen gebracht und offenbar sogar geholfen. Nach drei weiteren Versuchen waren erste Fortschritte zu sehen. Und nur eine halbe Stunde später habe ich das Training zufrieden für beendet erklärt. Zumindest ein Teil des Manövers sitzt jetzt, und meine schlechte Laune ist verflogen. Auch weil Cassim und ich uns einen heimlichen Spaß daraus gemacht haben, sie immer wieder auflaufen zu lassen.

Als wir endlich landen, geht ein kollektives Aufseufzen durch die Truppe. Ich steige ab und mache mich daran, den Sattel von Cassims Rücken zu lösen, während ich die anderen Reiter beobachte.

In den vergangenen Tagen habe ich ihnen einen neuen Ablauf eingetrichtert. Das Erste, was sie jetzt nach der Landung tun, ist, abzusatteln. Als Zweites holen sie die Uniformen ihrer Drachen, damit diese sich zurückverwandeln können. Erst danach werden Waffen weggebracht, die eigenen Uniformen getrocknet oder gar ausladende Gespräche geführt.

Zuvor waren die Reiter meist ausschließlich auf sich selbst konzentriert. Dass die Drachen nach der Verwandlung nackt in Regen, Schnee und Kälte stehen, hat keinen von ihnen interessiert. Wenngleich ich ihnen aufgrund der Armeevorschriften nicht all meine Werte mitgeben kann, kann ich wenigstens solche Kleinigkeiten beeinflussen. Neben Respekt gibt es schließlich noch genug andere gute Gründe, die als Rechtfertigung für meine Regeln herhalten.

Ich ziehe den Sattel von Cassims Rücken, bringe ihn weg und nehme seine Uniform aus dem Ausrüstungszelt mit. Schon während ich zu ihm zurückkomme, verwandelt er sich, und ich mustere eilig wieder die anderen.

Er ist bei Weitem nicht der einzige nackte Mann auf dem Rüstplatz – aber der Einzige, bei dessen Anblick mir unkontrolliert Hitze in die Wangen steigt.

Mit klopfendem Herzen bleibe ich vor ihm stehen, reiche ihm seine Uniform und bin dabei darauf bedacht, ihm nur ins Gesicht zu schauen. Es war nur eine Übung, somit bestand keine Verletzungsgefahr. Es gibt also keinen Grund, den Blick über seinen nackten, muskulösen Körper schweifen zu lassen, und ich will das zwischen uns nicht merkwürdiger machen, als es ohnehin schon ist. Seit unserer Rückkehr aus Varoya halten wir Abstand. Aber ich bin mir ziemlich sicher, dass wir beide noch zu oft daran denken, was zwischen uns passiert ist.

Während Cassim sich anzieht, trockne ich mit Magie meine triefend nasse Uniform. Die Wärme sickert mir in die steifen Glieder, und ich atme erschöpft aus.

«Geh du schon mal was essen», biete ich Cassim an. «Ich wechsle noch ein Wörtchen mit Jez.»

«Jawohl, Captain», erwidert er vorschriftsmäßig und salutiert, doch mir entgeht das kaum merkliche Zucken seiner Mundwinkel nicht. Dieses Viertellächeln, das niemand außer mir bemerkt und das jedes Mal mein Herz zum Stolpern bringt, weil es sich anfühlt, als würde er ein Geheimnis mit mir teilen.

Ich nicke, und Cassim tritt ab. Die anderen brauchen noch ein paar Minuten, doch schließlich steht die ganze Truppe vor mir und wartet auf mein Kommando.

«Morgen selbe Zeit», lasse ich sie wissen. «Und geht die Manöver bis dahin noch mal durch. Verstanden?»

«Jawohl, Captain», ertönt es im Einklang.

«Gut. Reece, du kümmerst dich heute um das Ausrüstungszelt. Jez, du kommst mit mir. Der Rest kann abtreten.»

Die anderen machen sich aus dem Staub, jedoch nicht, ohne ihrem Kameraden noch ein paar neugierige Blicke zuzuwerfen. Ich bedeute Jez mit einem Nicken, mir zu folgen, und führe ihn außer Hörweite zwischen die nahen Zelte.

Dort bleibe ich stehen, und Jez nimmt eine kerzengerade Haltung vor mir an, die Hände an den Seiten, den Blick nach vorne gerichtet. In so mancher Hinsicht ist er besser für die Armee geeignet als viele andere. Lediglich sein Charakter macht ihm einen Strich durch die Rechnung.

«Kannst du dir denken, warum du hier bist?», frage ich.

«Nein, Captain.»

«Deine Leistung heute war unterirdisch.»

Jez presst die Lippen zusammen. Röte stiehlt sich auf seine hellbeigen Wangen. «Debra hat ...»

«Alles richtig gemacht», unterbreche ich ihn harsch. «Ich habe euch beobachtet. Sie hat angehalten, du hast sie wieder angetrieben. Sie lenkt nach links ein, du schickst sie nach rechts. Du hast immer wieder eingegriffen, obwohl es nicht nötig gewesen wäre. Nicht, um einen Fehler zu korrigieren, sondern lediglich, um einen Befehl geben zu können. Ich weiß nicht, was deine Beweggründe sind, aber ich kann dir mit Sicherheit sagen, dass ein guter Reiter anders handelt. Du musst dich auf sie verlassen können und sie sich auf dich. Kannst du das lernen?»

Die Unzufriedenheit ist ihm anzusehen. Er zieht leicht die dunklen Brauen zusammen, nickt jedoch. «Jawohl, Captain.»

«Gut. Dann hoffe ich, dass morgen eine Verbesserung zu sehen ist. Abtreten.»

Jez schiebt sich an mir vorbei und verschwindet in Richtung der Essensausgabe. Seufzend schaue ich ihm nach. Debra wird es nicht gut mit ihm als Reiter haben. Selbst wenn er sie während der Einsätze respektiert – ich bezweifle, dass sich das auf ihren Alltag ausweiten wird. Aber solange Harlow mir die Rekruten überlässt, werde ich alles tun, um ihnen Anstand beizubringen. Vielleicht macht es ja doch einen Unterschied, und sei es nur ein kleiner.

Mein knurrender Magen reißt mich aus meinen Gedanken. Mittlerweile hat Cassim sicher unser Essen geholt und ist auf dem Weg zum Zelt. Aber ich muss noch mal zum Rüstplatz und schauen, ob Reece das Ausrüstungszelt sturmfest gemacht hat. Gestern war jemand anderes damit an der Reihe, und als ich heute Morgen kam, war die Zeltklappe halb offen und ein Teil der Ausrüstung nass.

Ich gehe zurück zum Rüstplatz, halte jedoch abrupt inne, als ich zwischen den Zelten hervortrete. Reece ist noch da. Nur ist er nicht allein. Vor ihm steht Debra, auch von der Seite unschwer zu erkennen an den langen nussbraunen Locken und ihrem schmucklosen Umhang. Und sie küssen sich.

Erschrocken halte ich die Luft an.

Verdammte Scheiße ...

Wie können sie so unvorsichtig sein?

Meine Kehle ist wie zugeschnürt. Was die beiden tun, ist Verrat, und wenn ich es dem General nicht melde, mache ich mich ebenso schuldig wie sie. Aber wenn ich sie melde, werden sie hingerichtet. Und das ist keine Option. Also habe ich nichts gesehen. Punkt. Ich war nie hier.

Doch gerade als ich mich abwenden will, um zu verschwinden, lösen sich die beiden voneinander, schauen sich verstohlen um und entdecken mich.

Sie erstarren, genau wie ich. Keine Ahnung, ob ich vorwärts oder rückwärts gehen soll. Ich habe nicht vor, sie zu verraten. Doch jetzt, wo sie wissen, dass ich sie beobachtet habe, bin ich mir nicht sicher, ob sie genauso diskret sein werden. Dem General werden sie bestimmt nichts hiervon erzählen, aber wer so leichtsinnig ist, sich mitten auf dem Rüstplatz zu küssen, vertraut sich vielleicht auch anderen Soldaten an. Und niemand weiß so gut wie ich, wie schnell sich solche Informationen in einem Armeecamp verbreiten.

Außerdem ... Sie könnten auch versuchen zu fliehen, weil sie davon ausgehen, dass ich sie ausliefere. Und das kommt einem Todesurteil gleich.

Es führt kein Weg daran vorbei: Ich muss mit ihnen reden.

Wütend trete ich auf Reece und Debra zu. Sie weichen abrupt voneinander zurück und salutieren. Beide sind bleich um die Nase und zittern kaum merklich. Sie wussten genau, was für ein Risiko sie eingehen. Und obwohl ich sie am liebsten schütteln würde, verurteile ich sie nicht. Sie haben nichts falsch gemacht. Nur unser Gesetz sieht das leider etwas anders.

«Was war das gerade?», frage ich scharf und bleibe vor ihnen stehen.

Reece presst die Lippen zusammen. Debra knetet die Hände. Ihre Fingerknöchel treten weiß hervor.

«E-es kommt nicht wieder vor, Captain!», stammelt sie. «Es ... Es war Gewohnheit!»

«Gewohnheit?», wiederhole ich ungläubig. «Das ist Verrat!»

«Wir kannten uns schon vor unserem Eintritt in die Armee», platzt es aus Reece heraus. «Es war ein Ausrutscher, Captain, versprochen!» Er schluckt schwer. «Es ... Wir ...» Tränen steigen ihm in die Augen, und auch Debra blinzelt verdächtig.

Mein Herz schlägt mir bis zum Hals. Wie kann man nur derart unvorsichtig, derart naiv sein? Am helllichten Tag, mitten auf dem Rüstplatz, wo jederzeit jemand vorbeikommen könnte ...

Die beiden sind noch so verdammt jung. Und verdammt verängstigt.

«Das wird sich nicht wiederholen», sage ich mit drohender Stimme, während in meinem Inneren alles gefährlich wankt. Ich riskiere gerade mein Leben für ihres. Und auch wenn ich weiß, dass es richtig ist, fleht ein winziger Teil von mir mich an, es nicht zu tun. «Ihr werdet euch nie wieder auch nur anfassen, und ihr werdet niemandem jemals hiervon erzählen, verstanden?», fahre ich entschlossen fort.

Debras Augen weiten sich. Reece wischt sich hektisch über die Wangen. «Sie werden es nicht melden?», flüstert Debra.

«Ich habe nichts gesehen», erwidere ich. «Es gab auch nichts zu sehen. Ist das Zelt fertig, Reece?»

Er nickt.

«Bestens. Danke, dass du ihm dabei geholfen hast, Debra. Geht und erholt euch vom Training.» Ich weise mit dem Kinn in Richtung der Essensausgabe.

Die beiden brauchen noch kurz, um ihr Glück zu begreifen. Dann eilen sie davon, und ihre zügigen Schritte entfernen sich im Matsch.

Tief atme ich durch und nehme mir einen Moment, um mich zu fassen. Ich hoffe wirklich, dass sie auf mich hören. Bei den Rekruten wird ohnehin genauer hingeschaut, weil viele von ihnen Schwierigkeiten haben, die Armeegesetze einzuhalten. Und nicht selten wird schon bei einem kleinen Verstoß ein Exempel statuiert, um den anderen Respekt einzuflößen. Hätte jemand anderes Debra und Reece entdeckt, würden sie zweifelsohne heute Abend brennen.

Ich schüttle den Kopf. Es ist nichts passiert, alles in Ordnung. Ich schaue nach, ob das Ausrüstungszelt wirklich zu ist, und stelle fest, dass Reece seine Aufgabe ordentlich erledigt hat. Also wende ich mich zum Gehen, nur um schon wieder innezuhalten.

Fuck.

Flüchtig treffe ich den Blick blauer Augen, dann verschwindet mein Beobachter auch schon hinter dem nächsten Zelt.

Arden.

Mein Herz beginnt zu rasen. Wie viel hat er gesehen?

Ich eile ihm hinterher, kann ihn allerdings nirgends entdecken. Er hat sich aus dem Staub gemacht. Und ich habe ein verdammt schlechtes Gefühl bei der Sache.

CASSIM

«Wir haben ein Problem.»

Ich halte mit dem Löffel auf halbem Weg zum Mund inne und schaue zu Yessa auf, die soeben ins Hauptzelt geplatzt ist. Sie wirkt völlig durch den Wind. Ihre Wangen sind gerötet, sie atmet schwer, und eine unverkennbare Panik liegt in ihrem Blick.

Alarmiert stelle ich die Schüssel beiseite und stehe auf. «Was ist los?» Ich mustere sie von Kopf bis Fuß. Ihr scheint es gut zu gehen, aber mein Magen zieht sich dennoch schmerzhaft zusammen. Hat jemand von uns erfahren? Oder gar Verdacht geschöpft, dass ich der Verräter bin?

Ich weiß, dass Yessa angefangen hat, Nachforschungen anzustellen. Hin und wieder habe ich sie dabei beobachtet, wie sie andere Reiter ganz nebenbei gefragt hat, ob sie etwas Neues gehört haben. Weiterhelfen konnte ihr bisher niemand. Die Paranoia lässt mich leider trotzdem nachts nicht schlafen.

«Ich habe Reece und Debra dabei erwischt, wie sie sich geküsst haben», stößt sie aus, und ich weiß nicht, was ich fühle. Erleichterung? Oder noch mehr Sorge?

«Und?», frage ich tonlos.

Warum erzählt sie mir das? Verrät sie die beiden? Ich weiß, dass sie dazu verpflichtet ist, aber ... Es trifft mich doch unerwartet. Wie kann sie in der einen Nacht in meinen Armen liegen und am anderen Tag zwei Unschuldige wegen eines Kusses zum Tode verurteilen? Wie ...

«Ich habe sie gehen lassen», flüstert Yessa, und ich atme erleichtert auf. Ich habe mich also doch nicht in ihr getäuscht. Die Jahre in der Armee haben mich nur leider gelehrt, immer gleich vom Schlimmsten auszugehen.

«Und was ist dann das Problem?», frage ich ungeduldig, während sie nach Luft ringt.

«Ich glaube, Arden hat mich gesehen.»

Ich erstarre. «Was *genau* hat er gesehen?», hake ich nach.

Yessa schüttelt nur den Kopf und beginnt, im Zelt auf und ab zu gehen. Ich halte sie an den Schultern fest und drehe sie zu mir um, sodass sie mich ansehen muss.

«Bitte rede mit mir.»

«Ich weiß es nicht!», stößt sie hervor, ihre Stimme hörbar verzweifelt. «Ich habe keine Ahnung, wie lang er da stand, weil ich so auf Reece und Debra fokussiert war. Als ich ihn entdeckt habe, ist er abgehauen. Ich konnte ihn nicht finden.»

Von der Erleichterung eben ist nichts mehr übrig. Schwer wie ein Felsbrocken legt sich Sorge in meine Magengrube. Arden ist unberechenbar. Und es kann nicht gut ausgehen, wenn er solche Informationen hat. «Scheiße», murmle ich und umfasse Yessas Schultern ein wenig fester. Sie zittert, und ich muss mich davon abhalten, sie in meine Arme zu ziehen.

«Was, wenn er mich an den General verrät?», fragt sie leise. «Was mache ich jetzt?»

Ich würde ihr gern antworten, doch ich weiß beim besten Willen nicht, was. Die einzig logische Reaktion wäre, sofort zum General zu gehen und ihm den Vorfall zu melden, bevor Arden sie ebenfalls als Verräterin entlarvt. Yessa wird sonst höchstwahrscheinlich auch hingerichtet. Und abgesehen davon, dass ich dieses Schicksal nicht für sie will, würde es auch mir schaden. Meine Fluchtpläne vereiteln. Mir einen neuen Reiter und neue Schmerzen bescheren.

Trotzdem bringe ich es nicht übers Herz, ihr diese Lösung vorzuschlagen. Reece und Debra sind gerade mal sechzehn. Yessa würde ihr Todesurteil unterschreiben. Dabei kann es gut sein, dass Arden gar nichts gesehen hat oder es bewusst nicht meldet, weil er sich von Yessa noch irgendetwas erhofft.

Ich weiß nicht, wie genau ihre Beziehung zueinander war, aber in den Tagen vor dem Ritual schien er sehr interessiert an ihr.

Andererseits … Sie sind im Streit auseinander. Und er wirkt wie der Typ für Rache. Oder Erpressung.

«Ich kann sie nicht verraten», bringt Yessa hervor, als hätte sie meine Gedanken gelesen. «Ich weiß, wie riskant das ist, aber …»

«Ich verstehe es.» Ich halte ihren Blick fest. Sehe die Angst in ihren braunen Augen.

Es ist dieselbe, die gerade in meiner Brust zu einem alles zerfressenden Ungetüm heranwächst. Aber mit ihr wächst auch Vertrauen. Stolz.

Es ist der einzige Weg, den wir gehen können. Der einzig richtige.

«Cassim …» Yessas Stimme bricht.

Und nun ziehe ich sie doch an mich, schlinge meine Arme um ihren Oberkörper und atme tief ein. Ihr vertrauter Duft steigt mir dabei in die Nase. Eryn hat ihr etwas von der Seife mitgegeben. Und immer, wenn ich Yessa derart nahe komme, erinnert mich der Geruch von Thymian und Blumen an ihr Zuhause. Daran, was ich zerstört habe.

«Es ist noch nichts entschieden», erinnere ich sie. «Du kannst mit ihm reden. Vielleicht hat er nichts gesehen.»

«Und wenn doch?»

Ich zögere. «Dann kannst du immer noch zum General und es melden. Er wird nicht begeistert sein, dass du gezögert hast, aber du könntest glimpflich davonkommen.»

Yessa holt tief Luft und löst sich von mir. «Du hast recht», sagt sie mit neuer Überzeugung in der Stimme. Ich kann förmlich sehen, wie sie ihre Mauern wieder hochzieht und aus ihr die unnachgiebige Captain wird, die sie dem Rest des Camps zeigt. «Ich muss ihn finden.»

Sie eilt zurück zum Zelteingang, doch plötzlich sind von draußen laute Stimmen zu hören. Rufe tönen durchs Camp.

Schritte eilen am Zelt vorbei, erst einzelne, dann immer mehr.

Fuck …

Yessa erstarrt, und ich greife resigniert nach meinem Umhang.

Der Plan war nicht schlecht.

Aber es ist schon zu spät.

YESSA

Das ganze Camp ist in Bewegung. Wie flüssige Lava schieben sich die Massen von Soldaten zwischen den Zelten hindurch zur Arena.

Mir ist speiübel, und dennoch kann ich nichts anderes tun, als ihnen zu folgen. Ich weiß, was gleich passiert. Sie werden jemanden hinrichten. Die Frage ist nur, wen.

Wenn Arden mich verraten hätte und es meine Hinrichtung wäre, dann hätte mich jemand abgeholt, oder? Sie würden mir doch sicher nicht die Möglichkeit geben, noch zu fliehen.

Wobei … ich käme ja ohnehin nicht weit.

Cassim geht dicht hinter mir, sein breiter Körper wie ein Schutzschild gegen die drängelnden Soldaten. Die Neuigkeit hat sich wie ein Lauffeuer im Camp verbreitet, und offenbar will niemand das Spektakel verpassen.

Bisher habe ich nur zwei Hinrichtungen erlebt, und bei jeder wurde der Tod vonseiten der Reiter mit Gegröle und Jubelrufen zelebriert. Wenn ein Verräter brennt, ist es für diese Menschen ein Grund zum Feiern. Dass der Verrat selbst manchmal das Menschlichste ist, was man hätte tun können, sehen sie nicht. Was richtig und was falsch ist, bestimmt in der Armee schon lange nicht mehr die eigene Moral, sondern einzig und allein der König.

Auf dem Kamm des ehemaligen Vulkankraters drängt sich bereits das halbe Camp. Ich bahne mir einen Weg nach vorne an die Kante und werfe einen Blick nach unten.

Mera steht dort in ihrer Drachengestalt. Ihre kupfernen Schuppen fangen das fahle Abendlicht ein, und der feine Nieselregen legt sich in glitzernden Tropfen auf ihren Körper. Sonst ist die Arena leer. Doch dem lauter werdenden Grölen hinter uns nach zu urteilen, wird sich das gleich ändern.

Die Menge teilt sich vor einem der Pfade, die über den Kamm in die Arena führen, und ein kleiner Pulk von Soldaten kommt den Hang hinunter. General Harlow führt ihn an, seine Miene finster und zugleich unberührt. Hinter ihm werden Reece und Debra von jeweils zwei Männern vorwärtsgezerrt.

Man hat sie bis auf die Unterwäsche ausgezogen und geknebelt. Ketten liegen um ihre Hand- und Fußgelenke. Sie wehren sich, haben allerdings keine Chance. Reece stemmt sich gegen den Griff eines der Soldaten, und dieser reißt so heftig an seinen Ketten, dass er das Gleichgewicht verliert und den Abhang hinunterstürzt. Er rollt unkontrolliert durch den rußigen Schlamm und bleibt unten liegen, wo der Soldat ihn wenig später unsanft wieder auf die Beine zieht.

Ich muss wegsehen. Ich ertrage es nicht. In meinem Inneren mischt sich Wut mit Verzweiflung und Trauer.

Das hier ist so falsch. Und ich werde das Gefühl nicht los, dass es meine Schuld ist. Dass ich sie irgendwie hätte retten können.

Aus Mangel an Alternativen schaue ich mich in der Menge um. Wenn auffällt, dass ich die Hinrichtung nicht mit ansehe, kann mich das teuer zu stehen kommen. Das hatte ich schon einmal, und die Sprüche dazu hielten über ein Jahr an.

So etwas kann ich mir gerade nicht leisten. Erst recht nicht jetzt, wo ich wegen Arden vielleicht bald selbst unter Verdacht gerate.

Trotzdem bringe ich es nicht über mich, den Blick wieder auf das Geschehen am Boden der Arena zu richten. Stattdessen schweift er ziellos über die Umstehenden. Über johlende Reiter und Drachen mit versteinerten Gesichtszügen.

Jemand drängelt sich vor mich, und ich seufze innerlich. Ein solches Verhalten erfordert eigentlich eine Zurechtweisung, aber gerade habe ich keine Kraft für so etwas. Ich mustere den breiten Rücken, der mir nun fast vollständig den Blick auf die Arena versperrt, stocke jedoch. Ein einfacher Umhang und kurz geschorene dunkle Haare ...

Es ist Cassim. Und ich bezweifle stark, dass er dort aus Zufall steht. Er gibt mir eine Möglichkeit, den Anblick zu umgehen.

Dankbarkeit durchflutet mich. Am liebsten würde ich die Arme um ihn schlingen und mich an seinen Rücken schmiegen. Stattdessen tue ich so, als wollte ich an ihm vorbeischauen, recke das Kinn aber nur gerade so weit, dass ich Harlow sehen kann.

Ob Reece und Debra denken, ich hätte sie verraten?

Wahrscheinlich.

Doch es macht keinen Unterschied. Sie werden gleich sterben. Für etwas derart Unschuldiges wie Liebe. Es könnte ebenso gut ich sein, die dort unten steht und hingerichtet wird.

Der General verzichtet auf eine große Ansprache. In knappen Worten verkündet er das Urteil, und dann erleuchtet Meras Feuer bereits die Arena.

Mein Herz zieht sich zusammen. Das Johlen der Soldaten um mich herum wird immer lauter. Ich hingegen bete still zu den Göttern. Auf dass es schnell und schmerzlos sein möge und ihre Seelen im ewigen Feuer ein gnädigeres Schicksal erfahren.

Nach ein paar Sekunden, die sich wie eine Unendlichkeit anfühlen, verblasst der Feuerschein. Die Menge löst sich ebenso schnell wieder auf, wie sie sich versammelt hat. Niemand trauert um die beiden Toten, von denen nichts als Asche übrig ist. Gelächter und Gespräche füllen die nach Rauch riechende Luft.

Ich wende mich von der Arena ab, bevor Cassim mir die Sicht auf ihren Boden freigeben kann, und atme tief durch.

Was jetzt? Sollte ich zu Harlow gehen und versuchen herauszufinden, was er weiß? Erwartet er womöglich, dass ich Ardens Anklage noch eine weitere hinzufüge?

Nein. Das wäre überflüssig. Immerhin hätte ich jetzt eine perfekte Ausrede und könnte einfach behaupten, dass die Sache ja bereits erledigt war und ich seine Zeit nicht verschwenden wollte. Ich denke, er weiß nicht, dass ich involviert war.

Noch nicht.

«Captain», raunt Cassim direkt hinter mir. «Wir werden beobachtet.»

Ich runzle die Stirn und drehe mich bewusst nicht zu ihm um. Stattdessen lasse ich den Blick über den Strom von Soldaten schweifen, der sich in Richtung Camp bewegt. Tatsächlich dauert es nicht lang, bis ich in der Menge ein vertrautes Augenpaar entdecke.

Arden steht gut zwanzig Meter entfernt und mustert mich mit einem selbstzufriedenen Lächeln auf den Lippen. Doch gerade als ich zu ihm rübergehen will, schüttelt er den Kopf.

Ich halte inne. Er zwinkert mir zu. Dann wendet er sich ab und folgt den anderen.

Ein mulmiges Gefühl macht sich in meiner Magengrube breit. Was wollte er mir damit sagen? Dass er mein Geheimnis bewahren wird? Oder sollte ich es als Drohung verstehen?

«Lass uns gehen», murmelt Cassim kaum hörbar. Ich glaube, einen Hauch von Unruhe durch unsere Bindung zu spüren, doch es könnte ebenso gut meine eigene sein.

Ich schlucke meine Sorgen hinunter und setze mich in Bewegung. Mit erhobenem Kinn gehe ich Cassim voraus ins Camp und nehme bewusst einen anderen Weg als Arden. Offensichtlich wollte er nicht, dass wir heute miteinander gesehen werden, und im Moment ist es vermutlich besser für mich, wenn ich das akzeptiere. Ich werde zweifelsohne noch früh genug herausfinden, was er im Schilde führt.

Zurück im Zelt lasse ich mich mit zitternden Knien auf mein Schlaflager sinken und vergrabe das Gesicht in den Händen. Ich höre, wie Cassim sich neben mich setzt. Ein schwerer, warmer Arm legt sich um meine Schultern, und obwohl ich weiß, wie unvernünftig es ist, lehne ich mich an seine Seite. Ignoriere wie schon mein ganzes Leben lang die Gefahr, in die ich mich damit bringe.

Sein Duft umfängt mich, macht es mir noch unmöglicher, meine Gefühle zu kontrollieren. Mein Kopf ist so voll, dass ich nicht mehr denken kann. Irgendwo in mir kämpft meine Einsamkeit gegen meinen Verstand, aber selbst wenn einer von beiden gewinnen würde, wäre ich zu erledigt, um noch zu handeln. Ich will mich nicht mehr bewegen. Ich will genau hier bleiben, wo sich die Welt zumindest einen Moment lang sicher anfühlt, und für immer vergessen, was mich außerhalb dieser Zeltplanen erwartet.

«Du hast das Richtige getan», sagt Cassim leise.

Mir entweicht ein bitteres Lachen. «Das hat ihnen offensichtlich nicht geholfen.»

Er zieht mich enger an sich, bis ich seine leicht stoppelige Wange an meiner Stirn spüren kann. «Wir dürfen uns nicht für das verantwortlich machen, was aus diesem Land geworden ist. Du hast getan, was du konntest. Was mit Reece und Debra passiert ist, ist Ardens Schuld, nicht deine.»

«Ich hätte ihn aufhalten sollen ...»

«Wie?», fragt er sanft.

Mir fällt keine Antwort ein. Weil es wohl auch keine gibt. Cassim hat recht, ich hätte es nicht verhindern können. Das macht es nicht besser.

«Wie geht es dir?», flüstere ich und blinzle eine Träne weg. Er sitzt hier und tröstet mich, dabei war er derjenige, der sich die Hinrichtung ansehen musste. Ich habe mich noch nicht mal dafür bedankt, dass er mich abgeschirmt hat. Mal wieder war ich zu sehr in meinem eigenen Leid gefangen, um Cassims überhaupt zu bemerken.

Als er nicht sofort antwortet, hebe ich den Kopf und schaue ihm fragend ins Gesicht.

Er zuckt mit den Schultern. Vermutlich soll es Gleichgültigkeit vermitteln, doch stattdessen wirkt es überfordert.

«Du kannst mit mir reden», versichere ich ihm sanft, auch wenn ich keine Hoffnung habe, dass er es tut. Die wenigen Male, die Cassim mir etwas von sich anvertraut hat, waren fast immer aus Wut heraus. Bei allen anderen Emotionen macht er dicht. Schottet sich ab.

Ich schätze, das ist sein gutes Recht. Doch wir wissen vermutlich beide, dass es so nicht besser werden kann.

«Ich sehe deinen Schmerz, Cassim», hauche ich. «Du musst ihn nicht vor mir verbergen. Wir können zusammen schweigen, aber vielleicht hilft es zu reden ...»

«Gar nichts hilft», gesteht er plötzlich und fixiert einen Punkt hinter mir. Ihm ist anzumerken, wie schwer ihm jedes Wort fällt. Wie er mit sich ringt, um weiterzusprechen. Seine Stimme ist heiser, und er zieht gequält die dunklen Brauen zusammen. «Es fühlt sich an, als hätte mir jemand das Herz herausgerissen. Aber das ist mittlerweile so oft passiert, dass ich mich an das Gefühl gewöhnt habe. Ich bin abgestumpft. Verloren. In mir ist nichts mehr von dem Jungen, der ich mal war. Vielleicht ist da auch schon lange kein Herz mehr, das man mir herausreißen könnte, und deswegen sticht es nicht so, wie es soll.»

Meine Kehle wird eng. Seine Geständnisse treffen mich heftiger als erwartet. Vorsichtig lege ich eine Hand an seine Wange und bringe ihn so dazu, mich anzusehen. Seine dunkelbraunen Augen fangen den Schein der Öllampe ein. Durch das goldene Schimmern, das unsere Bindung verursacht, wirken sie wieder, als würden sie glühen. Doch ich glaube, Cassim bereits gut genug zu kennen, um zu wissen, dass ihm das nicht gerecht wird.

Cassim glüht nicht.

Cassim brennt.

Vermutlich sogar für genau dieselben Werte wie ich. Und nichts an ihm ist abgestumpft oder gar herzlos.

«Natürlich hast du ein Herz», flüstere ich. «Du hast es mir schon oft gezeigt.» Er presst die Lippen zusammen, offenbar nicht ganz überzeugt, also rede ich weiter. «Ich weiß, es zerfleischt dich. Ich weiß, wie unerträglich es sich anfühlt, wie unmöglich, wie ungerecht. Aber du wirst nicht daran zerbrechen, weil du stärker bist als der Schmerz. Du wirst dich nicht verlieren, weil du genau weißt, wofür du kämpfst.»

Cassim atmet zittrig ein. «Tue ich das wirklich? Oder

rede ich es mir nur ein, um die Situation erträglicher zu machen?»

Ich runzle die Stirn. «Wie meinst du das?»

Er mustert mich. «Ganz egal, wie das alles ausgeht ... Ganz egal, wofür ich kämpfe – ich hasse die Person, zu der dieses Land mich gemacht hat.»

Ich schüttele abwehrend den Kopf. «Sag das nicht.»

«Es ist die Wahrheit. Meine Mutter würde sich für mich schämen.»

Ich streiche über seine Wange. Funken tanzen dabei unter meiner Haut und wandern kribbelnd meinen Arm empor, doch ich konzentriere mich nur auf Cassim. «Das glaube ich nicht», erwidere ich ernst. «Ich bin sicher, sie wäre stolz auf den mutigen, mitfühlenden Mann, der aus dir geworden ist.»

Cassims Gesicht ist so unleserlich, dass ich keine Ahnung habe, ob meine Worte ihm helfen oder alles nur noch schlimmer machen. Aber er hält meinen Blick fest und legt zögerlich seine Hand auf meine. «Du vertraust mir zu sehr», raunt er.

Ich versuche mich an einem Lächeln. «Ich habe niemanden anderen, dem ich vertrauen kann, also finde dich damit ab.»

Er schnaubt kaum hörbar. «Hast du mir nicht erst vor ein paar Tagen gesagt, du würdest mich nicht kennen? Und jetzt ...» Er verschränkt unsere Finger miteinander.

Hitze macht sich in meiner Brust breit, mein Herz beginnt zu rasen. Die Berührung erinnert mich siedend heiß daran, was wir hier tun, was für eine Gefahr wir eingehen. Aber ich bin nicht bereit, einen Rückzieher zu machen. Nicht wenn er mir seine Selbstzweifel derart offen zeigt und es diesmal an mir ist, *ihn* zu trösten. Ich will Cassim kennen.

Mit all seinen Facetten. Und auch wenn es bis dahin noch ein weiter Weg ist, ist dieser Moment hier wichtig.

«Vielleicht muss ich dich nicht kennen, um sehen zu können, wer du bist», murmele ich – und plötzlich hüllt uns Dunkelheit ein.

Da ist Wärme. Ein Sternenhimmel über mir. Und Cassims nackter Körper, der sich an meinen presst, sein Atem auf meinen Lippen, seine Brust an meiner, sodass ich seinen trommelnden Herzschlag spüre.

Seine Nase streift meine, aber ich bin es, die sich ihm entgegenreckt. Die einen Kuss zwischen uns entflammen lässt, der alles mit sich reißt.

Hitze hüllt mich ein. Ich schiebe die Hände in Cassims Nacken, fahre durch seine kurz geschorenen Haare und stöhne leise auf, als seine Zunge in meinen Mund dringt.

Er umfasst meine nackte Taille, drängt sein Becken härter gegen meines und …

Ich zucke zurück. Die Hitze verpufft. Aus dem Sternenhimmel wird wieder eine schlichte Zeltplane, und Cassim sitzt in seiner Uniform vor mir, die Brauen fragend zusammengezogen und seine Hand scheinbar sinnlos erhoben. Offenbar habe ich ihm meine Finger förmlich entrissen. Sie prickeln noch von seiner Berührung – und der Rest meines Körpers von der Erinnerung.

Scheiße. Ich dachte, diese Vision wäre eine einmalige Sache gewesen …

«Alles in Ordnung?», will Cassim wissen.

«Ja», keuche ich. «Es ist nur …» Hilflos gestikuliere ich durch die Gegend und spüre, wie ich dabei rot anlaufe. «Wir müssen vorsichtiger sein», entscheide ich und winde mich aus Cassims Arm. «Arden hat mich dabei beobachtet, wie ich Verrat begehe. Also …»

Weiter kriege ich das Argument nicht gesponnen. Ein Teil von mir liegt noch nackt in Cassims Armen und spürt seine weichen Lippen auf meinen. Wie kann sich etwas, das gar nicht passiert ist, so gut anfühlen?

Nur ...

Was, wenn es noch passieren wird? So wie das letzte Mal?

Nein. Dass die erste Vision in Erfüllung ging, war eine einmalige Sache. Reiner Zufall. Ich würde Cassim niemals küssen – geschweige denn mit ihm schlafen. Das wäre leichtsinnig und völlig unangebracht. Es ist eine Spinnerei, nichts weiter.

Doch mein Herz hämmert trotzdem wie direkt nach einer Schlacht, und die Erinnerung an den Kuss frisst sich bereits in meinem Kopf fest wie ein Brandmal.

Cassim hingegen wirkt zwar leicht irritiert, jedoch insgesamt unberührt. Ich bin anscheinend wirklich die Einzige von uns, die merkwürdige Dinge sieht.

Ich sollte ihn einweihen. Aber allein der Inhalt meiner Vision lässt mich diese Option ausschließen. Wenn ich ihm das erzähle, denkt er vermutlich, ich hätte den Verstand verloren.

Cassim atmet tief durch. «Wenn Arden dich nicht an den General verraten hat – wovon ich ausgehe, denn sonst würdest du nicht hier sitzen –, hat er nichts mehr gegen dich in der Hand. Um dich jetzt noch zu verraten, müsste er zugeben, dass er selbst etwas verheimlicht hat. Indem er dich beschützt hat, hat er das gleiche Verbrechen begangen wie du.»

Das stimmt wohl. Nur kann ich Arden nicht einschätzen – weder seine Absichten noch seine Loyalität. «Wir sollten trotzdem vorsichtig sein. Er ist sicher misstrauisch und wird einige unangenehme Fragen stellen.»

«Du hast recht», murmelt Cassim und steht von meinem Nachtlager auf. «Wir sollten ein Auge auf ihn haben. Hier.» Er hält mir eine Schüssel mit Eintopf entgegen, die ich über die Hinrichtung völlig vergessen habe. «Iss etwas. Du siehst aus, als würdest du jeden Moment umkippen.»

«Vielen Dank auch», brumme ich. Trotzdem macht sich Wärme in meiner Mitte breit, weil er sich um mich sorgt.

«Ist nur die Wahrheit. Wenn ich etwas über dich gelernt habe, dann dass du dich immer mehr um andere kümmerst als um dich selbst.»

«Ich habe nun mal Prioritäten», verteidige ich mich.

«Mag sein. Ich aber auch.» Auffordernd nickt er zu der Schüssel in seiner Hand, und ich nehme sie ihm ab. Aus der Wärme ist ein Flattern geworden, und ich muss Cassims Blick ausweichen, um nicht direkt wieder rot zu werden.

«Danke», bringe ich hervor und wärme das kalte Essen mit etwas Magie wieder auf. Cassim schnappt sich seine eigene Schüssel und wendet sich dem Durchgang zum Vorzelt zu.

«Ich schlafe heute besser draußen», beschließt er.

Und in Anbetracht der Tatsache, wie präsent die Erinnerung an seinen nackten Körper an meinem noch ist, ist das vermutlich eine gute Idee.

KAPITEL 13

FEELS LIKE FALLING

YESSA

Am nächsten Tag ist es, als wäre die Hinrichtung nie geschehen. Niemandem im Camp ist etwas anzumerken. Die Reiter verhalten sich wie immer, machen Scherze an der Essensausgabe oder beschweren sich leise darüber, den dritten Tag in Folge Patrouille fliegen zu müssen. Die Drachen scheinen ihre Gefühle komplett zu unterdrücken, zumindest ist ihren Gesichtern nichts anzusehen. Und auch meine Rekruten tun so, als hätten sie nicht bemerkt, dass nun zwei von ihnen nicht mehr unter uns sind.

Rein theoretisch ist ihr Verhalten korrekt. Immerhin wird genau das von ihnen erwartet, und mir selbst bleibt ebenfalls nichts anderes übrig, als mich unberührt zu geben. Doch ich werde das ungute Gefühl nicht los, dass ich die einzige Reiterin bin, der die gestrigen Ereignisse schwer im Magen liegen. Und auch wenn das nichts Neues ist, fällt es mir heute schwer, diese Tatsache zu akzeptieren.

Zumindest scheint mir kein ähnliches Schicksal zu blühen wie Reece und Debra. General Harlow tauchte gleich morgens auf dem Trainingsplatz auf, verlor jedoch kein Wort über meinen Verrat. Stattdessen informierte er mich darüber, dass Reece' Drache und Jez in den nächsten Tagen nicht am Training teilnehmen. Sie werden aneinandergebunden und müssen sich auf das Ritual vorbereiten.

Vermutlich sollte ich dankbar dafür sein, dass mich nicht ebenfalls die Hinrichtung erwartet. Aber mein Herz ist viel zu schwer, um irgendeine Form von Erleichterung zu empfinden.

Und dann wären da noch die neuen Sorgen, die sich

zu den alten gesellt haben. Über Ardens Pläne und meine merkwürdigen Visionen.

Die ganze Nacht lag ich wach und habe mir den Kopf darüber zerbrochen, was diese Vision bedeuten könnte. Die letzte ist wahr geworden, aber bei dieser hier darf nicht das Gleiche passieren. Das wäre zu gefährlich. Für uns beide.

Mir ging es gesundheitlich in der letzten Woche nicht gut. Vielleicht hat sich das auf meinen Geist ausgewirkt.

Halluzinationen. Hirngespinste. Oder doch Zukunftsvorhersagen ... Was auch immer es ist, ich kann es leider nicht mehr einfach so abtun. Ich muss herausfinden, was mit mir los ist. Und aktuell fällt mir nur eine einzige Person ein, die mir dabei weiterhelfen könnte. Sofern ich sie finde. Ich habe die Plane am Zelteingang zurückgeschlagen und sehe mich um, aber drinnen ist es dunkel, und nicht mehr als ein tiefes Schnarchen ist zu hören. Das kann nicht ...

«Suchen Sie nach mir?»

Ich zucke zusammen, und mein Kopf ruckt herum. Ein paar Meter weiter brennt ein Lagerfeuer, und im Halbdunkel der anbrechenden Nacht habe ich die einsame Person daneben glatt übersehen.

Aleen sitzt auf einem großen Stein, auf dem Schoß eine Schüssel, in der ich Eintopf vermute. Anders als bei unseren bisherigen Treffen hat sie ihre schwarzen Locken nach hinten gebunden. Ihre dunkelbraune Haut schimmert golden im Feuerschein.

«Versuchen Sie bitte, meinen Patienten nicht zu wecken», fügt sie leise hinzu und weist mit dem Kinn zum Zelt. «Hab ihn grade erst zusammengeflickt.»

Vorsichtig lasse ich die Zeltklappe wieder zufallen und trete zu ihr. «Essen Sie allein?», frage ich und schaue mich um. Die übrigen Plätze um das Feuer herum sind leer, und es stehen auch keine Schüsseln oder Becher herum, die darauf hindeuten würden, dass noch jemand kommt. Trotzdem kann es nicht schaden, auf Nummer sicher zu gehen. Das hier ist eine Unterhaltung, die nicht für fremde Ohren bestimmt ist. Deshalb habe ich auch sichergestellt, dass Cassim beschäftigt ist. Auf meinen Vorschlag hin isst er gemeinsam mit den Drachenrekruten zu Abend. Das gestern hat sie vermutlich sehr mitgenommen, und auch wenn sie nicht öffentlich darüber reden dürfen, bin ich mir sicher, dass seine Anwesenheit ihnen helfen wird.

«Ja», erwidert Aleen. «Außer Sie möchten mir Gesellschaft leisten, Captain?» Sie hebt fragend die Brauen, und ich lasse mich neben sie sinken.

«Nenn mich Yessa», biete ich ihr an.

Sie lächelt und nickt. «Gut. Warum bist du hergekommen, Yessa?»

Tief atme ich durch. Ich hasse es zu lügen, aber die ganze Wahrheit sollte ich Aleen trotzdem nicht erzählen. Zwar hat sie mir Diskretion versprochen, doch ich kann nicht einschätzen, wie heikel dieses Thema wirklich ist. Wenn sie davon auf meinen Kontrollverlust während des Rituals schließt, könnte mich das in ernsthafte Schwierigkeiten bringen.

Offenbar überlege ich einen Moment zu lange, denn Aleen hebt die Brauen. «Raus mit der Sprache», fordert sie sanft, als hätte sie meine Gedanken gelesen. «Geht es dir schlechter?»

Ich schüttle den Kopf. «Nein. Im Gegenteil. Ich habe gar keine Beschwerden mehr.»

Ihre dunklen Augen mustern mich wachsam. «Du siehst auch besser aus», stellt sie zufrieden fest. «Obwohl du keine neue Medizin mehr geholt hast.»

«Ich habe keine mehr gebraucht. Am Tag nach dem Ritual war es, als wäre nie etwas gewesen.» Zum Glück. Ich glaube, mit den Kopfschmerzen hätte ich weder den Flug nach Varoya noch den Tag in der Stadt durchgestanden.

Aleen runzelt die Stirn. «Das ist merkwürdig. Hast du noch irgendetwas anderes eingenommen?»

«Nein, nichts.»

«Was anderes gegessen?», versucht sie es weiter.

Ich schüttle den Kopf und schmunzle. «Ich esse bedauerlicherweise den gleichen widerlichen Eintopf wie du. Ich denke, es war einfach die Erschöpfung.»

Aleen wirkt skeptisch, zuckt jedoch mit den Schultern. «Mag sein. Hauptsache, du bist wieder gesund.»

«Genau.» Ich lächle. «Dank dir.»

Sie erwidert es, doch ihr Blick bleibt aufmerksam. «Warum bist du dann hier?», will sie wissen und stellt ihre Schüssel beiseite.

Wieder schaue ich mich um und lausche einen Moment auf das Schnarchen im Krankenzelt. «Es ist etwas Vertrauliches», beginne ich. «Versprichst du mir, dass du es für dich behältst?»

«Diskretion ist mein Beruf», erinnert sie mich. «Ich werde niemandem etwas verraten.»

«Danke.» Mein Herz schlägt mir bis zum Hals. Meine Stimme hingegen halte ich so ruhig wie möglich. «Es geht um einen meiner Rekruten. Er …» Ich schlucke. «Er hat mir anvertraut, dass er seit dem Bindungsritual immer wieder Halluzinationen hat.»

Aleen zieht überrascht die Brauen hoch. «Halluzinationen?»

«Mir ist aufgefallen, dass er öfter schlagartig abwesend wirkt. Als ich ihn darauf ansprach, hat er erst versucht, es abzustreiten, und gab dann zu, dass er seit der Bindung Dinge sieht. Wie in täuschend echten Tagträumen. Ich dachte, vielleicht weißt du etwas darüber?»

«Hm», macht sie nachdenklich. «Nimmt er Medikamente ein?»

«Nicht dass ich wüsste. Gibt es denn welche, zu denen diese Symptome passen würden?»

«Nichts, was normalerweise ausgegeben wird. Es existieren allerdings durchaus verbotene Substanzen, die eine halluzinogene Wirkung haben. Er könnte sie sich im Camp unter der Hand besorgen.»

Meine Hoffnungen schwinden. Aleen scheint auch nicht mehr zu wissen als ich. «Das passt gar nicht zu ihm», stelle ich fest. «Könnte es mit der Bindung zu tun haben? Oder eine Krankheit sein?»

«Ich habe noch nie gehört, dass eine Bindung in Halluzinationen resultiert. Eine Krankheit wäre natürlich möglich, aber damit kenne ich mich nicht besonders gut aus. Ich behandle primär den Körper, nicht den Geist. Wie schlimm ist es denn? Notfalls könnte ich ihn unter einem Vorwand freistellen lassen, damit er einen passenden Heiler in der Hauptstadt aufsuchen kann.»

Mir wird mulmig zumute. Das klingt gar nicht gut.

«Er meinte, es sei nicht schlimm», lüge ich. «Allerdings meinte er auch, er könne die Zukunft in diesen Visionen sehen …»

Aleen entweicht ein Schnauben. «Oje. Und du bist dir sicher, dass er nichts nimmt? Man merkt den Leuten ihre Sucht oft nicht an.»

Meine Kehle wird eng. «Ich werde ihn noch mal fragen.»

«Tu das. Wenn er einen Entzug braucht, kann ich ihn auch dafür freistellen, ohne dass jemand die Details erfährt.

Wenn es sich hingegen um eine Krankheit handelt und sich die Symptome nicht bald wieder legen, muss er wirklich einen Heiler aufsuchen. Ich weiß, du willst ihn schützen, aber ein Reiter, der den Bezug zur Realität verliert, ist nicht diensttauglich.»

«Nein, ist er wohl wirklich nicht», bringe ich hervor. «Ich kläre das. Danke für deinen Rat.»

«Nichts zu danken. Wie gesagt, melde dich, falls du Hilfe brauchst.»

«Mache ich.» Ich stehe auf und schiebe die Hände in die Taschen meines Mantels, um ihr Zittern zu verbergen. «Hab noch einen schönen Abend.»

Wir verabschieden uns, doch statt den direkten Weg zur nächsten Essensausgabe einzuschlagen, gehe ich einen Umweg. Vorsichtshalber ziehe ich mir meine Kapuze über und senke den Blick. Ich will nicht, dass irgendjemand sieht, wo ich herkomme, und unangenehme Fragen stellt. Am Ende geht das Gerücht um, ich wäre krank.

Aber vielleicht bin ich das ja auch.

Ein Reiter, der den Bezug zur Realität verliert ...

Tue ich das? Nein, ich habe es gesehen. Ich habe es *gespürt*. Es war keine Einbildung, verdammt.

Vielleicht liegt es doch an dem Ritual. Doch darüber wusste Aleen nichts. Und ich habe keine Ahnung, wen ich sonst fragen soll. Den anderen Reitern vertraue ich nicht. Und Cassim ...

Wenn es wirklich am Ritual läge, müsste es ihm doch genauso gehen, oder nicht? Als ich es ganz am Anfang angesprochen habe, schien er nicht den blassesten Schimmer zu haben, wovon ich rede. Ich kann es ihm nicht erzählen. Was, wenn er mich für verrückt hält und ...

Ich stoße frontal mit jemandem zusammen. Offenbar

war ich so in Gedanken versunken, dass ich nicht auf den Weg vor mir geachtet habe.

«Pass doch auf!», fährt mich eine vertraute Männerstimme an, und ich erstarre. Nicht das auch noch ...

Ich will mich wortlos an ihm vorbeischieben, doch gerade als ich denke, ich komme davon, fasst er mich plötzlich am Arm.

«Yessa?»

Verflucht.

Widerwillig hebe ich den Kopf und schaue in Ardens Gesicht. In der Dunkelheit erkenne ich ihn kaum. Aber nicht nur seine Stimme ist vertraut, sondern auch seine Statur. Und sein Griff ...

Mir wird heiß und kalt gleichzeitig. «Verfolgst du mich?», fahre ich ihn an. Nach unserem Streit vor dem Ritual habe ich ihn tagelang nicht gesehen, und jetzt taucht er plötzlich an jeder Ecke auf.

Er grinst. «Nein. Aber vielleicht sollte ich das tun. Wer weiß, was für interessante Dinge ich dabei noch herausfinde ...»

Mein Kiefer verspannt sich bei seiner Drohung. «Wovon redest du?»

«Tu nicht so, als wüsstest du das nicht. Ich habe dir gestern den Arsch gerettet.»

Wut kocht in mir hoch. Hätte er einfach seine Klappe gehalten und niemandem erzählt, was er gesehen hat, dann würden Reece und Debra noch leben.

Ich verkneife mir diese Erwiderung. Arden hat schon mehr als genug gegen mich in der Hand.

«Danke», presse ich durch zusammengebissene Zähne hervor und will mich losmachen, doch sein Griff wird fester.

«Jetzt warte doch mal. Können wir reden?»

Mir entweicht ein Schnauben. «Ich wüsste nicht, worüber!»

Er hebt die Brauen. «Über uns?», schlägt er vor. «Das mit dem Streit ... Es tut mir leid.»

Ich funkle ihn an. «Tut es nicht.»

«Doch. Ich wollte nicht, dass du wütend wirst. Ich wollte dich lediglich beschützen.»

«Du hast mich nicht beschützt, Arden! Du hast mich bevormundet!»

Er lässt mich los. «Ich habe dich von nichts abgehalten! Ist es so schlimm, dass ich mir Sorgen um dich mache? Schon klar, es war nur Sex. Bloß nichts Ernstes. Für dich zumindest. Aber du bist mir wichtig, Yessa.»

Mir entweicht ein Keuchen. «Was?»

«Ach komm. Das habe ich dir doch jetzt oft genug bewiesen, oder nicht? Ich habe gestern für dich den General angelogen. Ich habe niemandem verraten, dass es dir schlecht geht. Und ehrlich gesagt habe ich mich nur für die Investigativeinheit einteilen lassen, weil ich noch nicht wollte, dass das zwischen uns vorbei ist.» Er ergreift meine Hände und hält sie fest. Seine blauen Augen schauen mich geradezu flehend an. «Das mit uns war gut, Yessa. Ich will dich zurück. Ich will dich *richtig*. Also was sagst du? Gibst du mir noch eine Chance, obwohl ich so ein gigantisches Arschloch war? Bitte ...»

Arden streicht mit dem Daumen über meinen Handrücken. Die Berührung sollte eigentlich vertraut sein, doch sie fühlt sich völlig fremd an.

Ich glaube ihm kein Wort. Nur ... Ein wenig ins Grübeln bringen mich seine Geständnisse dennoch. Am Anfang war er immer so. Sanft, respektvoll, zuvorkommend. Und auch wenn ich jetzt seine wahre Seite kenne, lässt er in mir Zweifel aufkommen, ob ich ihn nicht vielleicht zu früh verurteilt habe.

Irritiert entziehe ich Arden meine Finger und verschränke die Arme vor der Brust. «Du denkst doch nicht ernsthaft, dass ein paar schöne Sprüche reichen, damit ich vergesse, was du beim letzten Mal alles von dir gegeben hast, oder?»

Er seufzt. «Nimm das doch nicht so ernst. Ich war sauer.»

«Und was soll ich sonst ernst nehmen?», fahre ich ihn an. «Das hier etwa? Du hast mir mehr als deutlich gemacht, was du wirklich von mir hältst. Ich will nicht mit einem Mann zusammen sein, der alles, was ich mir erarbeitet habe, mit Füßen tritt.»

«Ich habe nur versucht, dir zu helfen», beharrt er. «Vielleicht hatte ich unrecht. Vielleicht aber auch nicht. So oder so habe ich mir Sorgen gemacht. Ich glaube, nach allem, was passiert ist, kannst du mir das nicht verübeln. Und wenn meine Vorwürfe wirklich so falsch gewesen wären, wie du behauptest, dann würden sie dich nicht so treffen, oder?»

Wut schnürt mir die Kehle zu. Und diesmal ist es nicht das, was er sagt, was mich so verärgert, sondern die Tatsache, dass er irgendwie recht hat. Arden hat es neulich geschafft, zielsicher all meine Ängste anzusprechen.

«Ich kann das nicht», stoße ich aus und wende mich ab. «Tut mir leid.»

«Yessa, ich liebe dich.»

Ich stocke mitten in der Bewegung.

Das hat er jetzt nicht wirklich gesagt, oder? Ein paar gestohlene Nächte zusammen und er soll mich lieben?

Verwirrt drehe ich mich zu ihm um. «Du weißt nicht mal, wer ich eigentlich bin, Arden.»

«Dann lass es mich rausfinden. Komm schon. Gib mir noch eine Chance. Freundschaft. Irgendwas. Du brauchst einen Verbündeten, oder nicht?»

Er klingt fast verzweifelt. Als läge ihm tatsächlich mehr an mir, als ich dachte. Aber egal, wie ernst er es meint – es steht außer Frage, dass ich mich noch mal in irgendeiner Form auf ihn einlasse. Dafür erinnere ich mich viel zu deutlich an Livias Verlust. Und daran, dass ich mich dank Arden danach noch einsamer gefühlt habe als ohnehin schon.

Anscheinend schweige ich zu lange, denn Arden redet bereits weiter.

«Ich könnte dir helfen», behauptet er. «Dabei, deinen Rang zu behalten. Inzwischen habe ich einen besseren Einblick in Harlow und das Camp als du. Ich weiß alles über die laufenden Ermittlungen, ich kenne die Leute. Wenn du mir nach gestern immer noch nicht glaubst, dass ich hinter dir stehe, dann lass es mich beweisen.»

Ich horche auf.

Ehrlich gesagt bezweifle ich, dass ich Arden brauche, um weiterhin Captain zu bleiben. Aber eine Sache kann tatsächlich nur er mir geben. Informationen über den Hinterhalt.

Ich habe mir fest vorgenommen, herauszufinden, wer für Livias Tod verantwortlich ist. Doch obwohl ich in den letzten Tagen immer wieder versucht habe, im Camp an Informationen zu kommen, bin ich der Antwort kein Stück näher gekommen. Wie auch? Arden hat recht. Ich habe keine Verbündeten. Keine Anhaltspunkte.

Was dieses Thema angeht, habe ich nur ihn.

Vielleicht brauche ich ihn doch mehr, als ich dachte.

«In Ordnung», willige ich ein. Mein Puls beginnt zu rasen, und meine Fingerspitzen kribbeln vor Aufregung. «Wenn du möchtest, dass ich dir verzeihe, dann will ich alles über eure

Ermittlungen wissen. Ich will, dass du mir hilfst, herauszufinden, wer schuld am Verlust meines Banners ist.»

«Tja.» Trotz der Dunkelheit erkenne ich das Schmunzeln auf Ardens Lippen. «Zu deinem Glück arbeite ich seit einer Woche an nichts anderem. Ich erzähl dir alles bei einem Becher Met in meinem Zelt. Einverstanden?»

Mein Magen zieht sich zusammen. Weiter seine Spielchen mitzuspielen, ist das Letzte, was ich will. Aber das hier ist nicht der Ort für derart prekäre Themen – da hat Arden leider recht.

«Meinetwegen.» Ich atme tief durch. «Ich komme nach dem Abendessen zu dir.»

«Weißt du denn überhaupt, wo mein Zelt ist?», fragt er belustigt.

Ich schnaube. «Wie hätte ich denn sonst die letzten Tage einen Bogen darum machen sollen? Bis später, Arden. Und wehe, du verarschst mich.»

CASSIM

Yessa führt irgendetwas im Schilde. Ihr Vorschlag, dass ich mich heute der Rekruten annehme, war zwar gut, aber etwas an ihrem Verhalten kam mir seltsam vor. Und daran ändert sich nichts, als sie eine halbe Stunde nach uns an der Essensausgabe auftaucht.

Als Captain muss sie sich nicht anstellen, sondern wird sofort bedient, doch selbst während dieser kurzen Zeit huscht ihr Blick über die Lagerfeuer, als wollte sie sichergehen, dass niemand sie beobachtet. Mich entdeckt sie nicht, da ich ein Stück abseits im Schatten sitze. Die Rekruten sind bereits gegangen, vermutlich um ihre Trauer allein zu verarbeiten. Da wir ohnehin nicht über die Hinrichtung sprechen dürfen, ist der Trost, den ich ihnen schenken kann, entsprechend begrenzt.

Als Yessa ihren Eintopf hat, verzieht sie sich damit zurück zwischen die Zelte. Ungewöhnlich für sie. Und es macht mich misstrauisch. Seit unserem Besuch in Varoya war sie mir gegenüber eigentlich sehr offen, und trotzdem habe ich konstant das Gefühl, als würde sie etwas vor mir verbergen.

Es ist nur unterschwellig. Wie ein Jucken im Fuß, das nicht verschwindet, allerdings auch nicht großartig stört. Wirklich begründen konnte ich es nicht. Bis jetzt.

Ich erhebe mich von dem Felsen, auf dem ich saß, und nehme die Verfolgung auf. Wie erwartet geht Yessa nicht zu unserem Zelt, sondern trägt ihre Schüssel scheinbar ziellos durch das schwach erleuchtete Camp. An einer leeren Feuerstelle macht sie schließlich halt. Sie schichtet etwas Brennholz auf und benutzt ihre Magie, um es zu entzünden.

Ich spüre das leise Ziehen, das dabei durch unsere Bindung geht. Normalerweise müsste sie merken, dass ich in ihrer Nähe bin. Immerhin steht ihr so viel mehr Magie zur Verfügung. Doch sie wirkt abwesend und runzelt nicht einmal die Stirn.

Yessa setzt sich ans Feuer und widmet sich ihrem Eintopf. Sie hat mir den Rücken zugewandt, spürt meine Nähe scheinbar nicht. Und irgendwie enttäuscht es mich, denn ich selbst habe das Gefühl, als würde mir ihre Gegenwart immerzu unter der Haut kribbeln.

Ich verschränke die Arme vor der Brust und bleibe knapp außerhalb des Lichtscheins stehen. «Wartest du auf mich?», raune ich.

Yessa zuckt zusammen und flucht kaum hörbar. Sie dreht

sich zu mir herum und sucht mit verärgertem Gesichtsausdruck die Dunkelheit ab. «Cassim?», zischt sie.

«Wer sonst?», frage ich. «Hast du mit jemand anderem gerechnet?»

Ihr Blick findet mich, und sie kneift die Augen zusammen. «Bist du mir gefolgt?» Sie hält ihre Stimme leise, damit uns niemand hören kann. Aber dieser Teil des Camps wirkt ohnehin gerade wie ausgestorben, durch die nahen Zeltplanen sehe ich kein Licht schimmern.

«Nein», schwindle ich. «Ich wollte hier nur die Stille genießen.»

«Komisch. Immerhin bist du der, der angefangen hat zu reden.» Sie hebt herausfordernd die Brauen.

«Hm», mache ich und trete aus den Schatten zu ihr ans Feuer. «Das ist natürlich ungünstig. Aber wo wir schon dabei sind ...» Ich weise auf die leeren Plätze neben Yessa. «Was wird das hier?»

«Das nennt man essen. Etwas, das ich eigentlich allein tun wollte.» Sie nimmt ihren Löffel wieder auf.

«Und warum siehst du dabei aus, als würdest du eine Straftat planen?»

Frustriert zieht sie die Brauen zusammen. «Was soll das denn heißen?»

«Das heißt, dass du dich auffällig verhältst. Also was führst du im Schilde? Und warum soll ich es nicht wissen?»

«Ich führe gar nichts im Schilde», beharrt sie.

«Das ist eine Lüge. Was nur wieder einmal beweist, dass man Reitern nicht vertrauen kann.»

Yessa hält inne und schaut zu mir hoch. Der Feuerschein taucht ihre blasse Haut in warmes Licht und spiegelt sich in ihren dunkelbraunen Augen. Die goldenen Funken in ihnen scheinen dadurch regelrecht zu leuchten. Ein paar rote

Strähnen haben sich aus ihrem Zopf gelöst und fallen ihr ins Gesicht. «Was denkst du denn von mir?», fragt sie bestürzt. «Das hier hat nichts mit dir zu tun.»

«Und womit dann?»

Sie seufzt auf. «Ich brauchte einen Moment für mich. Ich treffe mich gleich mit Arden.»

«Mit Arden», wiederhole ich skeptisch. «Wegen gestern?»

Yessa schüttelt den Kopf. «Er will eine zweite Chance.»

Ich stocke. Wir haben nie darüber geredet, was zwischen ihr und Arden vorgefallen ist. Oder was genau das zwischen ihnen eigentlich war. Ich habe nur mitbekommen, dass sie sich gestritten haben, und seitdem bin ich davon ausgegangen, er wäre unser gemeinsamer Feind. Es schien mir das einzig Logische. So, wie er mit mir umgegangen ist, wird er auch mit allen anderen Drachen umgehen, und das passt überhaupt nicht zu Yessas Werten. Dachte ich …

«Und die gibst du ihm?», frage ich vorsichtig.

Zu meiner Erleichterung schüttelt sie den Kopf. «Ich bin durch mit ihm.»

«Und trotzdem triffst du dich mit ihm?»

Yessa verzieht den Mund. «Er hat versprochen, mich in die bisherigen Ermittlungen einzuweihen. Anscheinend gibt es neue Erkenntnisse.»

«Ah.» Mein Herz beginnt zu rasen. Was haben sie wohl herausgefunden? Und wie hoch ist die Wahrscheinlichkeit, dass Yessa anhand dieser Informationen irgendwie auf mich schließt?

Es gefällt mir nicht, dass sie Nachforschungen anstellt. Weil sie mich kennt. Und sie so womöglich Zusammenhänge herstellen könnte, auf die Fremde niemals kommen würden. Sie könnte mich enttarnen, bevor ich eine Chance bekomme, meine Fluchtpläne umzusetzen. Denn für die müsste Harlow uns erlauben, bei einem Einsatz oder einer Patrouille mitzufliegen, und das scheint er momentan nicht vorzuhaben.

Vielleicht lässt Yessa sich irgendwie von ihrem Vorhaben abbringen …

«Du hast mir nie erzählt, was genau das zwischen euch war», bemerke ich.

Sie zuckt mit den Schultern. «Es war ein Zeitvertreib. Nicht mehr.»

«Ausgerechnet mit ihm?»

«Ich dachte, er wäre anders», verteidigt sie sich.

Ich schaue mich um und senke die Stimme, obwohl wir nach wie vor allein sind. «Aber er weiß nicht, dass du und Livia …»

«Nein», unterbricht Yessa mich. «Er ahnt nichts.»

«Er hat dich gestern gesehen», erinnere ich sie. «Er weiß also schon mehr, als er sollte. Und seine Absichten sind sicher nicht ganz uneigennützig, wenn er dir für eine zweite Chance Informationen verspricht, die er dir gar nicht geben dürfte. Ich habe ein mieses Gefühl bei der Sache.»

«Denkst du, ich nicht?», flüstert sie. «Ich muss es trotzdem tun. Für Liv.»

Scheiße. Gegen dieses Argument kann ich nicht wirklich etwas sagen, ohne wie das größte Arschloch dazustehen. «Kannst du ihm denn vertrauen? Wer sagt, dass er dir nicht einfach nur erzählt, was du hören willst?»

«Ich merke, wenn er lügt. Denkst du echt, ich würde mich so einfach von ihm manipulieren lassen?»

Mir entkommt ein verzweifeltes Schnauben. Wenn sie wüsste, wie ironisch diese Aussage ist. Ich manipuliere sie immerhin schon die ganze Zeit.

«Yessa …»

«Ich weiß, was ich tue!», unterbricht sie mich erneut, schärfer diesmal. «Danke für deine Sorge, aber das ist meine Sache. Und jetzt geh, bevor uns hier jemand sieht. Wir sollten nicht zu vertraut wirken, das weißt du.»

Missmutig presse ich die Lippen zusammen und trete vom Lagerfeuer zurück. «Sei vorsichtig», mahne ich trotzdem. «Du gibst dich mit einem Mann ab, der mich vermutlich aus reiner Langeweile auspeitschen lassen würde, wenn er könnte.»

Yessa schluckt und atmet tief durch. «Ich weiß. Ich bin vorsichtig, versprochen.»

Ich kann wohl nur zu den Göttern beten, dass das stimmt.

KAPITEL 14

INSANE

YESSA

Es hatte gute Gründe, dass ich Cassim aus dem Weg gegangen bin. Irgendwie wusste ich, dass ich nicht hören will, was er zu sagen hat. Weil es dasselbe ist, was auch Livia gesagt hätte. Und weil er recht hat.

Es ist naiv von mir, Ardens Angebot anzunehmen. Nach allem, was er mir letztens an den Kopf geworfen hat, sollte ich nicht so tief sinken und seine Hilfe annehmen. Und nach allem, was ich inzwischen über seine Einstellung zu Drachen vermute, sollte ich allein aus Respekt vor Cassim einen großen Bogen um ihn machen. Sicher kann ich auch irgendwie anders an die Informationen kommen. Ich bräuchte lediglich etwas Geschick und Geduld.

Doch besonders Letztere habe ich nicht. Ich will wissen, wer für Livias Tod verantwortlich ist. Und zwar so schnell wie möglich. Wenn ich Arden Zugeständnisse machen muss, um gegen diese nagende Ungewissheit anzukommen, werde ich das tun. Egal, wie moralisch verwerflich es sein mag.

Entschuldigen sollte ich mich später vermutlich trotzdem. Ich habe ein schlechtes Gewissen, weil ich Cassim zurechtgewiesen habe. Doch vorher muss ich dieses Gespräch mit Arden hinter mich bringen.

Ich klopfe gegen die Zeltklappe, und es dauert nur einen Moment, bis sie geöffnet wird – allerdings nicht von Arden. Vor mir steht ein junger Mann mit dunklen Augen und kurzen schwarzen Locken. Darus. Ardens Drache.

Ich schenke ihm ein flüchtiges Lächeln – das Höchstmaß an Respekt, das ich ihm in dieser Situation entgegenbringen darf. «Ich bin mit Arden verabredet», sage ich zur Begrüßung.

Darus erwidert nichts. Schweigend tritt er beiseite und lässt mich ins Zelt. Ich glaube, er ist bei niemandem sonderlich gesprächig. Trotzdem werde ich das Gefühl nicht los, dass er mich nicht leiden kann. Fragt sich nur, ob das an mir liegt oder daran, dass er denkt, ich würde Arden mögen. Denn er tut das ziemlich sicher nicht.

Die Klappe zum Hauptzelt wird geöffnet, und Arden schaut zu uns nach draußen. Warme Luft kommt mir entgegen, zusammen mit seinem vertrauten Geruch und dem Duft von heißem Met. «Da bist du ja», stellt er fest und winkt mich zu sich. «Komm rein.»

Wir lassen Darus in der Kälte des Vorzelts zurück, und sofort meldet sich mein schlechtes Gewissen wieder. Cassim hat – mit Ausnahme von gestern – seit unserer Bindung bei mir im Hauptzelt geschlafen. Obwohl ich mir in seiner Nähe selbst nicht ganz traue, wollte ich ihn nicht frieren lassen. Aber ich bezweifle, dass Arden auch nur auf die Idee käme, die Wärme seines Zelts mit Darus zu teilen. So viel Empathie hat er nicht. Er ist genau der Arsch, als den Livia ihn bezeichnet hat. Und ich frage mich wirklich, warum ich das nicht früher gesehen habe. Oder eher: warum ich es nicht sehen wollte. Denn sie hat mich ja von Anfang an darauf hingewiesen.

«Setz dich.» Arden weist auf sein Nachtlager, und mir wird mulmig zumute. Zögerlich lasse ich mich auf die dicken Felle sinken und schaue mich im Zelt um. Es ist ein wenig kleiner als meines. Trotzdem hat man es mit einem Schreibtisch ausgestattet, der den halben Raum füllt. Darauf liegen säuberlich gestapelte Notizen, Papier, ein Tintenfässchen und Federn. Vermutlich hält er hier all seine

Erkenntnisse fest. Falls ich also nichts aus ihm persönlich rausbekomme, weiß ich, wo ich nach Informationen suchen kann. Nur erwischen lassen darf ich mich nicht.

Arden holt einen Krug aus den heißen Basaltsteinen in der Mitte des Zelts und schenkt uns zwei Becher ein. Er reicht mir einen und setzt sich neben mich. Dabei hält er zwar einen angemessenen Abstand, aber wohl fühle ich mich in seiner Nähe trotzdem nicht. Ich wärme mir die Hände an dem Metbecher und mustere ihn misstrauisch.

Dass er attraktiv ist, kann ich nicht leugnen. Anfangs war ich völlig fasziniert von seinen blauen Augen, und ich habe den Sex mit ihm durchaus genossen. Doch wenn ich ihn jetzt anschaue, spüre ich keinerlei Anziehung mehr. Im Gegenteil. Ich treffe Ardens Blick und sehne mich nach Cassim.

«Also», beginnt er. «Erst der Met, dann die ernsten Themen.» Er prostet mir zu und trinkt einen Schluck aus seinem Becher. Ich jedoch hebe meinen nicht.

«Andersrum wäre mir lieber», wende ich ein. «Erst die Arbeit, dann das Vergnügen, oder nicht?»

Arden ignoriert meinen Vorschlag einfach. «Wie schlimm ist es mit den Rekruten?», will er wissen. «Hat Harlow dir wenigstens eine brauchbare Gruppe zugeteilt?»

Ich zucke mit den Schultern. «Sie sind in Ordnung. Ehrlich gesagt befolgen sie Befehle besser als manch ausgebildete Soldaten.»

«Na ja. Mit ein paar Ausnahmen, was?» Er lacht, und mir wird schlecht.

Ich wünschte, ich könnte etwas dazu sagen. Ihn wenigstens damit konfrontieren, wie verwerflich ich sein Verhalten von gestern finde. Aber das kann ich nicht riskieren.

Arden scheint zu merken, dass ich nicht in der Stimmung

für seine morbiden Witze bin. Sein Blick wandert zu meinem Becher, und er nickt mir auffordernd zu. «Trink doch wenigstens was.»

«Ich bin nicht hier, um mit dir über die Rekruten zu plaudern. Du wolltest mir alles *bei* einem Met erzählen. Nicht danach.»

Er stöhnt genervt. «Darf ich nicht mal fragen, wie es dir so geht?»

Ich verkneife mir ein Schnauben. Wenn er doch nur deshalb gefragt hätte. Ich wette, er wollte lediglich das Thema zurück zu meinem Fehler gestern lenken. «Vielleicht danach», erwidere ich. «Wenn ich mir sicher bin, dass du mich nicht nur hinhältst.»

«Du verletzt mich», behauptet er und verzieht den Mund. «Aber meinetwegen.» Er trinkt noch einen Schluck und stellt den Becher auf dem Boden ab. «Was willst du wissen?»

Ich zögere. «Alles eigentlich. Gibt es Verdächtige?»

«Klar. Nur keine Beweise. Wir haben alle befragt, die Zugang zu der Botschaft mit den Informationen hatten. Die Spur endet hier im Camp. Der Bote sagt, er hat die Nachricht einem Fremden übergeben. Der hat sie dann offenbar Harlow überbracht und – sofern man dem Boten glaubt – heimlich die Infos ausgetauscht. Würde sich damit decken, dass der wachhabende Soldat zugegeben hat, seinen Dienst verpennt zu haben und sich an nichts zu erinnern.»

«Also muss es der Fremde gewesen sein», schlussfolgere ich.

«Vermutlich, ja. Es gibt nur ein kleines Problem. Angeblich hat niemand sein Gesicht gesehen.»

Ich seufze auf. Das war ja klar. «Und wie sah er sonst aus?», will ich wissen. «Frisur? Größe?»

«Er trug Umhang und Kapuze. Eher groß und breit – wie neunzig Prozent dieser Armee. Damit kommen wir also nicht weiter.»

«Und jetzt?», frage ich ungeduldig. Wenn diese Informationen stimmen, muss der Schuldige sich hier im Camp befinden. Also in unmittelbarer Nähe.

«Wir werden die Verdächtigen weiter eingrenzen», erklärt Arden.

«Und wie grenzt ihr sie ein?»

«Wir forschen nach Motiven. Verdächtigem Verhalten. Weiteren Hinweisen. Der Typ hat die Handschrift von General Douglas gefälscht, sogar die Unterschrift. Er muss Zugang zu weiteren Briefen gehabt haben, um sie zu üben. Wir befragen gerade sämtliche Leute, die in den letzten Monaten vor Harlows Zelt Wache gehalten haben.»

Ich atme frustriert aus und trinke einen Schluck von dem warmen Met. Der Alkohol wird mir sicher nicht beim Denken helfen, aber gerade habe ich das Gefühl, als wäre mein Kopf vor lauter Anspannung völlig blockiert. Und dann kommt mir ein Gedanke, der mich erstarren lässt. «Was, wenn Harlow selbst etwas damit zu tun hatte?», flüstere ich und schaue Arden wieder an. «Er könnte das mit dem Boten inszeniert haben. Niemand würde ihn je verdächtigen.»

Arden grunzt. «Dann haben wir verschissen. Beweis das mal, ohne von ihm einen Kopf kürzer gemacht zu werden. Abgesehen davon hat Harlow die Untersuchungen eingeleitet. Ich sehe bei ihm keine Motivation für so ein Verbrechen. Da gibt es weitaus verdächtigere Leute.»

«Und wen?»

Schulterzuckend nimmt er noch einen Schluck von seinem Met. «Zum Beispiel die, die als einzige Überlebende von diesem Hinterhalt zurückgekommen sind.»

Ich presse die Lippen zusammen. «Ich dachte, ich wäre entlastet.»

«Bist du auch. Cassim hingegen ...»

Ernsthaft? Cassim hat bei diesem Auftrag unzählige Freunde verloren, und das sicher nicht freiwillig. Nur kann ich das Arden natürlich schlecht verraten, ohne ihm meine Sympathie für Cassim zu offenbaren. «Und was soll seine Motivation sein?», frage ich spöttisch. «Ein Todeswunsch?»

Arden verdreht die Augen. «Keine Ahnung. So weit bin ich noch nicht. Ich fand es nur merkwürdig, dass ihr als Einzige überlebt habt. Wobei das nicht unbedingt stimmen muss.»

Ich stocke. «Was soll das heißen?»

«Die feindliche Armee ist ein Stück weitergezogen, und das Gebiet ist jetzt relativ sicher», erklärt Arden. «Wir waren heute dort, um uns selbst ein Bild zu machen, die Leichen zu bergen und zu untersuchen, vielleicht den Ablauf des Kampfes genauer nachzuvollziehen ...» Er leert seinen Becher, steht auf und schenkt sich nach. «Wir sind dabei auf einen feindlichen Späher gestoßen und haben versucht, ihn gefangen zu nehmen. Einer unserer Soldaten wurde verletzt, und den Späher mussten wir grillen. Der Drache hat es auch nicht geschafft, also ...»

«Zurück zum Thema, Arden», unterbreche ich ihn.

Er wendet sich mir zu und mustert mich. Offenbar will er meine Reaktion sehen, und ich versteife mich unweigerlich.

«Ihr habt gesagt, es wären alle getötet worden», beginnt er.

Ich runzle die Stirn. «Ja?»

«Wir haben kaum Leichen gefunden.»

Ich starre ihn an, und meine Gedanken beginnen zu rasen. Keine Leichen? Heißt das ...

«Es hat noch jemand überlebt?», stoße ich aus. «Was ist mit Livia? Hast du ihre Leiche gesehen?»

«Wieso?», fragt er halb belustigt, halb irritiert. «Willst du Cassim schon wieder loswerden?»

Meine Kehle ist so eng, dass ich kaum Luft bekomme. Ich darf mich nicht verraten. Aber ich kann auch nicht ohne eine Antwort leben. «Ich meine es ernst, Arden! Hast du ihre Leiche gesehen?»

Mit ihren smaragdgrünen Schuppen muss sie in der kargen Gebirgslandschaft doch auffallen. Und wenn niemand sie gesehen hat ... Sie könnte noch am Leben sein. Vielleicht ist sie verletzt und braucht Hilfe. Ich hätte sie nie zurücklassen dürfen.

«Nein, ich hab sie nicht gesehen», erwidert er misstrauisch. «Aber ich würde mir an deiner Stelle keine Hoffnungen machen. Es gibt einige, die wir nicht finden konnten, sowohl Drachen als auch Reiter. Von Walshs Leiche fehlt zum Beispiel auch jede Spur, und nach dem haben wir auf Harlows Befehl hin gezielt gesucht. Das Gebiet ist einfach zu groß und unübersichtlich.»

Verwirrt umklammere ich meinen Becher. «Wenn ihr sowieso nicht alle finden konntet, woher wisst ihr dann, dass Leichen fehlen?»

«Na ja.» Ein triumphales Lächeln breitet sich auf Ardens Gesicht aus. «Die Sache ist die – wenn man zwanzig Reiter findet und nur acht Drachen, wird man zwangsweise etwas stutzig.»

Ich kann nur irritiert die Stirn runzeln. Was soll das denn bedeuten? Mir fällt spontan gar nichts dazu ein.

«Die anderen vermuten, die feindliche Armee hätte alle Drachen, die noch kampftauglich waren, gefangen genommen», fährt er fort. Seiner Stimme höre ich an, dass er von dieser Theorie nicht viel hält.

«Und was denkst du?», bringe ich hervor.

Arden dreht seinen Becher zwischen den Fingern und mustert mich, sein Blick durchdringend. «Ich denke, das bringt mich zurück zu meiner ersten Überlegung.»

Mir entweicht ein frustriertes Schnauben. «Cassim? Hast du vielleicht auch sinnvolle Theorien?»

«Er weiß etwas», verkündet Arden. «Ich brauche nur noch Harlows Erlaubnis, um es aus ihm rauszukriegen.»

«Es aus ihm *rauskriegen*?», wiederhole ich. «Was soll das heißen?»

«Freiwillig gibt er die Wahrheit ja offensichtlich nicht preis. Zum Glück haben wir noch andere Methoden.»

Sofort bin ich auf den Beinen. «Du willst ihn foltern?»

«Foltern lassen», korrigiert er beiläufig. «Primär will ich Antworten. Wenn er sie freiwillig rausrückt, auch gut.»

«Du kannst nicht mal beweisen, *dass* er etwas weiß!»

«Genau das will ich ja herausfinden.» Er verzieht spöttisch den Mund. Und dann wird sein Blick ein wenig zu nachdenklich für meinen Geschmack. «Wieso? Hast du ein Problem damit?»

«Wenn du meinen Drachen folterst? Ja, Arden, damit habe ich ein verdammtes Problem!»

«Du kriegst ihn ja danach wieder.»

Mir wird schlecht. «Es wird kein *Danach* geben, weil du das nicht tun wirst», beharre ich. «Du kannst ihn *normal* befragen. Das war's.»

«Wieso? Sorgst du dich etwa um ihn?» Sein Tonfall ist lauernd. Und sofort kommt mir wieder in Erinnerung, wie Arden Cassim damals an der Kehle gepackt und gegen den Pfosten des Krankenzelts gedrückt hat. Nachdem er versucht hat, mich davon abzubringen, mich an ihn zu binden.

«Es geht gar nicht um den Hinterhalt», stelle ich fest. «Es geht um Cassim. Du kannst ihn nicht leiden. Wieso?»

«Weil ich ihm nicht traue», erwidert Arden kalt. «Und du solltest es auch nicht tun.»

«Das ist keine Antwort.»

«Was für ein Zufall. Du hast mir auch nicht geantwortet. Aber das musst du auch nicht. Du hast meine Befürchtungen schon bestätigt», stellt er fest und trinkt noch einen großen Schluck von seinem Met.

Mein Herz rast. «Was für Befürchtungen bitte?»

Arden wischt sich mit dem Handrücken über den Mund und stellt seinen Becher ab. «Du hast dich von ihm um den Finger wickeln lassen. Wie ich es dir prophezeit habe. Du schützt ihn. Schützt seine kleinen Rekrutenfreunde ... Jetzt kann er machen, was er will. Schließlich ist er der Drache der Captain, und die würde sicher niemals zulassen, dass er das Gesetz bricht. Oder ...?»

Ich atme tief durch und stelle meinen Becher ab. Meine Hände zittern so sehr, dass ich ihn fast umwerfe, aber Arden fixiert nur mein Gesicht und scheint es nicht zu bemerken. Langsam trete ich vor ihn. «Ich hab es mir anders überlegt», sage ich mit überraschend fester Stimme. «Ich will keine Versöhnung. Du hast deine Chance soeben verspielt.»

Ich wende mich ab und schlage die Zeltklappe zurück. Von Darus ist im Vorzelt nichts zu sehen. Vermutlich hatte er keine Lust, uns bei was auch immer zuzuhören, und hat vorsorglich das Weite gesucht.

«Und wieder beweist du mir, dass ich recht habe», ertönt Ardens Stimme hinter mir.

Ich ignoriere ihn. Wütend trete ich nach draußen.

Ich hätte auf Cassim hören sollen. Arden ist nicht nur einfach ein Arsch. Er ist gefährlich. Und ich muss verdammt noch mal aufpassen, was ich ihm preisgebe.

Ich habe das Gefühl, mich übergeben zu müssen. Doch es liegt nicht an dem Met, sondern viel mehr an dem Gefühlschaos, das Arden soeben in mir ausgelöst hat. Ich habe Angst. Davor, dass er Cassim wirklich foltern könnte. Und gleichzeitig ist da so viel neue, schmerzhafte Hoffnung.

Livia lebt womöglich noch. Wenn die feindliche Armee tatsächlich Drachen gerettet hat, könnten sie das auch mit ihr getan haben. Und obwohl sie mir nicht mehr geantwortet hat, als Cassim mich von ihr fortgetragen hat, war sie noch nicht tot. Das hätte ich gespürt.

Ich muss sie finden. Ich brauche Gewissheit. Denn wenn meine Schwester noch lebt – und sei es hinter der Grenze –, dann ändert das alles.

Das Zelt des Generals wird wie immer bewacht. Die beiden Soldaten mustern mich argwöhnisch, als ich näher komme und vor ihnen stehen bleibe. Entschlossen ziehe ich die Schultern nach hinten und schaue ihnen ins Gesicht.

Mein Rang mag gerade mehr Formalität als Realität sein, aber er geht immer noch mit Autorität einher. Mit Respekt. Und diesen muss ich konsequent einfordern, wenn ich ihn nicht verlieren will.

Tatsächlich salutieren die Wachen vor mir. Wenn auch mit wenig Enthusiasmus.

«Ich möchte den General sprechen», verkünde ich. «Sofort.»

Sie tauschen einen Blick. «Worum geht es, Captain?»

«Das ist vertraulich.»

Kurz zögern sie noch. Dann löst sich der Linke aus seiner Starre. «Ich kündige Sie an.» Er verschwindet im Zelt, und seine Stimme dringt als unverständliches Murmeln zu uns nach draußen. Wenig später winkt er mich herein.

Ich trete durch den Zelteingang und folge der Wache durch den Vorraum. Mera sitzt in der Ecke auf ihrem Schlaflager und liest in einem abgewetzten Buch. Sie hebt nicht mal den Kopf, und ich erinnere mich unweigerlich an gestern Abend. An die Hinrichtung, die sie durchführen musste.

Der General isoliert sie fast vollständig von den anderen Drachen, und nun sitzt sie hier wieder allein, ohne jeglichen Trost. Ich hoffe, sie hat wenigstens mehr Bücher zum Lesen als nur dieses eine.

Ich löse mich von ihrem Anblick und betrete hinter der Wache das Hauptzelt. Im Gegensatz zu meinem letzten Besuch ist der Raum diesmal leer. Kein Rat mehr, der mich beurteilt. Nur noch Harlow selbst, der nun den Kopf von seinen Unterlagen hebt.

«General Harlow», grüße ich und salutiere. Die Wache lässt uns unterdessen allein. «Bitte entschuldigen Sie die Störung.»

Harlow winkt ab und lehnt sich auf seinem Stuhl zurück. «Was gibt es, Hayes? Neue Probleme mit den Rekruten?»

«Nein, Sir», versichere ich ihm. «Sie machen sich bestens.»

Er mustert mich abschätzig. «Und warum sind Sie dann hier?»

Ich atme tief durch und nehme all meinen Mut zusammen. «Ich möchte mich an den Ermittlungen zum Hinterhalt beteiligen, Sir.»

Auf dem Weg zum Zelt habe ich mir meine Argumente fein säuberlich zurechtgelegt. Mir ist klar, dass Harlow unbequeme Fragen stellen wird. Und dass mein Vorstoß ebenso gut nach hinten losgehen könnte. Je nachdem, wie viel Arden ihm schon erzählt hat.

Der General zieht skeptisch die Brauen zusammen. «Warum?»

«Weil es mein Banner war», sage ich fest. «Meine Verantwortung. Ich möchte nicht untätig herumsitzen, während ihr Mörder frei herumläuft.»

Er schnaubt. «Genau deswegen sind Sie nicht dabei. Ich brauche Leute, die rational bleiben. Sie sind viel zu emotional involviert.»

«Und gleichzeitig bin ich die Einzige, die bei dem Hinterhalt dabei war und womöglich Zusammenhänge erkennen kann, auf die Ihre anderen Ermittler nicht kämen. Sie wollten Walshs Leiche bergen lassen. Cassim und ich sind durch unsere Kenntnis des Kampfgeschehens Ihre beste Chance, das zu schaffen. Und wenn es wahr ist, dass im Verhältnis zu wenige Leichen gefunden wurden, warten womöglich noch Überlebende auf Rettung. Das Gebiet ist jetzt sicher, oder nicht? Eine erneute Suche würde sich lohnen, und ich biete mich hiermit dafür an.»

Harlows Blick durchbohrt mich förmlich, und meine Hoffnungen schwinden. Trotzdem halte ich ihm stand. Aufgeben werde ich sicher nicht. «Wer hat Ihnen diese Informationen gegeben?», knurrt er.

Ich schlucke und rufe mir in Erinnerung, was Arden vorhat. Er hat es nicht verdient, dass ich seinetwegen ein schlechtes Gewissen habe. Außerdem ist die Entscheidung ohnehin schon getroffen.

«Lieutenant Stafford, Sir», sage ich.

Harlow starrt mich an. Mein Herz schlägt mir bis zum Hals, und Schuldgefühle machen sich in meinem Magen breit. Arden hat gestern für mich gelogen, und ich ramme ihm, ohne zu zögern, ein Messer in den Rücken. Gut möglich, dass er sich dafür rächt und mich doch noch verpfeift.

Aber Cassim hatte recht – Arden kann mich nicht verraten, ohne seine eigene Lüge offenzulegen. Und ich muss das hier tun. Nicht nur, um eine Chance zu haben, nach Livia zu suchen. Sondern auch, weil Arden plant, Cassim foltern zu lassen, und dafür die Zustimmung des Generals braucht. Das wird hoffentlich schwierig, wenn dieser ihm nicht mehr über den Weg traut.

«Und wie haben Sie diese Informationen aus dem Lieutenant herausbekommen?», fragt er gefährlich ruhig.

«Er hat sie mir angeboten, Sir», antworte ich wahrheitsgemäß. «Manchen Männern ist offenbar kein Geheimnis heilig, wenn sie sich Hoffnungen auf gewisse Dinge machen.»

Harlow schaut so finster drein, dass ich fast fürchte, gleich an Ardens Stelle bestraft zu werden. «Ihnen liegt offenbar auch nichts daran, ein Geheimnis zu bewahren», stellt er fest.

Ich ziehe herausfordernd die Brauen hoch. «Ich weiß, wem ich zu Loyalität verpflichtet bin. Und das ist nicht Lieutenant Stafford. Sondern diese Armee.» Eine unverhohlene Lüge, aber in meiner Stimme liegt so viel Entschlossenheit, dass er nicht an mir zweifeln kann. Er *darf* nicht an mir zweifeln. «General, bitte. Geben Sie mir einen Tag, um mir das Gebiet noch einmal anzusehen. Ich erstatte Ihnen persönlich Bericht. Wenn Sie möchten, fliege ich allein, und niemand sonst muss davon erfahren.»

Doch Harlow schüttelt bereits den Kopf. «Sie fliegen nirgendwohin. Erst recht nicht allein. Diese Ermittlungen gehen Sie nichts an. Sie sind streng vertraulich, sämtliche Informationen höchst sensibel. Wenn ich noch einmal mitbekomme, dass Sie sich einmischen, wird das ernsthafte Konsequenzen haben, verstanden?»

Mein Herz zieht sich zusammen. «Aber ...»

«Nichts *aber*», fährt er dazwischen. «Vergessen Sie, was Stafford Ihnen gesagt hat, und machen Sie diese Angelegenheit nicht komplizierter, als sie ist. Wegtreten.»

Die Enttäuschung legt sich bleischwer über mich. Sie lässt meine Füße förmlich mit dem Boden verwachsen und verhindert, dass ich mich umdrehe. Die Verzweiflung treibt weitere Worte über meine Lippen.

Ich weiß, dass ich mich bereits zu weit aus dem Fenster lehne, aber ich kann das nicht akzeptieren. Auf keinen Fall.

«Werden Sie das Gebiet dann wenigstens noch einmal absuchen lassen?», frage ich. «Wenn Überlebende gefunden werden ...»

«Es gibt keine Überlebenden!», unterbricht er mich scharf. «Lieutenant Stafford mag Ihnen und Ihrem Gewissen Hoffnung gemacht haben, um zu bekommen, was er wollte, aber wir haben keinerlei Grund für eine derartige Annahme. Also akzeptieren Sie endlich, dass das Banner verloren ist. Ich habe es Ihnen schon einmal gesagt – ich kann hier keine zerbrechlichen Mädchen brauchen. Also reißen Sie sich zusammen. *Wegtreten.*»

Der Befehl kommt so schneidend, dass mein Körper instinktiv reagiert. Ich salutiere, wirble herum und blinzle dabei eine Träne weg. Mit energischen Schritten stürme ich nach draußen und sehe mich dabei nicht noch einmal um. Erst vor dem Zelt bleibe ich wie angewurzelt stehen, weil ich nicht weiß, was ich jetzt machen soll.

Eiskalte Luft nimmt mich in Empfang. Während unseres Gesprächs hat es angefangen zu schneien, und dicke Flocken segeln zu Boden. Die beiden Wachen hinter mir treten unruhig von einem Fuß auf den anderen, offenbar verunsichert von meinem Verhalten.

Ich brauche einen Plan. Auf den General zu hören, kommt keinesfalls infrage.

Ich könnte zurück zu Arden und versuchen, ihn dazu zu bringen, das Gebiet erneut abzusuchen. Doch spätestens wenn er erfährt, dass ich ihn verraten habe, wird er aus reinem Trotz das Gegenteil tun. Bei den anderen Mitgliedern der Investigativeinheit habe ich vermutlich ebenfalls schlechte Chancen, Gehör zu finden. Und Harlow wird einen solchen Einsatz ohnehin nicht absegnen – besonders wenn er ahnt, dass ich dahinterstecke.

Bleibt nur noch eine Person, die ich um Hilfe bitten kann.

Und nur eine Möglichkeit, wie diese Hilfe aussehen könnte.

Es ist ein irrsinniger Plan. Aber schon während er in meinem Kopf Gestalt annimmt, weiß ich, dass ich mich entschieden habe.

Ich werde alles riskieren.

Wenn Cassim mich lässt.

Mit einem Mal umfängt mich durchdringende Dunkelheit. Weiche Felle schmiegen sich an meine Haut. Ein schwerer Körper liegt auf mir, und ein nur allzu vertrauter Duft nach Wacholder hüllt mich ein.

Cassim.

Er küsst sich meinen Kiefer entlang bis zu meinem Hals. «Du bist zu gut für mich», raunt er und schiebt mit einer Hand den Saum meines Hemdes hoch. Er streicht an meiner Taille empor, legt meine Brüste frei und senkt den Kopf noch weiter. Sein Mund schließt sich um einen meiner Nippel, und ich keuche leise auf.

Die Mischung aus Sanftheit und Selbstsicherheit, mit der er mich berührt, bringt mich beinahe um den Verstand. Sie macht aus jeder noch so federleichten Liebkosung einen Rausch, verleiht ihr eine ungewohnte Intensität.

Cassim widmet sich nun meiner anderen Brust, und ich vergrabe die Finger in seinen Haaren. Seine Hand wandert derweil nach unten, meinen Bauch hinab bis zwischen meine Beine. Und sein Stöhnen, als er die verräterische Feuchtigkeit dort entdeckt, jagt einen neuen Schauer über meinen Rücken.

Bereitwillig spreize ich die Beine und hebe ihm mein Becken entgegen. Cassims Finger finden meine Klitoris, doch er lässt sie einfach nur dort liegen, bewegt sie nicht. Er hebt den Kopf und mustert mich, sein Blick in der Dunkelheit undurchdringlich, aber das Schmunzeln auf seinen Lippen dafür umso eindeutiger. «Ungeduldig?», raunt er.

«Bitte», hauche ich. Ich dränge mich wieder seinen Fingern entgegen, und Cassim beginnt mit quälend langsamen Kreisen, mich zu reiben.

«Captain?»

Die fremde Stimme reißt mich aus Cassims Armen. Ich blinzle, und er ist fort.

Kälte hüllt mich ein. Schneeflocken landen auf meiner Nase. Ich stehe immer noch regungslos vor dem Zelt des Generals, die beiden irritierten Wachen im Rücken, und das eben ist nie passiert.

Noch nicht ...

Meine Wangen brennen vor Scham. Mein Herz rast. Als wäre der Kuss nicht schlimm genug gewesen, müssen jetzt auch noch solche Visionen dazukommen. Zwischen meinen Beinen pocht es verräterisch, fast als wäre das eben tatsächlich geschehen. Wie lang war ich weg? Sekunden? Minuten?

War mein Keuchen nur in meinem Kopf oder haben sie es gehört?

Ich beschließe kurzerhand, dass ich es lieber nicht rausfinden will. Stattdessen setze ich mich in Bewegung und lasse die Männer kommentarlos hinter mir zurück.

Verdammte Scheiße. Wie soll ich damit jetzt umgehen?

Das zwischen Cassim und mir darf nicht passieren, egal wie oft es sich in meinen Kopf drängt oder wie sehr ich mich danach sehne. Wir leben bereits gefährlich genug. Heimlich Sex zu haben, wäre zweifelsohne früher oder später unser Todesurteil.

Aber ich schätze, darüber muss ich mir in diesem Moment keine Gedanken machen. Denn ich habe soeben eine Entscheidung getroffen, die uns weit schneller den Kopf kosten könnte. Vorausgesetzt Cassim ist bereit, noch einmal sein Leben für mich zu riskieren.

CASSIM

Sie ist immer noch bei ihm.

Der verdammte Gedanke hat sich wie eine Zecke in meinem Kopf festgesetzt. Seit bestimmt einer Stunde liege ich wach und versuche zu schlafen. Vergeblich.

Ich male mir aus, was alles passiert sein könnte. Vielleicht hat Arden Yessa gegen mich aufgestachelt. Es doch geschafft, wieder ihr Vertrauen zu erlangen. Oder er hat sie in eine Falle gelockt. Erpresst sie. Zwingt sie zu irgendwas …

Frustriert wälze ich mich auf die Seite und ziehe mir den Schlafsack weiter über die Schultern. In Anbetracht der momentanen Situation habe ich mich im Vorzelt zum Schlafen hingelegt, und die Kälte trägt nicht gerade dazu bei, dass ich zur Ruhe komme.

Ich weiß, dass Yessa auf sich selbst aufpassen kann. Ich habe sie beim Training kämpfen sehen. Sie bräuchte nicht mal ihre Magie, um Arden in die Schranken zu weisen, denn auch im Nahkampf ist sie eine Furcht einflößende Gegnerin. Sorgen mache ich mir dennoch. Und leider liegt das nicht nur daran, dass so viel von ihr abhängt.

Draußen nähern sich leise Schritte, und ich lausche angespannt. Ist sie das? Ich hoffe es.

Ich will sie in Sicherheit wissen. Meine Sorgen abschütteln. Und womöglich stellt sich ein Teil von mir auch vor, wie sie das Zelt betritt, sich aus der engen Uniform schält und zu mir in meinen Schlafsack kriecht.

Ich sehne mich nach ihrem Duft, ihrer Wärme, ihrer Nähe. Aber auch nach ihrem Vertrauen. Danach, ihr all meine Wahrheiten offenbaren zu können.

Ich sehne mich nach Intimität.

Dabei weiß ich doch, dass wir so etwas niemals haben können. Nicht, wenn ich an meinem Plan festhalten will.

Die Zeltklappe wird aufgeschlagen, und ich erstarre. Es ist so stockfinster, dass ich nichts erkennen kann. Schneeflocken wehen mir ins Gesicht, aber die eisige Luft, die hereinströmt, bringt den Hauch eines vertrauten Dufts mit sich. Meine Brust wird eng.

Yessa lässt die Klappe hinter sich zufallen, rührt sich jedoch nicht von der Stelle. Vielleicht will sie mich nicht wecken.

«Und?», frage ich in die Dunkelheit. «Wie war's?»

Ich kriege keine Antwort. Stattdessen atmet Yessa zittrig aus, und ein mulmiges Gefühl macht sich in meiner Magengrube breit. Langsam richte ich mich auf und lausche auf das Rascheln ihrer Kleidung. Ich höre, wie sie einen Schritt in den Raum hinein macht und dann wieder stehen bleibt. Einen Moment lang ist es totenstill im Zelt.

«Yessa?», frage ich besorgt. Ich taste nach der Öllampe neben mir und zünde sie an.

Die Flamme erhellt Yessas Gesicht, und sofort stehe ich auf. Mit zwei großen Schritten bin ich bei ihr. Sie dreht den Kopf weg, doch ich umfasse ihr Kinn und zwinge sie so, mich wieder anzusehen.

«Was hat der Wichser gemacht?», knurre ich.

Sie wirkt völlig aufgelöst. Ihre Unterlippe bebt, ihr ganzer Körper ist angespannt, und eine einzelne Träne rollt ihr über die Wange. Ich fange sie mit dem Daumen auf, verteile die Feuchtigkeit auf ihrer eiskalten Haut, und das Tosen in meinem Inneren wird immer heftiger.

Ehrlich gesagt ist mir scheißegal, was der Kerl getan hat. Ich werde Arden umbringen.

«Es hat nichts mit ihm zu tun», bringt Yessa heraus. Ihre Stimme ist nur ein Flüstern, und ich glaube ihr kein Wort.

«Mit wem dann?»

«Cassim ...» Sie umfasst mein Handgelenk und bringt mich so sanft dazu, meine Finger von ihrem Kinn zu lösen. Sofort lasse ich den Arm sinken, doch Yessa hält mich weiter fest. Sie atmet tief durch. «Ich muss dich etwas fragen.»

Irritiert hebe ich die Brauen. Das klingt nicht gut. Worauf will sie hinaus?

«Du musst mir die Wahrheit sagen», fährt sie unbeirrt fort. Entschlossenheit hat sich in ihre Stimme gelegt, versucht, ihre verletzliche Seite wieder zu verbergen. «Versprichst du mir das?»

Das mulmige Gefühl wächst. Mein Herzschlag beschleunigt sich. Dennoch nicke ich zögerlich, während Yessas Berührung an meinem Handgelenk sich wie Feuer in meine Haut brennt. «Was willst du wissen?», frage ich leise und will ihre Antwort doch nicht hören.

Zittrig atmet sie ein. «Du hast damals gesagt, du würdest nicht zurück zu der Stelle finden, an der Livia liegt. Stimmt das? Oder hast du das nur gesagt, damit ich uns nicht umbringe?»

Irritiert ziehe ich die Brauen zusammen. Damit habe ich nicht gerechnet. «Wie kommst du jetzt darauf?»

«Beantworte die Frage», fleht sie schon fast.

«Ich weiß es nicht», gestehe ich. «Es war neblig, und wir wären dabei mit Sicherheit draufgegangen, also …»

Yessas Griff festigt sich. «Würdest du sie ohne Nebel wiederfinden?», fragt sie weiter.

Ich runzle die Stirn. «Vielleicht. Keine Ahnung. Wieso willst du das wissen?»

Sie schluckt. «Arden hat gesagt, sie haben das Gebiet abgesucht und nur achtundzwanzig Leichen gefunden. Primär Reiter, nur acht Drachen. Livia war nicht darunter. Ich muss zurück und sie suchen. Das bin ich ihr schuldig.»

Ich starre sie an. Gab es doch Überlebende? Vielleicht sogar mehr, als ich dachte? «Und dafür brauchst du meine Hilfe?», schlussfolgere ich.

Sie presst die Lippen zusammen und lässt zögerlich meinen Arm los. «Ich weiß, es ist egoistisch von mir. Ich verstehe es, wenn du Nein sagst. Und ich muss dir auch gestehen, dass ich nicht weiß, was Harlow mit uns macht, wenn wir zurückkommen. Ich war eben bei ihm und habe um seine Erlaubnis gebeten. Er hat es mir ausdrücklich verboten. Aber …» Ihre Stimme bricht. «Ich kann sie nicht aufgeben. Nicht, wenn noch eine Chance besteht. Verstehst du?»

Ich atme tief durch. Dass Yessa alles für Livia tun würde, wundert mich nicht. Doch bisher hieß «für Livia» immer, ihren Rang um jeden Preis zu behalten. Hiermit setzt sie ihn bereitwillig aufs Spiel. Sogar mehr noch. Eine solche Aktion könnte uns als Befehlsverweigerung, Desertion oder Verrat ausgelegt werden.

«Harlow könnte dich dafür hinrichten lassen.»

Ich weiß nicht, warum ich das sage. Ich sollte einfach froh sein, dass sie mir diese Chance bietet. Yessa will sich aus dem Camp schleichen und mit mir allein bis an die Grenze fliegen. Genau dorthin, wo ich sie die ganze Zeit über haben wollte. Sie bietet mir die Möglichkeit zur Flucht auf dem Silbertablett an, und ich versuche, es ihr auszureden?

Aber ich muss einfach nachfragen. Ich will es verstehen.

«Ja», sagt sie erstaunlich gefasst. «Das ist mir bewusst.»

«Was ist mit deinem Rang? Mit deinen großen Zielen?»

«Hast du nicht zugehört?», entfährt es ihr, und nun wird wieder deutlich, wie aufgelöst sie wirklich ist. «Livia könnte noch am Leben sein! Ich kann nicht … Ich muss …» Sie atmet keuchend aus.

«Okay.» Ich lege meine Hände fest auf ihre Oberarme, versuche sie zu erden. «Verstanden.»

Yessa schaut derart hoffnungsvoll zu mir hoch, dass sich mein schlechtes Gewissen wie ein Dolch in meine Brust bohrt. Sie vertraut mir. Und das sollte sie nicht. Nur warum nimmt mich das so mit?

Es war von Anfang an klar, wo das hier enden wird. Ich dachte nur irgendwie, ich hätte mehr Zeit.

Mehr Zeit mit ihr.

«Heißt das, du hilfst mir?», fragt sie leise.

«Wann willst du los?», erwidere ich nur. Gleichzeitig treffe ich eine Vereinbarung mit mir selbst.

Ich werde Yessa helfen, Livia zu finden. Egal, ob tot oder lebendig. Danach werde ich über die Grenze fliehen. Vielleicht mit ihr. Vielleicht ohne sie. Und so oder so wird sie mich dafür hassen.

Doch jetzt tut sie es noch nicht. Sie fällt mir um den Hals und drückt mich an sich. «Danke», haucht sie mir ins Ohr.

Ich umarme sie, aber es fühlt sich seltsam falsch an. Wie ein gestohlener Moment. Einer, der nicht rechtmäßig mir gehört.

«Heb es dir für später auf», rate ich ihr leise, lasse sie jedoch nicht los. Ich bin zu egoistisch dafür. «Sag mir lieber, was dein Plan ist.»

Yessa löst sich weit genug von mir, um mir ins Gesicht schauen zu können. Neue Zuversicht schimmert in ihrem Blick, und auch eine Zärtlichkeit, die seltsam befremdlich ist.

Da ist die Intimität, die ich wollte. Und ich weiß überhaupt nicht mit ihr umzugehen.

«Hast du heute Nacht schon was vor?», fragt sie halb scherzhaft, halb ernst.

«Du hast Glück», erwidere ich und ringe mir ein Lächeln ab. «Ich bin noch nicht verplant. Und ich kann mir nichts Schöneres vorstellen, als die Nacht mit dir zu verbringen, Funkenprinzessin.»

KAPITEL 15

LIGHT A FIRE

YESSA

Es ist erstaunlich, wie leicht man ein Armeecamp verlassen kann, wenn man einen gewissen Rang hat.

Wir haben in Erwägung gezogen, uns aus dem Camp zu schleichen, sodass Cassim sich im Schutz der Berge verwandeln kann und niemand unseren Abgang bemerkt, doch dann hätten wir ohne Sattel fliegen müssen. Ohne Proviant. Ohne Gepäck. Bei den aktuellen Temperaturen keine gute Idee, erst recht nicht, wenn wir möglicherweise länger unterwegs sind.

Also haben wir stattdessen den riskanteren Weg gewählt und uns ganz normal auf dem Rüstplatz für den Abflug bereit gemacht. Um diese Uhrzeit war niemand mehr vor Ort, um Fragen zu stellen. Lediglich die Wachpatrouille hat uns ein Stück außerhalb des Camps abgefangen und gefragt, wo wir hinwollen. Ein dringender Auftrag für den General, streng vertraulich. Und schon waren wir weg.

Ich versuche, nicht zu sehr an die möglichen Folgen zu denken. Da unser Fehlen unmöglich unbemerkt bleiben wird, habe ich im Zelt eine Nachricht für den General hinterlassen. Darin steht, dass ich mir meines Fehlverhaltens bewusst bin und mich jeglichen Konsequenzen stellen werde, sobald wir zurück sind.

Ich habe keine Hoffnung, dass ihn das milder stimmen wird. Aber solange wir rechtzeitig wieder da sind, wird es ihn immerhin davon abhalten, uns zu Deserteuren zu erklären und meine Mütter an meiner Stelle zu bestrafen. Das ist das Wichtigste.

Und wer weiß – vielleicht finden wir bei unserer Suche

ja tatsächlich etwas, das Arden und seine Leute übersehen haben. Mit neuen Informationen könnte ich Harlow zumindest ein wenig besänftigen.

Unsere oberste Priorität allerdings ist Livia. Erst wenn ich weiß, was mit ihr passiert ist, kann ich mich um mich selbst kümmern. Sie ist noch da draußen. Ich spüre es. Irgendetwas in mir zieht mich zurück in diese Berge, zurück zu ihr. Falls sie wirklich von unseren Feinden gefangen genommen wurde, muss ich mir überlegen, wie ich weiter vorgehe. Da sie ein Drache ist, wurde Livia eventuell Zuflucht gewährt. Ich hingegen bin als Reiterin sicher nicht hinter der Grenze willkommen. Vielleicht ist es möglich, ihr irgendwie eine Botschaft zukommen zu lassen. Ihre Rückkehr zu arrangieren, wenn sie es denn möchte. Ihre Verletzungen waren schwer, und ich befürchte, dass sie nie wieder fliegen wird. Aber so schlimm das auch ist, es würde wenigstens bedeuten, dass sie vom Armeedienst freigestellt wird und nach Hause zurückkehren kann. Sie könnte ein normales Leben führen.

Die Erinnerung an ihren verwundeten Flügel dreht mir den Magen um. Ist es überhaupt möglich, dass sie das überlebt hat? Selbst wenn die feindlichen Reiter ihr helfen wollten ... Sie werden nur kleine Mengen Medizin dabeigehabt haben. Andererseits war ihr Camp ganz in der Nähe – und mit diesem auch Heiler.

«Alles in Ordnung?», dringt Cassims Stimme in meinen Kopf.

Es ist nicht das erste Mal, dass er fragt. Während des langen Flugs hat er sich bereits mehrmals nach mir erkundigt. Er spürt meine Sorgen. Die Zeiten, in denen ich meine Emotionen gut genug unter Kontrolle hatte, um sie nicht mental weiterzugeben, sind offenbar vorbei.

Ich atme tief durch und umklammere das Sattelhorn fester. Der Himmel hat mittlerweile aufgeklart, von Schnee ist hier keine Spur mehr. Mondschein schimmert auf Cassims dunklen Schuppen, und die Luft ist so kalt, dass ich das Gefühl habe, mein Gesicht wäre gefroren. Der Schal, den ich mir über die Nase gewickelt habe, hilft wenig, ebenso wie meine Uniform. Aber ehrlich gesagt spüre ich meine schmerzenden Finger und Zehen kaum, weil ich in Gedanken nur bei Livia hänge. Ich erkenne die Berge vor uns. Nicht mehr lang, dann beginnt unsere Suche.

«Ich komme schon klar», antworte ich wie bereits zuvor, doch es fühlt sich immer mehr wie eine Lüge an. Und tatsächlich flackert Cassims Besorgnis zu mir durch. Er scheint mir nicht mehr zu glauben.

«Wie sieht dein Plan aus?», fragt er. *«Sollen wir zwischenlanden und mit der Suche warten, bis es hell wird, oder möchtest du gleich anfangen?»*

Ich zögere. Bis zum Morgengrauen dauert es bestimmt noch eine Stunde. Und bis es hell genug wird, um wirklich etwas zu entdecken, sicher noch zwei weitere. Nach dem Flug täte uns beiden eine Pause gut, um uns aufzuwärmen und vielleicht sogar ein wenig zu schlafen, doch die Vorstellung, dass Livia verletzt hier zurückgeblieben ist, schnürt mir die Kehle zu. Ich kann nicht warten. Aber ich muss auch rational bleiben. *«Lass uns ein paar Runden drehen»*, schlage ich vor. *«Wenn wir in der Dunkelheit nichts sehen, suchen wir uns einen Rastplatz. In Ordnung?»*

«Wie du möchtest.»

«Es war nur ein Vorschlag», stelle ich klar. *«Du bist derjenige, der seit Stunden fliegt. Es ist deine Entscheidung.»*

«Klingt gut», versichert er mir. *«Ich bin noch nicht müde.»*

«Danke», erwidere ich leise und streiche mit klammen Fingern über seinen Hals.

«Ich will sie auch finden», sagt er. *«Aber noch sind wir nicht da. Wie wär's, wenn du mir erzählst, was Arden noch so gesagt hat? Wie ist der Stand der Ermittlungen?»*

Ich hefte meinen Blick auf die Landschaft unter uns. Cassim muss von Ardens Plänen erfahren. Allerdings ist das hier nicht der richtige Zeitpunkt. Ich will es ihm in Ruhe sagen, wenn er Zeit hat, es zu verarbeiten. Und hoffentlich habe ich das Schlimmste ohnehin verhindert, indem ich Arden an den General verraten habe.

«Es gibt noch keine Beweise gegen irgendwen», berichte ich. *«Aber sie sind sich sicher, dass der Verantwortliche aus unserem Camp stammt. Und dass es ein Mann sein muss. Schränkt die Suche nicht gerade ein.»*

«Also kein Erfolg in Sicht.»

«Leider. Vielleicht stoßen wir hier auf irgendwelche Indizien. Aber Livia ist mir wichtiger.»

«Wichtiger als deine eigene Sicherheit und dein Sinn für Gerechtigkeit?»

«Ich würde mein Leben für sie geben», sage ich ehrlich.

Ein Hauch von Traurigkeit dringt zu mir durch. *«Ist mir aufgefallen.»*

Meine Kehle wird eng, wenn ich daran zurückdenke, wie Cassim und ich uns in dieser Höhle versteckt haben. Wie ich ihn angefleht habe, mich zu Livia zurückzubringen ...

«Ich schulde dir noch eine Entschuldigung», stelle ich fest. *«Dass ich bereit bin, mein eigenes Leben zu opfern, heißt nicht, dass ich das Recht hatte, deins in Gefahr zu bringen. Was ich damals in der Höhle von dir verlangt habe, tut mir leid.»*

Wieder nehme ich eine seiner Emotionen wahr, kann sie jedoch nicht einordnen. Fast fühlt sie sich wie Wehmut an, doch das ergäbe keinen Sinn.

«Entschuldigung angenommen», erklingt Cassims Honig-

stimme in meinem Kopf, und ein Schauer läuft durch meinen ohnehin schon frierenden Körper.

«Einfach so?»

«Du machst es mir nicht schwer.»

Ich lasse den Satz zwischen uns hängen wie eine warme Umarmung im eiskalten Wind. Zum ersten Mal wird mir wirklich bewusst, wie viel Glück ich mit ihm habe. Cassim hat von Anfang an meine Geheimnisse für sich bewahrt. Hat mir Chancen gegeben, die ich nicht verdient hatte, und riskiert nun für mich alles. Auch wenn wir uns noch nicht lange kennen, ist er für mich eine Stütze geworden. Eine Schulter zum Anlehnen. Ein wahrer Verbündeter. Und ohne ihn ...

Ich schlucke. *«Danke, Cassim»*, flüstere ich durch den Bund zwischen uns.

«Wofür?»

«Für alles. Ich weiß nicht, ob ich das alles ohne dich durchgestanden hätte.»

«Du hättest es auch allein geschafft», behauptet er. *«Du bist stärker, als du glaubst. Du brauchst mich nicht.»*

«Und trotzdem bin ich sehr froh, dich zu haben.»

Erneut flackert diese undefinierbare Empfindung zu mir durch. Doch, es ist Wehmut. Nur warum? Weil ich uns wieder in Gefahr gebracht habe und wir bei unserer Rückkehr alles, was wir haben, verlieren könnten?

Ich traue mich nicht zu fragen.

Wir erreichen die Gebirgskette, über der der Angriff stattgefunden haben muss, und Cassim beginnt damit, das Gebiet systematisch zu durchkämmen. Er fliegt in einer leichten Seitenlage, sodass ich eine bessere Sicht nach unten habe, und ich hefte meinen Blick wie gebannt auf die rauen Steilwände und die schneebedeckten Gipfel. Die Luft ist eiskalt und klar. Kein Nebel hängt zwischen den Tälern, und der Vollmond, der heute am Himmel steht, taucht alles in ein bläuliches Licht. Auf die Entfernung erkenne ich trotzdem nichts.

«Weiter runter?», schlägt Cassim vor.

«Ja, bitte.»

Er geht in den Sinkflug und bringt uns näher an die Bergspitzen, doch noch immer kann ich nicht wirklich etwas erkennen. Livias grüne Schuppen würden bei Tageslicht sicher mehr auffallen. Dass Arden sie nicht gesehen hat, ist ein gutes Zeichen, oder? Ich sollte weniger nach ihr und mehr nach der Absturzstelle Ausschau halten. Die Spuren im Moos werden noch deutlich zu sehen sein. Und das Drachenfeuer, vor dem Cassim mich in letzter Sekunde gerettet hat, müsste viel Ruß zurückgelassen haben. Sofern kein Schnee darüber liegt ...

Ich bemerke, wie sich Cassims Anspannung unter meine eigene mischt. Wer weiß, wen er hier sucht. Ich habe ihn nie gefragt, wie nah er den anderen Drachen stand. Ob es unter ihnen jemanden gab, für den er dieses Risiko mit mir eingeht.

«Kanntest du die anderen Drachen gut?», frage ich vorsichtig.

Leiser Schmerz dringt zu mir durch. *«Sie waren alles, was ich hatte.»*

Tief atme ich durch. *«Das tut mir leid. Vielleicht konnten wirklich manche von ihnen gerettet werden.»*

«Das hoffe ich. Ich fürchte nur, so gnädig sind die Götter uns nicht.»

«Warum sollten sie das nicht sein?», frage ich besorgt.

Cassim braucht lange zum Antworten. *«Ich habe meine Zweifel an ihnen, seit meine Mutter gestorben ist»*, erklärt er schließlich.

«Oh», mache ich leise. *«Wie ... ist sie gestorben?»*

«Das ist eine lange Geschichte. Und keine schöne. Konzentrieren wir uns lieber auf die Suche. Da gibt es wenigstens noch einen Hauch von Hoffnung.»

Mein Herz zieht sich zusammen. *«Du hast recht.»* Ich hätte ihm so eine Frage nicht stellen sollen. Nicht hier. Nicht jetzt. Nur wüsste ich gern mehr über Cassim. Seit ich ihn kenne, habe ich ihm alles von mir preisgegeben und rein gar nichts über ihn erfahren. Ich schätze, er ist einfach ein sehr verschlossener Mann. Aber seine Vergangenheit zu kennen, würde mir vielleicht helfen, ihn besser zu verstehen.

«Falls du je darüber reden möchtest … dann höre ich zu», biete ich ihm sanft an.

Statt einer Antwort fliegt Cassim plötzlich eine scharfe Linkskurve. Er sinkt tiefer und dreht einen engen Bogen. Ich kralle meine Finger ins Sattelhorn.

«Hast du etwas gesehen?», bringe ich heraus und suche hektisch die Umgebung ab.

Er antwortet nicht. Aber das muss er auch nicht mehr. Ich habe bereits entdeckt, worauf er zusteuert.

Wie gebannt starre ich auf den breiten Felsvorsprung, auf dem etwas Großes das Mondlicht reflektiert und es in tausend schillernde Flecken bricht.

Schuppen.

Mir wird schlecht.

Auch Cassims Unbehagen ist spürbar. Er fliegt immer näher an den leblosen Körper heran, und mit jedem Meter dreht sich mein Magen mehr um.

Das kann nicht Livia sein. Ich bin mir sicher, dass sie lebt. Alles andere ist keine Option. Ich habe mir schon ausgemalt, wie wir uns wiedersehen. Wie ich sie in meine Arme schließe. Wie ich endlich wieder ihre Stimme höre.

Doch dann bemerke ich die Schneise im Moos, die sich

den Abhang über ihr hinunterzieht. Mache einen vertrauten großen Felsen aus, der unseren Sturz schlussendlich abgefangen hat. Erkenne einen zerfetzten smaragdgrünen Flügel.

Meine Sicht verschwimmt.

Mein Herz bleibt stehen.

Ich höre Cassims Flügelschläge nicht mehr. Ebenso wenig wie den Wind, der an meinen Haaren reißt. Alles geht in einem ohrenbetäubenden Rauschen unter, das immer lauter zu werden scheint.

Nein.

Das kann nicht …

Das *darf* nicht …

«Soll ich dich wegbringen?» Irgendwie schafft Cassims sanfte Stimme es glasklar in meine Gedanken.

Mir entweicht ein Schluchzen. Energisch schüttle ich den Kopf und wische mir mit dem Handrücken die Tränen aus dem Gesicht. *«Nein»*, stoße ich aus. Obwohl sich alles in mir sträubt. Obwohl es sich anfühlt, als würde sie erneut sterben, als würde ich sie noch einmal verlieren, noch einmal versagen.

Als Cassim neben Livias leblosem Körper landet, laufen meine Tränen in Strömen, und meine Hände zittern so sehr, dass ich die Riemen um meine Oberschenkel kaum aufbekomme. Ich falle mehr von Cassims Rücken, als dass ich absteige, und der erste Schritt auf Livia zu zwingt mich bereits in die Knie.

Sie sieht nicht mehr aus wie sie selbst. Nicht mehr wie meine Schwester. Nein. Das hier …

Das hier ist eine verdammte Leiche.

Ihre Schuppen wirken glanzlos. Ihr Körper ist seltsam eingefallen, und ein süßlich-modriger Geruch liegt in der Luft.

Verwesung.

«Yessa …» Cassims Stimme ist mitfühlend, dringt jedoch kaum zu mir durch.

Ich kann mich nicht mal von Livia verabschieden. Weil sie schon lange nicht mehr hier ist. Was auch immer ich ihr hätte sagen wollen, wird sie nicht mehr hören. Ihre Seele ist irgendwo weit weg bei den Göttern, wo sie verdammt noch mal nicht hingehört.

Sie gehört zu mir.

Wir waren eins …

Die Erkenntnis, dass sie wirklich fort ist, ist lähmend. Und trotzdem habe ich das Gefühl, als müsste ich etwas tun. Als müsste ich sie irgendwie hier wegbringen, wenigstens ihrem Körper eine letzte Ehre erweisen.

Doch Livia ist in ihrer Drachengestalt gestorben. Und das bedeutet, sie wird in dieser bleiben. Um sie zu bergen, bräuchte es eine ganze Truppe. Livia wird für immer hier liegen, an diesem trostlosen, grausamen Ort, und es ist alles meine Schuld.

Die Schluchzer entkommen mir nun unkontrolliert. Ich krümme mich auf dem kalten nassen Moos zusammen und halte mir die Hände vors Gesicht.

Ich kann sie nicht ansehen. Ich will meine Schwester zurück. Das hier muss ein verdammter Albtraum sein. Ich war mir so sicher …

Etwas Schweres legt sich auf meinen Rücken, und ich zucke zusammen. Überrascht hebe ich den Kopf und blinzle gegen die Tränen an.

Dunkelheit verdeckt den Himmel über mir. Cassim hat einen Flügel um mich gelegt. Nur schwach schimmert das Mondlicht durch die empfindlichen Membranen, und er tritt vorsichtig näher an mich heran, bringt seinen großen, warmen Körper direkt neben meinen und hüllt mich in seine tröstliche Nähe.

Ich bilde mir ein, selbst in dieser Gestalt noch seinen Wacholderduft wahrzunehmen. Zitternd lehne ich mich an seine Brust und lausche auf seinen trägen, tiefen Herzschlag. Seine Schuppen schmiegen sich an meine Wange, und ich schließe die Augen, vergrabe das Gesicht ganz an seinem Hals.

Eine gefühlte Ewigkeit bleiben wir so, und ich kann nicht aufhören zu weinen. Cassims Flügel umgibt mich wie ein Kokon aus Wärme, schützt mich vor dem eisigen Wind, der über uns hinwegfegt. Er rührt sich nicht. Lässt mich einfach seine tröstliche Nähe spüren, bis mein Schluchzen allmählich verebbt.

«Wir sollten weiter», ertönt seine sanfte Stimme irgendwann in meinem Kopf. *«Hierzubleiben macht es nicht besser.»*

Er hat recht. Trotzdem tut es weh, sie zurückzulassen. Allein, ihr einst so mächtiger Körper nur noch verrottendes Fleisch.

«Meinst du, wir können sie verbrennen?», flüstere ich durch die Bindung. Drachen sind zwar Feuer gegenüber resistent, jedoch nicht auf Dauer. Es ist die einzige Form einer Bestattung, die ich ihr bieten kann. Ein letztes Lebewohl.

«Wenn du möchtest», willigt er ein. *«Soll ich es machen?»*

Schniefend löse ich mich von ihm. *«Ja. Bitte.»* Ich selbst würde es vermutlich nicht schaffen. Während wir Reiter die Magie präzise nutzen können, um Feuerbälle zu formen oder Dinge zu erhitzen, entlädt sie sich im Drachenfeuer völlig unkontrolliert. Dafür brennt es umso heißer und kann sogar genutzt werden, um Gestein zu schmelzen. Vorausgesetzt man hält die Flammen lange genug aufrecht.

Cassim zieht seinen Flügel zurück, und sofort fährt mir der eisige Wind wieder bis unter die Uniform. Widerwillig schaue ich hinüber zu Livia. Lasse zu, dass ihr Anblick mich noch einmal zerstört. Dann atme ich tief durch und biete Cassim durch die Bindung meine Magie an.

«Fang an», bitte ich ihn leise. Und die Luft um uns herum beginnt zu glühen.

Da ist wieder dieses Ziehen, das ich bereits beim Bindungsritual gespürt habe. Dieses alles einnehmende Brennen in meinem Inneren, ein wachsender Sog, der uns beide zu verschlingen droht. Unbeschreibliche Macht direkt unter meinen Fingerspitzen.

Aber diesmal gehört sie ganz Cassim.

Flammen schießen über meinen Kopf hinweg und hüllen Livias Körper ein. Die Eiseskälte der Berge verflüchtigt sich. Binnen Sekunden wird sie von Hitze abgelöst, und ich mache instinktiv einen Schritt zurück, bis ich mit dem Rücken an Cassims Brust stoße.

Das Feuer entwickelt sein eigenes Rauschen, welches den Wind übertönt und meinen Kopf zumindest ein kleines bisschen klärt. Die Flammen hüllen Livia ein, während Cassim immer mehr von meiner Magie zehrt.

Livias Schuppen beginnen zu glühen, doch es dauert eine ganze Weile, bis ich ihre Umrisse zwischen den Flammen nicht mehr erkennen kann. Immer mehr Ascheflocken steigen in den dunklen Himmel auf, und nach einer gefühlten Ewigkeit ist Livia endlich frei.

Auf eine andere Art, als ich mir für sie gewünscht hatte. Aber wenn die Götter sie in ihrer Mitte aufnehmen, kann sie hoffentlich dennoch Frieden finden.

«Ich liebe dich», flüstere ich gegen den Wind. Und obwohl Livia längst fort ist, glaube ich doch, dass sie es hört. Und dass zumindest ein Teil von ihr für immer in mir weiterleben wird.

Das Feuer verebbt und mit ihm der Sog unserer Magie. Ich wende mich ab, denn der Anblick von Livias verkohlten Knochen ist nur schwer zu ertragen. Ich will sie so in Erinnerung behalten, wie sie zu Lebzeiten war.

«Danke», sage ich leise durch die Bindung.

«Nicht dafür.» Cassim klingt ebenso bedrückt wie ich. *«Was hältst du davon, wenn ich uns einen Rastplatz suche? Wir können uns ein paar Stunden ausruhen und dann überlegen, wie wir jetzt weitermachen.»*

«In Ordnung.» Zögerlich steige ich wieder auf Cassims Rücken und ziehe die Riemen um meine Oberschenkel fest. Mit einem letzten Blick auf Livia fliegen wir los, und schon bald verschwindet die verbrannte Stelle unter uns in der Dunkelheit.

Wir sollten uns nicht allzu weit entfernen. Sobald die Sonne aufgegangen ist, will ich nach Hinweisen suchen. Denn jetzt, wo zweifelsohne feststeht, dass Livia tot ist, muss ich ihren Mörder umso dringender finden. Wenn er wirklich noch im Camp ist …

Auf einmal geht ein Ruck durch Cassims Körper, und Schmerz schießt durch die Bindung, so stechend, dass mir einen Moment lang die Luft wegbleibt. Ich wirble herum und suche nach dem Verursacher, doch bevor ich ihn gefunden habe, spüre ich ein Ziehen an meiner Magie. Anders als das eben. Anders als alles, was ich je wahrgenommen habe. Es fühlt sich an, als würde sie mir entrissen werden. Und tatsächlich – direkt darauf schießt eine Stichflamme aus Cassims Maul.

Ich habe keinerlei Kontrolle darüber, was passiert. Doch ich entscheide kurzerhand, dass ich sie in dieser Situation auch nicht brauche. Wir werden angegriffen. Und Cassim scheint im Gegensatz zu mir den Feind bereits entdeckt zu haben.

Bereitwillig übergebe ich ihm meine Macht. Ich erhasche

einen Blick auf die Silhouetten dreier Drachen mit ihren Reitern unter uns, bevor die Flammen sie verschlucken.

Hat Cassim sie …

Erneut durchfährt mich Cassims Schmerz. Ein Bolzen bohrt sich durch seinen rechten Flügel, und der heftige Wind reißt die Membran weiter auf. Cassim brüllt und lässt unser Feuer noch heißer brennen. Das Lodern übertönt die Flügelschläge unter uns. Schreie dringen stattdessen zu uns empor. Meine Sicht verschwimmt.

Wir haben für Livia bereits viel Magie genutzt. Und nun zehrt Cassim auch meine letzten Reserven auf. Brennt mich langsam von innen aus.

Ich versuche trotzdem nicht, ihn aufzuhalten. Er ist verwundet, unsere Feinde sind in der Überzahl. Wenn wir sie jetzt nicht abwehren, ist es vorbei.

Also gebe ich ihm alles, was ich habe. Lasse jeden noch so kleinen Tropfen Magie durch die Bindung zu Cassim fließen und spüre, wie sie sich dabei mit etwas anderem vermischt. Etwas völlig Fremdem.

Ein tiefes Grollen ertönt. Mir wird schwindelig. Schmerz und Anstrengung überrollen mich, und das Einzige, was mich noch im Sattel hält, sind die Riemen um meine Oberschenkel.

Etwas bohrt sich in meine Seite, und ich keuche auf. Mit fahrigen Bewegungen greife ich danach und ertaste einen Bolzen, der sich durch das Leder meiner Uniform gebohrt hat. Blut fließt ungehemmt über meine Finger. Ich bekomme keine Luft mehr.

«Mach weiter», ist alles, was ich noch herausbringe.

Ein weiterer Bolzen schießt knapp an meinem Ohr vorbei. Mir wird schwarz vor Augen. Und mit dem letzten Aufbäumen unserer Magie verliere ich das Bewusstsein.

KAPITEL 16

TIME IS RUNNING OUT

CASSIM

Die Götter wollen mich verarschen. Entweder das, oder das Schicksal hat einen kranken Sinn für Humor. Wie kann es sonst sein, dass ich meinem Ziel immer wieder so nahe komme, nur um dann in letzter Sekunde auf brutalste Weise aufgehalten zu werden?

Wir hatten es ohne Komplikationen an die Grenze geschafft und Livia gefunden. Ich wollte eine Rast machen, neue Energie sammeln und ein paar letzte Stunden mit Yessa verbringen, bevor sie mich auf ewig hasst.

Stattdessen steckt nun ein Bolzen in meiner Brust, mein Flügel ist durchlöchert, und Yessa verblutet auf meinem Rücken.

Sie antwortet mir nicht mehr. Ich kann sie kaum noch spüren. Und ich weiß nicht, wann das letzte Mal eine solche Panik von mir Besitz ergriffen hat.

Dass sie stirbt, war nie meine Absicht. Denn auch wenn ich sie verraten wollte, wollte ich sie nicht opfern. Ich hätte sie hinter der Grenze in Sicherheit gebracht und dann mit ihrem Hass gelebt. Nach allem, was ich ihr und ihrer Familie angetan habe, wäre das das Mindeste.

Doch nun sieht es so aus, als würde keiner von uns beiden die Nacht überleben.

Mit jedem Atemzug spüre ich den Bolzen in meiner Brust. Blut sickert über meine Schuppen und tropft unter uns in die Tiefe. Obwohl meine Kräfte schwinden, bleibt mir nichts anderes übrig, als dem heulenden Wind zu trotzen und weiterzufliegen. Immer tiefer in die Vulkanlande hinein.

Solange Yessa bewusstlos ist, kann ich nichts gegen die Wunde tun. Sie muss den Bolzen herausziehen, bevor ich mich zurückverwandle. Er würde sich verschieben, während ich die Form wechsle, und mich sicher töten. Gleichzeitig kann ich Yessa nicht verarzten, bevor ich mich verwandelt habe. Und auch ohne ihre Wunde sehen zu können, weiß ich, dass sie zu viel Blut verloren hat, als dass sie von allein wieder aufwachen würde.

Wenn nicht ein Wunder geschieht, sind wir geliefert.

Wenigstens unsere Verfolger konnte ich abhängen. Aber selbst das löst Beunruhigung in mir aus. Denn da, wo ich vorhin meine eigene Magie eingesetzt habe, flutet nun glühende Lava das Gebirge. Die dunkle Rauchsäule, die wie ein Ungetüm in den Himmel steigt, wird bei Tageslicht sicher kilometerweit zu sehen sein.

Ich versuche, mir nicht zu viele Gedanken darüber zu machen, was das bedeuten könnte. Ich schätze, es ist ohnehin irrelevant, falls ich sterbe, also konzentriere ich mich lieber darauf, genau das zu verhindern. Die Frage ist nur, wie.

Je tiefer in die Vulkanlande wir fliegen, desto dunkler wird es. Über uns sammelt sich dichter Rauch und schluckt das Mondlicht. Unter uns werden die Berge immer rauer. Statt Schnee bedecken Ruß und Asche die hohen Gipfel, in der Ferne glimmen gelegentlich Lavaflüsse. Der Geruch von Schwefel liegt in der Luft wie ein gefährliches Versprechen, und irgendwo in der Stille der Nacht ist ein Brüllen zu hören.

Wer weiß, was für Kreaturen hier ihr Unwesen treiben. Wandler vielleicht, die sich in ihrer Drachengestalt verloren haben. Feuerbasilisken, die sich in den heißen Basalthöhlen nahe der aktiven Vulkane verstecken. Schwarzgreife, die in den hohen Rußwolken lauern und jeden Moment auf uns herabstürzen könnten.

Dieses gefährliche Gebiet verlangt von mir höchste Wachsamkeit, und gleichzeitig lenken meine Verletzungen mich immer mehr ab. Ich erwische mich dabei, wie ich in Gedanken abdrifte, wie sich alles in mir auf den Schmerz fokussiert. Jeder Flügelschlag kostet mich mehr Kraft als zuvor, und ich fliege bewusst tiefer zwischen die Berge, um dem Wind zu entkommen.

Ich habe keine Ahnung, was ich tun soll. Einfach den Kurs beizubehalten kommt mir wie ein Todesurteil vor, allerdings würde eine Landung uns ebenso wenig helfen. Vielleicht könnte ich den letzten Funken unserer Magie nutzen, um den Bolzen in meiner Brust zu verbrennen. Aber die Spitze ist aus Metall und würde entweder schmelzen oder stecken bleiben. Schwer zu sagen, was mit ihr bei einer Verwandlung passiert. Schlimmstenfalls findet sie sich in meinem menschlichen Körper dann in irgendeinem überlebenswichtigen Organ wieder, und auch das könnte tödlich für mich ausgehen.

«Yessa», versuche ich erneut, sie zu erreichen, doch ich stoße auf eine Wand, wo eigentlich ihr Geist sein sollte. Ich kann nicht einmal mehr ihren Schmerz spüren, und meine Panik lässt mich in Erwägung ziehen, die Verwandlung trotz allem zu riskieren.

Yessa braucht Hilfe. Nur wird sie die nicht bekommen, wenn ich vor ihr sterbe.

Verdammte Scheiße …

«Yessa, wach auf», beschwöre ich sie. *«Ich brauche dich, hörst du?»*

Eine besonders starke Windböe reißt die Wunde an meinem Flügel noch weiter auf. Ich verliere für einen Moment die Kontrolle, und wir sacken ein paar Meter ab, bevor ich unseren Sturz abfangen kann.

Mir schwirrt der Kopf. Es ist zu anstrengend, mich gleichzeitig auf Yessa und das Fliegen zu konzentrieren, aber ich kann an nichts anderes mehr denken als an sie. Ich fürchte, mir bleibt wirklich nur die Landung. Vielleicht schaffe ich es irgendwie, die Sattelriemen zu durchtrennen, um Yessa von meinem Rücken zu bekommen. Das würde mir zumindest die Chance geben, sie wach zu rütteln.

Doch gerade als ich einen Felsvorsprung ansteuere, um dort zu landen, reißt ein Geräusch meine Aufmerksamkeit an sich. Hektisch suche ich die Dunkelheit um uns herum ab, kann in der Schwärze allerdings nichts erkennen.

Waren das ... Flügelschläge?

Nein. Vermutlich nur das Echo meiner eigenen, die immer schleppender werden. Oder?

Just in diesem Moment dreht der Wind kurz und trägt den Klang erneut zu mir. Ich fahre herum, und diesmal mache ich tatsächlich eine Silhouette hinter mir aus. Ein einzelner Drache mit einem Reiter auf dem Rücken.

Fuck.

Offenbar habe ich unsere Verfolger doch nicht alle abgeschüttelt.

Sofort fliege ich tiefer, suche Schutz zwischen den Felsen. Wir haben keine Magie mehr, um uns zu verteidigen, und Yessa ist auf meinem Rücken völlig schutzlos.

Ich höre deutlich, wie der Drache die Verfolgung aufnimmt, und gehe kurzerhand in den Sturzflug über. In der Dunkelheit kann ich kaum erkennen, wie weit der Boden noch entfernt ist. Der Wind reißt an meinem verletzten Flügel, der Schmerz in meiner Brust raubt mir den Atem, doch ich ignoriere es. Ich fliege waghalsiger als je zuvor, rausche nur Zentimeter an einer Felswand vorbei in die Tiefe und ziehe uns erst in letzter Sekunde wieder hoch.

Zumindest hatte ich das vor. Mein verletzter Flügel tut nicht ganz, was er soll, und meine Krallen streifen schmerzhaft den steinigen Boden. Vor mir teilt sich die Schlucht, und ich steuere nach rechts, wo dichter Rauch die Sicht erschwert. Hier kann ich vielleicht entkommen. Die Dunkelheit wird immer undurchdringlicher, verschluckt uns förmlich. Der Geruch von Schwefel hüllt uns ein und ...

Die Felswand vor mir kommt wie aus dem Nichts. Im letzten Moment weiche ich zur Seite aus und fliege an ihr entlang weiter. Die Schlucht wird immer enger, der Rauch dichter und beißender. Vielleicht sollte ich wieder aufsteigen, doch im Steigflug bin ich ein leichtes Ziel. Und ich weiß nicht, ob ich dazu noch die Kraft habe.

Ein Blick zum Himmel zeigt mir, dass das ohnehin keine Option mehr ist. Die Felsen scheinen über mir zusammenzuwachsen, versperren den Weg nach oben. Sie formen eine schmale dunkle Höhle. Entweder meine Rettung oder mein Untergang. Ich hoffe auf Ersteres.

«Nicht da rein!», ruft plötzlich eine Frauenstimme hinter uns.

Es spornt mich nur noch weiter an.

«Da drin sammeln sich giftige Gase!»

Nun stocke ich doch. Der Schwefelgestank brennt mir in den Nüstern, und unsicher halte ich an. Der Raum ist inzwischen so eng, dass meine Flügel Gefahr laufen, die Seiten zu streifen, also kralle ich mich an die raue Felswand und schaue mich nach unseren Feinden um. Sie scheinen uns nicht weiter gefolgt zu sein. Sagen sie die Wahrheit?

Das würde bedeuten, dass ich den Weg wieder zurückfliegen und mich ihnen stellen muss. Und damit auch dem Schicksal, das sie für uns planen.

Andererseits ... sie scheinen uns nicht tot sehen zu wollen. Das ist doch schon mal was. Ich bin gerade nicht wählerisch, was Hilfe angeht.

«Wir kommen in Frieden», ruft die Fremde jetzt. «Das hätte ich vermutlich gleich sagen sollen …»

Vermutlich.

«Kommst du jetzt raus oder bist du erstickt? Ich höre keine Flügelschläge mehr.»

Ich weiß nicht, was ich tun soll. Also lasse ich als Antwort lediglich ein Brüllen verlauten.

«Wenn das *Verpiss dich* heißen soll, muss ich dich leider enttäuschen. Wir bleiben. Und ist dir eigentlich noch nicht aufgefallen, dass du auf uns angewiesen bist? Wer zieht dir sonst den Bolzen aus der Brust? Sicher nicht deine tote Reiterin.»

Meine Krallen verlieren den Halt. Ich rutsche tiefer, wo der beißende Schwefelgeruch noch stärker ist, und die Welt scheint zu kippen. Einen Moment lang habe ich keine Orientierung mehr. Werde verschluckt von der Schwärze und dem reißenden Schwindel, den die Worte ausgelöst haben.

Tot.

Nein. Sie kann nicht …

Ich handle, ohne nachzudenken. Bevor ich die Entscheidung hinterfragen kann, fliege ich den Weg durch die Schlucht zurück – direkt in die Arme unserer Verfolger, die am Eingang warten.

Ich lege eine regelrechte Bruchlandung vor ihnen hin, die halb der Hektik und halb meinen Verletzungen geschuldet ist, und wappne mich für das Schlimmste. Doch statt uns anzugreifen, landen sie ebenfalls. Der Drache verwandelt sich in eine junge Frau. Ihre Reiterin befreit sich unterdessen aus dem Sattel, wirft ihrer Partnerin einen Umhang zu und eilt zu mir.

Schwarze Flecken tanzen vor meinen Augen, sodass ich sie selbst aus der Nähe nur vage erkennen kann. Sie trägt scheinbar keine Uniform, sondern ganz normale Kleidung. Ohne zu zögern, tritt sie vor mich und greift nach dem Bolzen in meiner Brust, doch ich senke den Kopf und halte sie so auf. Von der Bewegung werde ich noch benommener.

«Was soll das?», fragt sie genervt und legt mir eine Hand auf die Schnauze, damit sie meine Antwort verstehen kann.

«Erst Yessa», fordere ich atemlos. *«Meine Reiterin.»*

Die Wandlerin ist unterdessen ebenfalls näher gekommen und wühlt in einem Medizinbeutel.

«Du bist wichtiger», beschließt die Fremde kurzerhand. Sie versucht meinen Kopf zur Seite zu drücken, um sich dem Bolzen in meiner Brust zu widmen, doch ich knurre sie an und fletsche die Zähne.

«Erst. Yessa!»

Die Frau trifft meinen Blick. Ich erkenne, wie sie die Brauen zusammenzieht. Einen Moment lang zögert sie, dann atmet sie schnaubend aus. «Dafür musst du dich erst verwandeln», erklärt sie. «Sonst kriege ich sie nicht von deinem Rücken. Also muss erst der verdammte Bolzen raus.» Ihre Stimme ist nun noch genervter, wenngleich sie sich um Ruhe bemüht. Es fällt mir allerdings schwer, ihr zuzuhören. Ich spüre gleichzeitig der Bindung zu Yessa nach. Bete zu den Göttern, dass sie noch lebt und es nicht zu spät für sie ist.

Notgedrungen hebe ich den Kopf und lasse zu, dass die Reiterin sich den Bolzen in meiner Brust genauer besieht. Prüfend zieht sie daran, und mir entkommt ein schmerzerfülltes Grollen. Er steckt verdammt tief. Ich habe das Gefühl, als könnte ich spüren, wie die Spitze mit jeder Bewegung über mein Herz kratzt.

«Das wird wehtun», stellt meine Retterin ungerührt fest. «Tu mir einen Gefallen. Verwandel dich zurück, bevor du ohnmächtig wirst. Sonst haben wir ein Problem. Bereit?»

Sie umfasst den Bolzen fester, und allein das lässt mich für den Bruchteil einer Sekunde wegtreten. Verdammt. Sie hat recht. Ich muss den perfekten Zeitpunkt für die Verwandlung abpassen – nachdem der Bolzen schon draußen ist und bevor ich tatsächlich das Bewusstsein verliere. Wenn ich in meiner Drachengestalt bleibe, können sie weder mich noch Yessa ordentlich verarzten.

«Bereit», bringe ich hervor. Die Wandlerin tritt an uns heran, die Finger bereits voll mit heilender Salbe.

«Dann los», höre ich, und im selben Augenblick wird mir der Bolzen aus der Brust gerissen.

Ich reagiere instinktiv und leite die Verwandlung ein, doch die Ohnmacht überkommt mich so schnell, dass ich keine Kontrolle mehr darüber habe.

Im ersten Moment spüre ich gleißenden Schmerz.

Im nächsten gar nichts mehr.

KAPITEL 17

WORLD ON FIRE

CASSIM

Es ist das zweite Mal binnen einer Woche, dass ich in einem fremden Zelt aufwache. Die Luft ist eisig, doch ich liege begraben unter einem regelrechten Berg aus Fellen. Ein warmes Leuchten erhellt den Raum, und als ich schwerfällig den Kopf drehe, sehe ich, dass der Zelteingang offen steht. Er gibt den Blick auf einen orangefarbenen Himmel frei, der von pudrigen weißen Wolken durchzogen wird.

Sonnenaufgang? Oder -untergang? Ich fühle mich, als hätte ich drei Tage geschlafen. Mein Schädel dröhnt, und mein Mund ist trocken.

Stöhnend lasse ich mich wieder zurücksinken und schließe einen Moment lang die Augen. Das Licht ist nicht grell, und dennoch verschlimmert es meine Kopfschmerzen. Ich habe nicht die leiseste Ahnung, wo ich bin. Oder was überhaupt passiert ist.

Blinzelnd schaue ich wieder an die Zeltdecke und versuche, meine Erinnerungen zu ordnen. Yessa und ich hatten das Camp verlassen. Wir haben Livia gefunden. Und dann …

Yessa.

Sofort sitze ich kerzengerade im Bett und stöhne auf, weil dabei ein gleißender Schmerz meinen Kopf durchfährt. Alles dreht sich, und mir wird kurz schwarz vor Augen, aber mein Blick sucht dennoch das kleine Zelt nach ihr ab. Bis auf das Schlaflager gibt es hier drin nicht viel. Am Fußende liegt ein Haufen mit Gepäck, das ich vage als unseres erkenne. Und dann erst bemerke ich den roten Haarschopf, der neben mir zwischen den Fellen hervorlugt.

Erleichterung mischt sich mit Angst. Die Fremde sagte, Yessa sei tot. Was, wenn sie es nicht überlebt hat? Wenn die Verletzungen zu schwer waren …?

Mit wild pochendem Herzen schlage ich eines der Felle zurück. Yessas Gesicht kommt zum Vorschein. Sie hat die Augen geschlossen, doch ihre Wangen sind gerötet, und ich atme auf.

Sie lebt.

Vorsichtig streiche ich mit den Knöcheln über ihre Schläfe und spüre die Wärme ihrer weichen Haut.

«Den Göttern sei Dank», murmele ich. Kaum merklich dreht sie den Kopf und schmiegt ihr Gesicht in meine Berührung.

Ich kann das Gefühl in meinem Inneren nicht beschreiben. Es ist schmerzhaft. Überwältigend. Und so verdammt erleichternd.

Sie haben ihr wirklich geholfen. Und auch meine Verletzungen sind verheilt, wie ich nun feststelle, als ich meine eigenen Felle ein wenig hebe. Nur eine rötliche Narbe ist auf meiner nackten Brust zurückgeblieben.

«Hey», flüstere ich Yessa zu und streiche ihr eine Strähne aus dem Gesicht. Sie wirkt friedlich. Gesund.

Trotzdem ist mir diese ganze Sache nicht geheuer. Wieso machen sich diese Leute die Mühe, zwei fremden Soldaten das Leben zu retten? Mitten in den Vulkanlanden, wo es keine Zivilisten geben dürfte …

Irgendetwas stimmt hier nicht.

«Yessa», raune ich und rüttle sie sanft an der Schulter.

«Sie wird noch nicht aufwachen», ertönt es hinter mir, und ich wirble herum.

Eine alte Frau steht im Zelteingang. Sie trägt eine aschgraue Robe mit weiten Ärmeln, unter denen Armbänder aus groben Obsidianperlen hervorblitzen. Ihre beige Haut ist faltig, ihre braunen Augen mustern mich wachsam. «Wir mussten ihr mehr von dem Betäubungsmittel geben als dir, damit sie ihre Magie regenerieren kann. Sie war völlig ausgebrannt. Gib ihr noch ein, zwei Stunden.»

Ich werfe einen besorgten Blick auf Yessa und wende mich erst wieder von ihr ab, als ihr ruhiger, gleichmäßiger Atem mir versichert, dass es ihr gut geht. Misstrauisch beäuge ich die Fremde. «Wer sind Sie?»

Sie lächelt schwach. «Ich bin Ilia. Komm mit mir.» Sie weist mit dem Kinn hinüber zum Fuß des Nachtlagers. «Dort liegen eure Sachen. Den Sattel mussten wir woanders verstauen. Zieh dir etwas an. Ich warte draußen.» Sie dreht sich um und schließt die Zeltklappe hinter sich.

Für einen Moment starre ich ihr nur hinterher. Dann stehe ich auf und ziehe meine Uniform an. Irgendwie ist mir nicht wohl bei der ganzen Sache. Aber liegen zu bleiben, wird uns auch nichts bringen. Wenngleich mein Kopf immer noch schmerzt und ich Yessa in diesem Zustand ungern allein lasse.

Verdammt, wann habe ich eigentlich einen derartigen Beschützerinstinkt für diese Frau entwickelt? Wären wir nicht angegriffen worden, hätte ich sie heute entführt. Und hätte ich das gleich getan, statt erst ihren Wünschen nachzukommen und nach Livia zu suchen, hätte ich es wohl auch geschafft. Vermutlich haben unsere Feinde uns durch das Feuer entdeckt.

Ich schüttle diese Gedanken ab, verlasse das Zelt und blinzle gegen die tief stehende Sonne an. Wir müssen uns irgendwo weit oben in den Bergen befinden, denn von hier aus kann ich einen großen Teil des Gebirges überblicken. Gipfel an Gipfel reiht sich am Horizont aneinander, und ein regelrechtes Netz aus glühender Lava fließt hinunter in die Täler, in denen sich dünner Rauch sammelt.

Offenbar gibt es hier einige aktive Vulkane. Kein Ort, an dem ich freiwillig mein Nachtlager aufschlagen würde, doch um uns herum entdecke ich weitere Zelte. Es sieht nicht so aus, als wäre das alles spontan aufgebaut worden. Wäscheleinen wurden zwischen Zeltpfosten gespannt, am anderen Ende des Camps hat sich eine kleine Gruppe von Leuten um ein Lagerfeuer versammelt, um zu kochen. Fehlt eigentlich nur noch, dass sie über einem Vulkankrater grillen.

Ilia wartet ein paar Meter vor dem Zelt auf mich. Sie steht regungslos da, die Hände verschränkt, und schaut auf den Horizont. Zögerlich trete ich zu ihr.

«Was ist das hier?», frage ich leise.

«Unser Zuhause», erklärt sie schlicht. «Und eure Rettung.» Nun dreht sie den Kopf. Ihr Blick findet mich, und sofort habe ich das ungute Gefühl, dieser Frau nichts vormachen zu können. Dabei mustert sie mich nicht einmal. Sie schaut mir einfach nur in die Augen. «Sag, was machen zwei von Ylvings Soldaten allein in diesen Bergen?»

Die Frage lässt Gänsehaut über meine Arme wandern. «Wir wurden angegriffen. Wie Sie sicher wissen ...»

«In eurem eigenen Gebiet», stellt sie fest. «Trotzdem hast du diesen Weg eingeschlagen, statt zu eurem Camp zurückzukehren.» Ihre dunklen Augen fixieren mich weiter, und mein Puls beschleunigt sich.

Worauf will sie hinaus? Was will sie jetzt von mir hören? Und wie viel sollte ich ihr erzählen?

«Mit einem Bolzen in der Brust und Feinden im Rücken blieb mir keine andere Wahl», behaupte ich kühl.

«Ich glaube, wir wissen beide, dass das nicht stimmt.»

Sie sagt es mit einer solchen Überzeugung, als könnte sie

meine Gedanken lesen. Ich presse die Lippen zusammen, doch Ilia schüttelt beschwichtigend den Kopf.

«Keine Sorge. Wir kennen die Wahrheit längst. Und wir wissen ebenso gut wie du, dass sie nicht für alle Ohren bestimmt ist.» Sie nickt hinüber zum Zelt, in dem Yessa schläft. «Noch nicht.»

«Welche Wahrheit soll das sein?», frage ich.

«Die Wahrheit über dich. Aber du bist noch nicht bereit, habe ich recht?»

Ich kann sie nur anstarren.

Es ist unmöglich, dass diese Frau etwas über mich weiß. Niemand außer mir kennt mein Geheimnis. Es ist mit meiner Mutter gestorben. Und ich werde nun sicher nicht das Risiko eingehen, mich einer völlig Fremden anzuvertrauen, nur weil sie die Allwissende spielt.

Ihr faltiger Mund verzieht sich zu einem schwachen Lächeln. «Dachte ich es mir. Keine Sorge. Alles zu seiner Zeit.»

«Wovon sprechen Sie?», frage ich irritiert. Irgendetwas an ihr macht mich nicht nur nervös, sondern auch irrational wütend. Was sollen diese Pseudoweisheiten? Sie spricht mit mir, als wäre ich ein Kind. Und sie ignoriert meine Frage einfach.

«Dies ist ein heiliger Ort. Die Götter haben euch hierhergeführt, doch sie wollen noch nicht, dass ihr bleibt. Morgen bei Sonnenaufgang solltet ihr aufbrechen. Wohin, das bleibt deine Entscheidung. Komm zu uns zurück, wenn du bereit bist, dich deinem Schicksal zu stellen, Glutjunge.»

Alles in mir gefriert zu Eis.

Glutjunge.

Die Stimme meiner Mutter jagt durch meine Gedanken. Der Name von ihren Lippen stets tröstlich. Stets ermutigend. Niemand sonst hat mich je so genannt. Niemand sonst hat von mir gewusst …

Meine Kehle ist wie zugeschnürt. «Woher kannten Sie meine Mutter?», bringe ich hervor.

«Ich kannte sie nicht», erwidert sie schlicht. «Aber es beruhigt mich, dass sie wusste, was du bist.» Ungerührt weist sie hinüber zum Zelt. «Deine Freundin ist wach.» Und tatsächlich. Ich spüre Yessas Nähe wie ein kaum merkliches Ziehen in meiner Brust. «Sie scheint stark zu sein. Eine gute Verbündete. Triff deine Entscheidung trotzdem weise.» Mit diesen Worten wendet sie sich ab. Als wäre damit alles gesagt. Und vielleicht ist es das auch. Denn sie hat recht. Obwohl ich mir nun sicher bin, dass sie mein Geheimnis kennt, schaffe ich es nicht, es auszusprechen. Ich bin nicht bereit. Für was auch immer die Götter mit mir vorhaben …

Das mulmige Gefühl in meiner Magengrube wächst. Mit wild pochendem Herzen sehe ich Ilia dabei zu, wie sie hinüber zum Lagerfeuer geht und sich zu den anderen setzt.

Ein Teil von mir spielt mit dem Gedanken, ihr zu folgen. Der Rest bevorzugt die Flucht vor ihren Wahrheiten.

Mit einem frustrierten Seufzen wende ich mich ab und gehe zurück zum Zelt. Ich öffne die Plane und mache einen Schritt hinein, stoße jedoch sofort mit Yessa zusammen, die unerwarteterweise direkt hinter dem Eingang steht. Sie hakt ihren Fuß hinter meinen Knöchel und bringt mich mit einem gezielten Ruck aus dem Gleichgewicht. Ihr Ellbogen rammt sich schmerzhaft in meine Rippen, und ich bekomme gerade noch ihren Arm zu fassen, bevor sie mir einen Schlag gegen die Schläfe verpassen kann.

«Au!», ist das Erste, was ich herausbringe. «Was soll das denn?»

Yessa runzelt die Stirn und begrüßt mich mit einem trockenen «Oh». Ich halte ihren Arm sicherheitshalber weiter fest, betaste mit der freien Hand meine Rippen und ziehe schmerzerfüllt die Luft ein. Das Letzte, was ich gerade brauche, ist eine weitere Verletzung. «Ich wusste nicht, dass du es bist.»

Mir entweicht ein ungläubiges Keuchen, als ich sie loslasse. «Und ich wusste nicht, dass das Zelt zur Todeszone erklärt wurde.»

Yessa reckt das Kinn. Tatsächlich wirkt sie ein wenig desorientiert und sichtlich mitgenommen. Ihr Zopf hat sich halb aufgelöst, sodass lauter zerzauste rote Strähnen aus ihrer Frisur hängen. Sie trägt noch ihre Uniform. Getrocknetes Blut hat das schwarze Leder verkrustet, und durch ein ausgefranstes Loch an Yessas Taille kann ich ihre helle Haut sehen.

Meine Finger finden wie von selbst an die Stelle. Ich ziehe den Stoff ein wenig auseinander und begutachte die letzten sichtbaren Spuren der Verletzung, die sie heute Nacht fast umgebracht hätte. Die Zeltklappe ist zwar hinter mir zugefallen, aber durch die Planen dringt noch genug Licht, um gut sehen zu können. Mittlerweile ist die Wunde geschlossen. Zurückgeblieben ist nur eine frische rosa Narbe und jede Menge verkrustetes Blut.

Ein Gefühl von Dankbarkeit durchflutet mich. Ihre Nähe jetzt wieder zu spüren, bringt mein Herz gleichermaßen zum Rasen, wie es mich beruhigt. Wenn ich daran denke, dass ich sie beinahe verloren hätte ...

Ich schiebe die Erinnerung beiseite und sehe ihr wieder ins Gesicht. Sie wirkt seltsam, fast distanziert. «Wie fühlst du dich?», will ich wissen.

«Ich bin noch am Leben», erwidert sie. «Wo sind wir? Und

wo sind meine Waffen?» Sie weist anklagend zu unserem Gepäck, das sie allem Anschein nach bereits durchwühlt hat.

«Das ist auch immer meine erste Frage, wenn ich von den Toten wiederauferstehe», ziehe ich sie auf. Ich verschränke die Arme vor der Brust, um dem Drang, sie zu berühren, zu entkommen. Erfolglos. Alles in mir verlangt danach, sie an mich zu pressen und nie wieder loszulassen.

Yessa bleibt ernst. «Lass die Witze», sagt sie warnend. «Das Letzte, woran ich mich erinnere, ist, dass wir angegriffen wurden. Wo sind wir jetzt?»

«Das weiß ich nicht genau», gestehe ich ihr. «Irgendwo in den Vulkanlanden in einer abgelegenen Siedlung. Es klingt, als wären wir hier in Sicherheit. Sie haben uns gestern gerettet, uns Medizin gegeben, und wir dürfen bis morgen hierbleiben.»

Sie schnauft unzufrieden. «Und meine Waffen?»

«Ich nehme an, die kriegst du bei der Abreise wieder. Alles in Ordnung?»

Sie wirkt total angespannt. Wenn nicht sogar wütend. «Was ist mit deinen Verletzungen?», übergeht sie meine Frage. «Du wurdest mehrmals getroffen.»

«Ich wurde auch verarztet», beschwichtige ich sie. «Mir geht es gut.»

«Wirklich?», bohrt sie nach und umrundet mich, als würde sie weitere Wunden suchen. «Alles komplett verheilt?»

Ich runzle die Stirn und drehe mich zu ihr um. «Du musst dir wirklich keine Sorgen um mich machen.»

Ihr Gesicht wird schlagartig finster. «Gut. In dem Fall ...»

Mit einem Ruck zieht sie mir die Füße weg und befördert mich auf den Rücken. Ich lande unsanft auf unserem Schlaflager, und auch die dicken Felle können nicht verhindern, dass mir von dem Sturz der Hintern wehtut. Zum Glück sind die Kopfschmerzen inzwischen verklungen.

Yessa baut sich vor mir auf und funkelt mich an.

«Du hast mich angelogen!», zischt sie, und mein Herz beginnt zu rasen.

«Was?», tue ich unwissend und richte mich ächzend auf.

Die Funken in ihren Augen lodern mir förmlich entgegen. «Versuch gar nicht erst, es abzustreiten! Ich weiß, dass du Kontrolle über meine Magie hast!»

Scheiße. Daran erinnert sie sich also.

Ich hatte keine Zeit, mir eine Ausrede zurechtzulegen. Und ich habe ehrlich gesagt gehofft, die sanfte, gutgläubige Yessa noch ein bisschen behalten zu können.

«Ich habe sie nur benutzt, weil ich musste», ist das Erste, was mir einfällt. Wenigstens hat sie bisher kein Wort zu *meiner* Magie gesagt. Denn wenn ich schon nicht bereit bin, mit Ilia darüber zu reden, obwohl sie mein Geheimnis offenbar kennt, dann erst recht nicht mit Yessa.

«Es ist mir scheißegal, warum du sie benutzt hast!», fährt sie mich an. «Du erzählst mir etwas von Wahrheiten, und selbst lügst ...»

Sie verstummt jäh und wirbelt herum, als die Zeltklappe geöffnet wird. Ich rechne mit Ilia, aber stattdessen kommt eine junge Frau herein. Sie hat schulterlange schwarze Haare, ihre Haut ist von einem warmen, rötlichen Braun, und sie trägt eng anliegende Klamotten aus Leder. Auf ihrer Hose sammeln sich zahllose dunkle Flecken, die vermutlich ausgewaschenes Blut sind, und ein Schwert baumelt an ihrem Gürtel.

Die Fremde hebt die Brauen und mustert das Bild, das sich ihr bietet. Ich liege immer noch rücklings auf dem Schlaflager, und Yessa tritt ihr mit einer abwehrbereiten

Kampfhaltung gegenüber, die Füße schulterbreit auseinander und die Fäuste erhoben. Toller erster Eindruck.

«Wow», kommentiert sie abfällig und verschränkt die Arme vor der Brust. Ihr Blick trifft meinen. Er ist unerwartet kalt. «Muss ich dich schon wieder retten? Ich habe ehrlich gesagt Besseres zu tun.»

Yessa schaut verwirrt zu mir, und ich rapple mich auf.

«Du bist die Reiterin von gestern Nacht», stelle ich fest. In der Dunkelheit und halb bewusstlos konnte ich zwar kaum mehr als ihre Umrisse erkennen, aber ihre Stimme kommt mir bekannt vor.

«Und du bist der Typ, der umkippt, nur weil man ihm einen Bolzen aus der Brust zieht. Noch mal trage ich dich nirgendwohin, nur damit das klar ist. Du bist nämlich verdammt schwer.»

«Was habe ich verpasst?», mischt Yessa sich ein und entspannt ihre Haltung ein wenig.

«Ich habe euch das Leben gerettet», zischt die Fremde. «Ziemlich unverdient, wenn ihr mich fragt.»

Yessa bleibt für einen Moment der Mund offen stehen. «Ähm … Danke?»

Sie fängt sich im Gegenzug einen Todesblick. «Spar's dir.»

Es wundert mich gar nicht, dass Yessa auf die offen feindselige Haltung der Frau nicht mit Rückzug, sondern mit Angriff reagiert. «Hast du uns gerettet, nur um uns anmaulen zu können?», fragt sie spöttisch.

Die Fremde löst ihre verschränkten Arme und macht einen Schritt auf Yessa zu. «Wäre es nach mir gegangen, hätte ich *dich* gar nicht gerettet.» Sie zupft demonstrativ am Kragen von Yessas goldverziertem Umhang. «Du hast hier nichts zu suchen.»

Ich stehe sicherheitshalber auf. Notfalls kann ich dazwischengehen, bevor das hier in einem Kampf endet. Allerdings bin ich ziemlich irritiert vom Verhalten der Frau. War sie gestern Nacht auch schon so verächtlich? Das hätte ich doch bemerkt, oder?

«Warum hast du mich dann überhaupt hergebracht?», will Yessa wissen.

«Weil ich *ihn* retten musste», faucht die Fremde mit einem vorwurfsvollen Blick in meine Richtung. «Und es klang so, als gäbe es euch nur im Doppelpack.»

Erst Yessa.

Meine eigenen Worte hallen in mir nach wie ein ungewolltes Geständnis.

«Bist du immer so unfreundlich?», mische ich mich nun ein und versuche, mich vor Yessa zu schieben. Sie hält mich mit einem Arm zurück und wirft mir einen warnenden Blick zu.

«Schau an», höhnt die Fremde. «Das Hündchen wird zurückgepfiffen. Schade. Das wäre ja fast interessant geworden.»

«Wie hast du ihn genannt?», fragt Yessa in einem gefährlich ruhigen Ton und will einen Schritt nach vorne machen, doch diesmal bin ich es, der sie zurückhält.

«Okay. Das reicht», beschließe ich. «Gibt es irgendeinen Grund für deinen charmanten Besuch?»

Die beiden Frauen taxieren sich noch einen Moment lang. «Ihr sollt zum Essen kommen und danach ein Bad in den Thermalquellen nehmen», verkündet die Fremde schließlich. «Befehl von oben.»

Das ist der mit Abstand merkwürdigste Befehl, den ich je bekommen habe. Aber um den fragilen Frieden in diesem Zelt zu bewahren, verzichte ich auf eine Diskussion.

«Alles klar. Und wo finden wir diese Quellen?»

«Ich führe euch hin.»

«Und du bist …?»

Noch ein Todesblick. «Lora. Und jetzt beeilt euch. Das Essen wird kalt.» Sie wirbelt herum und stapft aus dem Zelt. Die Zeltklappe lässt sie scheinbar absichtlich offen.

Ich wende mich Yessa zu, aber sie vermeidet es, mich anzusehen. Stattdessen geht sie hinüber zu unserem Gepäck und durchwühlt es erneut.

«Was suchst du?», frage ich vorsichtig.

«Meinen Dolch.»

«Wozu …?»

«Geh schon mal vor», unterbricht sie mich ruppig. «Schrei einfach laut, falls Lora versucht, dich umzubringen.»

«Rettest du mich dann?»

Sie dreht sich nicht mal um. «Wenn du Glück hast.»

«Yessa …»

«Geh», fordert sie schärfer. «Ich kann das gerade nicht.»

Mein Herz zieht sich schmerzhaft zusammen. Ich war noch nicht bereit für ihren Hass. Für ihre Ablehnung. Ich wollte noch ein paar letzte Stunden mit *meiner* Yessa. Egal, wie egoistisch dieser Wunsch war.

Daraus wird wohl nichts. Und mir bleibt nichts anderes übrig, als sie allein zu lassen und meinen Verlust zu akzeptieren.

KAPITEL 18

ILLUMINATE

YESSA

Ich habe den Dolch nicht gefunden. Wobei meine Suche ehrlich gesagt auch nur ein Vorwand war, um einen Moment allein zu sein. Es wirkt nicht so, als würde ich hier wirklich eine Waffe brauchen.

Cassim und ich haben zusammen am Feuer gegessen – nachdem mir die Frau, die sich als Ilia vorstellte, demonstriert hat, dass es nicht vergiftet ist. Lora war währenddessen nirgendwo zu sehen, lediglich einige andere Leute haben uns aus mehreren Metern Abstand beobachtet. Ihre Blicke sind misstrauisch, und sie machen einen weiten Bogen um uns. Fast als hätten wir irgendeine ansteckende Krankheit.

Was auch immer. Ich sollte mich nicht beschweren, schließlich haben diese Leute uns das Leben gerettet. Und es ist ja nur für eine Nacht, die wir leider zur Erholung dringend brauchen.

Es wird bereits dunkel, als Lora zurückkommt und uns durch das kleine Camp führt. Über uns erstreckt sich ein tiefes, klares Indigoblau, in dem Sterne deutlich zu sehen sind. Lediglich am Horizont ist noch ein schmaler heller Streifen der untergehenden Sonne zu erkennen, in den Tälern zu unseren Füßen glimmen die Lavaflüsse dafür umso heller. Der Geruch von Schwefel liegt in der Luft und wird stärker, als wir die Zelte hinter uns lassen und einem Pfad folgen, der bergab führt.

Obwohl wir uns hoch oben im Gebirge befinden müssen, ist es hier ungewöhnlich warm. Die Erde selbst scheint zu glühen, und immer wieder erschüttern leichte Beben den Boden unter unseren Füßen.

Ich finde es faszinierend und irrsinnig zugleich, ausgerechnet hier ein Lager aufzuschlagen. Bei einem Vulkanausbruch könnten sie sich kaum rechtzeitig in Sicherheit bringen. Doch wer weiß, was diese Leute für Gründe haben. Man erzählt sich, in diesem Gebirge würden die alten Götter leben. Womöglich ist ihr Glaube stärker als ihre Angst.

Ich selbst wurde auch gläubig erzogen – obwohl es seit König Ylvings Thronbesteigung offiziell verboten ist, unsere Religion auszuüben. Trotzdem würde ich mich nicht hier niederlassen. Wenn es danach geht, kann der Morgen nicht schnell genug kommen. Der Rückkehr ins Camp sehe ich allerdings weniger freudig entgegen. Vor General Harlows Wut graust es mir jetzt schon. Dadurch, dass wir heute den ganzen Tag verschlafen haben, konnten wir keinerlei Hinweise suchen, geschweige denn finden. Und wir können nicht riskieren, länger zu bleiben, da ich in meiner Botschaft versprochen habe, am Folgetag zurück zu sein. Wir müssen wohl oder übel mit leeren Händen zurückkehren.

«Merkt euch den Weg», fordert Lora zum wiederholten Mal, und ich verdrehe die Augen. Sie klettert vor uns zwischen einigen großen Felsbrocken hindurch und schaut sich nicht mal nach uns um. Wir hätten schon vor zehn Minuten verloren gehen können, und sie hätte es vermutlich nicht mal gemerkt. «Ich hole euch nicht wieder ab», stänkert sie weiter. «Wenn ihr nicht allein zurückfindet, müsst ihr eben bei den Quellen übernachten. Ist nicht mein Problem.»

Leichtfüßig kraxelt sie auf einen besonders großen Felsen, springt auf der anderen Seite wieder hinunter und verschwindet dadurch aus unserem Sichtfeld. Sie macht aus ihrer Abneigung weiterhin keinen Hehl, aber ich beschließe, mich auf das Positive zu konzentrieren: Wenigstens hat sie noch nicht versucht, uns in einen der Lavaflüsse zu schubsen.

Cassim klettert mir voraus und bietet mir eine Hand an. Ich ignoriere sie und ziehe mich selbst nach oben. Ich bin immer noch wütend auf ihn. Aber das muss warten, bis wir allein sind.

Auf dem Felsen bleibe ich stehen, um den Anblick auf mich wirken zu lassen, der sich mir nun bietet. Vor uns ist die raue Felslandschaft von mehreren unterschiedlich großen Becken durchzogen. Aus dem Wasser steigt Dampf auf. Mondlicht spiegelt sich auf der gekräuselten Oberfläche. Ein Fluss verschwindet leise plätschernd irgendwo weiter hinten in der Dunkelheit.

Auf die Frage, warum wir unbedingt baden sollen, hat Lora nach einigen bissigen Kommentaren über unsere Körperhygiene nur geantwortet, dass es angeblich gut für die Regeneration unserer Magie ist. Wie schön für Cassim. Dann kann er sich wieder nach Lust und Laune daran bedienen …

«Worauf wartet ihr?», blafft Lora. «Habt ihr noch nie Wasser gesehen oder riecht ihr nur so?»

Cassim springt mir voraus vom Felsen und bietet mir erneut seine Hand an. Mir entgeht nicht, wie Lora dabei genervt den Kopf schüttelt, und ich werde das Gefühl nicht los, dass ihre Abneigung andere Gründe hat als nur die Tatsache, dass wir zur Armee gehören. Allerdings werde ich die wohl nicht aus ihr herausbekommen.

Wieder ignoriere ich Cassims Hand und folge Lora bis an den Rand eines großen Beckens. Der Wasserdampf benetzt sofort meine Haare und kriecht unter meine Uniform, doch er ist so angenehm warm, dass mir die Feuchtigkeit nichts ausmacht.

«Hier ist es am besten zum Baden», verkündet Lora. «Der Einstieg ist steil, aber man kann drin stehen. Kommt nicht zu spät zurück. Ilia hat noch Medizin für euch, und sie geht gern früh ins Bett.»

Wie schon vorhin im Zelt dreht sie sich einfach um und stapft davon. Kein Wort des Abschieds oder eine Erklärung, wo wir Ilia später finden. Ich mache mir auch nicht die Mühe nachzufragen. Ich glaube, eine weitere pampige Antwort ertrage ich nicht. Missmutig starre ich aufs Wasser, während das Geräusch von Loras Schritten hinter mir leiser wird.

Cassim tritt zögerlich neben mich und folgt meinem Blick. «Sollen wir …»

Er hat keine Chance, den Satz zu Ende zu bringen. Ich verpasse ihm einen kräftigen Stoß, und er landet mit einem lauten Platschen im Wasser.

Prustend kommt er wieder an die Oberfläche und wischt sich über das Gesicht.

«Hey! Was sollte das denn?»

Ich mache sicherheitshalber einen Schritt zurück, falls er auf die Idee kommt, sich zu rächen, und verschränke die Arme vor der Brust. «Das war dafür, dass du mich angelogen hast.»

Cassim schüttelt ungläubig den Kopf. «Hättest du nicht warten können, bis ich mich ausgezogen habe? Meine gesamte Uniform ist nass!»

«Und? Nutz doch einfach meine Magie und trockne sie!»

Er seufzt. «Yessa, bitte …»

«Du musst nicht Bitte sagen», unterbreche ich ihn unwirsch. «Am besten sagst du mir gar nichts! Wie bisher auch!»

Mit einem weiteren Seufzen hievt er sich aus dem Becken. Das Wasser rinnt in Strömen an ihm herunter und tropft aus seinen Ärmeln. «Ich wusste nicht, ob ich es dir sagen kann», behauptet er.

«Das ist deine Ausrede?!», fahre ich ihn an.

«Mein Leben stand auf dem Spiel!»

«Und meines nicht?» Meine Stimme wird lauter, und ich trete wieder näher an ihn heran. «Unsere Bindung ist komplett schiefgegangen, und du sagst es mir nicht mal!»

«Sie ist nicht schiefgegangen», erwidert er wütend. «Sie ist genau so, wie Bindungen sein sollten. Wie sie vor Ylving immer schon waren!»

«Mach daraus jetzt keine beschissene Grundsatzdiskussion, Cassim! Wenn du Zugriff auf meine Magie hast, ist es mein verdammtes Recht, das zu wissen!»

«Ich habe uns mit deiner Magie das Leben gerettet.»

«Das ist mir scheißegal!» Ich löse meine verschränkten Arme, mache noch einen Schritt auf ihn zu, und er hebt warnend die Hände.

«Schubs mich nicht noch mal rein.»

«Du hast es verdient!»

«Ich wollte nur ...»

«Du vertraust mir nicht!», bringe ich es bitter auf den Punkt.

«Ich wusste nicht, ob ich es kann!»

«Nach allem, was du von mir weißt? Nach allem, was ich dir über mich verraten habe? Ernsthaft?»

«Du bist immer noch eine Reiterin!»

Der Satz lässt mich stocken. Meine Kehle schnürt sich zu. Wir funkeln uns an, und einen Moment lang dehnt sich die Stille schmerzhaft aus. Lediglich das Tropfen von Cassims Uniform ist noch zu hören.

«Ich habe versprochen, dich niemals zu verletzen», erinnere ich ihn leise.

Er verzieht den Mund. «Ich traue diesem Wort nicht.»

Ich runzle die Stirn. «Welchem?»

«*Niemals.*»

«Und warum?»

«Weil es immer eine Grenze gibt, ab der es nicht mehr gilt.»

«Was soll das jetzt bedeuten?», frage ich frustriert.

Cassim atmet hörbar aus. «Ich wusste nicht, ob das diese Grenze ist, Yessa. Ob deine Toleranz da aufhört, wo du mir nicht mehr überlegen bist.»

Die Worte drücken mir die Luft aus den Lungen. Tränen brennen mir in den Augen, und ich blinzle sie energisch weg. «Ich wollte dir nie überlegen sein, Cassim. Alles, was ich wollte, war, dir ebenso vertrauen zu können wie du mir.»

Er zögert, bevor er spricht. «Das ist leicht gesagt, wenn du diejenige in der Machtposition bist.»

Und erst jetzt verstehe ich, was er meint. Hier geht es nicht um mich. Was ich als Verrat empfunden habe, war für ihn eine reine Überlebensstrategie. Eine Notwendigkeit, die ihn seine Erfahrungen gelehrt haben. Erfahrungen, von denen ich keine Ahnung habe, weil ich niemals in seiner Position war.

«Oh», bringe ich kaum hörbar hervor und weiche seinem Blick aus.

«Du bist enttäuscht», stellt Cassim sanft fest.

«Schon gut.» Peinlich berührt fixiere ich den Boden zwischen uns, auf dem sich mittlerweile eine Pfütze gebildet hat. Ich hätte früher daran denken sollen, was Cassim alles hinter sich hat und warum ihm Vertrauen so schwerfällt. Stattdessen habe ich mich nur auf meine Angst und meinen Schmerz konzentriert.

Er hebt mit dem Zeigefinger sanft mein Kinn an und

bringt mich so dazu, ihn wieder anzusehen. In meiner Magengrube beginnt es zu kribbeln. Und mit Cassims nächsten Worten verfliegt auch der Rest meiner Wut auf ihn. «Es tut mir leid, dass ich es dir nicht gesagt habe», raunt er.

Mir entkommt ein Seufzen. «Und mir tut es leid, dass du es mir nicht sagen konntest.»

«Das ist nicht deine Schuld.»

«Nicht nur», korrigiere ich, und Cassim lächelt. Ein paar Wassertropfen hängen noch an seinen Wimpern. Das Mondlicht lässt die Glut in seinen Augen schimmern, und eine verräterische Wärme stiehlt sich in meine Wangen. «Gibt es sonst noch Geheimnisse, von denen ich wissen sollte?», frage ich scherzhaft.

Er schüttelt den Kopf.

Ich atme auf. «Tut mir leid, dass ich dich ins Wasser geschubst habe.»

Cassim schenkt mir ein halbes Lächeln. «Ehrlich gesagt würde ich da jetzt gerne wieder reingehen, wenn es dir nichts ausmacht. Hier draußen erfriere ich.» Er tritt einen Schritt zurück und entledigt sich seines nassen Umhangs.

Eilig wende ich den Blick ab und schaue mich stattdessen um.

Die Quellen liegen in einer windgeschützten Senke, lediglich eine leichte Brise bringt den Nebel in Bewegung und verursacht kleine Strudel in den dichten Schwaden. Gemeinsam mit dem glitzernden Wasser ergibt sich ein idyllisches, beinahe surreales Bild. Trotz der gefährlichen Lage ist es ein wirklich schöner Ort.

«Stimmt was nicht?», fragt Cassim, und ich drehe zögerlich den Kopf. Er hat sich bereits halb entkleidet. Sein Oberkörper ist nackt, und das Mondlicht zeichnet harsche Schatten auf seine Haut. Mein Blick bleibt an einer Stelle auf

Höhe seines Herzens hängen. Eine Narbe, die beim letzten Mal noch nicht da war. Dort muss ihn der Bolzen getroffen haben. Nur ein kleines Stück weiter links, dann wäre er jetzt tot – und alles nur, weil ich meine Schwester bestatten wollte. Ich habe keinen Zweifel, dass es das Feuer war, durch das wir entdeckt wurden. In der Dunkelheit konnte man es sicher kilometerweit sehen. Wieso habe ich daran nur nicht gedacht? Wie konnte ich so unvorsichtig sein? Ich hätte uns beide beinahe umgebracht.

«Yessa?»

«Hm?», mache ich und hefte meinen Blick bewusst wieder auf sein Gesicht.

«Du schaust immer weg, wenn ich mich ausziehe», stellt er leise fest. «Warum?»

Ich muss schlucken. «Aus Höflichkeit.»

«Höflichkeit?», echot er.

Mir wird heiß. «Ich möchte nicht, dass du denkst, ich würde dich anstarren.»

«Tust du das denn?», fragt er noch eine Spur leiser.

Wir schauen uns in die Augen. Und mit einem Mal bin ich nervös. Meine Finger kribbeln, und ich schüttle eilig den Kopf.

«Nein», schwindle ich.

«Na dann.» Cassim öffnet seinen Gürtel, und die Bewegung zieht unweigerlich meine Aufmerksamkeit auf sich.

In den letzten beiden Wochen habe ich genug von seinem nackten Körper gesehen, um genau zu wissen, wie attraktiv er ist. Vielleicht fällt es mir deshalb so schwer, mich nun erneut von seinem Anblick loszureißen. Erst kurz bevor Cassim sich seiner Hose entledigt, schaue ich wieder auf und treffe seinen Blick.

Offenbar hat er mich beobachtet. Da liegt eine stille Herausforderung in seinen Augen. Und in einem Anflug von Kühnheit trotze ich ihr. Halte weiter seinen Blick, während er auch den Rest seiner Uniform auszieht und das Kribbeln in meinem Inneren allmählich zu einem Sturm heranwächst.

Cassim lässt das letzte Kleidungsstück fallen, dann wendet er sich ab und steigt langsam ins Wasser. Ich mustere unweigerlich seinen Körper, werde jedoch schnell von den Narben zwischen seinen Schulterblättern abgelenkt. Eine deutliche Erinnerung daran, dass ich mich zusammenreißen sollte.

Meine Sehnsucht nach Cassim ist eine Gefahr für uns beide.

Es dauert nur Sekunden, bis das Wasser seine breiten Schultern erreicht. Mit einer fließenden Bewegung dreht er sich um und sieht mich auffordernd an.

«Kommst du?»

Ein Schauder läuft mir über den Rücken. Zwar zieht Cassim sich ständig vor mir aus, aber andersherum war das noch nie der Fall. Und obwohl eigentlich nichts dabei ist, beschleunigt sich mein Herzschlag.

Ich atme tief durch und öffne meinen Umhang. Er fällt hinter mir zu Boden, und ich beginne damit, meine Jacke aufzuschnüren.

Theoretisch bin ich noch immer voll bekleidet. Doch Cassims Blick brennt sich mit einer ungewohnten Intimität unter meine Haut.

Anstatt mich diesem zu stellen, so wie er es eben bei mir getan hat, schaue ich hinunter auf meine zittrigen Finger und versuche, seine Anwesenheit zu ignorieren.

Vergeblich.

Schicht für Schicht ziehe ich mich aus. Die kalte Nachtluft streicht erst über meine nackten Brüste und schließlich über meine Beine. Ich steige aus dem Rest meiner Uniform und schaue wieder zu Cassim auf, fest entschlossen, mir meine Nervosität nicht anmerken zu lassen.

Er mustert mich noch immer, der Ausdruck in seinem Gesicht unergründlich. Alles in mir prickelt. Sehnt sich nach seiner Nähe.

Die Erinnerung an die Visionen schiebt sich in meine Gedanken. An seinen nackten Körper auf meinem, meine Hände in seinem Nacken und einen Kuss, der meine Welt in Brand gesteckt hat.

Ist das hier der Moment, den sie mir gezeigt haben? Wenn ja, sollte ich mich vielleicht umdrehen und gehen.

Aber ich kann nicht.

Etwas zieht mich regelrecht zu Cassim ins Becken. Als hätte mein Körper einen eigenen Willen entwickelt, der sich von meinem Verstand nicht mehr beeindrucken lässt. Als wäre aus all der Wut eben, all dem Schmerz, all der Verzweiflung, nun reines Verlangen geworden.

Womöglich benutze ich dieses Gefühl auch nur als Vorwand. Als Rechtfertigung. Denn ich weiß, wie tröstlich Cassims Nähe ist. Wie gut sich seine Berührungen anfühlen. Wie sanft seine Finger über meine Haut streichen.

Langsam steige ich zu ihm ins Wasser. Hitze umfängt mich, und mir entweicht ein tiefes Seufzen. Ich schließe die Augen, lehne mich zurück und lasse mich treiben.

Sofort merke ich, wie sich mein Körper entspannt und sich meine Erschöpfung förmlich in den sanften Wellen auflöst. Meine Sorgen sind wie weggespült.

Sie werden später wiederkommen, ohne Frage.

Aber vielleicht kann ich wenigstens diese paar Minuten hier mit Cassim genießen.

CASSIM

Ich kann meinen Blick nicht von dem friedlichen Ausdruck auf Yessas Gesicht losreißen. Eben noch wirkte sie befangen. Jetzt hingegen lässt sie sich einfach treiben. Als hätte sie den ganzen Mist, der an uns haftet, soeben hinter sich gelassen. Als wäre alles in Ordnung, obwohl doch schon lange nichts mehr in Ordnung ist.

Ich weiß, dass es nur einen kurzen Moment lang anhalten wird. Und vielleicht ist es genau das, was ihn so wertvoll macht. Was mich den Abstand zu ihr verringern lässt, obwohl ich weiß, dass mein Herz schon viel zu sehr an dieser Frau hängt.

Yessa öffnet die Augen und stockt kurz, als sie bemerkt, wie nah ich ihr bin. Dass ich sie beobachte, bringt sie sichtlich aus dem Konzept. Aber sie überspielt es gut. Tut so, als wäre nichts. Als würde die Luft zwischen uns nicht mit jeder Sekunde heftiger knistern und als würden unsere Körper nicht geradezu schmerzhaft danach verlangen, dass wir uns berühren.

Sie löst ihren Zopf, fährt sich mit den Fingern durch die langen roten Haare und schnauft frustriert, als sie dabei an einem Knoten hängen bleibt.

Ich trete noch näher an sie heran. Das heiße Wasser schwappt über meine Schultern und füllt mich mit neuer Energie. Ich frage mich, ob das der Grund dafür ist, dass wir hier baden sollten. Ob dieses Wasser womöglich heilende Kräfte hat, die irgendwo tief aus dem Vulkangestein unter uns kommen.

Wer weiß, vielleicht ist das hier tatsächlich ein heiliger Ort.

Und ich bin drauf und dran, ihn zu entweihen.

Yessa hält die Luft an, als ich direkt vor sie trete. Doch ich umrunde sie nur, schiebe sanft ihre Hände beiseite und nehme ihre nassen Haare zwischen meine Finger. Ganz vorsichtig fange ich an, die seidigen Strähnen zu entwirren. Und es dauert nicht lang, bis Yessa die Schultern sinken lässt und sich entspannt.

«Danke», murmelt sie.

Es liegt mir auf der Zunge, das Wort zu erwidern. Weil mein Leben vorher von nichts als Schmerz und Hass gezeichnet war und die kurze Zeit, die ich mit Yessa verbracht habe, trotz allem schön war. Ich habe mich schon lange nicht mehr so hoffnungsvoll gefühlt. Schon lange nicht mehr so sicher, auch wenn die Gefahr nie weiter als einen Wimpernschlag entfernt war. Und einen großen Teil davon habe ich ihr zu verdanken.

Doch ich bringe es nicht über die Lippen. Stattdessen lege ich zögerlich meine Hände an Yessas Oberarme und ziehe sie mit dem Rücken an meine Brust.

Nicht eng. Nur gerade so weit, dass ich ihre Haut auf meiner spüren kann.

Die Berührung gleicht einer Frage. Und bevor ich keine Antwort habe, werde ich nicht einen Zentimeter weitergehen. Ich weiß, wie ich diese letzte Nacht verbringen will. Aber so stark meine Gefühle auch sind – es ist gut möglich, dass Yessa sie nicht teilt.

Sie erstarrt, und in mir zieht sich alles zusammen. Ich höre, wie sie tief durchatmet, und lockere meinen Griff um ihre Arme, biete ihr einen Ausweg an. Stattdessen kommt sie mir kaum merklich entgegen. Sie lässt den Kopf nach hinten gegen meine Schulter sinken, und ich lehne instinktiv meine Wange an ihre Schläfe.

Es ist nur eine winzige Berührung.

Und doch reißt sie die letzten Mauern zwischen uns ein.

Ich lasse meine Hände an Yessas Seiten hinabwandern bis zu ihrer Taille. Meine Finger ertasten die frische Narbe dort, und ich schlinge die Arme um ihre Mitte, als könnte ich uns so vor der Erinnerung daran beschützen, wie nah wir dem Tod gekommen sind. Ihr Körper schmiegt sich enger an meinen. Ich spüre ihren nackten Hintern an meinem Schoß, und ein Schauer durchläuft mich.

Yessa legt den Kopf zur Seite. Meine Nase streift ihre Wange, meine Lippen fahren an ihrem Kiefer entlang bis hinter ihr Ohr.

«Cassim», seufzt sie atemlos, und ich ziehe sie noch fester an mich, bis sich jeder Millimeter ihres Körpers weich und heiß an meinen drängt.

«Bitte sag mir nicht, was wir nicht dürfen», raune ich. «Sag mir nur, was du willst.»

Yessa dreht sich in meinen Armen um. Ihr Blick wandert über mein Gesicht, und sie schüttelt den Kopf, legt jedoch gleichzeitig ihre Hände in meinen Nacken. «Du stellst die unmöglichsten Fragen», flüstert sie.

Ich schaue ihr in die Augen. Im Mondlicht wirken sie dunkel. Undurchdringlich. Verheißungsvoll.

«Ist die Antwort auch unmöglich?», will ich wissen und streiche mit den Fingern über ihren Rücken.

Sie erschaudert. Zögert. Dann streicht sie federleicht über meinen Hals.

«Was ist schon ein weiteres Geheimnis», haucht sie.

Mir entweicht ein Seufzen. Yessa hat schon so viele Wahrheiten für mich verschwiegen. Dabei kennt sie gerade mal einen Bruchteil von ihnen. Ich wusste die ganze Zeit über, woran ich bei ihr bin, doch alles, was sie über mich zu wissen glaubt, basiert auf einem fein gewebten Netz aus Lügen.

Ich bin ein feiges Arschloch. Und ich habe nichts hiervon verdient.

Yessa mustert mich besorgt. «Ist alles in Ordnung?»

«Nein», gestehe ich heiser.

«Was ist los?»

Verdammt, mit jeder Sekunde, die ich in ihrer Nähe verbringe, wird es schwieriger, sie gehen zu lassen. Ich will sie nicht verlieren. Warum muss meine Freiheit mich so viel kosten? Warum muss ich immer und immer mehr für etwas opfern, das eigentlich selbstverständlich sein sollte? Warum muss selbst so etwas Schönes wie dieser Moment mit Yessa so unglaublich wehtun?

«Cassim», flüstert sie und legt ihre Hände an meine Wangen. «Rede mit mir.»

Ich kann nicht. Konnte es nie. Werde es nie können. Das weiß ich, und doch bleibt dieser Wunsch. Er steckt in meiner Brust fest wie der Bolzen gestern, lässt mich langsam, aber sicher ausbluten.

Zögerlich umfasse ich Yessas Taille. Mein Blick fällt auf ihre Lippen.

Der Schmerz in meinem Herzen wächst.

Und ich frage mich, wie es wohl wäre, vor meiner Flucht wenigstens ein Mal etwas anderes zu fühlen. Dieses eine Mal etwas Schönes zuzulassen.

Ganz.

Ohne es auf Sex zu reduzieren, ohne mir einzureden, ich würde dabei nichts empfinden.

Ich frage mich, wie es wäre, mein Herz wenigstens eine Nacht lang nicht mehr mit Glut und Ketten zu beschützen.

«Du hast meine Frage nicht beantwortet», murmele ich

und spüre, wie Yessa am ganzen Leib erschauert. Sie zieht mich näher an sich. Oder vielleicht bin ich es, der sich an sie drückt, weil ich das Gefühl habe, ohne sie zu ersticken.

«Welche?», flüstert sie.

Ich lehne meine Stirn an ihre. «Sag mir, was du willst.»

Eine Nacht.

Nur ein kleines bisschen Glück ...

Das ist alles, was *ich* will. Bevor ich alles zerstören muss.

«Dich», stößt Yessa kaum hörbar aus. Und dieses kurze Wort, diese vier Buchstaben bedeuten alles.

Ich beuge mich zu ihr herunter. Meine Nase streift ihre, aber Yessa ist es, die mich zuerst küsst. Ihre Lippen sind weich, ihre Berührung vorsichtig, doch der Kuss wird schnell drängender. Sie schiebt die Hände wieder in meinen Nacken und stöhnt auf, als ich sie tiefer küsse. Ich hebe sie hoch, ziehe ihr Becken enger an meines, und Yessa schlingt ihre Beine um meine Hüften. Ein Keuchen entkommt mir, als sich meine Erektion dabei gegen ihre Mitte drückt.

Alles hieran ist Erlösung.

Yessas Finger suchen Halt in meinen kurzen Haaren, und ich lasse eine meiner Hände höher wandern, streiche mit einer Mischung aus Verlangen und Ehrfurcht über ihre kleinen Brüste.

Ob die Götter angepisst sind, wenn wir es direkt in ihrer heiligen Quelle treiben?

Ehrlich gesagt ist es mir scheißegal.

Ich schiebe die Finger in Yessas Haare, ziehe ihre Unterlippe zwischen meine Zähne und lasse meine andere Hand zwischen ihre Beine gleiten. Trotz des heißen Wassers kann ich spüren, wie feucht sie ist. Und das Stöhnen, das ich ihr entlocke, als ich mit zwei Fingern ihre Klitoris umkreise, sagt ohnehin alles.

Ich kann nicht glauben, dass wir so lang hiermit gewartet haben. Jetzt bleibt uns nur eine einzige Nacht, um all die Zeit wiedergutzumachen, die wir vergeudet haben. Ich nehme es als Herausforderung.

Doch gerade als ich die Bewegung meiner Finger wiederholen will, löst Yessa plötzlich ihre Beine von meinen Hüften und schiebt mich von sich.

Sofort lasse ich sie los. Yessa wendet das Gesicht ab und keucht, das Geräusch irgendwo zwischen Erregung und Frustration. «Ich muss dir was sagen», stößt sie aus. Mir wird mulmig zumute. Was kommt jetzt?

«Das klingt nicht gut», erwidere ich und rücke noch ein Stück von ihr ab.

Yessa trifft meinen Blick. Sie wirkt peinlich berührt. «Es ist nichts Schlimmes!», behauptet sie. «Denke ich zumindest. Es ... Ich weiß auch nicht. Es ist komisch. Ich ... Ich will einfach, dass du es weißt. Ich kann mich wohl kaum über deine Geheimnisse beschweren, wenn ich selbst welche habe, also ...»

Sie ringt um Worte, und obwohl das Mondlicht die Farben verwäscht, bin ich mir sicher, zu erkennen, dass sie rot wird. Meine Anspannung legt sich wieder. Dafür beginnt mein Herz nun zu rasen.

Wäre es etwas Schlimmes, wäre es Yessa nicht peinlich. Ich hoffe nur, dass sie mir keine Gefühle gesteht. So weit sind wir nicht. Und so weit werden wir auch niemals kommen.

«Was hast du angestellt, Funkenprinzessin?», ziehe ich sie auf. «Heimlich an meinem Kissen geschnuppert? Unsere Initialen irgendwo in den Fels geritzt?»

Yessa presst die Lippen zusammen und stößt mich gegen die Brust. «Du musst es ernst nehmen», fordert sie. «Sonst kann ich das nicht.»

Okay, ich weiß nicht mehr, ob ich mir nun Sorgen machen muss oder nicht. Also hebe ich nur erwartungsvoll die Brauen.

Yessa atmet tief durch. «Ich wusste, dass das hier passiert», verkündet sie schließlich. «Ich habe es vorhergesehen.»

Ich runzle die Stirn. «Was?», frage ich verständnislos. Ich verstehe nicht, was sie mir sagen will.

«Ich hatte eine Vision», bringt sie verlegen hervor. «Davon, wie wir uns hier küssen. Und davon, wie wir Sex haben, aber ich fürchte, das habe ich hiermit verhindert.»

Mir entkommt ein irritiertes Schnauben. «Erzählst du mir gerade, dass du Sexträume von mir hast?»

Yessa funkelt mich an. «Es war kein Traum, Cassim!» Sie klingt immer noch verunsichert. Ihre Stimme ist trotzdem fest. «Ich sagte doch, es war eine Vision. Im einen Moment stand ich noch im Camp, im nächsten war ich hier mit dir. Es war alles exakt so wie eben. Und es war nicht die erste Vision. Bei unserem Bindungsritual habe ich gesehen, wie du mich bei meinen Eltern in der Küche tröstest.»

Mein Blick wird vermutlich immer ungläubiger, denn Yessa verschränkt frustriert die Arme. «Ich weiß, es klingt total bizarr. Aber du hast exakt dieselben Sachen gesagt. Es hat sich exakt gleich angefühlt. Ich wusste, dass du mich Funkenprinzessin nennen wirst, bevor du es je getan hast. Wahrscheinlich wusste ich es sogar, bevor du es selbst wusstest.»

Allmählich beginne ich zu verstehen. Sinn ergibt es deshalb noch lange nicht. «Also willst du mir sagen, du hast die Zukunft gesehen?»

Ich kann nicht verhindern, dass meine Stimme einen leicht spöttischen Unterton annimmt. Die Vorstellung ist einfach zu absurd.

Yessa zögert. Jedoch nur für einen Augenblick. «Ich bin mir sicher. Es gibt keine andere Erklärung», verkündet sie schließlich.

Einen Moment lang starre ich sie überfordert an und versuche, ihre Worte in meinen Kopf zu kriegen. Es dauert eine gefühlte Ewigkeit, bis ich meine Sprache wiederfinde. Wie soll man auch auf so etwas reagieren? Ist das überhaupt möglich? Oder verarscht sie mich gerade?

«Okay», sage ich langsam. «Was hast du noch gesehen?» Wenn sie wirklich die Zukunft kennt, müsste sie dann nicht wissen, was ich mit ihr vorhabe? Hätte sie unsere Angreifer nicht kommen sehen müssen? Oder Lora?

«Nichts», erwidert sie frostig. «Ich hatte nur diese drei Visionen. Alle von dir. Eigentlich wollte ich es ignorieren, weil ich dachte, es war ein komischer Zufall, aber dass die zweite jetzt auch eingetreten ist, beweist das Gegenteil.»

«Du meinst das ernst», stelle ich überfordert fest und kassiere einen Hieb gegen den Oberarm.

«Das hab ich doch gesagt!»

Mir entweicht ein Schnauben. «Verzeihung, aber das ist das erste Mal, dass mir jemand von Sex-Visionen mit mir erzählt. Ich weiß noch nicht ganz, wie ich das einordnen soll.»

«Es ist deine Schuld», behauptet Yessa und verschränkt die Arme vor der Brust.

«Bitte?»

«Mit Arden oder Livia hatte ich so etwas nie. Es passiert erst, seit wir gebunden sind. Also liegt es an dir.»

«Walsh hatte ziemlich sicher keine Sex-Visionen mit mir», erinnere ich sie. «Abgesehen davon bist du diejenige, die Sachen sieht, nicht ich.»

«Du hast also gar nichts gemerkt?», fragt sie verunsichert.

«Nein», sage ich ehrlich. «Und ich habe auch noch nie von etwas in der Art gehört.»

Yessa seufzt. «Und jetzt?»

Gute Frage. Theoretisch könnte ich sie einfach vertrösten. Ab morgen wäre das Ganze nicht mehr mein Problem. Doch das käme mir falsch vor – insbesondere weil es offensichtlich auch mich betrifft. Und weil ich wirklich gerne wüsste, was es damit auf sich hat.

«Wir können Ilia um Rat bitten», schlage ich vor. «Sie genießt hier Respekt und besitzt sicher einiges an Wissen.»

Darunter auch Dinge, die sie nicht wissen sollte. Also ist sie vermutlich die perfekte Ansprechpartnerin. Ich hoffe nur, sie redet nicht wieder nur in Rätseln.

Yessa wirkt unzufrieden, nickt aber schließlich. Es hat sie offensichtlich viel Überwindung gekostet, mir von ihren Visionen zu erzählen. Jetzt auch noch eine völlig Fremde einzuweihen, ist sicher nicht einfach.

«Lass es uns gleich machen», beschließt sie kurzerhand. «Bevor ich es mir anders überlege.» Sie klettert aus dem Wasser, und ich tue es ihr nach. Als ich bei meiner Uniform ankomme, hat Yessa sie bereits mit ihrer Magie getrocknet, und der Stoff ist angenehm warm.

Gemeinsam ziehen wir uns an. Der sorglose letzte Abend, den ich wollte, scheint vorbei zu sein. Yessa wirkt verkrampft, und auch mir ist unwohl zumute.

«Bestimmt hat es gar nichts zu bedeuten», versuche ich uns beide zu beruhigen. «Vielleicht ist es nur eine seltene Nebenwirkung einer Bindung. Oder ich habe dir einfach ein bisschen zu sehr den Kopf verdreht.» Ich ringe mir ein Schmunzeln ab.

«Zwing mich nicht, dich zurück ins Becken zu schubsen», warnt sie mich.

«Nicht in der Stimmung für Scherze, was?»

«Nicht wirklich. Ich habe schon unter einem Vorwand Aleen dazu befragt. Wenn es nach ihr geht, bin ich verrückt geworden.» Sie benutzt ein wenig Magie, um ihre Haare zu trocknen, und ich trete näher an sie heran. Vorsichtig streiche ich ihr eine rote Strähne hinters Ohr und umfasse ihre Wange. «Aleen hat keine Ahnung», verkünde ich. «Wenn du die Zukunft siehst, ist das kein medizinisches Problem.»

«Und was ist es sonst?»

«Magie?», schlage ich vor.

«So eine Magie gibt es nicht, Cassim! Man beherrscht entweder das Feuer oder die Heilung – keine merkwürdigen Wahrsagertricks.»

Wenn es nur so einfach wäre. Denn andere verursachen heimlich Erdbeben, Vulkanausbrüche und wer weiß, was noch. Aber das kann ich ihr nicht sagen. Stattdessen streiche ich mit dem Daumen über ihre Wangenknochen und küsse sie sanft.

«Lass uns Ilia fragen», murmle ich an ihren Lippen. «Danach können wir uns immer noch Sorgen machen.»

Yessa seufzt, schlingt ihre Arme um mich und vergräbt das Gesicht an meinem Hals.

Ich streiche ihr übers Haar und drücke ihr einen Kuss auf die Stirn. Dann mache ich mich sanft wieder von ihr los und ergreife ihre Hand. «Na komm. Schauen wir mal, ob wir den Weg zurück zum Camp finden.»

Ilia wartet am Lagerfeuer. Sie ist allein, hat die Hände in den weiten Ärmeln ihrer Robe vergraben und beobachtet die Flammen, die im kalten Wind tanzen. Als wir uns nähern, schaut sie auf, mustert erst mich, dann Yessa, und lächelt schließlich versöhnlich.

Obwohl sie klargemacht hat, dass wir morgen gehen müssen, scheint sie uns im Gegensatz zu Lora nicht feindselig gesinnt. Wirklich schlau werde ich aus ihr dennoch nicht. Wenn wir Pech haben, kriegen wir gleich eine ebenso unverständliche Antwort wie ich bei unserem ersten Gespräch.

«Ihr seid schnell zurück», grüßt sie uns und nickt auffordernd zu den Steinen, die als Sitzgelegenheiten um das Feuer herum angeordnet sind. «Hat das Bad geholfen?»

Yessa und ich setzen uns zögerlich. «Ja, sehr», antworte ich ehrlich. «Vielen Dank dafür.»

Die alte Frau schaut wieder in die Flammen. Ihre Augen folgen den Funken, die in den Nachthimmel aufsteigen. Immer und immer wieder. Als könnte sie etwas in ihnen lesen, eine versteckte Botschaft in ihnen sehen.

«Die Magie der Götter ist hier am stärksten», erklärt sie. «Überall sonst liegt sie tief in der Erde Eldeyas vergraben. Hier hingegen fließt sie ungehindert an die Oberfläche. Sie bahnt sich ihren Weg durch Lava und Asche bis in die Quellen, damit wir von ihr zehren können.»

«Ist es deshalb ein heiliger Ort?», frage ich.

Die Frau lächelt wieder. Es ist das gleiche geduldige, wissende Lächeln, das mich schon vorhin irritiert hat. «Nein, Glutjunge. Nicht deshalb. Das hier ist der Ort, an dem Eldeya entstand. Von hier ausgehend schufen die Götter unser Land. Und ausgerechnet hier hat es sich nun getrennt. Im Westen die eine Hälfte, im Osten die andere, dazwischen nichts als Krieg und Hass. Und das Herz unserer Völker ein leerer Fleck auf der Landkarte. Ein heiliger Ort, ja. Aber auch ein vergessener, nicht wahr? Einer, den man euch vergessen ließ.»

Spricht sie über den König? Oder schwingt in ihren Worten eine andere Botschaft mit? Und da war der Name schon wieder.

Glutjunge.

Ich habe dieses Wort nicht mehr gehört, seit meine Mutter starb. Erneut habe ich ihre Stimme im Ohr. Ihr Flüstern, das wie eine warme Umarmung meine Wirbelsäule hinunterwandert. *«Du darfst ihnen nie zeigen, wer du wirklich bist, mein Glutjunge. Hörst du? Sei jemand anderes, wenn du musst.»*

Ich bin jemand anderes geworden. Doch ich bezweifle, dass meine Mutter stolz auf die Person wäre, zu der dieses Land mich gemacht hat. Vermutlich würde sie mich nicht einmal wiedererkennen. Würde in mir einen Mörder sehen. Einen Verräter.

Vielleicht ist es ja das, was ich wirklich bin. Was ich von Anfang an war. Vielleicht hätte ich lieber diese Seite an mir verbergen sollen statt die andere.

«Ich habe das Gefühl, Sie wollen auch vergessen bleiben», merke ich an. «Warum sonst weiß niemand, dass es diese Siedlung gibt?»

Ilia schüttelt abwesend den Kopf. «Wer sich an uns erinnern muss, der tut es auch. Was den Rest betrifft ... Manchmal ist Vergessenheit der einzige Schutz, der einem noch bleibt. Nicht wahr?» Sie fixiert wieder mich, und ihre dunklen Augen verursachen mir Gänsehaut. Meine Kehle schnürt sich unweigerlich zu.

«Kann sein», erwidere ich knapp. Diesmal ist mir glasklar, wie sie ihre Worte meint.

Aus den Augenwinkeln bemerke ich, wie Yessa verwirrt zwischen uns hin und her schaut.

«Wir wollten Sie eigentlich etwas anderes fragen», wechsele ich schnell das Thema.

«Wenn das in Ordnung ist», fügt Yessa leise hinzu.

Nun ist sie es, die der Musterung standhalten muss. «Natürlich», antwortet die alte Frau ruhig. «Was liegt dir auf dem Herzen?»

Offenbar hat sie bereits erkannt, dass es nicht um mich geht. Und ich frage mich plötzlich, ob Ilia womöglich schon weiß, was wir gleich sagen werden. Kann auch sie die Zukunft sehen? Sind sie und Yessa mit einer Magie gesegnet, von deren Existenz wir nichts wussten?

Yessa atmet noch einmal tief durch. Dann berichtet sie Ilia von ihren Visionen. Zugegeben, sie lässt die Details aus und beschränkt sich darauf, dass sie «Momente» zwischen uns vorhergesehen hat. Vermutlich macht das keinen Unterschied. Zumindest hoffe ich es.

Ich mustere Ilia genau, während Yessa spricht. Achte auf jede noch so kleine Regung ihres Gesichts. Doch sie gibt nichts preis. Ich habe nicht den blassesten Schimmer, was sie denkt.

Als Yessa geendet hat, tritt Stille ein. Die alte Frau fixiert wieder die Flammen vor uns, und Yessa knetet nervös ihre Hände.

Das Schweigen zieht sich unangenehm in die Länge. Und langsam, aber sicher wächst meine Sorge.

Was, wenn es doch an mir liegt? Daran, was ich bin? Das könnte alles ändern. Allem voran meine Pläne.

«Also?», hake ich ungeduldig nach. «Können Sie uns sagen, was das bedeutet?»

«Kann ich», bestätigt Ilia und hebt den Kopf. Ihre dunklen Augen sind undurchdringlich. «Die Frage ist, ob ihr es wirklich wissen wollt.»

Gänsehaut kriecht mir über die Arme, und Yessa versteift sich neben mir. «Warum sollten wir das nicht wollen?»

«Weil es alles ändern wird», spricht sie meinen Gedanken von eben aus, und ich erschaudere. Ist das hier irgendein schlechter Witz? Sie kann nicht in meinen Kopf schauen, oder? Das ist unmöglich.

Yessa ergreift meine Hand und drückt meine Finger. Ich nehme die Berührung kaum wahr. Ehrlich gesagt glaube ich auch, sie tut es mehr, um sich selbst zu beruhigen als mich. «Also ist es besser, wenn wir es nicht wissen?», fragt sie verunsichert.

Doch die alte Frau schüttelt den Kopf. «Das ist schwer zu sagen. Die Götter haben euch aus einem Grund hierhergeführt. Aber ich weiß nicht, aus welchem. Ich werde euch eure Wahl nicht nehmen. Wenn ihr nicht bereit für die Wahrheit seid, dann solltet ihr sie auch nicht hören. Aber wenn ihr euch eurem Schicksal stellen wollt, ist jetzt womöglich die Zeit, damit anzufangen.»

Mir entkommt ein frustriertes Schnauben. Götter, Schicksal, irgendwelche Wahrheiten – ich kann es nicht mehr hören. Vorhin noch hieß es, ich sei nicht bereit. Und jetzt soll ich anfangen, mich dem Schicksal zu stellen? Ich stelle mich meinem beschissenen Schicksal seit fünfundzwanzig Jahren. «Nun spuck's schon aus», fordere ich harsch.

Im selben Moment steht Yessa ruckartig auf.

Verwirrt schaue ich zu ihr hoch. Sie hat die Hände zu Fäusten geballt und die Lippen fest zusammengepresst. «Ich glaube, ich will es nicht wissen», verkündet sie. «Ich ... Das ist mir alles zu viel. Hör du es dir an, wenn du willst. Ich habe gerade genug zu verarbeiten. Ich gehe jetzt schlafen. Trotzdem danke. Für Ihre Zeit und Ihre Gastfreundschaft.» Sie nickt Ilia knapp zu und verschwindet mit schnellen Schritten in Richtung Zelt.

Ich schaue ihr nach, mein Körper völlig überfordert mit

dem Gefühlschaos in meiner Brust. Der Drang, Yessa zu folgen, ist überwältigend. Die Angst vor dieser neuen Wahrheit bohrt sich mit scharfen Krallen in mich. Und zugleich muss ich es wissen. Weil ich Yessa morgen nicht einfach so den Rücken kehren kann, wenn das *Schicksal* auch noch mitreden möchte.

Fest entschlossen drehe ich mich wieder um. Ilia mustert mich abwartend. Trotz all ihrer Weisheit kann sie offenbar dennoch nicht vorhersehen, wofür ich mich nun entscheide.

«Sag es mir», bitte ich sie.

Unberührt erwidert sie meinen Blick. Das Feuer spiegelt sich in ihren dunklen Augen und lässt immer wieder neue Funken zwischen uns emporsteigen. Meine Nackenhaare stellen sich auf, und die Gänsehaut, die sich auf meinem gesamten Körper ausgebreitet hat, will einfach nicht mehr verschwinden.

«Ihr seid vorherbestimmt», sagt sie ruhig und jagt mir damit erneut einen Schauer über den Rücken. «Diese Frau wurde von den Göttern auserkoren, um dich zu beschützen. Und sie werden alles tun, um euch zusammenzuhalten. Ob du willst oder nicht.»

KAPITEL 19

WITHOUT YOU

YESSA

Seit bestimmt einer Stunde liege ich in dem dunklen Zelt wach und starre an die Decke. Unzählige Male habe ich mit dem Gedanken gespielt, mich doch wieder anzuziehen und zum Lagerfeuer zurückzukehren. Jedes Mal habe ich ihn verworfen.

Ich dachte, ich würde die Wahrheit erfahren wollen. Aber was ich eigentlich wollte, war Sicherheit. Stabilität. Das Gefühl, dass alles in Ordnung ist. *Normal.*

Ich habe das Gegenteil bekommen. Denn in dem Moment, in dem Ilia mich fragte, ob ich mir sicher bin, wusste ich, dass ich gerade nicht noch mehr Veränderung ertrage.

Livias Verlust ist noch zu frisch. Das mit Cassim und mir überfordert mich. Und morgen muss ich mich den Konsequenzen meiner Entscheidungen stellen. Es fühlt sich an, als würde ich ertrinken. Als würde mich dieses Schicksal, von dem Ilia gesprochen hat, wie ein Felsbrocken in die Tiefe ziehen.

Ich kann das nicht. Nicht jetzt.

Vielleicht irgendwann, wenn ich wieder richtig Luft bekomme und mein Leben in ruhigeren Bahnen verläuft. Dann kann ich noch immer Cassim darum bitten, mir alles zu erzählen.

Es sei denn, diese Wahrheit ändert etwas zwischen uns.

Eine neue Sorge keimt in mir auf.

Diese Visionen betreffen eindeutig uns beide. Was, wenn er gerade etwas erfährt, das ihn alles überdenken lässt? Wenn er mir danach nicht mehr vertraut? Mich danach nicht mehr will?

Scheiße …

Ich weiß nur allzu gut, dass das in der Quelle nicht hätte passieren dürfen, aber ich würde es jedes Mal wieder tun. Noch nie hat sich etwas so richtig angefühlt, wie Cassim zu küssen. Und auch wenn es naiv sein mag und irrational, habe ich dennoch das Gefühl, als könnte ich mit ihm an meiner Seite alles durchstehen. Als könnte weder Harlow noch irgendein Feind mir etwas anhaben.

Nur was, wenn ich der Feind bin?

Wenn mit mir etwas nicht stimmt …?

Ich will ihn nicht verlieren.

Das ertrage ich nicht. Nicht nach Livia …

Draußen nähern sich Schritte, und ich versteife mich unwillkürlich. Im nächsten Moment wird die Zeltklappe aufgeschlagen, und Cassims vertraute Statur füllt den Eingang. Im Dunkeln beobachte ich, wie er sich leise seiner Uniform entledigt und sich nur in Unterwäsche zu mir unter die Felle legt. Er seufzt, und mein Herz zieht sich zusammen.

Nur ein paar Zentimeter trennen uns. Doch ich traue mich nicht, sie zu überwinden oder etwas zu sagen. Meine Kehle ist so verdammt eng, als würde mir jemand die Luft abdrücken. Ich will nicht wissen, was Ilia ihm gesagt hat. Ich will nur wissen, dass alles in Ordnung ist.

«Yessa?», flüstert Cassim und dreht den Kopf zu mir. Sein Blick trifft meinen, sein Gesicht in der Dunkelheit kaum mehr als ein paar Konturen, und eine Mischung aus Schmetterlingen und Felsbrocken macht sich in meinem Magen breit.

«Du bist noch wach», stellt er leise fest und dreht sich ganz zu mir um.

Ich schlucke. «Ist schwierig zu schlafen, wenn du da draußen den Weltuntergang prophezeit bekommst.»

«Es war kein Weltuntergang», verspricht er sanft.

«Muss ich mir Sorgen machen? Stimmt etwas nicht mit mir?»

Cassim schüttelt den Kopf. «Nein. Es ist alles in Ordnung. Glaub mir.»

Ich zögere. «Aber ich will es trotzdem nicht hören?» Denn wenn wirklich nichts dabei wäre, hätte er doch schon angeboten, mich aufzuklären, oder?

«Ich glaube nicht», gesteht er. «Zumindest im Moment. Es ist nichts, was du sofort wissen musst.»

Tief atme ich durch. Seine Worte sind beruhigend. Wenn er das sagt, glaube ich ihm. Und dennoch ...

Zögerlich rutsche ich näher an ihn heran und bin erleichtert, als Cassim einen Arm um mich legt. «Ich habe Angst», flüstere ich.

Er zieht mich an seine warme Brust. Sein Atem streift meine Stirn, und ich kann sein Herz schlagen spüren. Vielleicht bilde ich es mir ein, aber es scheint schneller zu klopfen als sonst. «Ich auch», haucht Cassim und drückt mir einen Kuss auf die Stirn.

Mit entkommt ein verzweifeltes Lachen. «Und wer beschützt uns, wenn wir beide Angst haben?»

«Wir beschützen uns gegenseitig. So, wie wir es schon die ganze Zeit getan haben.»

Wenn es doch nur so einfach wäre ...

Ich schmiege mich enger an ihn. «Meinst du, du kannst morgen fliegen?», wechsle ich das Thema. «Wir müssen dringend zurück ins Camp.»

Cassim zögert. So lange, dass ich besorgt den Kopf hebe, um ihn zu mustern. Ich dachte, seine Verletzungen wären gut verheilt. Aber vielleicht hat er mich nur beruhigen wollen.

«Was?», frage ich.

Statt mir zu antworten, streicht er mir die Haare hinters Ohr. Seine Finger wandern federleicht über meine Schläfe und meinen Kiefer. Eine unterschwellige Erinnerung daran, wo sie vorhin noch waren.

Gänsehaut kriecht mir über die Arme.

«Was, wenn wir nicht zurückfliegen?», fragt Cassim leise, und ich stocke.

«Wie meinst du das?»

«Wir haben die Grenze schon passiert. Ilia könnte uns Kleidung leihen, sodass man uns nicht sofort als Soldaten erkennt. Wir könnten fliehen und ...»

«Dann töten sie meine Eltern!», unterbreche ich ihn. Allein die Vorstellung bereitet mir Panik. Wie kann er das ernsthaft vorschlagen? Und er muss es ernst meinen, denn niemand macht Scherze über Desertion.

«Wir könnten genauso getötet werden, wenn wir zurückkehren», erwidert er, seine Stimme ungewohnt verzweifelt.

Sofort regt sich das schlechte Gewissen wieder. Ich habe ihn in diese Situation gebracht. Meinetwegen ist nun sein Leben in Gefahr.

«Harlow wird mich bestrafen, nicht dich», sage ich entschieden. «Es war mein Befehl, ich habe dich trotz Widerspruch gezwungen, also kriege ich auch die Konsequenzen zu spüren. Ich werde sicherstellen, dass Harlow das weiß. Ich werde dich beschützen.»

Cassim schiebt seine Hand in meinen Nacken und lehnt seine Stirn gegen meine. «Ich will nicht, dass du mich beschützt, Yessa. Ich will nicht, dass du stirbst, verdammt. Ich will keine neue Reiterin, sondern dich.»

Seine Worte entfachen neue Wärme in meiner Brust. Trotzdem schüttle ich den Kopf.

«Ich kann nicht gehen», flüstere ich und lege meine Hand an seine Wange. Ich streiche über Cassims leichte Bartstoppeln und spüre mein Herz dabei ein wenig brechen.

Ich weiß, dass er Freiheit will. Und ich würde ihm nur zu gern helfen. Sie hätte ihm ohnehin nie genommen werden dürfen. Doch meine Eltern dafür opfern kann ich nicht. Das könnte ich mir niemals verzeihen.

«Ich muss zurück, Cassim. Aber ...» Meine Kehle wird eng. «Wenn du fliehen möchtest, werde ich dich nicht aufhalten. Irgendjemand hier kann mich bestimmt zurück über die Grenze bringen. Ich habe genug Proviant für ein paar Tage. Eine unserer Patrouillen wird mich schon finden.»

Cassim richtet sich auf. «Du würdest mich gehen lassen?»

Ich verziehe den Mund. «Tu nicht so überrascht. Sonst muss ich dich noch mal in die Quelle schubsen.»

Er mustert mich und streicht nachdenklich mit den Fingerspitzen über meine Schläfe. Ganz langsam lässt er die Berührung tiefer wandern. Diesmal über meinen Hals, in den weiten Kragen meines Leinenhemds bis zu meinem Schlüsselbein. Ich schließe die Augen und spüre ihr nach. Wünschte, ich könnte mich nur auf sie konzentrieren, ohne all die Ängste.

«Ich will nicht ohne dich gehen», gesteht Cassim leise, und mein Herz beginnt zu flattern.

Unsicher treffe ich seinen Blick. «Dann bleibt nur die Rückkehr.»

Er nickt langsam. Doch ich verspüre keine Erleichterung. Stattdessen wird meine Brust eng.

«Ich will nicht diejenige sein, die zwischen dir und deiner Freiheit steht.»

Wieder streicht er über meinen Hals. «Lass das meine Sorge sein, Funkenprinzessin.»

Mein Herzschlag beschleunigt sich. «Bist du dir sicher?»

Statt einer Antwort beugt er sich zu mir herunter und küsst mich. Seine Lippen legen sich ebenso weich auf meine wie vorhin, aber diesmal sind sie drängender. Cassims Finger finden in meine Haare, ziehen meinen Kopf zurück, und er vertieft den Kuss. Er lehnt sich über mich, und ich seufze auf, als ich das Gewicht seines muskulösen Körpers auf mir spüre. Meine Hände fahren wie von selbst über seine breite Brust, legen sich in seinen Nacken.

Cassim küsst sich meinen Kiefer entlang bis zu meinem Hals. «Du bist zu gut für mich», raunt er und schiebt mit einer Hand den Saum meines Hemdes hoch. Er streicht an meiner Taille empor, legt meine Brüste frei und senkt den Kopf noch weiter. Sein Mund schließt sich um einen meiner Nippel, und ich keuche leise auf.

Der Einzige, der hier zu gut ist, ist er. Die Mischung aus Sanftheit und Selbstsicherheit, mit der er mich berührt, bringt mich beinahe um den Verstand. Sie macht aus jeder noch so federleichten Liebkosung einen Rausch, verleiht ihr eine ungewohnte Intensität. Dabei kommt mir alles hier so vertraut vor. Fast als ...

Cassim widmet sich nun meiner anderen Brust, und ich vergrabe die Finger in seinen Haaren. Seine Hand wandert derweil nach unten, meinen Bauch hinab bis zwischen meine Beine. Und sein Stöhnen, als er die verräterische Feuchtigkeit dort entdeckt, jagt einen neuen Schauer über meinen Rücken.

Ich habe das hier schon einmal gesehen. Erst gestern vor Harlows Zelt. Aber diesmal lasse ich mich von dieser Tatsache nicht aus der Ruhe bringen. Ich will um jeden Preis, dass Cassim auch den Rest der Vision in die Realität umsetzt.

Bereitwillig spreize ich die Beine und hebe ihm mein Becken entgegen. Cassims Finger finden meine Klitoris, doch er lässt sie einfach nur dort liegen, bewegt sie nicht. Er hebt den Kopf und mustert mich, sein Blick in der Dunkelheit undurchdringlich, das Schmunzeln auf seinen Lippen dafür umso eindeutiger. «Ungeduldig?», raunt er.

«Bitte», hauche ich. Ich dränge mich wieder seinen Fingern entgegen, und Cassim beginnt mit quälend langsamen Kreisen, mich zu reiben.

Ich weiß nicht, wann ich das letzte Mal so erregt war. Vielleicht noch nie. Mein gesamter Körper verzehrt sich nach ihm, als hätte ich mein Leben lang nur auf diesen Moment gewartet, dabei berührt Cassim mich kaum.

«Mach die Lampe an», fordert Cassim rau und erhöht den Druck seiner Finger kaum merklich. «Ich will dich sehen.»

Der Satz allein entlockt mir beinahe ein Stöhnen. Mit fahrigen Bewegungen taste ich nach der Öllampe neben dem Nachtlager und zünde den Docht mit einem Funken Magie an.

Die niedrige Flamme erhellt Cassims Gesicht. In seinen Augen schimmert die Glut unserer Bindung, und sein Blick wandert geradezu andächtig über meinen Körper, bis er schließlich meinen trifft.

«Zieh dich aus», befiehlt er, und sein Tonfall lässt mich noch feuchter werden. Normalerweise bin ich diejenige, die die Befehle gibt, doch Cassim hat wie selbstverständlich die Kontrolle an sich genommen, und es stört mich kein bisschen.

Im Gegenteil. Es ist aufregend.

Seine Finger massieren mich sanft weiter, während ich mir hastig das Hemd und meine Unterhose ausziehe. Bei Letzterer hilft er mir. Er schlägt die Felle ganz zurück und zieht sie mir über die Beine. Die eiskalte Nachtluft streift über meine nackte Haut, aber ich spüre es kaum. Cassim hat in meinem Inneren ein alles verzehrendes Feuer entfacht. Und als er nun mit einem Finger in mich eindringt, ohne dabei den Blick von meinem Gesicht zu lösen, kann ich mein Stöhnen nicht mehr unterdrücken.

Sofort beiße ich mir auf die Unterlippe, und Cassims Mundwinkel zuckt belustigt. Er beobachtet mich, während er den Finger zurückzieht, einen zweiten hinzunimmt und wieder in mich stößt. Sein Daumen reibt dabei meine Klitoris, und binnen Sekunden winde ich mich unter ihm.

Ich will mehr.

Ich will alles.

Cassim hingegen scheint es zu genießen, mich zu quälen, denn er beschleunigt das Tempo nicht. Ungeduldig hat er mich genannt. Und das bin ich wirklich.

Ich setze mich kurzerhand auf und küsse ihn, streiche seine muskulöse Brust hinab bis zu seinem Schritt. Er hält mich nicht auf, als ich meine Hand in seine Hose gleiten lasse. Ich umfasse seine Erektion und atme zittrig aus.

Er ist unerwartet groß und bereits jetzt steinhart. Vielleicht sollte mich das nicht wundern bei einem Mann, der mich um einen ganzen Kopf überragt, aber mein Mund wird dennoch trocken. Und das Bedürfnis, ihn in mir zu spüren, wächst ins Unermessliche.

Also übernehme ich die Führung. Ich streiche über Cassims Schaft, entlocke ihm damit ein leises Stöhnen und will gerade auf seinen Schoß klettern, als er plötzlich meine Schultern festhält und mich abrupt von sich schiebt.

Ich halte inne. Cassim hat den Blick abgewendet, sein Atem geht flach. Er vergräbt die Finger in den Fellen und schließt die Augen, als müsste er sich erst sammeln.

Habe ich etwas falsch gemacht? Er wirkt aufgelöst, und ich traue mich nicht, ihn noch mal zu berühren.

«Alles in Ordnung?», frage ich unsicher.

Er reibt sich über das Gesicht und schaut mich wieder an. Ich glaube, Verlangen in seinem Blick zu sehen. Allerdings auch so etwas wie Schmerz. «Ich will dich, aber ...» Er stockt.

Verunsichert ziehe ich die Felle über meinen nackten Körper und ignoriere das Pochen zwischen meinen Beinen. «Aber ...?»

Cassim beugt sich über mich, schiebt seine Hand in meinen Nacken und küsst mich – so sanft, als wäre nie etwas gewesen. «Überlass mir die Kontrolle», flüstert er. «Anders kann ich das gerade nicht. In der Sekunde, in der du übernimmst, fühle ich mich plötzlich wieder wie ein Gefangener.»

«Oh», bringe ich hervor. Ich weiß nicht, warum mich das so überrascht. Eigentlich ist es nur logisch, dass Cassim nach all den Jahren in der Armee nicht gut auf Fremdbestimmung reagiert und sich so nicht fallen lassen kann.

Trotzdem zögere ich. Die Kontrolle für ein paar Augenblicke abzugeben, war eben kein Problem für mich. Aber ganz ...?

«Du kannst jederzeit Stopp sagen», raunt er, und meine Unsicherheit verflüchtigt sich. Es ist kein Fremder, mit dem ich hier liege, sondern Cassim. Ich vertraue ihm.

«Darf ich dich berühren?»

Er küsst sanft meinen Kiefer. «Wenn du mich vorher fragst.»

«Und ich darf dir nicht sagen, was du machen sollst?»

Cassim schnaubt leise. Seine Nasenspitze streift meinen Hals, und das Pochen in meiner Mitte wird wieder stärker.

«Du kannst es mit einem Bitte versuchen. Aber ich kann nicht garantieren, dass ich auch darauf höre ...»

Ein Kribbeln wandert von der Stelle, an der er meinen Hals berührt, bis zwischen meine Beine. Ich atme tief durch und versuche, mich wieder zu entspannen. «In Ordnung.»

Cassim küsst mein Schlüsselbein und lässt seine Lippen langsam tiefer wandern. «Verhütest du?»

«Ich nehme Aschekraut.»

«Gut.» Er küsst meine Brüste. Meine Rippen. Meinen Bauch. Seine Hand spreizt mit bestimmtem Druck meine Beine, und sein Atem streift meine Klitoris. Ich vergrabe die Finger in seinen Haaren und stocke, als ich bemerke, was ich da tue. Eilig will ich sie wieder zurückziehen, aber Cassim hält meine Hand fest, zieht sie in einer stillen Bitte zurück an seinen Kopf, und im gleichen Moment spüre ich seinen Mund auf mir, heiß und feucht und überwältigend.

Ich seufze auf, und der Laut geht in ein Stöhnen über, als er leicht an mir saugt. Seine Zunge umkreist meine Klitoris, leckt mich, bringt mich um den Verstand. Er nutzt seine Finger, um mich noch weiter zu reizen. Dringt in einem stetigen Rhythmus in mich ein. Binnen kurzer Zeit hat er mich wieder da, wo ich vorhin bereits war, doch diesmal quält er mich nicht. Im Gegenteil. Er treibt mich unnachgiebig über die Klippe, und ich komme so heftig, dass mein ganzer Körper sich ihm zitternd entgegenwölbt. Cassim hält mein Becken fest und leckt mich weiter, dehnt den Orgasmus schier endlos aus, und alles, was ich tun kann, ist, mich in seinen Haaren festzukrallen und immer wieder seinen Namen zu stöhnen.

Als er nach einer gefühlten Ewigkeit von mir ablässt, kann ich mich einen Moment lang nicht mehr rühren. Schwer atmend bleibe ich liegen und starre an die Zeltdecke. Der Orgasmus klingt noch immer in mir nach. Ich zittere am ganzen Körper, meine Beine fühlen sich tonnenschwer an, und mein Herz rast bedenklich. Es ist das schönste, erlösendste Gefühl, das ich je empfunden habe.

Cassim streicht über meine Wange, und ich drehe schwerfällig den Kopf, um ihn anzusehen. Der Schein der Öllampe beleuchtet seinen muskulösen Oberkörper. Ich kann sehen, wie sich seine Brust hebt und senkt, höre seinen tiefen Atem, rieche einen Hauch seines Dufts.

«Zufrieden?», fragt er mit einem neckenden Unterton, legt sich neben mich und deckt mich zu.

Ich kann als Antwort nur nicken.

Cassim küsst mich und zieht mich an sich. Sein fast nackter Körper schmiegt sich heiß an meinen, und seine Erektion drückt sich hart gegen meinen Bauch.

Man sollte meinen, der Orgasmus hätte geholfen, meine Lust zu stillen. Stattdessen erwische ich mich dabei, wie ich mich enger an Cassim dränge. Er hebt mein Bein an, und ich schlinge es bereitwillig um seine Hüfte, schiebe ihm mit der Ferse die Hose über den Hintern. Er hilft mit einer Hand nach und drückt mir leise schnaubend einen Kuss auf die Lippen.

«Das mit dem Kontrolle-Abgeben musst du noch üben», murmelt er, und vielleicht würde ich mich deswegen schlecht fühlen, wenn er seinen Schaft nicht zeitgleich an meiner Klitoris entlanggleiten ließe.

Verlangend hebe ich mein Becken an, in der Hoffnung, dass er endlich in mich eindringt, doch er wiederholt die Bewegung nur. Diesmal langsamer als zuvor. «Cassim», keuche ich.

Er lässt sein Becken kreisen, und ich stöhne auf. Wie kann dieser Mann derart geduldig sein? Ich spüre genau, wie hart er ist. Trotzdem hält er sich zurück, statt uns beiden das zu geben, was wir brauchen.

«Zeig mir erst, dass du gefügig sein kannst», raunt er mir ins Ohr. «Bitte mich darum.»

Mein Herzschlag beschleunigt sich. Er will mich *gefügig*. Etwas, das ich noch nie freiwillig war. Trotzdem erregt es mich.

«Bitte», murmle ich.

Erneut wiederholt er die Bewegung. Quälend langsam. Seine Stimme wird tiefer. «Bitte was?»

Meine Wangen werden heiß vor Scham. Er will ernsthaft, dass ich es ausspreche? Aber als er nun mein Bein noch ein wenig höher über seine Hüfte hebt und sich wieder an mir reibt, ohne Anstalten zu machen, in mich einzudringen, gebe ich nach.

«Bitte fick mich, Cassim», flehe ich.

Erleichtert atmet er aus. Er umfasst besitzergreifend meinen Nacken, schaut mir in die Augen, und ich halte die Luft an. Sein Blick ist lustverhangen und doch völlig klar. Er löst ihn nicht eine Sekunde von meinem Gesicht, während er sich langsam in mich schiebt.

Ich stöhne auf. Cassims Größe ist ungewohnt, und ein leicht schmerzhaftes Ziehen mischt sich unter meine Erregung. Doch das Gefühl von ihm in mir überlagert jedes andere. Er dringt nur ein Stück weit in mich ein, zieht sich zurück und stößt beim nächsten Mal tiefer. Mit jedem Mal lässt das Ziehen weiter nach. Bis nur noch Lust zurückbleibt. Und als er sich schließlich ganz in mir vergräbt, löse ich mich vor Verlangen förmlich in seinen Armen auf.

Er fühlt sich so unendlich gut an.

Cassim fährt mit den Fingern in meine Haare, und er zieht meinen Kopf zurück, um mich zu küssen, während er tief in mich stößt. Wieder und wieder, in einem stetigen Rhythmus, der langsam schneller wird. Unser Atem vermischt sich, wird zu einem gemeinsamen Keuchen. Sein muskulöser Körper nimmt meinen förmlich gefangen, und ich spüre, wie sich ein zweiter Orgasmus in mir anbahnt.

In meinem Kopf ist kein Platz mehr für irgendetwas anderes als dieses Gefühl. Es existieren nur noch Cassim und ich. Dieser Moment ist perfekt. Und selbst wenn morgen die verdammte Welt untergehen würde – es würde mich gerade nicht interessieren.

CASSIM

Yessas Stöhnen raubt mir den Verstand. Sie umfängt mich mit ihrer feuchten, warmen Enge, kommt jedem meiner Stöße entgegen, erwidert jeden meiner gierigen Küsse.

Sie ist perfekt, und ich hasse mich dafür, dass ich es nicht früher gesehen habe. Dass ich so lange nicht sehen wollte, was für ein Geschenk die Götter mir mit ihr gemacht haben.

Ilia hatte recht. Die Wahrheit ändert alles. Aber es könnte mir gerade nicht egaler sein.

Ich schiebe mich über Yessas zierlichen Körper, stütze mich zu ihren Seiten ab und dringe wieder in sie ein. In dieser Position komme ich noch ein wenig tiefer. Sie keucht auf, schlingt beide Beine um meine Hüften und zieht mich damit noch enger an sich. Ihre Hände legen sich in meinen Nacken, und ich stocke kurz, weil sie meinem Rücken damit so nahe kommt. Doch dann streichen ihre Finger durch meine Haare, schütteln sämtliche unerwünschten Gefühle ab.

Dass sie sich darauf eingelassen hat, die Kontrolle abzugeben, ist ein großes Zugeständnis. Und es füllt mich mit Hoffnung.

Ich halte Yessas Blick fest, beobachte das Funkenspiel in ihren Augen. Anfangs dachte ich, es sei reiner Zufall, dass ich die goldenen Sprenkel bereits vor unserer Bindung in ihnen sehen konnte. Aber Ilia hat mich eines Besseren belehrt. Tatsächlich wäre es ein Erkennungszeichen gewesen. Ein weiterer Beweis dafür, dass wir füreinander bestimmt sind. Dass wir zusammengehören, ganz egal, was passiert.

Yessa beginnt unter mir zu zittern, und ich halte meinen Rhythmus genau so bei. Ich habe es nicht eilig. Im Gegenteil. Ich will diesen Moment so lang wie möglich hinauszögern.

Wie gebannt mustere ich ihr Gesicht. Ihr Mund öffnet sich leicht, lässt erst ein Keuchen und dann ein leises Stöhnen entkommen. Ihre Pupillen weiten sich, sie krallt die Finger in meine Haare, und dann verkrampft sich ihr Körper um mich herum, reißt mich mit sich in den Abgrund.

Ich komme so hart, dass ich Sterne sehe, stöhne ihren Namen und ergieße mich in ihr. Nur widerwillig drossle ich mein Tempo. Ich küsse sie, während ich mich schwerer auf sie sinken lasse und noch einige Male langsam in sie eindringe.

Yessas Herzschlag hämmert gegen meine Brust. Ihr vertrauter Duft vermischt sich mit dem Geruch von Sex und Schweiß. Für ein paar Augenblicke spüre ich dem Pulsieren nach, das zwischen uns verklingt. Dann erst rolle ich mich widerwillig von ihr herunter und ziehe sie an meine Brust.

Yessa seufzt und kuschelt sich an mich. Ich streiche sanft durch ihre Haare und lausche ihrem ruhiger werdenden Atem.

Keiner von uns sagt etwas. Ich habe auch nicht das Bedürfnis danach. Ich genieße es, dass wir wenigstens einen Moment lang nichts zu diskutieren haben. Keine Pläne, die besprochen werden müssen. Keine Ängste oder Geständnisse, die offengelegt werden wollen. Mit unserem Gespräch vorhin haben wir zumindest für mich alles geklärt.

Es wäre perfekt gewesen, hätte Yessa einer Flucht einfach zugestimmt. Aber natürlich kann sie ihre Eltern nicht zurücklassen. Und ich kann meine ursprünglichen Pläne nicht mehr verfolgen. Wenn ich Yessa morgen gegen ihren Willen entführe, ist das hier vorbei. Sie würde mir niemals verzeihen, dass ich das Leben ihrer Mütter riskiere. Und wenn das Gespräch mit Ilia mir eines gezeigt hat, dann, dass mein Herz schon die ganze Zeit über recht hatte: Ich brauche Yessa an meiner Seite.

Also bleibt mir nur eine Wahl. Ich muss mit ihr zurück ins Camp und mir irgendwie einen neuen Fluchtplan überlegen, bei dem ihren Eltern nichts zustößt. Bleibt nur zu hoffen, dass Harlow uns morgen nicht einen Kopf kürzer macht. Und dass Yessa nicht dahinterkommt, dass ich für den Tod ihrer Schwester verantwortlich bin. Denn das ist sicherlich etwas, das sie mir nicht verzeihen wird.

Aber ich glaube nicht, dass jemand die Wahrheit herausfinden wird. Sowohl Yessa als auch die Investigativeinheit scheinen völlig im Dunkeln zu tappen. Gäbe es jemanden, der mich wiedererkennen könnte, hätten sie mich längst überführt.

Und was Harlow angeht ... Er hat erfahrungsgemäß deutlich mehr Freude an Degradierung und Demütigung als an Hinrichtungen. Die Konsequenzen für unseren Ausflug werden nicht schön, aber wir werden es überleben.

Ich vergrabe die Nase in Yessas Haaren und atme ihren Duft ein. Sie seufzt leise und küsst meinen Hals.

Morgen nicht zu fliehen ist völlig irrsinnig, das ist mir klar. Doch nach allem, was ich schon durchgemacht habe, machen ein paar Wochen mehr in der Armee auch keinen Unterschied mehr. Das ist es wert, wenn ich meine Freiheit dafür mit Yessa teilen kann. Denn mit ihr an meiner Seite wird das Schicksal, dem ich mich bald stellen muss, um einiges erträglicher werden.

KAPITEL 20

LET IT BURN

CASSIM

Der Abschied am nächsten Morgen fällt kurz aus. Lora weckt uns noch vor Sonnenaufgang, drückt uns eine Schale mit gerade so genießbarem Haferbrei in die Hand und wartet dann mit finsterer Miene, bis wir aufgegessen haben. Sie hilft uns sichtlich genervt beim Aufsatteln und begleitet uns schließlich gemeinsam mit einem dunkelbraunen Drachen zurück bis an die Grenze.

«Viel Glück», ruft sie uns spöttisch zu, bevor sie wieder umdrehen.

Ich glaube, Yessa ein leises «Arschloch» murmeln zu hören.

Sie ist angespannt, seit wir heute Morgen aufgewacht sind, aber der Kuss, den sie sich kurz nach dem Frühstück im Zelt gestohlen hat, sagt mir, dass es nicht an mir liegt. Zweifellos bereiten ihr die drohenden Konsequenzen Sorge. Und auch ich steuere mit mulmigem Gefühl nach Westen.

Über dem Gebiet, in dem wir angegriffen wurden und ich meine Magie entfesseln musste, steigt noch immer schwarzer Rauch auf. Der verdammte Vulkanausbruch, den ich verursacht habe, hält also an.

Womöglich hätte ich Ilia gestern noch zu meiner Magie befragen sollen. Doch ich hatte Angst davor, dass sie mich dafür verurteilen könnte. Oder am Ende beschließt, dass ich eine Gefahr darstelle, und mich nicht mit Yessa zurückfliegen lässt. Das konnte ich nicht riskieren.

Meine Magie ist ein Problem für später. Erst einmal muss ich meine Vorbestimmte aus den Fängen meiner Feinde retten, ohne dass sie mich dafür hasst.

Wir verbringen den gesamten Flug in angespanntem Schweigen. Keiner von uns will darüber spekulieren, wie genau Harlow reagiert. Und darüber zu reden, wie es mit dieser Sache zwischen uns weitergeht, ist sinnlos, solange wir nicht wissen, was für Konsequenzen uns jetzt blühen.

Als wir das Camp erreichen, werden wir sofort von zwei Wachen abgefangen, die uns flankieren und mit finsteren Gesichtern zum Rüstplatz begleiten. Kein gutes Zeichen. Zu allem Überfluss herrscht dort gerade reger Betrieb. Ein Banner macht sich soeben für den Abflug bereit. Und Harlow steht mitten im Gedränge, sein stechender Blick direkt auf uns geheftet.

Ich lande ein paar Meter von ihm entfernt, und schon während Yessa absteigt, kommen einige Soldaten herbeigeeilt und lösen den Sattel. Ich verwandle mich zurück, schlüpfe in den Mantel, den sie mir reichen, und schließe ihn gerade, als Harlows donnernde Stimme erklingt.

«Was bildest du dir ein?»

Obwohl ich damit gerechnet habe, zucke ich zusammen. Yessa und ich wirbeln herum. Sie salutiert ein wenig schneller als ich, ihr Körper stocksteif. Und auch ich spanne mich bei Harlows rasendem Gesichtsausdruck unweigerlich weiter an.

«General, ich ...», setzt Yessa an, wird aber jäh von ihm unterbrochen.

«Ich will kein Wort hören!», brüllt er, und spätestens jetzt hält der gesamte Rüstplatz inne und beobachtet uns. Er tritt auf Yessa zu und baut sich vor ihr auf, seine Haltung gezeichnet von unbändiger Wut.

Ich muss mich beherrschen, ruhig stehen zu bleiben. Am liebsten würde ich mich schützend vor sie stellen.

«Ich habe gesagt, du bleibst hier!», fährt er sie an. «Was

hast du daran nicht verstanden? Du hast dich meinen Befehlen widersetzt. Deinen Rang missbraucht. Und besitzt auch noch die Frechheit, mir eine Nachricht zu hinterlassen? Das ist Verrat!»

In mir gefriert alles zu Eis. Yessa atmet erschrocken ein.

Haben wir uns doch verschätzt?

Auf Verrat steht die Todesstrafe. Scheiße …

«Verzeihung, General», stammelt Yessa. «Ich weiß, dass ich einen Fehler gemacht habe, aber ich wollte nur helfen!»

«Helfen», spottet er. «Dann sag mir bitte – was für Erkenntnisse hast du gewonnen? Wo ist die große Enthüllung? Wo ist der wahre Verräter, den du angeblich finden wolltest?»

Meine Kehle schnürt sich zu. Und Yessa bringt kein Wort mehr heraus. Sie ballt die Hände an ihren Seiten zu Fäusten und hält Harlows Blick stand.

«Das dachte ich mir», schnaubt er. «Du bist noch nutzloser, als ich befürchtet habe. Eine Schande für diese Armee.»

Ich meine, aus den Augenwinkeln zu sehen, wie Yessa gegen Tränen anblinzelt. Trotzdem hält sie den Kopf erhoben und den Rücken gerade. Beide stehen wir da wie versteinert, und ich weiß nicht recht, ob das klug ist. Sollte ich versuchen, etwas zu sagen? Vermutlich nicht. Ob unser Schweigen uns rettet, halte ich allerdings für ebenso fragwürdig.

Eine Bewegung hinter Harlow erregt meine Aufmerksamkeit, und ich entdecke Arden, der ein paar Meter entfernt stehen bleibt, die Arme vor der Brust verschränkt, ein selbstgefälliges Lächeln auf den Lippen.

Wut flammt in mir auf. Er und Yessa haben eine gemeinsame Vergangenheit, und jetzt genießt er es, dass ihr die Hinrichtung droht? Er ist ein verdammt armseliges Exemplar von einem Mann.

Ausgerechnet er ist es, der sich jetzt einmischt. «General?», fragt er.

Genervt dreht Harlow sich um. «Was?», blafft er.

«Ich möchte keinesfalls Ihr Urteil anzweifeln, aber da ich mitverantwortlich dafür bin, den Verräter in unserer Mitte zu finden, sehe ich es als meine Pflicht, Sie daran zu erinnern, dass die Captain für die Ermittlungen noch von Relevanz sein könnte. Ebenso wie ihr Drache.» Seine blauen Augen fixieren mich, und mir entgeht der Hass in ihnen nicht.

«Dessen bin ich mir bewusst», knurrt Harlow und bedeutet ihm mit einem Wink, wieder zurückzutreten. Er wendet sich erneut Yessa zu. «Wir befinden uns im Krieg. Unsere Feinde sammeln sich. Es kann jeden Moment zu einem Angriff kommen. Also nützt du mir trotz deiner maßlosen Inkompetenz lebendig mehr als tot. Ich werde von der Höchststrafe absehen. Aber glaub mir, wenn ich dir sage, dass das deine letzte Chance ist. Du bist hiermit degradiert.»

Ich atme auf. Doch anstatt uns wegtreten zu lassen, winkt Harlow einen der Soldaten in der Nähe des Ausrüstungszelts zu sich heran.

«Bring mir einen Umhang aus dem Zelt!», bellt er.

Der Mann ist sichtlich irritiert, und er ist nicht der Einzige. Ein Murmeln geht durch die Schaulustigen. Trotzdem huscht er ins Innere und kommt mit einem Bündel zu uns geeilt. Harlow nimmt es und schleudert es Yessa entgegen. Der Umhang faltet sich dabei auf. Offenbart wie befürchtet schlichten schwarzen Stoff ohne jegliche Verzierungen. Die Kleidung eines Drachen. Nicht die eines Reiters.

«Deine neue Uniform», verkündet Harlow kalt. «So lange, bis du es dir verdient hast, das Gold der Reiter wieder zu tragen. Aber eines ist sicher, du wirst in deinem Leben keinen einzigen Befehl mehr geben. Ich werde höchstpersönlich dafür sorgen, dass du nie wieder Befehlsgewalt erlangst.»

Yessa ist wie versteinert. Und auch ich kann mich nicht rühren. Was genau bedeutet das jetzt?

«Darf ich noch fliegen, Sir?», stellt sie die Frage, die mir auf der Zunge brennt. Ihre Stimme ist zittrig.

«Vorerst», erwidert er knapp. «Wir brauchen alle Soldaten, die wir kriegen können. Für welche Aufträge du geeignet bist, wird der neue Captain entscheiden. Du unterstehst ab sofort ihm.»

Yessa salutiert, und ich sehe ihr an, dass es ihr alles abverlangt. «Jawohl, Sir.»

Ein unheilvolles Lächeln stiehlt sich auf Harlows Lippen. «Glücklicherweise konnte ich deine Position gestern direkt neu besetzen. Mit jemandem, der weiß, was Autorität bedeutet. Und wie man sie durchsetzt.»

Mein Blick schweift unweigerlich zu Arden. Sein Grinsen bringt mich jetzt schon zum Kotzen. Harlow hat ihn doch nicht etwa zum Captain ernannt, nur um uns eins auszuwischen? Er ist Teil der Investigativeinheit. Ist es da überhaupt möglich, dass er zeitgleich weitere Aufgaben übernimmt?

Doch Harlow beachtet Arden gar nicht, sondern fixiert jemanden hinter uns. Ich nehme schleifende Schritte wahr, und ein Schauder kriecht mir über den Rücken bis hinauf in den Nacken. Etwas stimmt nicht.

Yessa dreht sich als Erste um. Und der entsetzte Laut, den sie nicht ganz unterdrücken kann, lässt mir das Blut in den Adern gefrieren.

«Ich dachte …», keucht sie und stockt dann doch.

«…ich wäre tot?», beendet eine Männerstimme ihren Satz.

Mein Herz bleibt stehen.

Für einen Augenblick sind sämtliche Gedanken in meinem Kopf wie fortgewischt. Da ist nur noch Leere. Doch schon Sekunden später wird sie gefüllt von einer gleißenden, alles einnehmenden Panik.

Mein Puls beginnt zu rasen. Mein Atem geht hektisch.

Wie in Trance drehe ich mich um. Mein Blick schweift über die Krücken und den bandagierten Arm, bevor er an einem nur allzu vertrauten Gesicht hängen bleibt.

Es wirkt aschfahl und eingefallen, aber die Angst, die es in mir schürt, ist noch die gleiche.

Walshs Mundwinkel hebt sich.

Und da ist es. Dieses grausame Schmunzeln, von dem ich gehofft hatte, es nie wieder zu sehen.

Verdammt, ich dachte, ich hätte eigenhändig genau dafür gesorgt.

«Was ist los, Cassim?», fragt mein ehemaliger Reiter höhnisch. «Willst du nicht vor deinem Captain salutieren?»

Er greift an seinen Gürtel, die Geste ebenso beiläufig wie bedrohlich, und mein Körper versteift sich.

Ich hätte meine Chance zur Flucht nutzen sollen – das wird mir mit einem Mal glasklar.

Denn Walsh weiß, was ich getan habe.

Und er wird mich dafür umbringen.

FORTSETZUNG FOLGT

Marie Niehoff
Ashen Throne

400 Seiten

Cassim ist ein Verräter. Um sich und die anderen Drachenwandler aus der grausamen Herrschaft des Königs von Eldeya zu befreien, schreckt er vor keinem Verbrechen zurück. Doch seine Pläne sind ins Wanken geraten. Eigentlich war seine Reiterin Yessa für ihn nur ein Mittel zum Zweck. Ihre Magie ist der Schlüssel zu seiner Freiheit. Aber aus der einstigen Feindin ist längst mehr geworden. Während die Beziehung zu ihr immer intensiver wird, kommt Yessa Cassims Geheimnissen gefährlich nahe, und auch andere Mitglieder der eldeyischen Armee sind misstrauisch geworden. Sie suchen den Verräter in ihrer Mitte. Um zu überleben, muss Cassim seine Ziele über seine Gefühle stellen. Und es ist nur eine Frage der Zeit, bis er dabei etwas tut, das unverzeihlich ist …

Band 2 der Dragonbound-Trilogie.
Erscheint am 15. April 2025.

Weitere Informationen finden Sie unter **rowohlt.de**